DANIELLE STEEL
Alle Liebe dieser Erde

Buch

Bettina Daniels lebt nach dem frühen Tod der Mutter allein mit ihrem Vater, dem erfolgreichen Schriftsteller. Sie hat alles, was sie sich wünscht: Jugend, Schönheit, Freunde und scheinbar auch Reichtum. Für ihren Vater ist sie eine unersetzliche Stütze, bis dieser eines Tages ganz plötzlich stirbt.
Bettina steht mutterseelenallein im Leben – vor einem Berg von Schulden –, in einer fremden Welt, umschwärmt von Männern, die ihr das Leben nicht immer nur erleichtern...

Autorin

Als Tochter eines deutschstämmigen Vaters in New York geboren, kam Danielle Steel als junges Mädchen nach Frankreich. Sie besuchte verschiedene europäische Schulen. An der Universität von New York studierte sie französische Sprache und Literatur. Seit 1977 schreibt sie Romane, die in Amerika wie auch in Deutschland Bestseller sind.

Eine Übersicht über die als Goldmann-Taschenbücher erschienenen Romane von Danielle Steel finden Sie am Schluß dieses Bandes.

DANIELLE STEEL
ALLE LIEBE DIESER ERDE

Roman

Aus dem Amerikanischen
von Dagmar Hartmann

GOLDMANN

Titel der Originalausgabe: Loving
Originalverlag: Dell Publishing, New York

Umwelthinweis:
Alle bedruckten Materialien dieses Taschenbuches
sind chlorfrei und umweltschonend.
Das Papier enthält Recycling-Anteile.

Der Goldmann Verlag
ist ein Unternehmen der Verlagsgruppe Bertelsmann

Genehmigte Taschenbuchausgabe 2/84
© 1980 der Originalausgabe bei Danielle Steel
© 1984 der deutschsprachigen Ausgabe
beim Wilhelm Goldmann Verlag, München
Umschlaggestaltung: Design Team München
Satz: Mohndruck Graphische Betriebe GmbH, Gütersloh
Druck: Elsnerdruck, Berlin
Verlagsnummer: 6671
Lektorat: Elga Sondermann/AK/NB
Herstellung: Gisela Ernst/sc
Made in Germany
ISBN 3-442-06671-9

Hoffend immer,
　voller Träume,
　　strahlend frischer,
　　　nagelneuer,
　　　　hoffnungsvoller Zukunftsbäume,
porzellangetönter Himmel,
　alle Farben hell und fein,
　　und ich seh'
　　　in Deinen Augen
　　　　wahrer Liebe ersten Schein,
der bald verblaßt,
　und Du entschwindest,
　　läßt mich ganz
　　　mit mir allein,
was ich fürchte,
　was Du sagtest,
　　brennt sich
　　　den Gedanken ein;
beraubt all dessen,
　das wir teilten,
　　liegt meine alte, junge Seele
　　　ganz enthüllt,
von Angst vor Dir,
　vor mir,
　　dem Leben
　　　und den Menschen tief erfüllt. . .
bis all die strahlend frischen
　Träume
　　neu beginnen,
die Landschaft kann sich
　auf sich selber nicht besinnen,
und schließlich dann
　ein Spiel, das anders endet;
auch die Gedanken haben sich gewendet,
　mir ist nun was ich weiß
　　und denk'
　　　und bin
　　　　und fühle klar,
der Liebe kostbarstes Geschenk
　wird
　　endlich,
　　　endlich
　　　　wahr.

DANIELLE STEEL

»Wirklich, so wirst du nicht gemacht«, sagte das Knochenpferd. »Das ist etwas, was dir geschieht. Wenn ein Kind dich lange, lange Zeit lieb hat, nicht bloß, um mit dir zu spielen, sondern dich WIRKLICH liebt, dann wirst du Wirklich.«

»Tut das weh?« fragte das Kaninchen.

»Manchmal«, antwortete das Knochenpferd, denn es war immer wahrheitsliebend. »Aber wenn du Wirklich bist, dann macht es dir nichts aus, wenn man dir weh tut.«

»Geschieht das ganz plötzlich, so, als ob man verwundet wird?« fragte es. »Oder Stück für Stück?«

»Es geschieht nicht auf einmal«, sagte das Knochenpferd. »Du wirst. Das dauert lange. Darum geschieht es auch nicht oft mit Leuten, die leicht entzweibrechen oder die scharfe Kanten haben oder mit denen man vorsichtig umgehen muß. Im allgemeinen ist dein Fell zum größten Teil fortgeliebt, wenn du endlich Wirklich bist, deine Augen sind herausgefallen und deine Glieder schlackern, und du bist sehr schäbig. Aber das alles ist überhaupt nicht wichtig, denn wenn du einmal Wirklich bist, dann kannst du nicht mehr häßlich sein, außer für die Leute, die nicht verstehen ... aber wenn du einmal Wirklich bist, kannst du nie wieder unwirklich werden. Es dauert für alle Zeit.«

aus »The Velveteen Rabbit«
von Margery Williams

1

Aufseufzend und doch lächelnd sah sich Bettina Daniels in dem rosafarbenen Marmorbad um. Ihr blieb noch genau eine halbe Stunde. Sie schaffte es wirklich in einer erstaunlich kurzen Zeit. Normalerweise hatte sie weit weniger Zeit, um sich aus einem Mädchen, einer Studentin und gewöhnlichen Sterblichen in einen Paradiesvogel und eine ausgezeichnete Gastgeberin zu verwandeln. Aber das war eine Metamorphose, an die sie durch und durch gewöhnt war. Seit fünfzehn Jahren war sie die rechte Hand ihres Vaters gewesen, hatte ihn überallhin begleitet, hatte Reporter abgewimmelt, telefonische Nachrichten von seinen Freundinnen entgegengenommen, ja, hatte sogar hinter der Bühne gesessen, als Stütze für ihn, wenn er an einer späten Talk-Show mitwirkte, als Reklame für sein neuestes Buch. Er mußte sich kaum die Mühe machen, selbst zu werben. Seine letzten sieben Bücher waren automatisch in die *New York Times*-Bestsellerliste aufgerückt, aber trotzdem, Werbung war einfach etwas, das man nun einmal betrieb. Außerdem liebte er es. Er liebte es, sich herauszustaffieren und zu paradieren, das war Futter für sein *Ego,* und er liebte die Frauen, die ihn unwiderstehlich fanden, ihn mit den Helden seiner Bücher verwechselten.

Es war leicht, Justin Daniels mit dem Held aus einem Buch zu verwechseln. In gewisser Weise hatte Bettina das sogar selbst getan, jahrelang. Er war so schön, so charmant, so witzig, so lustig, so entzückend im Umgang. Manchmal war es schwer, daran zu denken, wie selbstsüchtig, wie geltungsbedürftig und rücksichtslos er auch sein konnte. Aber Bettina kannte beide Seiten dieses Mannes, und sie liebte ihn so, wie er war.

Er war ihr Held, ihr Gesellschafter und ihr bester Freund gewesen, seit Jahren. Und sie kannte ihn gut. Sie kannte all seine Fehler, seine Schwächen, seine Sünden und Ängste, aber sie kannte auch die Schönheit des Mannes, seine Brillanz, die Sanftmut seiner Seele, und sie liebte ihn mit jeder Faser ihres Seins und wußte, daß es immer so bleiben würde. Er hatte sie im Stich gelassen und sie verletzt, war fast immer, wenn es wichtig war, nicht in der Schule aufgetaucht, bei keinem Rennen, keiner Vorführung. Er hatte ihr versichert, daß junge Leute langweilig wären und sie stattdessen zu seinen Freunden mitgeschleift. Im Laufe der Jahre hatte er sie immer wieder verletzt, meistens, wenn er seinen eigenen, schimmernden Träumen nachgejagt war. Es kam ihm niemals auch nur in den Sinn, daß sie ein Recht auf eine eigene Kindheit hatte, auf Picknicks und Strandfeste, auf Geburtstagsfeiern und Nachmittage im Park. Ihre Picknicks fanden im Ritz oder im Plaza-Athénée in Paris statt, ihre Strände waren Southampton und Deauville, ihre Geburtstagsfeiern fanden im Kreis seiner Freunde im Club 21 in New York oder im Bistro in Beverly Hills statt. Und statt ihrer Nachmittage im Park bestand er darauf, daß sie ihn auf die Segeltörns begleitete, zu denen er ständig eingeladen wurde. Ihr Leben war wirklich nicht schlecht, man konnte sie kaum bemitleiden, und doch warfen Justins gute Freunde ihm oft vor, wie er sein Kind aufzog, was er ihr vorenthalten hätte, und wie einsam es wäre, nur immer bei einem unverheirateten Vater im Schlepp. Es war bewundernswert, daß sie in gewisser Weise selbst jetzt, mit neunzehn Jahren, noch so jung war, so unschuldig, mit diesen riesigen, smaragdfarbenen Augen. Aber in ihnen stand auch die Weisheit von Jahrhunderten. Nicht wegen der Dinge, die sie getan, sondern wegen der, die sie gesehen hatte. Mit neunzehn Jahren war sie in mancher Hinsicht immer noch ein Kind, und dann wieder verfügte sie über das Wissen um Reichtum und Dekadenz, wie es nur wenige Männer und Frauen, die doppelt so alt waren wie sie, je gesehen hatten.

Kurz nach Bettinas viertem Geburtstag war ihre Mutter an Leukämie gestorben, und für Bettina war sie nicht mehr als ein Gesicht auf einem Porträt an der Wand des Eßzimmers, ein strahlendes Lächeln mit riesigen blauen Augen und blondem Haar. Bettina hatte ein wenig von Tatianna Daniels an sich, aber nicht viel. Sie sah weder wie Tatianna noch wie Justin aus. Sie sah aus wie sie selbst. Das auffällige, schwarze Haar ihres Vaters und seine grünen Augen waren zum Teil auf seine Tochter übergegangen, deren grüne Augen den seinen nicht ganz unähnlich waren. Aber ihr Haar zeigte ein leuchtendes Kastanienbraun, die Farbe alten, sehr guten Cognacs. Sein großer, eckiger Körper bildete einen scharfen Kontrast zu Bettinas, die zierlich war, winzig, fast elfengleich in ihren zarten Proportionen. Das verlieh ihr eine Aura von Zerbrechlichkeit, als sie jetzt die braunen Haare in einen weichen Kranz bürstete, wobei sie noch einen letzten Blick auf die Uhr warf.

Schnell überschlug sie. Zwanzig Minuten noch. Sie würde es rechtzeitig schaffen. Sie glitt in das dampfende Wasser in der Badewanne und blieb einen Augenblick dort sitzen, versuchte, sich zu entspannen, während sie die Schneeflocken draußen beobachtete. Es war November, und das war der erste Schnee.

Es war auch ihre erste Gesellschaft dieser »Saison«, und aus diesem Grund mußte es ein Erfolg werden. Und das würde es. Dafür würde Bettina auch sorgen. In Gedanken ging sie nochmals die Gästeliste durch und fragte sich, ob vielleicht jemand aufgrund des Schnees nicht kommen würde. Aber das hielt sie für unwahrscheinlich. Die Einladungen ihres Vaters waren zu berühmt, man wartete atemlos darauf und würde sich diese Gelegenheit nicht entgehen lassen, genauso wenig wie man es riskieren würde, nicht wieder eingeladen zu werden. Parties bildeten einen wesentlichen Bestandteil im Leben von Justin Daniels. Zwischen zwei Büchern gab er mindestens eine pro Woche. Und diese Parties waren beachtenswert, wegen der Gäste, die kamen, der Kleidung, die sie trugen, der Ereignisse, der Handel, die abgeschlossen wurden. Aber vor allen Dingen waren sie etwas Besonderes, und ein Abend bei den Daniels war wie ein Besuch in einem fernen Traumland.

Die prachtvolle Umgebung funkelte im Glanz des siebzehnten Jahrhunderts, Butler kümmerten sich um alles, Musiker spielten. Bettina, als Gastgeberin, flog wie eine Fee von einer Gruppe zur anderen und schien immer dort zu sein, wo man sie wünschte oder brauchte. Sie war wirklich ein seltenes Wesen; schwer faßbar, schön, wie man es nicht mehr fand. Der einzige, der nicht voll begriff, wie bemerkenswert sie war, war ihr Vater, der dachte, daß jede junge Frau von Natur aus so graziös wäre wie Bettina. Sein Verhalten ihr gegenüber war etwas, was seinen besten Freund schon seit langem ärgerte. Ivo Stewart bewunderte Justin Daniels, aber es quälte ihn seit Jahren, daß Justin überhaupt nicht sah, was mit Bettina vorging, nicht begriff, wie sehr sie ihn anbetete und wieviel seine Aufmerksamkeit, sein Lob ihr bedeutete. Justin lachte nur, wenn Ivo ihn daraufhin ansprach, und das war häufig der Fall.

»Mach dich nicht lächerlich! Sie liebt das, was sie für mich tut. Sie genießt es, Gesellschaften zu geben, mit mir Aufführungen zu besuchen, interessante Leute zu sehen. Sie wäre nur verlegen, wenn ich ihr erzählen würde, wie sehr ich es schätze, was sie tut. Sie weiß, daß ich das tue. Wer würde das auch nicht? Sie leistet vorzügliche Arbeit.«

»Dann solltest du ihr das auch sagen. Großer Gott, Mann, sie ist deine Sekretärin, deine Haushälterin, deine Werbeassistentin – sie tut alles, was eine Ehefrau tun würde, und noch mehr.«

»Und besser!« bemerkte Justin lachend.

»Ich meine es ernst.« Ivo sah wütend aus.

»Ich weiß. Zu ernst. Du machst dir viel zu viele Gedanken über das Mädchen.« Ivo hatte es nicht gewagt, Justin zu sagen, daß er nicht sicher wäre, ob Justin es täte, wenn er sich nicht sorgen würde.

Justin hatte eine leichte Art, die in scharfem Gegensatz zu Ivos ernsterer Auffassung des Lebens stand. Aber das lag auch in der Natur von Ivos Beruf, als Verleger einer der größten Zeitungen der Welt, der *New York Mail*. Außerdem war er älter als Justin, kein junger Mann mehr. Er hatte eine Frau verloren, sich von einer anderen scheiden lassen und bewußt niemals Kinder gehabt. Er hielt es nicht für richtig, Kinder in eine solch schwierige Welt zu setzen. Und mit zweiundsechzig Jahren bereute er diese Entscheidung nicht ... außer, wenn er Bettina sah. Dann schien immer etwas in seinem Herzen zu schmelzen. Manchmal, wenn er Bettina sah, fragte er sich, ob es ein Fehler gewesen war, kinderlos zu bleiben. Aber jetzt war das unwichtig. Es war zu spät, an Kinder zu denken, und er war glücklich. Auf seine Art war er genauso frei wie Justin Daniels.

Gemeinsam besuchten die beiden Männer Konzerte, Opern und Gesellschaften. Gelegentlich verbrachten sie zusammen ein Wochenende in London, trafen sich im Juli für ein paar Wochen in Südfrankreich und hatten viele gemeinsame, ehrenwerte Freunde. Es war eine dieser festen Freundschaften, die fast alle Sünden verzeiht und es gestattet, Mißbilligung offen Ausdruck zu geben, genauso wie Entzücken. Darum auch war Ivo so offen, wenn er seine Meinung über Justins Verhalten im Umgang mit seinem Kind äußerte. Erst kürzlich hatte er das Thema bei einem Mittagessen im Côte Basque angeschnitten.

Ivo hatte mit Justin geschimpft. »Wenn ich in ihren Schuhen stecken würde, alter Knabe, dann würde ich dich im Stich lassen. Was bekommt sie schon von dir?«

»Diener, Komfort, Reisen, faszinierende Leute, eine Garderobe für zwanzigtausend Dollar.« Er wollte weiterreden, aber Ivo unterbrach ihn.

»Und? Glaubst du wirklich, daß ihr das wichtig ist? Herrje, Justin, schau dir das Mädchen doch mal an – sie ist reizend, aber die Hälfte der Zeit lebt sie in einer anderen Welt, sie träumt, sie denkt, sie schreibt. Glaubst du wirklich, sie kümmert sich auch nur einen Deut darum, um all diesen Kram, der dir so wichtig ist?«

»Natürlich tut sie das. Sie hat ihn doch ihr Leben lang gehabt.« Ihre Kindheit war ganz anders gewesen als die von Justin, der in Armut aufgewachsen war und dann Millionen mit seinen Büchern und Filmen verdient hatte. Es hatte gute und schlechte Zeiten gegeben, und auch harte Zeiten, aber Justins Ausgaben waren in all den Jahren nur in eine Richtung gegangen: nach oben. Der Reichtum, mit dem er sich umgab, war wichtig für ihn. Er zeigte ihm immer wieder, wer er war. Jetzt sah er Ivo über den Rand seiner Mokkatasse hinweg an. »Ohne all das, was ich ihr gebe, Ivo, würde sie keine Woche durchhalten.«

»Da bin ich nicht so sicher.« Ivo hatte mehr Vertrauen zu ihr als ihr Vater. Eines Tages würde sie eine wirklich bemerkenswerte Frau sein, und wenn er daran dachte, lächelte Ivo Stewart leise vor sich hin.

Als Bettina sich mit einem großen, rosafarbenen Handtuch mit Monogramm schnell abtrocknete, wußte sie schon, daß sie sich beeilen mußte. Sie hatte ihr Kleid schon zurechtgelegt. Es war aus herrlicher blaß-lila Seide und fiel von ihren Schultern bis auf ihre Knöchel herab. Hastig schlüpfte sie in ihre Unterwäsche aus Spitze und Seide, zog dann das Kleid über den Kopf und die dazu passenden Sandalen mit den winzigen, goldenen Absätzen an. Das Kleid war wirklich prächtig, und sie bewunderte es noch einmal, als sie zum letzten Mal ihr Haar lockerte und sich vergewisserte, daß der Lidschatten exakt die Farbe ihres Kleides hatte. Sie legte sich eine Amethystkette um den Hals, wand eine andere um ihr linkes Handgelenk, und in ihren Ohren blinkten Diamanten. Danach zog sie vorsichtig die Tunika aus schwerem, grünem Samt vom Bügel und legte sie um. Sie war in demselben schimmernden Lila eingefaßt, und sie sah aus wie eine Symphonie aus Lila und dunklem Grün. Es war ein atemberaubendes Ensemble, das ihr Vater ihr im vergangenen Winter aus Paris mitgebracht hatte. Aber sie trug es mit der gleichen Leichtigkeit und Einfachheit, mit der sie auch eine alte, verblichene Jeans tragen würde. Nachdem sie dem Kleid vor dem Spiegel genügend Bewunderung gezollt hatte, konnte sie jetzt vergessen, daß sie es trug. Und genau das hatte sie auch vor. Sie hatte tausend andere Dinge im Kopf. Sie sah sich in dem gemütlichen Schlafzimmer um, vergewisserte sich, daß sie das Gitter vor den noch brennenden Kamin gestellt hatte, und sah noch ein letztes Mal aus dem Fenster. Es schneite noch immer. Der erste Schnee war immer so schön. Sie lächelte vor sich hin, als sie schnell nach unten lief.

Sie mußte in der Küche noch einmal alles überprüfen und sich vergewissern, daß mit dem kalten Büffet alles in Ordnung war. Das Eßzimmer war ein Meisterwerk, und sie lächelte über die Perfektion der Kanapees, die auf unzähligen Silbertabletts aufgereiht waren, bunt wie Konfetti. Auch im Wohnzimmer war alles in Ordnung, und in dem anderen Zimmer unten hatte man die Möbel entfernt, wie sie es angeordnet hatte. Die Musiker stimmten schon ihre Instrumente. Die Diener sahen makellos aus, die Wohnung göttlich, alle Zimmer waren mit museumsreifen Möbeln aus der Zeit Louis' XV. eingerichtet, verfügten über marmorne Kaminsimse, überwältigende Bronzen und andere Wunderwerke, die man nur ehrfürchtig anstarren konnte. Die Damaststoffe waren in sanften Cremetönen gehalten, die Samte variierten zwischen *café au lait* und *apricot* bis hin zu pfirsichfarben. Alles strahlte Wärme und Liebe aus, und es war Bettinas Geschmack, der sich hier überall zeigte, ebenso wie Bettinas Liebe und Mühe.

»Mein Gott, du siehst aber hübsch aus, Liebes.« Sie wirbelte beim Klang seiner Stimme herum und blieb einen Moment reglos stehen, ein Lächeln in den Augen. »Ist das nicht das Ding, das ich dir letztes Jahr in Paris gekauft habe?« Justin Daniels lächelte seiner Tochter zu, und sie erwiderte sein Lächeln. Nur ihr Vater konnte diese exquisite Balenciaga-Robe, die er zu einem wahrhaft königlichen Preis für sie erstanden hatte, als »das Ding« bezeichnen.

»Ja. Freut mich, daß es dir gefällt.« Und zögernd, fast scheu, fügte sie hinzu: »Mir gefällt es auch sehr gut.«

»Schön. Sind die Musiker da?« Er sah schon an ihr vorbei in den angrenzenden Raum.

»Sie stimmen gerade. Ich nehme an, daß sie jeden Augenblick richtig anfangen werden. Möchtest du etwas trinken?« Er dachte niemals an ihre Bedürfnisse. Es war immer sie, die an die seinen dachte.

»Ich glaube, ich warte noch etwas damit. Herrje, bin ich heute müde.« Er ließ sich einen Moment auf einen bequemen Sessel sinken, und Bettina beobachtete ihn. Sie hätte ihm erzählen können, daß sie auch müde war. Sie war um sechs Uhr früh aufgestanden, um die Details für die Einladung auszuarbeiten, war um acht Uhr dreißig in die Schule geeilt, dann heimgerast, hatte gebadet, sich umgezogen und geprüft, ob alles seine Richtigkeit hatte. Aber sie sagte keinen Ton darüber zu ihm; das tat sie nie.

»Arbeitest du an dem neuen Buch?« Er nickte, als sie ihn interessiert und anbetungsvoll ansah, und dann musterte er sie mit einem Lächeln.

»Dir sind die Bücher immer sehr wichtig, nicht wahr?«
»Natürlich.« Sie lächelte liebevoll.
»Warum?«
»Weil du mir wichtig bist.«
»Ist das der einzige Grund?«
»Natürlich nicht. Es sind wundervolle Bücher, und ich liebe sie.« Und dann erhob sie sich und lachte leise, während sie sich vorbeugte und ihm einen Kuß auf die Stirn gab. »Zufällig liebe ich auch dich.« Er lächelte zur Antwort und tätschelte sacht ihren Arm, als sie beim Geräusch der Tür davonschwebte. »Hört sich an, als wenn jemand käme.« Aber sie machte sich plötzlich Sorgen. Er sah außergewöhnlich müde aus.

Innerhalb einer halben Stunde füllte sich das Haus mit lachenden, schwatzenden, trinkenden Menschen. Sie waren witzig amüsant oder unfreundlich, manchmal auch alles auf einmal. Unendliche Abendkleider waren zu sehen, in allen Farben des Regenbogens, ganze Ströme von Juwelen und eine wahre Armee von Männern in Smoking, deren weiße Hemden Perlmutt, Onyx und winzige Saphire und Diamanten zierten. In der Menge befanden sich annähernd einhundert wohlbekannte Gesichter. Daneben gab es noch zweihundert Unbekannte, die Champagner tranken, Kaviar aßen, zu der Musik tanzten und nach Justin Daniels oder anderen Ausschau hielten, die zu treffen sie gehofft hatten.

Dazwischen befand sich Bettina, unbemerkt, bewegte sich sanft und flüssig und achtete darauf, daß alles glatt ging, daß die Menschen miteinander bekannt gemacht wurden, zu Essen und zu Trinken hatten. Sie sorgte dafür, daß ihr Vater seinen geliebten Scotch bekam, später dann seinen Brandy, und auch, daß seine Zigarren immer greifbar waren. Sie gab sich Mühe, Distanz zu wahren, wenn er mit einer Frau zu flirten schien, und war schnell da, wenn es darum ging, ihm einen wichtigen Gast zuzuführen, der soeben eingetroffen war. Sie war genial in ihrer Arbeit, und Ivo fand sie schöner als jede andere Frau. Es war nicht das erste Mal, daß er sich wünschte, sie wäre seine Tochter und nicht Justins.

»Ziehst du deine übliche Nummer ab, Bettina? Müde? Erschöpft? Oder einfach bereit, umzufallen.«

»Mach keine Witze, ich mag das!« Aber es entging ihm nicht, daß ihre Augen die ersten Anzeichen von Müdigkeit aufwiesen. »Möchtest du noch etwas trinken?«

»Hör auf, mich wie einen Gast zu behandeln, Bettina. Kann ich dich dazu überreden, dich irgendwo hinzusetzen?«

»Später vielleicht.«

»Nein, jetzt.«

»Also gut, Ivo. Schon gut.« Sie blickte in die tiefblauen Augen in dem freundlichen Gesicht empor, das sie im Laufe der Jahre lieben gelernt hatte, und ließ sich von ihm zu einem Platz neben einem Fenster führen, wo sie für eine Weile schweigend den Schnee beobachteten. Dann wandte sie den Blick wieder ihm zu. Seine volle, weiße Mähne sah sorgfältiger gekämmt aus denn je. Ivo Stewart wirkte immer perfekt. Er war einfach ein toller Mann. Groß, schlank, gutaussehend, jugendlich, mit blauen Augen, die immer zu lachen schienen und den längsten Beinen, die sie jemals gesehen hatte. Als Kind hatte sie ihn Ivo Tall (dt: der große Schlanke) genannt. Langsam legte sich ihre Stirn in besorgte Falten. »Hast du bemerkt, wie müde Daddy heute abend aussieht?«

Ivo schüttelte den Kopf. »Nein, aber ich bemerke, daß du müde aussiehst. Stimmt was nicht?«

Sie lächelte. »Bloß Prüfung. Wieso kommt es, daß du immer alles bemerkst?«

»Weil ich euch beide liebhabe, und dein Vater ist manchmal wirklich ein kompletter Esel, der überhaupt nichts merkt. Schriftsteller! Man könnte zu ihren Füßen tot umfallen, und sie würden über einen hinwegmarschieren und dabei etwas über den zweiten Teil von Kapitel fünfzehn murmeln. Dein Vater ist da keine Ausnahme.«

»Nein, er schreibt bloß besser.«

»Ich nehme an, das ist eine Entschuldigung.«

»Er braucht keine Entschuldigung.« Bettina sagte es sehr sanft, und Ivos Augen trafen ihre. »Was er tut ist wundervoll.« *Auch, wenn er nicht der wundervollste Vater ist,* dachte sie, *so ist er doch ein brillanter Schriftsteller!* Aber das waren Worte, die sie niemals laut ausgesprochen hätte.

»Was du tust, ist auch wundervoll.«
»Danke, Ivo. Du sagst immer schrecklich nette Sachen. Und jetzt –« sie stand zögernd auf und strich ihr Kleid glatt – »muß ich wieder zurückgehen und meine Rolle als Gastgeberin weiterspielen.«

Es dauerte bis vier Uhr früh, und ihr ganzer Körper schmerzte, als sie langsam nach oben ging. Ihr Vater war noch immer mit zwei oder drei seiner Freunde im Arbeitszimmer, aber sie hatte ihre Aufgabe hinter sich gebracht. Die Diener hatten schon den größten Teil der Unordnung beseitigt, die Musiker waren ausgezahlt und heimgeschickt worden, man hatte sich von den letzten Gästen verabschiedet und ihnen gedankt, ehe sie gingen, die Frauen in ihre Nerzmäntel gehüllt, während ihre Männer sie zu den Limousinen führten, die draußen im Schnee warteten. Als sie jetzt langsam zu ihrem Zimmer ging, blieb Bettina einen Augenblick stehen und schaute hinaus. Es war herrlich, die Stadt sah friedlich und still und weiß aus. Und dann ging sie in ihr Zimmer und schloß die Tür.

Sorgfältig hängte sie ihr Balenciaga-Kleid wieder zurück und schlüpfte in das rosa Seidennachthemd, ehe sie unter die geblümte Decke glitt, die eines der Mädchen schon früher am Abend zurückgeschlagen hatte. Und als sie dann im Bett lag, ging sie in Gedanken den Abend noch einmal durch. Alles war glatt gegangen. Wie immer. Sie seufzte verschlafen und dachte schon an die nächste Gesellschaft. Hatte er nächste Woche gesagt? Oder in der Woche danach? Und hatten ihm die Musiker heute abend gefallen? Sie hatte vergessen, ihn zu fragen. Und der Kaviar... was war mit dem Kaviar... war er so gut wie...? Noch einmal seufzte sie und sah dabei sehr klein und gebrechlich aus, und dann schlief sie endlich ein.

2

»Hast Du Lust, heute mit uns zu Mittag zu essen? Um zwölf im Club 21.« Sie las die Nachricht, als sie Kaffee trank und griff dann nach dem schweren roten Mantel, den sie immer in die Schule anzog. Sie trug marineblaue Gabardinehosen und einen marineblauen Kaschmirpullover und dazu Stiefel, von denen sie hoffte, daß sie dem Schnee standhalten könnten. Hastig packte sie einen Kugelschreiber und kritzelte auf die Rückseite seiner Nachricht: »Wünschte, ich könnte, aber leider... Prüfung! Viel Spaß. Bis heute abend. Alles Liebe, B.«

Sie hatte ihm die ganze Woche über von ihrer Prüfung erzählt. Aber man konnte nicht von ihm erwarten, daß er sich an die Einzelheiten ihres Lebens erinnerte. Er dachte schon an sein nächstes Buch, und das war genug. Und nichts in ihrem Schulleben war seine Aufmerksamkeit bisher wert gewesen. Das war leicht zu verstehen. Sie selbst faszinierte es auch nicht gerade. Im Vergleich zu dem Leben, das sie mit ihm führte, erschien alles andere so platt. Insgeheim spürte sie zwar, daß die Normalität ihres Schullebens irgendwie erfrischend war, aber dennoch schien es ihr fremd zu bleiben. Sie kam sich immer wie eine Beobachterin vor. Nie nahm sie daran teil. Zu viele Leute hatten schon erraten, wer sie war. Das machte sie zum Gegenstand allgemeiner Neugier, der fasziniert angestarrt wurde. Aber sie fand, sie war ihr Interesse nicht wert. Sie war nicht der Schriftsteller. Sie war bloß sein Kind.

Die Tür schloß sich leise hinter ihr, als sie sich auf den Weg zur Schule machte, wobei sie in Gedanken nochmals die Notizen durchging, die sie sich als Vorbereitung auf die Prüfung gemacht hatte. Nach nur zweieinhalb Stunden Schlaf war das ziemlich schwer. Aber sie würde es schon schaffen, hatte es immer geschafft. Ihre Noten waren immer recht gut, was noch ein Grund war, warum sie von den anderen abgesondert wurde. Sie wußte jetzt nicht einmal mehr, warum sie sich von ihrem Vater dazu hatte überreden lassen, die Schule noch weiter zu besuchen. Alles, was sie tun wollte, war, sich ein stilles Eckchen zu suchen und dort ihr Stück zu schreiben. Nur das ... Und dann grinste sie, als der Fahrstuhl sie ins Erdgeschoß brachte. Das war doch noch nicht alles, zu ihrem Traum gehörte mehr. Sie wollte ein Erfolgsstück schreiben, einen Hit. Das würde schon etwas länger dauern ... so zwanzig, dreißig Jahre.

»Morgen, Miss.« Sie lächelte dem Pförtner zu, als er an seinen Hut tippte, und wäre fast ins Haus zurückgelaufen. Es war einer dieser eiskalten Tage, an denen sich der erste Atemzug anfühlt, als hätte man Nägel verschluckt. Sie winkte einem Taxi und kletterte hinein. Das war nun wirklich nicht der Tag, an dem sie ihre Stärke beweisen und den Bus nehmen mußte. Zum Teufel damit. Sie wollte lieber warm bleiben. Sie lehnte sich im Sitz zurück und sah ihre Notizen noch einmal gründlich durch.

»Konnte Bettina nicht kommen?« Ivo sah überrascht auf, als Justin zu ihm an die riesige Bar trat, ihrem üblichen Treffpunkt im Club 21.

»Scheinbar nicht. Ich habe gestern abend vergessen, sie zu fragen, und so hat sie mir heute morgen eine Nachricht hinterlassen. Irgendwas mit Prüfungen. Ich hoffe, das ist alles.«

»Was soll das nun wieder heißen?«

»Ich hoffe, daß sie sich nicht mit irgendeinem Dummkopf im College eingelassen hat.« Sie wußten beide, daß es bisher noch keinen Mann in ihrem Leben gegeben hatte. Justin ließ ihr nicht die Zeit.

»Erwartest du von ihr, daß sie für den Rest ihres Lebens ungebunden bleibt?« Zweifelnd sah Ivo ihn über seinen Martini hinweg an.

»Kaum. Aber ich erwarte von ihr, daß sie eine kluge Wahl trifft.«

»Wie kommst du darauf, daß sie das nicht tun könnte?« Ivo beobachtete seinen Freund mit Interesse, und er konnte den müden Ausdruck in seinen Augen sehen, den Bettina am Vorabend bereits erwähnt hatte.

»Frauen treffen nun mal nicht immer kluge Entscheidungen, Ivo.«

»Aber wir tun das?« Er war amüsiert. »Hast du Grund zu

vermuten, daß sie schon eine Wahl getroffen hat?«

Justin Daniels schüttelte den Kopf. »Nein, aber man kann nie wissen. Ich verabscheue diese dummen Typen, die nur aufs College gehen, um sich Mädchen anzulachen.«

»So wie du, meinst du.« Jetzt grinste Ivo übers ganze Gesicht, während Justin ihm einen bösen Blick zuwarf und sich einen Scotch bestellte.

»Ach, ist ja auch egal. Ich fühle mich heute nicht sehr wohl.«

»Kater?« Ivo sah nicht sehr beeindruckt aus.

»Ich weiß nicht. Vielleicht. Ich hab' seit gestern abend einen verdorbenen Magen.«

»Das ist ganz offensichtlich das Alter.«

»Bist du heute aber klug!« Justin warf ihm einen Blick zu, von dem Ivo wußte, er hieß, daß er genug hatte, und dann lachten sie beide. Trotz ihrer unterschiedlichen Ansichten in bezug auf Bettina kamen die beiden Männer doch immer sehr gut miteinander aus. Sie war das einzige Thema, bei dem sie fast nie übereinstimmten und der einzige Zankapfel zwischen ihnen. »Übrigens, wie wär's mit einer kurzen Reise nach London, nächstes Wochenende?«

»Wozu?«

»Was weiß ich? Um Mädchen zu jagen, Geld auszugeben, ins Theater zu gehen. Eben das Übliche.«

»Ich dachte, du arbeitest schon an dem neuen Buch.«

»Tu' ich auch, aber ich stecke fest und möchte spielen.«

»Ich muß mal sehen. Es ist dir vielleicht nicht aufgefallen, aber wir haben derzeit mehrere kleine Kriege auf der Welt, ganz abgesehen von den politischen Gruppierungen. Die Zeitung braucht mich vielleicht hier.«

»Es macht doch überhaupt nichts, wenn du übers Wochenende nicht da bist. Außerdem, du *bist* die Zeitung.«

»Danke, Sir. Das werde ich mir merken. Wer ißt denn eigentlich noch mit uns zu Mittag?«

»Judy Abbott, die Stückeschreiberin. Bettina wird einen Anfall bekommen, daß sie die verpaßt hat.« Er warf Ivo einen düsteren Blick zu und bestellte sich noch einen Scotch. Aber Ivo war der erschreckte Ausdruck in seinen Augen nicht entgangen.

Einen Moment zögerte er, doch dann berührte er seinen Freund sanft am Arm und flüsterte, kaum hörbar: »Justin ... ist irgend etwas nicht in Ordnung?«

Es entstand eine kleine Pause. »Ich weiß nicht. Ich fühle mich plötzlich so komisch ...«

»Möchtest du dich hinsetzen?« Aber es war schon zu spät; einen Augenblick später stürzte er zu Boden, und zwei Frauen sahen nach unten und kreischten. Sein Gesicht war schmerzhaft verzerrt, und er wand sich. Hastig erteilte Ivo seine Anweisungen, und es dauerte nur Sekunden, bis Ärzte erschienen, Augenblicke, in denen Ivo seinen Freund in den Armen hielt und betete, daß es noch nicht zu spät wäre. Aber es war so. Justin Daniels Hand glitt schlaff zu Boden, sobald Ivo sie losließ, während Polizisten die Neugierigen verscheuchten und die Ärzte fast eine halbe Stunde lang weiter um ihn kämpften. Aber es war nutzlos. Justin Daniels war tot.

Hilflos sah Ivo zu, wie sie sein Herz massierten, ihn künstlich beatmeten, ihm Sauerstoff zuführten, alles taten, während Ivo nur beten konnte. Aber es änderte nichts mehr. Schließlich bedeckten sie sein Gesicht, und Tränen rollten über Ivos Wangen. Sie fragten ihn, ob er den Toten ins Leichenschauhaus begleiten wollte. Leichenschauhaus? Justin? Das war unvorstellbar. Und doch war es so. Sie gingen.

Als Ivo eine Stunde später das Krankenhaus verließ, fühlte er sich grau und zitterte. Es blieb nichts mehr zu tun, als es Bettina zu erzählen. Ihm wurde übel, wenn er daran dachte. Großer Gott ... wie sollte er es ihr beibringen? Was sollte er sagen? Wie stand sie nun da? Außer Justin hatte sie niemanden auf der Welt. Keinen einzigen Menschen. Sie hatte die besten Gäste von New York bewirtet, kannte mehr Persönlichkeiten und Berühmtheiten als die Gesellschaftsreporter der *Times*, aber das war auch alles, was sie hatte. Davon abgesehen hatte sie nichts gehabt außer Justin. Und der war jetzt tot.

3

Die Uhr auf dem Kaminsims tickte unaufhörlich, während Ivo im Arbeitszimmer saß und leer in den Park hinausstarrte. Es war schon später Nachmittag, und das Licht verblaßte langsam. Von der Straße unten dröhnte der übliche Nachmittagsverkehr Richtung Süden über die Fifth Avenue. Es war Stoßzeit, und außerdem lag Schnee, was Bettinas Heimkehr am Ende dieses Tages erschwerte. Die Autos bewegten sich kaum vorwärts, während die Fahrer wütend hupten. In der Wohnung der Daniels erklang das Hupen nur als gedämpftes Geräusch. Ivo hörte es nicht, als er jetzt hier saß und darauf wartete, Bettinas Schritte in der Halle zu hören, ihre rufende Stimme, ihr Lachen nach der Rückkehr von der Schule. Er ertappte sich dabei, wie er sich im Zimmer umsah, die Trophäen anstarrte, die Kunstgegenstände, die kunstvoll auf den Bücherregalen zur Schau gestellt waren, zwischen den in Leder gebundenen Büchern, die Justin so geschätzt hatte. Viele davon waren in London auf Auktionen erstanden worden, wenn Ivo ihn auf seinen Reisen gelegentlich begleitet hatte. Genauso hatten sie Reisen nach München, Paris und Wien unternommen. Es hatte so viele Jahre gegeben, so viele Augenblicke, so viele schöne Stunden, die sie geteilt hatten. Es war Justin gewesen, der mit ihm gefeiert und geweint und gestöhnt und getrauert hatte, in den zweiunddreißig Jahren ihrer Freundschaft, Liebeleien und Scheidungen und Siege aller Art... Justin, der Ivo gebeten hatte, in der Nacht von Bettinas Geburt mit ihm im Krankenhaus zu wachen, und sie hatten sich beide mit Champagner betrunken und waren dann in die Stadt gezogen, um dort weiterzufeiern... Justin... der plötzlich nicht mehr da war. So schnell war er gegangen. Ivos Gedanken wanderten zurück zu dem Nachmittag im Krankenhaus. Es kam ihm alles so unwirklich vor. Und dann wurde Ivo plötzlich bewußt, daß er auf Justin wartete, nicht auf Bettina... auf Justins Stimme in der langen, leeren Halle... seine elegante Erscheinung in der Tür, mit einem Lächeln in den Augen und einem Lachen auf den Lippen. Es war Justin, nicht Bettina, den Ivo zu sehen erwartete, als er so in dem stillen, holzgetäfelten Raum saß und auf die Tasse mit kaltem Kaffee starrte, den der Butler ihm vor einer Stunde gebracht hatte. Sie wußten Bescheid. Sie wußten alle Bescheid. Ivo hatte es den Dienern gesagt, kurz nachdem er ins Haus gekommen war. Außerdem hatte er Justins Anwalt und seinen Agenten angerufen. Aber sonst noch niemanden. Er wollte nicht, daß irgend etwas in der Presse oder durchs Radio bekannt gegeben wurde, ehe Bettina Bescheid wußte. Die Diener wußten auch, daß sie nichts zu ihr sagen durften, wenn sie kam. Sie sollten sie nur zu Ivo bringen... ins Arbeitszimmer, wo er wartete... in der Stille..., daß einer von ihnen heimkam... wenn bloß Justin heimkäme, dann wäre doch alles bloß eine Lüge gewesen und er brauchte ihr nichts zu sagen... er müßte nicht... es würde nicht... Er spürte, wie neue Tränen in seinen Augen brannten, während er die zarte blau-goldene Limoges-Tasse anfaßte.

Abwesend strich Ivo dann über die Spitze seiner Serviette, als er plötzlich hörte, wie die Wohnungstür sich öffnete. Gedämpfte Stimmen waren zu vernehmen, erst die des Butlers, dann ihre fröhlichere. Ivo konnte sie fast vor sich sehen, lächelnd, offen, wie sie den roten Mantel abwarf und dabei etwas zu dem Butler sagte, der für niemanden sonst lächelte außer für »Miss«. Für »Miss« lächelte jeder. Außer Ivo. Heute nachmittag konnte er nicht lächeln. Er stand auf und ging langsam zur Tür, fühlte, wie sein Herz hämmerte, als er auf sie wartete. O Gott, was sollte er bloß sagen?

»Ivo?« Sie sah ihn überrascht an, als sie durch die Halle auf ihn zuging. Sie hatten ihr gerade gesagt, daß er im Arbeitszimmer auf sie wartete. »Ist etwas nicht in Ordnung?« Sie sah sofort mitleidig aus und streckte ihm beide Hände entgegen. Es war zu früh, als daß er schon sein Büro hätte verlassen können, und das wußte sie. Er verließ seinen Schreibtisch nur selten vor sieben oder acht Uhr. Dadurch war er ein schwieriger Gast für Einladungen zum Abendessen, aber es war eine Schwäche, die ihm jeder leicht verzieh. Der Verleger der *New York Mail* hatte das Recht, lange zu arbeiten, und noch immer war er von jeder Gastgeberin in der Stadt begehrt. »Du siehst müde aus.« Vorwurfsvoll sah sie ihn an und hielt seine Hand, als sie sich setzten. »Ist Daddy nicht zu Hause?«

Er schüttelte benommen den Kopf, und seine Augen füllten sich mit Tränen, als sie ihn auf die Wange küßte. »Nein. Bettina...« Und dann fügte er hinzu und haßte sich selbst: »Noch nicht.«

»Möchtest du gerne einen Drink statt dieser traurig aussehenden Tasse Kaffee?« Ihr Lächeln war so warm und sanft, daß es ihm fast das Herz zerriß, und ihren Augen entging nichts. Sie machte sich Sorgen um ihn, und das ließ ihn lächeln. Sie sah so unglaublich jung und lieb und unschuldig aus, daß er ihr alles andere liebend gern erzählt hätte, bloß nicht die Wahrheit. Ihr kastanienbraunes Haar sah aus wie ein Heiligenschein aus Locken, wie es so ihren Kopf umflutete. Ihre Augen glänzten, ihre Wangen waren von der Kälte gerötet, und sie wirkte kleiner denn je. Aber ihr Lächeln verblaßte, als sie ihn ansah. Plötzlich wußte sie, daß etwas Schreckliches passiert sein mußte. »Ivo, was ist los? Du hast kaum ein Wort gesagt, seit ich hereingekommen bin.« Ihr Blick ließ seine Augen keine Sekunde los, und ganz langsam streckte er die Hand nach ihr aus. »Ivo?« Sie wurde blaß, als sie ihn beobachtete, und gegen seinen Willen traten Tränen in seine Augen, als er sie vorsichtig in seine Arme zog. Sie wehrte sich nicht. Es war, als wußte sie, daß sie ihn brauchen würde, und er sie. Sie klammerte sich fest an Ivo und wartete auf die Nachricht.

»Bettina... es ist Justin...« Ein Schluchzen stieg in seiner Kehle auf, und er bekämpfte es. Er mußte jetzt stark sein. Justins wegen. Ihretwegen. Aber sie war in seinen Armen erstarrt, und plötzlich löste sie sich von ihm.

»Was meinst du damit?... Ivo...« Ihre Augen sahen ihn entsetzt an, ihre Hände waren wie kleine, verschreckte Vögel. »Ein Unfall?« Aber Ivo schüttelte nur den Kopf. Und dann blickte er sie langsam an, und in seinen Augen sah sie die volle Macht ihrer Angst.

»Nein, Liebes. Er ist tot.« Einen Augenblick schien sich im Zimmer nichts zu regen, als der Schock wie eine große Woge über sie hinwegrollte, und ihre Augen starrten ihn an, ohne es voll zu begreifen, ohne es wissen zu wollen.

»Ich – ich verstehe nicht...« Ihre Hände flatterten nervös,

ihre Augen schienen von seinem Gesicht zu ihren Händen zu wandern. »Was willst du damit sagen, Ivo? ... ich –« entsetzt sprang sie dann auf und lief durchs Zimmer, als wollte sie von ihm fortkommen, als versuchte sie zu fliehen, vor ihm – und damit vor der Wahrheit. »Was, zum Teufel, meinst du?« Sie schrie ihn jetzt an, ihre Stimme zitterte und klang doch wütend, ihre Augen standen voller Tränen. Aber sie sah so zerbrechlich aus, daß er sie am liebsten wieder in die Arme genommen hätte.

»Bettina ... Liebes ...« Er trat zu ihr, aber sie wehrte sich, ohne zu überlegen, ohne zu wissen, und dann streckte sie plötzlich die Arme nach ihm aus, klammerte sich an ihn, während ihr ganzer Körper von Schluchzen geschüttelt wurde.

»O Gott ... nein ... Daddy ...« Es war ein langes, langsames, kindliches Aufheulen. Ivo hielt sie ganz fest. Er war alles, was sie nun noch hatte.

»Was ist passiert? Oh, Ivo ... was ist passiert?« Aber sie wollte es nicht wirklich wissen. Alles, was sie wissen wollte war, daß es nicht wahr war. Aber doch war es so. Ivos Gesicht sagte es ihr wieder und wieder.

»Es war ein Herzanfall. Beim Mittagessen. Wir haben sofort einen Krankenwagen gerufen, aber es war zu spät.« Seine Stimme klang gequält bei diesen Worten.

»Haben sie denn nichts getan? Um Gottes willen ...« Sie schluchzte jetzt, ihre schmale Gestalt zitterte, während er einen Arm um ihre Schultern gelegt hielt. Es war schwer zu glauben. Erst am Abend zuvor hatten sie in diesem Raum getanzt.

»Bettina, sie haben alles versucht. Wirklich alles. Aber es war –« O Gott, wie weh es tat, ihr alles zu erzählen. Es war fast unerträglich für ihn. »Es ist ganz schnell gegangen. Innerhalb von Sekunden war alles vorbei. Und ich schwöre dir, sie haben alles getan, was in ihrer Macht stand. Aber es gab nicht mehr viel, das sie tun konnten.« Sie schloß die Augen und nickte, und dann verließ sie zögernd den Schutz seiner Arme und durchquerte das Zimmer. Mit dem Rücken zu ihm stand sie am Fenster und starrte auf den Schnee hinaus, auf die knorrigen, kahlen Bäume jenseits der Straße im Central Park. Wie häßlich kam ihr der jetzt vor, wie einsam, und doch hatte es erst am

Abend zuvor wunderschön ausgesehen, märchenhaft, als sie am Fenster ihres Schlafzimmers gestanden und sich für die Gesellschaft umgezogen hatte, als sie darauf wartete, daß die ersten Gäste eintrafen. Jetzt haßte sie sie, sie alle, denn sie hatten ihr den letzten gemeinsamen Abend mit ihm gestohlen ... ihren letzten Abend ... jetzt war er nicht mehr. Sie kniff die Augen zusammen und nahm sich zusammen, um die Frage zu stellen, die sie stellen mußte.

»Hat er – hat er etwas gesagt, Ivo ... ich meine ... für mich?« Ihre Stimme war kaum zu hören, und sie sah nicht, wie Ivo den Kopf schüttelte.

»Er hatte keine Zeit.«

Sie nickte schweigend, und einen Moment später holte sie tief Luft. Ivo wußte nicht, ob er zu ihr gehen oder sie allein dort stehenlassen sollte. Er hatte das Gefühl, er könnte sie mit der leisesten Berührung seiner Hand entzweibrechen, so angespannt und spröde und zerbrechlich wirkte sie, als sie dort stand, schmerzerfüllt und ganz allein. Sie war jetzt allein, und sie wußte es. Zum ersten Mal in ihrem Leben. »Wo ist er jetzt?«

»Im Krankenhaus.« Ivo zögerte. »Ich wollte erst mit dir sprechen, ehe ich irgendwelche weiteren Anweisungen gab. Möchtest du irgend etwas Bestimmtes tun?« Langsam näherte er sich ihr, drehte sie dann zu sich herum. Er blickte auf sie herab. Ihre Augen schienen plötzlich sehr alt, und es war das Gesicht einer Frau, das sie zu ihm emporwandte, nicht das Gesicht eines Kindes. »Bettina, ich ... es tut mir leid, daß ich dich damit bedrängen muß, aber ... hast du eine Ahnung, was dein Vater sich gewünscht haben könnte?«

Sie setzte sich wieder und schüttelte leicht den Kopf. »Wir haben niemals über – über solche Dinge gesprochen. Und gläubig war er nicht.« Sie schloß die Augen, und zwei riesige Tränen rollten über ihr Gesicht. »Ich denke, wir sollten etwas im kleinen Kreis machen. Ich möchte nicht –« sie konnte kaum weiterreden – »daß eine Menge Leute kommt und ihn anstarrt und –« und dann konnte sie nichts weiter tun, als den Kopf senken und wieder nahm Ivo sie in die Arme, während ihre Schultern heftig zuckten. Es dauerte volle fünf Minuten, bis sie sich wieder zusammenreißen konnte, und dann starrte sie traurig zu Ivo auf. »Ich möchte ihn jetzt sehen, Ivo.« Er nickte, sie stand auf und ging schweigend zur Tür.

Auf dem Weg ins Krankenhaus war sie erschreckend ruhig, ihre Augen blieben trocken und sie saß aufrecht auf dem Rücksitz in Ivos Auto. Sie schien zusammenzuschrumpfen, als sie dort saß, in einen Silberfuchsmantel gehüllt, die Augen riesig und kindlich unter der passenden Pelzkappe.

Beim Krankenhaus angekommen verließ sie den Wagen schon vor ihm, rannte fast durch die Tür und wartete ungeduldig auf Ivo, der sie zu ihrem Vater bringen sollte. Tief in ihrem Herzen hatte sie die Wahrheit noch nicht begriffen, und irgendwie erwartete sie wohl, daß er sie dringend sehen wollte, daß er noch ganz lebendig war. Erst als sie die letzte Tür erreichten, verlangsamte sie ihre Schritte, das Stakkato der Absätze ihrer schwarzen Stiefel auf dem Fußboden verstummte. Das Licht hinter der Tür war schwach, ihre Augen schienen plötzlich riesig, als sie langsam in die Leichenhalle trat. Da war er, mit einem Laken bedeckt, und auf Zehenspitzen trat sie zu ihm, versuchte, den Mut aufzubringen, das Laken soweit zurückzuziehen, daß sie sein Gesicht sehen konnte. Ivo beobachtete sie einen Moment und trat dann leise neben sie. Sanft nahm er ihren Arm und flüsterte: »Möchtest du ihn sehen?« Sie nickte. Sie mußte ihn sehen. Mußte einfach. Sie mußte sich von ihm verabschieden. Sie wollte Ivo sagen, daß sie mit ihrem Vater allein sein wollte, aber sie wußte nicht, wie, und am Ende war sie froh, daß es so war, wie es war.

Mit zitternder Hand berührte sie eine Ecke des Lakens, und ganz, ganz langsam zog sie es zurück, bis sie seinen Kopf sehen konnte. Einen Moment kam es ihr so vor, als wäre sie wieder ein Kind und er würde mit ihr spielen. Hastiger zog sie an dem Laken, bis sie es schließlich auf seine Brust gleiten ließ. Die Augen waren geschlossen, das Gesicht friedlich und blaß, und ihre aufgerissenen Augen füllten sich mit Schmerz, als sie auf ihn hinabsah. Aber jetzt begriff sie. Es war, wie Ivo ihr gesagt hatte – ihr Vater war tot. Tränen liefen über ihr Gesicht, als sie sich bückte, um ihn zu küssen. Dann trat sie einen Schritt zurück, wo Ivo auf sie wartete, den Arm um sie legte und sie aus dem Raum führte.

4

Aber die ganze Wirklichkeit traf Bettina erst später. Zwischen dem Tod ihres Vaters und den Beerdigungsfeierlichkeiten lagen zwei Tage, die mit hektischer Arbeit angefüllt waren, mit Vorbereitungen. Sie mußte etwas aussuchen, das er anziehen sollte, besprach sich ständig mit der Sekretärin, die sie angestellt hatte, damit sie ihr bei den Vorbereitungen half, besprach mit Ivo, wer angerufen worden war, wer noch angerufen werden mußte, organisierte die Diener und beruhigte die Freunde. Von diesen »Vorbereitungen« ging etwas wunderbar Tröstendes aus. Sie gaben ihr die Möglichkeit, vor ihren Gefühlen, vor der Wahrheit zu fliehen. Sie hastete zwischen der Wohnung und dem Bestattungsinstitut hin und her, und schließlich stand sie auf dem Friedhof, eine zerbrechliche Gestalt in Schwarz, mit einer langen, weißen Rose, die sie schweigend auf den Sarg ihres Vaters legte, während der Rest der Gruppe von ihr zurücktrat. Nur Ivo blieb immer in ihrer Nähe. Sie konnte seinen Schatten neben dem ihren auf den Schnee fallen sehen. Nur Ivo hatte seit dem Tod ihres Vaters Tag für Tag versucht, die schmerzliche Lücke, die an ihrer Seite entstanden war, auszufüllen. Nur Ivo war es gelungen, sie zu berühren. Nur Ivo war jetzt da, um sie wissen zu lassen, daß es immer noch jemanden gab, dem sie etwas bedeutete, der sich um sie sorgte, daß sie jetzt nicht völlig unbeschützt, verängstigt und allein auf der Welt war.

Schweigend ergriff er ihre Hand und führte sie zu seinem Wagen zurück. Eine halbe Stunde später war sie wieder sicher in ihrer Wohnung, eingeschlossen in die sichere, kleine Welt, die sie immer gekannt hatte. Sie und Ivo tranken Kaffee, und draußen fiel eine helle Novembersonne auf den frischen Schnee. Der Winterschneee war früh gefallen, und nur im Park sah er schön aus. Der Rest der Stadt hatte drei Tage lang unter Matsch begraben gelegen. Bettina seufzte leise, nippte an ihrem Kaffee und starrte geistesabwesend ins Feuer. Es war ein seltsamer Vergleich, aber sie fühlte sich so wie ihr Vater, wenn er ein Buch abgeschlossen hatte. Plötzlich hatte sie ihre »Personen« verloren und war arbeitslos. Es gab niemanden mehr, für den sie sorgen mußte, den sie verwöhnen mußte; sie mußte nicht mehr dafür sorgen, daß seine Zigarren greifbar waren, daß die Gästeliste seinen Wünschen entsprach und die Flugtikkets nach Madrid stimmten. Es gab niemanden mehr, als sie selbst. Und wie sie für sich selbst sorgen sollte, das wußte sie nicht so recht. Sie war immer so sehr damit beschäftigt gewesen, für ihn zu sorgen.

»Bettina.« Eine lange Pause entstand, nachdem Ivo seine Tasse abgesetzt hatte und sich jetzt langsam mit der Hand durch das weiße Haar fuhr. Das tat er nur, wenn er verlegen war, und sie fragte sich, warum er sich jetzt so fühlen sollte. »Es ist noch ein bißchen früh, um das Thema anzuschneiden, Liebes, aber wir müssen uns diese Woche noch mit den Anwälten treffen.« Sein Herz sank, als sie ihm ihre großen, grünen Augen zuwandte.

»Warum?«

»Um das Testament durchzusprechen, und ... da sind noch ein paar andere Punkte, geschäftlich, die wir mit ihnen besprechen sollten.« Justin hatte ihn als Testamentsvollstrecker eingesetzt, und die Anwälte bearbeiteten ihn schon seit zwei Tagen.

»Warum jetzt? Warum schon so bald?« Sie sah ihn verwirrt an, erhob sich und trat ans Feuer. Sie fühlte sich gleichzeitig müde und ruhelos. Sie wußte nicht, ob sie nun lieber einen ausführlichen Spaziergang machen oder gleich ins Bett gehen und weinen sollte. Aber Ivo sah entsetzlich geschäftsmäßig aus, als seine Augen ihr folgten.

»Nein, das ist nicht zu früh. Es gibt ein paar Dinge, die du wissen mußt und einige Entscheidungen zu treffen. Und die Dinge sollten jetzt wirklich ins Rollen gebracht werden.«

Sie seufzte zur Antwort und nickte, als sie zum Sofa zurückkehrte. »Also gut. Wir werden sie aufsuchen, aber die Eile verstehe ich wirklich nicht.« Leise lächelnd sah sie Ivo an, und er nickte und griff nach ihrer Hand. Nicht einmal Ivo kannte das ganze Ausmaß dessen, was die Anwälte im Sinn hatten. Aber zwölf Stunden später wußten sie es beide.

Entsetzt sahen Ivo und Bettina sich an. Die Anwälte musterten sie ernst. Keine Aktien. Keine Anlagen. Kein Kapital. Kurz gesagt, es gab kein Geld. Den Worten seiner Anwälte zufolge hatte sich Justin darüber nie Kopfzerbrechen gemacht, weil er immer erwartete, daß die Dinge sich schon regeln würden – aber so war es nie gekommen, und so hatte er zu lange auf Kredit gelebt. Alles, was er besaß, war praktisch nur eine Leihgabe, oder es lag eine Hypothek darauf, und es stellte sich heraus, daß er immense Darlehen zurückzuzahlen hatte. Seine letzten Vorschüsse waren alle ausgegeben worden, für Autos – wie den neuen Bentley, und dann kurz danach den 1934er Rolls Royce – Antiquitäten, Rennpferde, Frauen, Reisen, Häuser, Pelze für Bettina und für ihn selbst. Im Winter zuvor hatte er von einem Freund das beste Vollblut des Landes gekauft. In den Zeitungen hatte gestanden, er hätte 2,7 Millionen dafür bezahlt. Aber in Wirklichkeit war es ein bißchen mehr gewesen, und sein Freund hatte ihm erlaubt, die Zahlung ein Jahr hinauszuschieben. Das Jahr war noch nicht vorbei, und die Schuld war noch immer nicht gezahlt. Er wußte, er würde sie zahlen, er würde weitere Vorschüsse bekommen, und er hatte seine Tantiemen, die in sechsstelligen Zahlen hereinkamen. Doch jetzt erfuhren Ivo und Bettina, daß er sogar seine zukünftigen Tantiemen beliehen hatte, bei einigen seiner reicheren Freunde. Er hatte überall Schulden gemacht, bei Banken, Freunden, hatte seinen Besitz, sein zukünftiges Einkommen und seine Träume verpfändet. Was war mit seinen Investments passiert, mit den »sicheren Sachen«, von denen sie manchmal gehört hatte? Im Laufe der stundenlangen Sitzung mit seinen Anwälten wurde immer klarer, daß es keine sicheren Sachen gab, abgesehen von seinen astronomischen Schulden, die waren sicher. Er hatte einen Großteil seiner Schulden privat gehalten. Vor Jahren schon hatte er sich von seinen Anlageberatern getrennt, hatte sie Dummköpfe genannt. Es wurde immer verwirrender, und Bettina saß wie betäubt da. Es war unmöglich für sie, einen Sinn in dem zu sehen, was sie ihr sagten. Sie begriff bloß, daß es Monate dauern würde, alles zu sichten, und daß der riesige Besitz des illustren, charmanten, gefeierten und bewunderten Justin Daniels nichts weiter war als ein riesiger Schuldenberg.

Verwirrt und hilfesuchend sah Bettina Ivo an, und er erwiderte ihren Blick verzweifelt. Er hatte das Gefühl, ganz plötzlich um weitere zehn Jahre gealtert zu sein.

»Und die Häuser?« Ängstlich sah Ivo den ältesten Anwalt an.

»Das müssen wir überprüfen, aber ich nehme an, daß sie alle verkauft werden müssen. Wir haben Mr. Daniels das seit fast zwei Jahren nahegelegt. Es wäre wohl möglich, daß, wenn wir die Häuser erst einmal verkauft haben, und ... äh -« er hüstelte verlegen - »auch einige der Antiquitäten aus Mr. Daniels New Yorker Wohnung ... nun ja, vielleicht sind wir dann schon wieder in den schwarzen Zahlen.«

»Wird noch etwas übrigbleiben?«

»Das ist im Augenblick schwer zu sagen.« Aber der Ausdruck in seinem Gesicht sprach Bände.

»Das heißt also -« Ivos Stimme klang wütend, und er war sich nicht sicher, ob er wütender auf Justin oder auf seine Anwälte war - »wenn alles getan ist, dann bleibt nichts weiter als die Wohnung hier in New York. Keine Aktien, keine Wertpapiere oder Anlagen, gar nichts?«

»Ich glaube, daß sich das als korrekt erweisen wird.« Der ältliche Mann spielte nervös mit seiner Brille, während sich sein jüngerer Partner räusperte und versuchte, das junge, schlanke Mädchen nicht anzusehen.

»Wurden denn keinerlei Vorkehrungen für Miss Daniels getroffen?« Ivo konnte es nicht glauben.

Aber der Anwalt sagte nur ein Wort. »Keine.«

»Verstehe.«

»Natürlich wies Mr. Daniels' Konto am Tag seines Ablebens eine Summe von« - der Seniorpartner blätterte hastig ein paar Papiere durch - »achtzehntausend Dollar auf, und wir würden uns glücklich schätzen, Miss Daniels in der Zwischenzeit, bis alles geklärt ist, einen Vorschuß zu gewähren, damit sie die Lebenshaltungskosten -« Aber jetzt kochte Ivo schon.

»Das wird nicht nötig sein.« Ivo ließ seinen Aktenkoffer zuschnappen und nahm seinen Mantel. »Was glauben Sie, wie lange wird es dauern, bis Sie uns wissen lassen können, wie die Dinge stehen?«

Die beiden Anwälte tauschten einen Blick aus. »Ungefähr drei Monate?«

»Wie wär's mit einem?« Ivos Blick reizte nicht gerade zum Witze machen, und unglücklich nickte der ältere Anwalt.

»Wir werden es versuchen. Wir sehen natürlich ein, daß die Umstände für Miss Daniels hart sind. Wir werden unser möglichstes tun.«

»Danke.« Bettina schüttelte ihnen die Hand und verließ hastig das Büro. Auf dem Weg zum Wagen sagte Ivo fast nichts. Sein besorgter Blick streifte immer wieder ihr Gesicht. Sie war totenblaß, schien aber ruhig und sehr beherrscht. Als sie wieder in seinem Wagen saßen, schob er die Scheibe zwischen ihnen und dem Fahrer hoch und wandte sich dann mit einem traurigen Ausdruck in den Augen zu ihr. »Bettina, begreifst du, was da eben passiert ist?«

»Ich denke schon.« Erst jetzt bemerkte er, daß sogar ihre Lippen blaß waren. »Sieht so aus, als müßte ich ein paar Dinge vom Leben lernen.«

Als sie vor dem teuren Haus hielten, in dem sie wohnte, fragte er: »Wirst du mir erlauben, dir zu helfen?«

Sie schüttelte den Kopf, küßte seine Wange und stieg aus dem Auto.

Er blieb reglos sitzen und beobachtete sie, bis sie im Gebäude verschwunden war. Er fragte sich, was jetzt mit ihr geschehen würde.

5

Die Klingel ertönte genau in dem Augenblick, als Bettina auf die Uhr sah. Das Timing war perfekt, und sie lächelte, als sie zur Tür lief. Sie begrüßte ihn mit einem Kuß, und Ivo trat ein und verbeugte sich. In seinem schwarzen Mantel und mit dem Hut sah er ausgesprochen vornehm aus. Bettina dagegen trug ein rotes Flanellhemd und Jeans.

»Sie sehen heute abend ausgesprochen lebendig aus, Miss

Daniels. Wie geht's?«

»Nichts Neues! Ich habe den Tag mit dem Mann von Parke-Bernet verbracht.« Sie lächelte müde, und es schoß ihm durch den Kopf, wie sehr er es vermißte, sie in den gewohnten eleganten Kleidern zu sehen. In dem Monat, der seit Justins Tod vergangen war, schien sie ihre andere Garderobe abgeschafft zu haben. Aber sie war auch nirgendwo hingegangen, außer zu den Anwälten, um noch mehr schlechte Nachrichten zu bekommen. Jetzt wollte sie nichts weiter als aus dieser scheußlichen Lage herauskommen, so schnell wie möglich. Sie traf sich mit Kunsthändlern, Immobilienmaklern, Antiquitätenhändlern, Juwelieren, mit allen und jedem, der ihr ihre Wertgegenstände abkaufen konnte, und ihr dafür etwas gab, womit sie ihre Schulden abtragen konnte.

»Die nehmen mir all das Zeug ab« – sie deutete vage auf die Antiquitäten – »und auch alles aus dem Haus in Southampton und dem in Palm Beach. Sie haben schon jemanden hingeschickt, der sich alles angesehen hat. Die Möbel aus dem Haus in Südfrankreich werde ich drüben verkaufen, und« – sie seufzte geistesabwesend, während sie seinen Mantel aufhängte – »ich glaube, daß ich das Haus in Beverly Hills mit allem, was darin ist, verkaufen kann. Irgendein Araber will es haben, und er hat seinen ganzen Besitz im Nahen Osten zurückgelassen. So trifft es sich eigentlich für uns beide ganz gut.«

»Willst du denn gar nichts davon behalten?« Ivo schaute sie entgeistert an, aber sie war schon an diesen Ausdruck in seinem Gesicht gewöhnt, genauso wie er an das Entsetzen gewöhnt war, das er auch jetzt wieder empfand.

Mit einem leichten Lächeln schüttelte sie den Kopf. »Das kann ich mir nicht leisten. Viereinhalb Millionen Dollar sind nicht ganz einfach aufzubringen. Aber ich werde es schaffen.« Wieder lächelte sie, und es drehte ihm fast das Herz um. Wie konnte Justin ihr so etwas antun? Wie konnte er nicht gewußt haben, daß so etwas passieren konnte? Daß sie zurückbleiben und mit diesem Durcheinander fertig werden müßte? »Sieh doch nicht so besorgt drein, Ivo.« Sie lächelte ihn jetzt an. »Es wird sich alles finden, in einigen Tagen.«

»Ja, und derweil sitze ich hilflos da und schaue zu, wie du

dein Leben kaputt machst.« Es fiel ihm jetzt immer schwerer, daran zu denken, daß sie erst neunzehn Jahre alt war. Sie sah so viel älter aus, hörte sich auch so viel älter an. Aber immer noch zeigte sich gelegentlich der Schalk in ihren Augen.

»Und was möchtest du gerne tun, Ivo? Mir beim Packen helfen?«

»Nein«, fuhr er sie an, und dann entschuldigte er sich mit einem Blick. Aber sie war es, die zuerst sprach.

»Tut mir leid. Ich weiß, daß du mir helfen möchtest. Wahrscheinlich bin ich einfach bloß müde. Ich habe das Gefühl, als würde das nie aufhören.«

»Und wenn es aufhört, was dann? Es gefällt mir gar nicht, daß du die Schule aufgegeben hast.«

»Warum nicht? Ich bekomme meine Ausbildung hier. Und davon abgesehen ist so eine Schule teuer.«

»Bettina, hör auf damit!« Sie klang so bitter, und ihr Blick war plötzlich so traurig. »Ich möchte, daß du mir etwas versprichst.«

»Und das wäre?«

»Ich möchte, daß du mir versprichst, daß du für eine Weile verreist, einfach, um dich zu erholen, um wieder du selbst zu werden, wenn das Schlimmste hier vorbei ist, wenn du dich um die Wohnung und die Möbel gekümmert hast und alles erledigt hast, was du dir sonst noch so vorgenommen hast.«

»Du hörst dich an, als wäre ich hundert Jahre alt.« Sie fragte ihn nicht, wie er sich das dachte, wovon sie die Reise bezahlen sollte. Ihr blieb fast nichts mehr. Sie kochte für sich selbst in der riesigen Küche, und sonst tat sie kaum noch etwas. Sie kaufte nichts, ging nirgendwohin. Tatsächlich hatte sie sogar erst an diesem Morgen daran gedacht, ihre Kleider zu verkaufen. Wenigstens die Abendkleider. Sie hatte zwei Schränke voll davon. Aber sie wußte, wenn sie das Ivo erzählte, würde er einen Anfall bekommen.

»Ich meine es ernst, ich möchte, daß du irgendwohin verreist. Du brauchst das. Das war eine enorme Belastung für dich. Das wissen wir beide. Wenn ich könnte, würde ich dich jetzt sofort wegschicken, aber ich weiß, daß du hier sein mußt. Versprichst du mir, daß du darüber nachdenkst?«

»Mal sehen.« Sie hatte Weihnachten überlebt, indem sie es völlig ignoriert hatte, und die Ferien damit verbracht, die Bücher ihres Vaters einzupacken. Jetzt konnte sie irgendwie nicht mehr an viel anderes denken. Die seltenen Bücher wurden nach London gebracht, wo sie versteigert werden sollten, und sie hoffte, daß sie einen guten Preis erzielen würden. Der Schätzer hatte gemeint, sie wären einige hunderttausend Dollar wert. Sie hoffte, daß er recht hatte.

»Was haben die von Parke-Bernet dir gesagt?« Jetzt sah auch Ivo müde aus. Er kam fast täglich vorbei, um sie zu besuchen, aber er haßte ihre Neuigkeiten. Verkaufen, packen, loswerden, es war, als beobachtete man, wie sie ihr ganzes Leben aufgab.

»Der Verkauf wird in zwei Monaten stattfinden. Sie schaffen Platz dafür in ihrem Zeitplan. Und unsere Sachen gefallen ihnen sehr gut.« Sie reichte Ivo seinen üblichen Scotch mit Soda und setzte sich. »Hast du Lust, mit mir zu essen?«

»Du weißt, ich bin beeindruckt von deinen Kochkünsten. Ich habe nie gewußt, daß du kochen kannst.«

»Ich auch nicht. Ich stelle gerade fest, daß es eine Menge Sachen gibt, die ich tun kann. Und wenn wir schon dabei sind –« Sie lächelte ihm zu, als er einen großen Schluck von seinem Scotch nahm – »ich wollte dich etwas fragen.«

Er lächelte freundlich, als er sich auf dem Sofa zurücklehnte. »Und was?«

»Ich brauche eine Stelle.« Die nüchterne Art, wie sie das sagte, ließ ihn fast zusammenzucken.

»Jetzt?«

»Nein, nicht sofort, aber wenn ich mit all dem hier fertig bin. Was meinst du?«

»Bei der *Mail?* Bettina, das ist nicht dein Ernst.« Und dann, nach kurzem Nachdenken, nickte er. Wenigstens so viel könnte er für sie tun. »Als meine Assistentin?«

Sie lachte und schüttelte den Kopf. »Keine Vetternwirtschaft, Ivo. Ich meine eine richtige Arbeit, für die ich qualifiziert bin. Vielleicht als Korrektor.«

»Sei nicht albern. Das würde ich nie zulassen.«

»Dann werde ich dich nicht um eine Stellung bitten.« Sie

schaute ihn entschlossen an. Es schmerzte ihn, aber die Wahrheit war, daß sie eine Arbeit brauchen würde. Sie hatte dieser Tatsache ins Auge geblickt, und ihm würde auch nichts anderes übrigbleiben. »Wir werden sehen. Laß mich in Ruhe darüber nachdenken. Vielleicht fällt mir etwas Besseres ein als die *Mail*.«

»Was denn? Einen reichen, alten Mann zu heiraten?« Sie sagte es im Spaß, und sie lachten beide.

»Nicht, wenn du mir nicht zuerst Gehör schenkst.«

»Du bist nicht alt genug. Aber jetzt zum Essen. Wie wär's?«

»In Ordnung.«

Sie tauschten noch ein Lächeln miteinander, und dann verschwand sie in der Küche, um ein paar Steaks zu braten. Schnell deckte sie den langen Refektoriumstisch, den ihr Vater aus Spanien mitgebracht hatte, und stellte eine Vase mit gelben Blumen auf die dunkelblaue Tischdecke. Als Ivo ein paar Minuten später in die Küche spazierte, war schon alles im Gange.

»Bettina, du verwöhnst mich. Ich gewöhne mich daran, jeden Abend auf dem Heimweg hier vorbeizukommen. Das ist was anderes als tiefgekühltes Essen oder Sandwiches aus altem Brot.«

Sie wandte sich zu ihm um und lachte, und dabei strich sie mit dem Handrücken die vollen, kupferfarbenen Locken aus dem Gesicht. »Ha! Wann hast du jemals Tiefkühlkost zu dir genommen, Ivo Stewart? Ich wette, du hast in den letzten zehn Jahren nicht ein einziges Mal daheim zu Abend gegessen! Und wenn wir schon dabei sind: Was ist eigentlich mit dem Gesellschaftsleben passiert, seit du für mich den Babysitter spielst? Du gehst überhaupt nicht mehr aus, oder?«

Er schaute ins Leere und strich über die leuchtenden Blumen auf dem Tisch. »Ich habe keine Zeit gehabt. Es war schrecklich viel zu tun im Büro.« Und nach kurzem Zögern sah er sie wieder an. »Und was ist mit dir? Du warst auch lange Zeit nicht mehr aus.« Seine Stimme war sanft, und leicht kopfschüttelnd wandte sie sich um.

»Das ist was anderes. Ich konnte nicht... ich kann nicht...« Die einzigen Einladungen waren von den Freunden ihres Vaters gekommen, und denen konnte sie jetzt nicht ge-

genübertreten. »Ich kann einfach nicht.«
»Warum nicht? Justin war nicht die Sorte Mann, die von dir erwarten würde, daß du lange um ihn trauerst, Bettina.« Oder war es etwas anderes? War es ihr peinlich, den Leuten jetzt gegenüberzutreten, jetzt, nachdem die Zeitungen die Wahrheit publik gemacht hatten? War es das? Es war ihnen unmöglich gewesen, die Wahrheit über Justins Finanzen vor der Presse geheimzuhalten.
»Ich möchte einfach nicht, Ivo. Ich käme mir komisch vor.«
»Warum?«
»Ich gehöre nicht mehr zu der Welt.« Sie sagte das so verloren, daß er neben sie trat.
»Was, zum Teufel, meinst du damit?«
Ihre Augen füllten sich mit Tränen, als sie ihn ansah, und plötzlich sah sie wieder jung aus.
»Ich käme mir vor wie ein Hochstapler, Ivo. Ich... o Gott, Daddys Leben war eine solche Lüge. Und jetzt weiß das jeder. Ich weiß es. Ich habe nichts. Ich habe nicht das Recht, auf tollen Parties herumzulaufen oder mit den reichen Leuten herumzuhängen. Ich möchte einfach all dieses Zeug hier verkaufen, von hier verschwinden und mir mein Geld selbst verdienen.«
»Das ist doch albern, Bettina. Warum? Bloß, weil Justin sich verschuldet hat, willst du dich selbst einer Welt berauben, in der du dein ganzes bisheriges Leben verbracht hast? Das ist verrückt, siehst du das denn nicht?«
Aber sie schüttelte den Kopf und wischte sich mit dem Hemdzipfel die Augen. »Nein, das ist nicht verrückt. Und Daddy gehörte genausowenig in diese Welt, wenn er für über vier Millionen Schulden machen mußte, um darin zu bleiben. Er hätte ein völlig anderes Leben führen sollen.« All der Kummer der vergangenen Wochen zeigte sich plötzlich in ihrer Stimme, aber Ivo zog sie zärtlich an sich und hielt sie fest in seinem Arm. Es war, als wäre sie wieder ein ganz kleines Mädchen. Einen Moment lang wäre sie am liebsten auf seinen Schoß gekrabbelt.
»Jetzt hör mir mal gut zu. Justin Daniels war ein brillanter Autor, Bettina. Niemand kann ihm das jemals absprechen. Er

war einer der größten Geister unserer Zeit. Und er hatte das Recht, an all den Plätzen zu sein, wo er war, mit all den Leuten, mit denen er dort war. Er hätte nur seine finanziellen Möglichkeiten nicht so überschätzen dürfen, aber das steht auf einem anderen Blatt. Er war ein Star, Bettina. Ein seltsamer und besonderer Star, genau wie du. Und nichts wird das jemals ändern. Keine Schulden, keine Sünde, kein Versagen oder Fehler. Nichts wird ändern, was er war oder was du bist. Nichts. Hörst du? Verstehst du das?« Sie war sich nicht sicher, daß sie verstand, aber als sie ihn jetzt ansah, verschmolz in ihren Augen Schmerz und Verwirrung.

»Warum sagst du, daß ich auch etwas Besonderes bin? Weil ich seine Tochter bin? Ist das der Grund? Das ist nämlich auch so etwas, weshalb ich glaube, daß ich nicht mehr in diese Welt gehöre, Ivo. Mein Vater ist tot. Welches Recht habe ich, zu diesen Menschen zurückzukehren? Vor allem jetzt, wo ich absolut nichts habe. Ich kann ihnen keine fabelhaften Parties mehr bieten oder ihnen beim Essen die Leute vorstellen, die sie gerne kennenlernen möchten. Ich kann überhaupt nichts tun, ihnen überhaupt nichts geben... ich habe nichts...« Und aufschluchzend schloß sie: »Ich *bin* ein Nichts.«

Ivos Stimme klang scharf in ihren Ohren, und sein Arm schloß sich noch fester um sie. »Nein, Bettina! Du irrst dich. Du *bist* wer. Das wirst du immer sein, und nichts, absolut gar nichts, wird das jemals ändern. Und nicht, weil du Justins Tochter bist, sondern weil du du selbst bist. Ist dir denn gar nicht klar, wie viele Leute deinetwegen hierher gekommen sind? Um *dich* zu sehen? Nicht bloß ihn? Du hast etwas von einer Legende an dir; das war schon so, als du noch ein kleines Mädchen warst, und du hast es niemals auch nur bemerkt, was einen Teil deines Charmes ausmachte. Aber es ist wichtig, daß du jetzt begreifst, daß *du* jemand bist. *Du*. Bettina Daniels. Und ich werde nicht zulassen, daß du dich weiterhin so verschließt.« Er sah entschlossen aus, als er plötzlich durchs Zimmer marschierte und eine Flasche Wein ergriff. Dann nahm er sich zwei Gläser, öffnete die Flasche, schenkte den dunkelroten Bordeaux ein und reichte ihr ein volles Glas. »Ich habe gerade eine Entscheidung getroffen, Miss Daniels, und damit basta. Sie gehen morgen abend mit mir essen und anschließend in die Oper.«

»Ich...? Oh, Ivo, nein...« Sie schien entsetzt. »Ich kann das nicht. Später vielleicht... irgendwann einmal...«

»Nein. Morgen.« Und dann lächelte er sie liebevoll an. »Mein liebes Kind, weißt du denn gar nicht, was morgen für ein Tag ist?« Sie schüttelte verständnislos den Kopf und nahm ihre Steaks aus der Pfanne. »Silvester! Und ganz gleich, was sonst geschieht, wir werden feiern, du und ich.«

Er erhob sein Weinglas. »Das Jahr von Bettina Daniels. Es wird Zeit, daß wir erkennen, daß dein Leben noch nicht vorüber ist. Liebling, es hat gerade erst begonnen.« Sie lächelte ihm zögernd zu, als sie den ersten Schluck trank.

6

Bettina stand in dem verdunkelten Wohnzimmer und beobachtete, wie sich der Verkehr ungeduldig die Fifth Avenue hinabquälte. Seite an Seite drängten sich die Autos, als die Festlichkeiten begannen. Hupen ertönten, Sirenen heulten, Leute riefen, und irgendwo aus der Nacht erscholl auch Gelächter. Aber Bettina stand unglaublich still da und wartete. Es war ein seltsames, elektrisierendes Gefühl, als sollte ihr ganzes Leben noch einmal neu beginnen. Ivo hatte recht. Sie hätte sich nicht so abkapseln sollen.

Vielleicht waren ihre seltsamen Gefühle auf all die Veränderungen zurückzuführen, die sich in ihrem Leben ergeben hatten. Sie war kein Kind mehr. Sie war jetzt allein. Und sie fühlte sich auf seltsame Weise erwachsen, so, wie sie es noch nie zuvor empfunden hatte. Ihr Erwachsensein war nicht länger aufgesetzt, es war jetzt echt.

Ein paar Augenblicke später klingelte es, und plötzlich kamen ihr all ihre erwachsenen Gefühle albern vor. Schließlich war es doch nur Ivo, und was war schon so Besonderes daran, mit ihm in die Oper zu gehen? Sie lief zur Tür und ließ ihn ein.

Lächelnd stand er auf der Schwelle, groß und gutaussehend und lang und schlank, die weiße Mähne voll Schneeflocken und einen cremefarbenen Seidenschal um den Hals, ein scharfer Kontrast zu dem schwarzen Kaschmirmantel, den er über seinem Smoking trug. Sie trat zurück und lächelte ihm zu, und dann klatschte sie in die Hände wie ein Kind, als er eintrat.

»Ivo, du siehst prächtig aus!«

»Danke, meine Liebe, du auch.« Er lächelte sie sanft an, und sie senkte den Kopf in der mönchsähnlichen Kapuze ihres dunkelblauen Mantels mit der ihr eigenen Grazie.

»Bist du fertig?« Zur Antwort nickte sie, und er beugte den Arm. Ein winziges Lächeln spielte um ihre Lippen, als sie ihre Hand hindurchschob und ihm zur Tür folgte. Das Haus war seltsam still. Fort waren die Diener, die ihnen sonst die Tür gehalten oder Ivo den Mantel abgenommen hatten. Fort die höflichen Verbeugungen, der Schutz ... vor der Wirklichkeit ... vor der Welt. Einen Augenblick stand Bettina sehr still da, während sie in ihrer kleinen, marineblauen Seidentasche nach dem Schlüssel suchte. Als sie ihn gefunden hatte, lächelte sie Ivo zu und schloß die Tür ab.

»Jetzt ist alles anders, was?« Trotz des strahlenden Lächelns sah sie traurig aus. Er nickte nur und meinte, ihren Schmerz zu spüren.

Aber sie schien wieder mehr sie selbst zu sein, als sie schwatzend im Lift nach unten fuhren und dann zu seinem Wagen gingen. Geduldig fuhr der Chauffeur sie durch den endlosen Feiertagsverkehr, und auf dem Rücksitz brachte Bettina Ivo mit Geschichten über die Menschen, die sie ein paar Monate vorher in der Schule kennengelernt hatte, zum Lachen.

»Und du glaubst, du vermißt das nicht?« Fragend sah er sie an, und seine Augen waren ernst geworden. »Wie stellst du dir das vor?«

»Ganz einfach.« Jetzt waren auch ihre Augen ernst. »Ehrlich gesagt, ist es mehr eine Erleichterung, daß ich nicht mehr dorthin gehen muß.« Der Ausdruck auf seinem Gesicht verriet, daß er sie nicht verstand, als sie ihn ansah und sich dann abwandte. »Die Wahrheit ist, Ivo, daß mein Vater dafür gesorgt hat, daß ich niemals mit Menschen meines Alters zusammengekommen bin. Jetzt sind sie Fremde für mich. Ich weiß nicht, worüber sie reden, was ich sagen soll. Sie reden von Dingen, die ich nicht einmal verstehe. Ich bin ein Außenseiter.«

Als er ihr so zuhörte, wurde Ivo wieder einmal bewußt, welch hohen Preis Bettina dafür bezahlt hatte, Justin Daniels' Tochter zu sein.

»Aber was dann?« Er sah besorgt aus, aber sie lachte ihr silberhelles Lachen. »Ich meine es ernst, Bettina, wenn du nicht zu Menschen deines Alters gehörst, wohin gehörst du dann?«

Sie lächelte zu ihm auf und flüsterte leise: »Zu dir.« Und dann wandte sie sich wieder ab und strich über seine Hand. Und einen Moment lief ein seltsames Gefühl durch seinen Körper. Er war sich nicht sicher, ob es Erregung oder Angst war. Aber es war auf keinen Fall Mitleid oder Bedauern. Und dabei hätte es eines dieser beiden Gefühle sein sollen, sagte er sich. Eines von beiden, oder vielleicht auch beide. Er hätte Mitleid mit ihr haben sollen, hätte sich Sorgen machen müssen und sich nicht von ihr erregen lassen dürfen, wie es ganz sicher im Augenblick der Fall war. Aber das war Irrsinn. Und schlimmer noch, es war falsch, schrecklich falsch. Er kämpfte gegen sein Gefühl an und lächelte ihr zu, während er vorsichtig ihre Hand tätschelte. Übermut blitzte in seinen Augen auf, als er sagte: »Du solltest draußen sein und mit Kindern deines Alters spielen.«

»Vielleicht.« Und nach einer weiteren Pause, in der sie fast schon die Metropolitan Opera erreichten, wandte sie sich ihm erneut lächelnd zu. »Weißt du eigentlich, Ivo, daß das heute die erste Oper seit Jahren sein wird, die ich ohne Unterbrechung sehen kann?«

»Ist das dein Ernst?« Er schien überrascht.

Sie nickte und strich ihre Handschuhe glatt. »Ich bin immer hinausgeeilt, in den Belmont Room, um mich zu vergewissern, daß alles für Daddy und seine Gäste vorbereitet war. Und dann waren unweigerlich Nachrichten da. Ich mußte die Reservierungen zum Essen überprüfen und mich vergewissern, daß alles vorhanden war. Darüber ging gewöhnlich die zweite Hälfte des ersten Aktes vorbei. Im zweiten Akt fielen ihm dann noch unzählige Sachen ein, die er im ersten Akt vergessen hatte, mir zu sagen, und das hieß, noch mehr Anrufe, noch mehr Nachrichten. Und den Schluß des dritten Aktes habe ich nie zu sehen bekommen, weil er immer früh gehen wollte, um der Menge zu entgehen.«

Ivo warf ihr einen seltsamen Blick zu. »Warum hast du das getan?« Hatte sie ihn so sehr geliebt?

»Ich hab's getan, weil es mein Leben war. Das war nicht nur Organisation und Vorbereitung und Dienst, wie du es jetzt zu glauben scheinst. Es war etwas Besonderes, es war aufregend und –« Sie sah plötzlich verlegen aus. »Ich kam mir so wichtig vor, als könnte er ohne mich nicht leben –« schloß sie stammelnd und sah fort. Doch Ivos Antwort klang sanft:

»Wahrscheinlich war es so. Ohne dich hätte er das nie geschafft. Jedenfalls wäre er nicht so glücklich gewesen, und er hätte es nicht so bequem gehabt. Aber kein menschliches Wesen verdient es, so verwöhnt zu werden, Bettina. Und schon gar nicht auf Kosten eines anderen.«

Die dunkelgrünen Augen sprühten jetzt Funken. »Es war nicht auf meine Kosten.« Und wütend fügte sie noch hinzu, als sie nach der Tür griff: »Du verstehst das nicht.« Aber das tat er. Er verstand viel mehr, als er ihr sagte. Viel mehr, als sie wollte, daß er verstand. Er verstand die Einsamkeit und den Kummer dieses Lebens mit ihrem Vater. Es war nicht alles Glanz und märchenhaft gewesen. Für sie hatte es auch Kummer, Sorge und Einsamkeit bedeutet.

»Darf ich dir helfen?« Er streckte den Arm aus, um ihr mit der Tür zu helfen, und sie wandte sich mit brennenden Augen zu ihm um, bereit, nein zu sagen, seine Hand fortzustoßen, darauf zu beharren, es selbst zu tun. Es war eine symbolische Geste, und er mußte an sich halten, um kein verräterisches Lächeln in seine Augen treten zu lassen. Doch dann konnte er nicht anders, er mußte lachen und streckte die Hand aus, um ihre weichen Locken zu streicheln, die unter der Kapuze hervorlugten. »Es wäre vielleicht einfacher, wenn du die Tür entriegeln würdest, *Miss Unabhängig*. Oder möchtest du lieber mit dem Schuh die Scheibe einschlagen und hindurchklettern?«

Und plötzlich lachte sie auch, zog den Riegel hoch und versuchte, ihn wütend anzufunkeln, aber der Augenblick der Wut war bereits dahin. Der Chauffeur wartete draußen, um ihnen behilflich zu sein, und sie sprang aus dem Wagen auf die Straße, strich ihren Mantel glatt und zog die Kapuze gegen den scharfen Wind fest um den Kopf.

Ivo hielt die Tür zu seiner Loge offen, als sie sie erreichten, und Bettina schlüpfte hinein. Einen Augenblick mußte sie an die Abende denken, die sie dort mit ihrem Vater verbracht hatte, aber dann wischte sie diese Erinnerungen schnell beiseite und sah in Ivos blaue Augen. Er sah wundervoll aus, lebendig und aufregend, und es war ein gutes Gefühl, einfach nur in diese blauen Augen zu schauen. Zärtlich sah sie zu ihm auf und strich ihm liebevoll über die Wange, und er spürte, wie sich etwas Zartes in ihm regte.

»Ich bin froh, daß ich heute abend mitgekommen bin, Ivo.«

Für einen Moment schien die Welt stillzustehen, als er sie ansah, und dann lächelte er zögernd. »Ich auch, meine Kleine. Ich auch.« Dann half er ihr ritterlich aus ihrem Mantel, und jetzt war es Bettina, die lächelte. Sie konnte sich noch immer an das erste Mal erinnern, da er das getan hatte, als sie vor mehr als zehn Jahren mit ihm und ihrem Vater in die Oper gekommen war. Sie hatte einen burgunderfarbenen Mantel mit einem kleinen Samtkragen getragen, dazu einen passenden Hut und weiße Handschuhe, und Mary Jane-Schuhe. Damals hatten sie den *Rosenkavalier* gesehen, und sie war entsetzt gewesen, eine Frau zu sehen, die wie ein Mann gekleidet war. Ivo hatte ihr alles erklärt, aber sie war dennoch sehr traurig gewesen. Als sie jetzt daran dachte, mußte sie plötzlich laut lachen. Sie schlüpfte aus ihrem dunkelblauen Samtmantel und wandte sich erneut Ivo zu. »Darf ich fragen, was so komisch ist?« Er sah amüsiert aus.

»Ich habe daran gedacht, wie ich das erste Mal mit dir hier war. Erinnerst du dich noch an die Frau, die ›versucht hat zu tun, als wäre sie ein Mann‹?« Und bei dem Gedanken stimmte Ivo plötzlich in ihr Lachen mit ein, und als die Erinnerung schwächer wurde, sah sie plötzlich etwas anderes in seinem Blick. Er sah das Kleid an, das sie trug, und dabei schien die Erinnerung an die Nacht des *Rosenkavalier* in ihm zu sterben.

Das Kleid, das sie unter dem mitternachtsblauen Abendmantel getragen hatte, war aus demselben tiefdunklen Blau, aber es schien sie wie eine Wolke aus Chiffon zu umgeben. Die langen, weiten Ärmel schienen ihre Arme zu verzaubern, die winzige, schmale Taille war von einer Stoffülle umgeben, die fließend bis auf ihre Füße fiel. Sie sah unendlich zart und wunderschön aus, wie sie so vor ihm stand, und ihre Augen strahlten wie die Saphire und Brillanten an ihren Ohren. »Gefällt dir das Kleid nicht?« Unschuldig und mit kaum verhohlener Enttäuschung blickte sie zu ihm auf, und plötzlich kehrte das Lachen in seine Augen zurück, und er streckte beide Arme nach ihr aus. Wie erfrischend naiv sie doch in gewissen Dingen immer noch war. Es überraschte ihn immer wieder. Es war schwer zu begreifen, wie sie unter diesem wissenden Äußeren einen so unschuldigen Kern bewahren konnte, und das trotz all der Männer, die sie umgaben, die wohl kaum die Art von Gedanken unterdrücken konnten, die auch er jetzt hatte.

»Ich mag dieses Kleid sehr, Liebes. Es ist herrlich. Ich war bloß so ... überrascht.«

»Ja?« Sie blinzelte ihn an. »Und dabei hast du noch nicht einmal die Hälfte gesehen.« Und mit diesen Worten wirbelte sie auf dem Absatz herum und zeigte ihm ihren Rücken. Im Gegensatz zu den langen Ärmeln, dem hochgeschlossenen Vorderteil und dem wallenden Rock war der Rücken des Kleides praktisch weggeschnitten, und alles, was Ivo vor seinen Augen tanzen sah, war ein herrliches Stück makellosen, cremefarbenen Fleisches.

»Guter Gott, Bettina, das ist aber nicht anständig.«

»Natürlich, sei nicht albern. Komm, setzen wir uns. Die Musik fängt schon an.«

Ivo seufzte leise, als er sich setzte. Er wußte nicht, welche Rolle sie fortan für ihn spielen würde. Die des Kindes, das er kannte, oder die der Frau, die dort saß. Es gab verschiedene Dinge, die er dem Kind bieten konnte. Er konnte ihr einen Platz in seinem Heim einräumen. Aber bei einer Frau war das Problem ungleich größer, komplizierter ... Was dann? Eine Stellung bei der Zeitung? Ein Abend in der Oper, als ihr Freund? Er konnte ihr helfen, eine Wohnung zu finden ...

aber was dann? Wie würde sie die bezahlen? Das Problem war wirklich unerträglich. Als der erste Akt zu Ende war, wurde ihm bewußt, wie wenig er davon gehört hatte.

»Ivo, ist das nicht wunderbar?« Ihre Augen blickten noch immer verträumt, als der Vorhang fiel.

»Ja, wunderschön.« Aber er dachte nicht an die Oper, sondern an sie. »Möchtest du etwas trinken in der Pause?« Die anderen standen bereits in Schlangen an den Ausgängen. Ein Gang zur Bar war ein Muß für alle ernsthaften Opernbesucher, nicht so sehr wegen des Drinks, sondern um gesehen zu werden. Aber Ivo bemerkte, daß sie zu zögern schien. »Möchtest du lieber hier bleiben?« Dankbar nickte sie, und sie nahmen beide wieder Platz.

»Ist es sehr schlimm für dich?« Sie entschuldigte sich sofort, aber Ivo winkte nonchalant ab.

»Natürlich nicht. Sei nicht albern. Möchtest du, daß ich dir etwas hierher hole?« Aber sie schüttelte nur wieder den Kopf und lachte.

»Du wirst mich noch genauso verwöhnen, wie ich meinen Vater verwöhnt habe, Ivo. Paß nur auf! Es ist verdammt schwierig, damit zu leben.« Sie sprachen kurz über Justin, und dann fielen Ivo die Geschichten ein, die Justin ihm gezeigt hatte. Die Geschichten, die Bettina geschrieben hatte.

»Eines Tages kannst du, wenn du willst, eine noch größere Schriftstellerin sein als Justin.«

»Ist das dein Ernst?« Sie starrte ihn an, als hätte sie Angst zu atmen, wartete, wollte seine Antwort hören und hatte doch solche Angst davor. Aber er nickte, und sie stieß einen leisen Seufzer aus.

»Ja. Deine vier oder fünf letzten Geschichten. Du weißt schon, die, die du letzten Sommer in Griechenland geschrieben hast ... sie sind außergewöhnlich, Bettina. Du könntest sie veröffentlichen, wenn du wolltest. Ehrlich gesagt, ich wollte dich schon fragen, ob du das im Sinn hast.« Ernst sah er sie an, und sie erwiderte seinen Blick, verblüfft.

»Natürlich nicht. Ich habe sie bloß geschrieben um – um zu schreiben. Nur so zum Spaß. Hat Daddy sie dir gezeigt?«

»Ja.«

»Hielt er sie für gut?« Ihre Stimme war jetzt verträumt und nachdenklich, und sie schien fast vergessen zu haben, daß Ivo da war. Aber er starrte sie bloß überrascht an.

»Hat er es dir nicht gesagt?« Sachte schüttelte sie den Kopf. »Das ist ein Verbrechen, Bettina. Er fand sie sogar sehr gut. Hat er es dir wirklich niemals gesagt?«

»Nein.« Und dann schaute sie Ivo offen an. »Aber so war er nun mal. Diese Art von Lob lag ihm nicht. Das war nicht sein Stil.« Nein, aber es zu hören schon. O ja, wie sehr hatte er das gebraucht, dachte Ivo bei sich.

Wieder wurde Ivo wütend, als er daran dachte. »Nun, laß es genug sein.«

Zögernd lächelte sie.

»Wirst du versuchen, sie zu veröffentlichen?«

»Ich weiß nicht.« Sie zuckte die Achseln, plötzlich wieder ganz das Kind. »Ich habe dir ja erzählt, daß ich davon träume, ein Stück zu schreiben. Aber das heißt noch nicht, daß ich es auch tun werde.«

»Könntest du aber, wenn du wolltest. Ein guter, starker Traum ist genug. Wenn du ihn festhältst, ihn hegst und pflegst und darauf baust. Wenn du diesen Traum niemals aufgibst. Ganz gleich, was passiert.« Lange Zeit sagte Bettina überhaupt nichts, und sie wich auch seinem Blick aus. Er rückte ein wenig näher, und sie konnte ihn neben sich spüren, seine Hand gleich neben ihrer. »Gib deine Träume nicht auf, Bettina ... tu das nie, niemals!«

Als sie schließlich zu ihm aufsah, geschah das mit weisen, müden Augen. »Meine Träume sind schon vergangen, Ivo.«

Aber er schüttelte entschieden den Kopf und auf seinen Lippen zeigte sich nur ein winziges Lächeln. »Nein, meine Kleine, sie haben gerade erst angefangen.« Und mit diesen Worten beugte er sich vor und küßte sie ganz sanft auf den Mund.

7

Es war ein seltsamer und wunderbarer Abend mit Ivo gewesen. Nach der Oper waren sie zum Essen im La Côte Basque gewesen, und danach Tanzen im Club. Ivo und ihr Vater waren dort seit der Eröffnung Mitglieder gewesen, es war ein netter Club und der perfekte Ort, um den Silversterabend zu verbringen. Sie hatten zu ihrer leichten, alten Art der Freundschaft zurückgefunden, und nur sein Kuß hatte sie für einen kurzen Augenblick verwirrt, aber dann hatte sie ihn aus ihren Gedanken verdrängt. Er war ein sehr lieber Freund. Größtenteils war es wie in alten Zeiten gewesen. Sie hatten geschwatzt, gelacht und getanzt. Sie tranken Champagner und blieben bis drei Uhr früh, als Ivo schließlich Erschöpfung vorgeschützt hatte und erklärte, daß er sie jetzt heimbringen würde. Als sie in seinem Wagen zu ihrer Wohnung zurückfuhren, waren sie beide merkwürdig still. Bettina dachte an ihren Vater und wie seltsam es war, nicht mit ihm zusammen gewesen zu sein, oder ihn wenigstens angerufen zu haben, um ihm ein frohes Neues Jahr zu wünschen. Langsam fuhren sie die East Side hinauf, bis sie schließlich die Haustür erreichten.

»Möchtest du noch auf einen Cognac mit hinaufkommen?« Sie sagte es rein mechanisch, unter Gähnen, aber es war auch schon fast vier Uhr morgens, und Ivo lachte.

»So, wie du das sagst, klingt das sehr verführerisch. Glaubst du, du kannst lange genug wach bleiben, um noch nach oben zu kommen?« Er half ihr aus dem Wagen und begleitete sie ins Haus.

»Ich bin nicht sicher... mmm... ich bin plötzlich so müde...« Aber sie lächelte, als sie im Fahrstuhl nach oben fuhren. »Bist du sicher, daß du nichts mehr trinken möchtest?«

»Ganz sicher.«

Und dann grinste sie ihn an. »Gut. Ich möchte ins Bett gehen.« Und als sie das sagte, sah sie aus, wie ein Mädchen von zwölf, und sie lachten beide.

Die Wohnung kam ihr so entsetzlich leer vor, als sie den Schlüssel im Schloß drehte und das Licht anmachte.

»Hast du keine Angst so allein, Bettina?«

Sie sah ihn ehrlich an und nickte. »Doch, manchmal.«

Sein Herz tat ihm weh, als er sie anschaute. »Versprichst du mir etwas? Wenn du mich brauchst, dann ruf mich an. Ich komme auf der Stelle her.«

»Ich weiß, daß du das tun würdest. Es ist ein schönes Gefühl.« Sie gähnte wieder, ließ sich auf einen Louis XV-Stuhl in der Halle fallen und schleuderte ihre eleganten, marineblauen Satinschuhe von den Füßen. Er nahm auf einem Stuhl ihr gegenüber Platz, und beide lächelten.

»Du siehst heute abend bezaubernd aus, Bettina. Und furchtbar erwachsen.«

Sie zuckte die Schultern und sah wieder aus wie das junge Mädchen, das sie nun einmal war. »Ich nehme an, ich bin jetzt erwachsen.« Und dann warf sie einen der Schuhe in die Luft und fing ihn wieder auf, wobei sie eine unbezahlbare Vase, die auf einem kleinen Marmorvorsprung stand, nur um Haaresbreite verfehlte. »Weißt du, was das Schlimmste von allem ist, Ivo?«

»Was?«

»Ich meine, abgesehen von der Einsamkeit: daß ich für mich verantwortlich bin. Da ist niemand, absolut niemand, der mir sagt, was ich tun soll, der mir die Hölle heiß macht oder mich einmal lobt, ... nichts davon. Wenn ich jetzt eben diese Vase zerbrochen hätte, dann wäre das mein Problem gewesen, und niemandes sonst. Das ist manchmal auch ein einsames Gefühl. Als ob sich niemand um mich kümmert. Als ob es allen egal ist.« Nachdenklich starrte sie auf ihren Schuh und ließ ihn dann wieder auf den Boden fallen, aber Ivo hatte sie aufmerksam beobachtet.

»Mir ist es nicht egal.«

»Ich weiß. Und du bist mir auch nicht egal.«

Einen Moment antwortete er nicht darauf, sondern sah sie nur an. »Das freut mich.« Dann stand er auf und ging langsam zu ihr hinüber. »Und jetzt, ganz gegen deine Theorie, fordere ich dich auf, ins Bett zu gehen. Sei ein braves Mädchen. Soll ich dich nach oben bringen, in dein Zimmer?« Sie zögerte lange, und dann lächelte sie.

»Würde dir das nichts ausmachen?«

Er sah seltsam ernst aus, als er den Kopf schüttelte. Barfuß lief sie zur Treppe hinüber. Ihre Schuhe lagen verlassen am Boden in der Halle. Sie nahm ihren blauen Samtmantel über den Arm und Ivo folgte ihrem nackten Rücken hinauf in ihr Schlafzimmer. Aber jetzt hatte er sich in der Gewalt. Im Laufe des Abends hatte er entschieden, was er tun wollte. Sie drehte sich um und sah ihn über die Schulter hinweg an, als sie oben an der Treppe ankamen.

»Bringst du mich ins Bett?« Sie sprach halb im Scherz, halb im Ernst, und er war sich nicht ganz sicher, was er sonst noch in ihren Augen sehen konnte. Aber er würde keine Fragen stellen.

Müde fuhr sie sich mit der Hand über die Augen, und plötzlich wirkte sie sehr alt. »Es gibt so viel, was ich tun muß, Ivo. Manchmal weiß ich wirklich nicht, wie ich das alles schaffen soll.« Aber als sie das sagte, klopfte er ihr auf die Schulter, und lächelnd sah sie zu ihm auf.

»Du wirst es schon schaffen. Aber was du zuerst brauchst, mein Fräulein, ist ein anständiger Schlaf. Also, gute Nacht, Kleines. Ich finde schon raus.« Sie hörte ihn leise durch den Flur gehen, über die dicken Teppiche, und dann herrschte Stille, und sie wußte, er hatte die Treppe erreicht, und schließlich hörte sie seine Absätze auf dem Marmorboden unten, und er rief ein letztes Mal Gute Nacht, ehe sich die Eingangstür hinter ihm schloß.

8

Bettina folgte der Frau treppauf, treppab, lächelte freundlich, öffnete Schranktüren und stand daneben, als der Makler die Vorzüge der Wohnung pries und dann auch ungeniert auf die Nachteile hinwies. Bettina hätte bei der Vorführung nicht anwesend zu sein brauchen, aber sie wollte es so. Sie wollte wissen, was sie über ihr Heim zu sagen hatten.

Endlich war es vorbei, nach fast einer Stunde, und Naomi Liebson, die in diesem Monat schon dreimal dagewesen war, schickte sich an zu gehen. Es hatte auch andere Besucher gegeben, aber bislang war dies das festeste Angebot.

»Ich weiß einfach nicht, Kleines. Ich bin mir nicht ganz sicher.« Bettina versuchte, wieder zu lächeln, als sie sie beobachtete, aber der Reiz, die Wohnung vorzuführen, verlor an Glanz. Es war aufreibend, täglich diese Armee von Möchte-Gern-Käufern durchs Haus zu führen. Und niemand war da, der ihr das hätte abnehmen können. Ivo befand sich seit drei Wochen geschäftlich unterwegs. In China hatte eine internationale Konferenz stattgefunden, und da es die erste dieser Art gewesen war, hatte er hinfahren müssen. Danach hatte er wichtige Besprechungen in Europa: Brüssel, Amsterdam, Rom, Mailand, London, Glasgow, Berlin und Paris. Es würde eine lange Reise werden. Und ihr kam es schon jetzt so vor, als wäre er seit Jahren fort.

»Miss Daniels?« Der Makler riß sie aus ihren Träumen, indem er sie am Ärmel zupfte.

»Verzeihung ... ich habe geträumt ... Gibt es noch etwas?« Naomi Liebson war augenscheinlich wieder in die Küche verschwunden. Sie wollte noch einen Blick darauf werfen, wollte versuchen sich vorzustellen, wie sie aussehen würde, wenn man zwei Wände einreißen ließe. So, wie sie es sagte, hörte es sich an, als würde sie die Wohnung auf jeden Fall kaufen und dann auf den Kopf stellen. Bettina fragte sich, warum sie nicht etwas kaufte, was mehr ihrem Geschmack entsprach, aber offensichtlich tat sie so etwas aus Spaß. Ähnliche Umänderungen hatte sie schon in fünf Wohnungen vorgenommen, in ebenso vielen Jahren. Aber dann verkaufte sie sie wieder, mit enormem Profit, also war sie vielleicht doch nicht ganz so verrückt. Neugierig sah Bettina den Makler an und lächelte dann. »Glauben Sie, daß sie sie kauft?«

Der Makler zuckte die Schultern. »Keine Ahnung. Ich bringe später noch zwei andere Interessenten vorbei. Aber ich glaube nicht, daß die in Frage kommen. Für sie ist es zu groß, und ein Paar ist schon älter, und hier sind zu viele Treppen.«

»Warum bringen Sie sie dann?« Müde sah Bettina ihn an, die

Mundwinkel zogen sich langsam nach unten. Aber sie hatte nicht widerstehen können, diese Frage zu stellen. Warum kamen sie alle? Da waren Leute, die mehr Schlafzimmer wünschten, ältere Leute, die keine Treppen wollten, große Familien, die mehr Zimmer für die Bediensteten brauchten, als sie selbst hatten; da waren Leute gewesen, für die die Wohnung auf keinen Fall richtig gewesen sein konnte, niemals, und doch kamen die Makler in Scharen und zeigten die Wohnung allen möglichen Leuten, und höchstens für eine Handvoll davon konnte sie überhaupt in Frage kommen. Es schien wie eine enorme Zeitverschwendung, und doch gehörte es alles zum Spiel.

Und außerdem war es natürlich Justin Daniels Wohnung, und das allein war schon eine Art Nervenkitzel ... »Warum verkaufen sie?« ... Wieder und wieder hatte Bettina sie flüstern gehört, und dann die Antwort: »Er ist gestorben und hat seine Tochter völlig mittellos hinterlassen ...« Beim ersten Mal hatte sie sich gekrümmt, als sie das hörte, und Tränen der Wut und Empörung waren in ihre Augen geschossen ... *Wie konnten sie es wagen! Wie konnten sie nur?* Aber sie konnten und sie wagten es. Und jetzt war es unwichtig geworden. Sie wollte die Wohnung einfach nur noch verkaufen und fort von hier. Ivo hatte recht gehabt, die Wohnung war zu groß und zu einsam, und dann und wann hatte sie sich gefürchtet. Aber das Schlimmste war, daß sie sie sich nicht länger leisten konnte, und jeden Monat, wenn die riesigen Zahlungen fällig waren, fing sie an zu zittern, wenn sie ihren kleinen Geldbestand noch weiter reduzierte. Es war höchste Zeit, daß jemand sie kaufte. Naomi Liebson oder wer auch immer.

Die anderen Häuser hatte sie alle gleich nach Neujahr verkaufen können. Das Haus in Beverly Hills war ein unverhoffter Glücksfall gewesen; der junge Mann aus dem Nahen Osten hatte es gekauft, mit allem Drum und Dran, mit Teppichen, Schränken und Spiegeln aus dem achtzehnten Jahrhundert, mit den modernen Gemälden und allem. In dem Haus war immer eine seltsame Mischung aus extrem auffallenden und sehr zurückhaltenden Gegenständen zu sehen gewesen, und Bettina hatte es nie so gemocht wie die Wohnung in New York. Es tat ihr fast gar nicht weh, die Papiere zu unterschreiben. Jetzt blieb ihr nur noch die Wohnung in London, aber laut Ivo war sie inzwischen fast leer. Er hatte sie von drüben angerufen. Der Londoner Anwalt ihres Vaters hatte ihr auch versichert, daß er einen Käufer für die Wohnung hätte. Er würde ihr am Ende der Woche Bescheid geben. Womit nur noch die Maisonette-Wohnung auf der Fifth Avenue in New York übrigblieb. Und auch die würde in zwei Wochen ganz anders aussehen. Sie seufzte leise vor sich hin, als sie an die Auktion dachte. Sie hatten das Datum vorgezogen, um ihr einen Gefallen zu tun. Und in zehn Tagen würden die Leute von Parke-Bernet kommen und alles abholen. Im wahrsten Sinne des Wortes: alles. Sie hatte die drei Wochen von Ivos Abwesenheit damit verbracht, jeden Tisch, jedes Bücherregal, jeden Stuhl anzuschauen, und am Ende wußte sie, daß sie nichts, aber auch gar nichts behalten konnte, nur ein paar kleine Erinnerungen, Gegenstände ohne Wert, die nur für sie etwas bedeuteten.

Aber davon abgesehen würde nach der Auktion nichts mehr ihr gehören, und sie hoffte, daß sie die Wohnung bis dahin verkauft haben würde. In einer leeren Wohnung zu campieren war mehr, als sie ertragen konnte.

Der Makler musterte sie neugierig, während sie beide geduldig auf Mrs. Liebsons Rückkehr warteten. Es war ungewöhnlich, daß ein Verkäufer dabei behilflich war, die Wohnung zu zeigen, aber Bettina war nun einmal ein ungewöhnliches Mädchen.

»Haben Sie schon etwas anderes gefunden?« Mrs. Liebson musterte Bettina interessiert. *Zum Teufel,* dachte Naomi, *selbst wenn Bettina pleite war, wenn sie diesen Palast verkauft haben würde, dann könnte sie sich etwas hübsches, kleines kaufen, vielleicht ein Studio oder eine kleine Zwei-Zimmer-Penthouse-Wohnung mit Blick auf den Park. Das würde nicht mehr als einhunderttausend kosten.* Die Frau hatte keine Ahnung, daß jeder Pfennig dafür draufgehen würde, das Konto ihres Vaters wieder in die schwarzen Zahlen zu bringen.

Bettina schüttelte bloß den Kopf. »Ich suche noch nicht danach. Ich möchte mich nicht darum kümmern, ehe ich dieses nicht verkauft habe.«

»Das ist falsch. Sie wissen doch, wie das ist. Der Käufer

kann sich wochenlang nicht entschließen, und dann plötzlich, schwuppdiwupp, kauft er es und will über Nacht einziehen.«

Bettina bemühte sich zu lächeln, aber es war nur schwach. Sie beabsichtigte, ins Barbizon Heim für Frauen in der Lexington Avenue zu ziehen, täglich die *New York Times* und natürlich die *Mail* zu lesen, sich eine Wohnung zu suchen, die sie bezahlen konnte. Sie war sogar bereit, sie mit jemandem zu teilen, wenn es nötig sein würde. Und dann wollte sie nach einer Arbeit suchen. Sie hatte beschlossen, diese Angelegenheit nicht noch einmal mit Ivo zu diskutieren. Der würde sie nur in ein hübsches Büro setzen, ihr ein Gehalt zahlen, das sie nicht verdiente, und das wollte sie nicht. Sie wollte sich ihren Lebensunterhalt selbst verdienen. Sie mußte eine richtige Arbeit finden. Die Aussicht darauf beflügelte sie; doch da kehrte Mrs. Liebson zurück.

»Ich weiß einfach nicht, was ich mit dieser Küche anfangen soll, Kleine, die ist schrecklich!« Vorwurfsvoll sah sie Bettina an, zeigte dabei aber immer noch ein breites Lächeln. Dann schaute sie zum Makler hinüber und nickte, und mit einem kaum hörbaren Auf Wiedersehen gingen sie. Einen Augenblick stand Bettina da und haßte sie beide. Dann schloß sie leise die Tür. Es war ihr völlig egal, ob die Frau die Wohnung kaufte oder nicht. Sie wollte sowieso nicht, daß sie sie bekam. Sie wollte nicht, daß sie die Küche änderte, oder irgend etwas anderes. Es war *ihr* Heim, und das ihres Vaters gewesen. Es gehörte niemandem sonst!

Langsam setzte sie sich im winterlichen Zwielicht, sah sich um und starrte auf den Fußboden. Wie konnte er ihr das antun? Wie konnte er sie in diesem schrecklichen Durcheinander zurücklassen? Begriff er denn nicht, was er da tat? Konnte er das nicht ahnen? Langsam stieg in ihr Abscheu und Verachtung für ihren Vater empor, und dann kamen die Tränen. Tränen der Wut und Erschöpfung. Ihre Schultern zuckten, sie stützte ihr Gesicht in die Hände und schluchzte. Stunden schienen vergangen zu sein, als sie schließlich das Telefon klingeln hörte. Eine Weile ließ sie es klingeln, doch es war beharrlich, und schließlich stand sie auf, lief durch die Halle und trat zu dem Schränkchen am Eingang, wo das Telefon verborgen war. Sie gewöhnte sich allmählich daran, das Telefon selbst abzunehmen, ganz gleich, wie schlecht sie sich fühlte. Vorbei waren die Tage des scheinbaren Reichtums, dachte sie, als sie sich mit einem Taschentuch die Tränen trocknete und schniefte.

»Hallo?«

»Bettina?«

»Ja?« Sie konnte die gedämpfte, männliche Stimme kaum hören.

»Alles in Ordnung, Liebes? Hier ist Ivo. Wie geht's?« Ihr Gesicht leuchtete auf, als sie ihn hörte, und plötzlich liefen ihr frische Tränen übers Gesicht.

»Alles okay!«

»Was? Ich kann dich nicht hören, Liebes, sprich lauter! Geht es dir gut?«

»Ja, danke.« Und dann wollte sie ihm plötzlich die Wahrheit sagen, wollte ihm alles, alles erzählen ... *Nein, ich bin einsam, es geht mir schlecht ... in ein paar Wochen werde ich kein Zuhause mehr haben.*

»Was ist mit der Wohnung? Hast du sie schon verkauft?«

»Noch nicht.«

»Nun, in London haben wir verkauft. Der Handel ist heute abend abgeschlossen worden.« Er nannte ihr eine Zahl. Es war genug, um die Schulden um einen großen Teil zu verringern.

»Das müßte helfen. Wie ist deine Reise?«

»Kommt mir endlos vor.« Sie lächelte in den Hörer.

»Wann kommst du zurück?« Sie hatte gar nicht bemerkt, wie sehr sie sich danach sehnte, ihn wiederzusehen.

»Ich weiß nicht. Eigentlich hätte ich schon vor Tagen wieder da sein sollen, aber ich mußte hier noch an ein paar unvorhergesehenen Treffen teilnehmen. Kann sein, daß ich meine Reise noch etwas verlängern muß.« Sie merkte, daß ihr Schmollen unpassend war, aber es war ihr egal, wenn sie sich wie ein kleines Mädchen benahm. Bei ihm konnte sie sich das erlauben. Er verstand das.

»Wie lange?«

»Nun« – er schien zu zögern – »ich habe gerade ausgemacht, daß ich noch zwei weitere Wochen bleibe.«

»Oh, Ivo!« Er war zwei Tage nach ihrem gemeinsamen Silvesterabend abgereist. »Das ist ja schrecklich!«

»Ich weiß, ich weiß. Es tut mir leid.«

»Wirst du denn rechtzeitig für die Auktion hier sein?«

»Wann ist die? Ich dachte, das würde noch eine Weile dauern?«

»Sie haben sie meinetwegen vorgezogen. Von morgen an sind es noch zwei Wochen. Freitag und Samstag. Alles, was Daddy gehört hat.«

»Und was ist mit dir, um Gottes willen? Wirst du denn nur mit einem Koffer und deinem Namen in die Welt marschieren?«

»Kaum. Du hast meine Schränke nicht gesehen. Da brauch' ich schon mehr als einen Koffer.« Wenigstens lächelte sie jetzt.

»Du kannst nicht einfach alles aufgeben. Was, zum Teufel, willst du tun? Auf dem Boden schlafen?«

»Ich habe mich erkundigt. Ich kann ein Bett mieten. Ich habe nur diese Möglichkeit, oder ich muß noch ein Jahr lang warten, bis die bei Parke-Bernet einen neuen Verkaufstermin einschieben können. Und was dann? Was, wenn ich die Wohnung hier verkaufe? Dann müßte ich Lagergebühren für die Möbel zahlen ... Nein, nein, Ivo, das ist zu kompliziert. Es muß einfach so sein.«

»Um Gottes willen, Bettina, ich wünschte, du würdest warten, bis ich zurück bin, ehe du mit all dem anfängst.« Er klang enttäuscht und blickte sich in seinem Hotelzimmer um. Es gab nicht viel, was er aus dreitausend Meilen Entfernung tun konnte, um sie zu bremsen, und dazu kam, daß sie recht hatte, wenn sie das tat, was sie tat. Er haßte bloß einfach den Gedanken, daß sie dem so ganz allein gegenüberstand. Aber sie schaffte das schon. Ihr Leben lang war Bettina in schwierigen Situationen in gewisser Weise allein gewesen.

»Mach dir keine Sorgen, Ivo, es ist alles unter Kontrolle. Ich vermisse dich bloß ganz schrecklich.«

»Ich komme bald wieder.« Er warf einen Blick auf seinen Kalender und gab ihr das genaue Datum seiner Rückkehr.

»Wann kommst du? Ich meine, wann trifft die Maschine ein?«

»Ich nehme den Flug um sieben Uhr von Paris, das heißt, ich

sollte gegen neun Uhr früh in New York sein, Ortszeit. Gegen zehn bin ich dann in der Stadt.« Sie hatte ihn überraschen und am Flughafen sein wollen, aber plötzlich wurde ihr klar, daß es keine Möglichkeit für sie gab, das zu tun. »Warum?«
»Unwichtig. Das ist der Tag der Auktion bei Parke-Bernet.«
»Wann fängt die an?«
»Um zehn Uhr morgens.«
Er machte sich eine Notiz in seinen Kalender. »Wir treffen uns dort.«
Plötzlich lächelte Bettina. Im Gegensatz zu ihrem Vater ließ Ivo sie nie im Stich. »Bist du sicher, daß du das tun kannst? Mußt du nicht ins Büro?«
Diesmal lächelte er in den Hörer. »Nach fünf Wochen kann ein einziger Tag da auch keinen großen Unterschied mehr machen. Ich komme, so früh ich kann. Und ich rufe dich vorher noch mal an, Kleines. So, geht's dir jetzt wirklich gut?« Aber wie gut konnte es ihr schon gehen mit Maklern, die durch ihre Wohnung schlichen, und mit der Aussicht darauf, daß all ihr Hab und Gut bei einer Auktion von Parke-Bernet versteigert werden sollte?
»Prima. Ehrlich.«
»Es gefällt mir nicht, daß du da so allein bist.«
»Ich hab' dir doch gesagt, mir geht's prima.«
Sie setzten das Gespräch noch ein paar Minuten fort, doch dann mußte er sich für seine nächste Besprechung fertigmachen.
»Ich rufe dich wieder an. Bettina –« Eine seltsame, leere Pause entstand, als er zögerte, und sie hielt die Luft an.
»Ja?«
»Schon gut, Kleines! Paß auf dich auf!«

9

Das Telefon klingelte am nächsten Morgen schon, ehe Bettina aufgestanden war. Es war der Makler. Bettina richtete sich im Bett auf, und ihre Stimme klang enttäuscht.

»Um Gottes willen, das ist eine gute Nachricht!« Die Frau von der Immobilienfirma konnte Bettinas Überraschung nicht verstehen. Es war wirklich eine gute Nachricht. Und dennoch war es ein Schock. Sie hatte soeben ihr Heim verloren. Zu einem ansehnlichen Preis. Aber trotzdem, sie hatte es verloren. Der Augenblick war gekommen.

»Ich glaube schon. Bloß . . . ich hatte nicht . . . ich habe nicht erwartet, daß es so schnell gehen würde. Wann will sie . . . ich meine . . .« Sie suchte nach Worten, und plötzlich haßte sie diese Frau aus Texas. Sie würde die Wohnung kaufen. Und zu einem Preis, über den Bettina hätte entzückt sein müssen. Aber sie war es nicht. Während die Maklerin weitersprach, füllten sich Bettinas Augen mit Tränen.

»Sollen wir sagen, wir schließen in zwei Wochen ab? Dann haben Sie beide noch volle zwei Wochen Zeit, alles vorzubereiten.« Nachdem alles besprochen war, hängte Bettina ein. Sie saß schweigend in ihrem Schlafzimmer und schaute sich um, als wäre es zum letzten Mal.

Die darauffolgende Woche verbrachte sie abwechselnd mit Weinen und Packen. Und am Mittwoch kamen endlich die Leute und brachten die unzähligen, kostbaren Stücke in die heiligen Hallen von Parke-Bernet. Am selben Tag suchte sie ihren Anwalt auf, um den Kaufvertrag für die Wohnung zu unterzeichnen. Sie machte sich nicht einmal die Mühe anzurufen, um sich ein Bett zu mieten. Sie hatte einen alten Schlafsack entdeckt, den sie Jahre vorher gekauft hatte, und darin schlief sie zusammengerollt am Boden. Es war ja nur für drei Nächte. Sie hätte natürlich auch früher in die Pension einziehen können, aber das wollte sie nicht. Sie wollte bis zum Ende hier ausharren.

Am Tag der Auktion bei Parke-Bernet wachte sie schon früh

auf. Sie regte sich, als das erste Tageslicht über den Boden kroch. Sie machte sich nicht einmal mehr die Mühe, die Vorhänge zu schließen. Sie wachte gerne früh auf, um dann im Schneidersitz auf dem dicken Teppich in ihrem Zimmer zu sitzen und Kaffee zu trinken.

Aber an diesem Morgen war sie sogar für den Kaffee zu müde. Barfuß und im Nachthemd schlich sie wie eine Katze durchs Haus. Wenn sie die Augen zumachte, konnte sie die Wohnung immer noch so sehen, wie sie vor einer Woche gewesen war. Mit geöffneten Augen war sie seltsam kahl, der Parkettboden unter ihren nackten Füßen kalt. Hastig kehrte sie kurz nach sieben in ihr Zimmer zurück und durchwühlte dann fast eine Stunde lang ihren Kleiderschrank. Heute war kein Tag für Jeans. Sie dachte nicht daran, Arbeitskleidung zu tragen oder sich in einer der hinteren Reihen zu verstecken. Sie beabsichtigte stolz in den Saal zu schreiten, den Kopf hoch erhoben. Dieses eine, letzte Mal würde sie als Justin Daniels' Tochter auftreten, und sie würde fabelhaft aussehen. So, als hätte sich nichts geändert.

Endlich entschied sie sich für ein schwarzes Wollkostüm von Dior, mit gepolsterten Schultern, einer schmalen Taille und einem langen, engen Rock. Ihr Haar würde aussehen wie eine Flamme über einer schwarzen Kerze. Die Jacke war hochgeschlossen, mit einem kleinen Stehkragen. Sie brauchte keine Bluse. Darüber würde sie ihren Nerz tragen und dazu hochhackige, schwarze Ziegenlederschuhe, ebenfalls von Dior.

Zum letzten Mal badete sie in dem rosafarbenen Marmorbad, und als sie es verließ, duftete sie schwach nach Gardenien und Rosen. Sie bürstete ihr Haar, bis es wie dunkler Honig glänzte, legte ihr Make-up auf und zog sich langsam an. Als sie schließlich vor dem großen Spiegel stand, war sie stolz auf das, was sie sah. Niemand hätte vermutet, daß sie bloß ein neunzehnjähriges Mädchen war, das soeben alles verloren hatte, was sie besaß.

Der Auktionssaal war bereits überfüllt mit Händlern, Sammlern, Käufern und alten Freunden. Jegliche Unterhaltung brach ab, als sie den Raum betrat. Zwei Männer sprangen vor und schossen Fotos, aber Bettina zuckte nicht einmal mit der Wimper. Wie eine Königin schritt sie zu einer der ersten Reihen und warf ihren Nerzmantel lässig über die Rückenlehne ihres Stuhls. In ihren Augen stand kein Lächeln, und sie sah niemanden von all denen, die versuchten, ihre Aufmerksamkeit zu erregen. Sie war eine aufsehenerregende Erscheinung in Schwarz mit ihrem kupferfarbenen Haar und den großen Perlen ihrer Mutter, den dazu passenden Ohrringen und dem Onyx-Ring. Das einzige, was sie seit dem Tod ihres Vaters vor drei Monaten nicht verkauft hatte, war ihr Schmuck. Ivo hatte ihr versichert, daß sie es sich leisten könne, den zu behalten und dennoch die Schulden abzutragen, und er hatte recht gehabt.

Die Bühne lag direkt vor ihr, und sie wußte, hier würde sie die alten, vertrauten Stücke ein letztes Mal sehen können, wenn sie angeboten und versteigert wurden. Gemälde, Tische, Lampen. In den Ecken und an den Seitenwänden des Raumes konnte sie bereits ein paar Teile ausmachen, die Stücke, die zu groß waren, um auf die Bühne getragen zu werden, riesige Sideboards, der Bücherschrank, zwei sehr große Standuhren. Das meiste davon Louis XV., auch ein paar Stücke Louis XVI., alles seltene Stücke, viele davon signiert. Es würde wirklich, wie es im Katalog stand, ein »wichtiger« Verkauf sein. Aber das war auch nur angemessen, dachte Bettina bei sich, Justin Daniels war schließlich ein wichtiger Mann gewesen. Und jetzt empfand sie ein flüchtiges Glücksgefühl, als sie so hier saß, denn dieses letzte Mal war sie seine Tochter, nicht bloß sie selbst.

Die Auktion begann um genau sieben Minuten nach Zehn, und Ivo war noch nicht erschienen. Bettina schaute auf die schlichte Cartier-Uhr an ihrem linken Handgelenk und ließ dann den Blick wieder zu dem Mann auf dem Podium gleiten, zu den Wächtern und der riesigen Louis XV.-Kommode, die sie gerade für zweiundzwanzigtausendfünfhundert versteigert hatten. Die kreisförmige Plattform auf der Bühne drehte sich langsam, und ein weiteres, vertrautes Stück tauchte auf. Es war der große, reich verzierte Spiegel aus dem siebzehnten Jahrhundert, der in ihrer Eingangshalle gehangen hatte.

»Ich eröffne die Versteigerung mit zweitausendfünfhundert... zweitausendfünf... drei... ich habe drei... vier... fünf... sechs... sieben... sieben fünf da links... acht!... neun hier vorne... neun fünf... zehn da hinten!... zehn... zehn... höre ich... elf!... elf fünf... und zwölf... zwölf hier vorne im Saal.« Und bei diesem Preis fuhr sein Hammer herab. Alles war in weniger als einer Minute vorbei. Es ging blitzschnell, die Bewegungen waren kaum sichtbar. Finger, die sich kaum rührten, Hände, die sich nur ganz leicht hoben, hier ein Nicken, dort ein Zeichen mit dem Auge, eine kaum merkliche Geste mit einem Stift, einer Hand, doch den Männern entging nichts davon, sie teilten es dem Auktionator mit, und nur selten kam es vor, daß die Zuschauer erkannten, wer der Bietende war. Bettina hatte keine Ahnung, wer soeben den großen, antiken Spiegel erstanden hatte. Sie machte sich einen Vermerk in ihrem Katalog und lehnte sich zurück, um das nächste Stück anzusehen.

Jetzt kamen zwei herrliche französische Sessel, in zarter brauner Seide gepolstert, die im Schlafzimmer ihres Vaters gestanden hatten. Auch eine dazu passende Chaiselongue wurde angeboten, als nächstes Stück im Katalog. Bettina, den Stift bereithaltend, spürte, wie jemand auf den Platz neben ihr glitt. Dann hörte sie eine bekannte Stimme an ihrem Ohr.

»Möchtest du die?« Seine Augen blickten müde, seine Stimme klang zornig. Als sie sich umwandte und Ivo sah, verließ sie die Grabesstimmung der vergangenen Stunde für einen Augenblick.

Einen Moment legte sie die Arme um seinen Hals und hielt ihn ganz fest. Langsam verzog sich sein Gesicht zu einem Lächeln. Sie löste sich von ihm und flüsterte in sein Ohr: »Willkommen daheim, Fremder. Ich bin so froh, daß du kommen konntest.«

Er nickte und wiederholte dann seine erste Frage. Der Preis stand bereits bei neuntausendfünfhundert. »Möchtest du die?« Aber sie schüttelte bloß den Kopf. Er neigte sich ihr zu und nahm sanft ihre Hand. »Ich möchte, daß du mir sagst, was du von all dem haben möchtest. Alles, was dir etwas bedeutet. Ich kaufe es und hebe es für dich in meiner Wohnung auf. Du kannst mir das Geld später zurückgeben, wenn du willst, und mir ist es egal, wenn das zwanzig Jahre dauert...« Er lächelte und beugte sich wieder zu ihr. »Wenn ich dann noch existiere, um es in Empfang zu nehmen, was ich bezweifle.« Er wußte, wie stolz sie war und daß nur er ein solches Angebot machen konnte.

Wieder flüsterte sie, als sie die beiden Stühle für dreizehneinhalb versteigert hatten. »Wehe, wenn du nicht mehr da bist, Ivo.«

»Mit zweiundachtzig? Um Himmels willen, Bettina, gestatte mir mal eine Pause.« Sie sahen sich an, als hätten sie sich im vergangenen Monat täglich gesehen. Es war plötzlich schwer zu glauben, daß er fünf Wochen fort gewesen war. »Alles in Ordnung mit dir?«

Sie nickte langsam. »Mir geht's gut. Bist du erschöpft von dem Flug?« Ein Paar vor ihnen zischte sie empört an und erntete nur einen bitterbösen Blick von Ivo. Dann wandte er sich wieder Bettina mit einem müden Lächeln zu.

»Es war ein langer Flug. Aber ich wollte nicht, daß du ganz allein hier bist. Wie lange wird das heute so weitergehen? Den ganzen Tag?« Er betete, daß das nicht der Fall sein würde. Er brauchte unbedingt ein paar Stunden Schlaf.

»Nur bis zum Mittag. Und morgen vormittag und nachmittag.« Er nickte und wandte seine Aufmerksamkeit dem Teil zu, das jetzt auf der Bühne gezeigt wurde. Bettina war ungewöhnlich leise geworden, und Ivo drückte ihr die Hand. Es war Justins Schreibtisch.

Ivo beugte sich still vor und flüsterte in ihr Ohr: »Bettina?« Aber sie schüttelte den Kopf und blickte fort.

»Siebentausend ... sieben ... acht? Sieben fünf! ... Acht! Neun! ...« Für neuntausend Dollar wurde er verkauft, und Bettina nahm an, daß es für einen Antiquitätenhändler wohl ein angemessener Preis sein würde. Für sie jedoch war er weit mehr wert. Es war der Schreibtisch, an dem ihr Vater gearbeitet hatte, an dem er seine beiden letzten Bücher geschrieben hatte, an dem sie ihn wieder und wieder hatte sitzen und über seinen Manuskripten grübeln sehen... Ihre Gedanken wanderten in die Vergangenheit, aber Ivo beobachtete sie und hielt immer noch ihre Hand ganz fest.

»Ganz ruhig, Kleines... er gehört dir immer noch.« Er sprach unendlich sanft mit ihr, und verwirrt sah sie zu ihm empor.

»Ich verstehe nicht.«

»Das brauchst du auch nicht. Wir können später darüber sprechen.«

»Hast du ihn gekauft?« Sie sah ihn überrascht an, und er nickte bloß und hätte am liebsten gelacht.

»Sieh mich nicht so überrascht an.«

»Für neuntausend Dollar?« Sie schien entsetzt, und irgend jemand hinter ihr forderte sie auf, ihre Stimme zu senken. Hier ging es um Tausende von Dollar, und es war nicht der richtige Augenblick, um sich von jemandem aus dem Publikum ablenken zu lassen. Dies hier war eine ernste Versammlung. Wie Spieler hatten die Leute nur Augen für das, was auf der Bühne vor sich ging, und für sonst nichts. Aber Bettina starrte Ivo immer noch erstaunt an. »Ivo, das ist nicht dein Ernst!« Diesmal flüsterte sie ganz leise, und er lächelte.

»Doch.« Und dann schaute er wieder zur Bühne hinüber und zog fragend eine Braue hoch. Ein weiterer Schreibtisch erschien dort. Er beugte sich ihr zu. »Wo war der denn?«

»Im Gästezimmer, aber das ist kein guter. Kauf ihn nicht.« Sie sah ihn ernst an und fragte sich, wieviele Stücke er wohl kaufen wollte, und er beobachtete sie amüsiert.

»Danke für den Rat.« Offensichtlich teilten die Händler und Sammler ihre Ansicht über das Stück. Es ging für nur achtzehnhundert Dollar weg. Gemessen an den bisher erzielten Preisen war es also ein billiges Stück.

Es schien noch stundenlang so weiterzugehen, aber Bettina ließ ihn nichts mehr kaufen. Endlich war es vorbei. Zumindest für diesen Tag. Es war fünf Minuten vor Zwölf. Sie erhoben sich, als sich die Menge zum Gehen anschickte, die Kataloge fest umklammernd und ihre Käufe mit Freunden diskutierend. Sie bemerkte, daß Ivo sie anstarrte. Ein warmes Gefühl breitete sich in ihr aus, und doch fühlte sie sich ein wenig unwohl.

»Was starrst du mich so an?«

»Ich genieße es, dich wiederzusehen.« Seine Stimme war wie Samt bei diesen Worten. Und sie hätte ihm so gern erzählt, daß sie ihn vermißt hatte. Doch statt dessen zeigte sich nur eine leichte Röte auf ihren Wangen, und sie neigte den Kopf.

Während er sie beobachtete, stahl sich ein Schatten in ihre Augen. Was war jetzt wieder nicht in Ordnung? Schon hatte sie sich verändert. Wieder einmal war etwas anders geworden, seit er verreist war. Aber er war sich nicht sicher, was es diesmal war, und er wußte auch nicht, ob es ihm gefiel.

Sehr ernst sah er sie an. »Kommst du zum Essen mit zu mir heim, Bettina?« Sie zögerte einen langen Augenblick, doch dann nickte sie.

»Das wäre schön.«

Er nickte seinem Chauffeur zu, der wartete, und einen Moment später waren sie auf dem Weg in seine Wohnung, nur zwölf Blocks südlich von ihrer, in der Park Avenue. Es war sehr gemütlich dort. Weit weniger grandios, aber angefüllt mit hübschen Dingen, die einladend und warm aussahen. Es gab große Ledersessel und weiche Sofas, Gemälde, die Jagdszenen darstellten, und Bücherschränke, angefüllt mit seltenen Büchern. Rund um den Kamin standen Unmengen von Messinggegenständen, und die Fenster waren groß und ließen viel Sonne herein. Es war ganz offensichtlich eine Männerwohnung, und doch war sie freundlich und gemütlich und wäre groß genug für mehr als nur ihn allein gewesen. Unten hatte er ein Wohnzimmer, Eßzimmer und Bibliothek. Oben befanden sich zwei Schlafzimmer und sein Arbeitszimmer. Außerdem gab es eine geräumige, holzgetäfelte Landküche. Dahinter hätten zwei Dienstmädchen Platz gehabt, aber er hatte nur eines. Sein Chauffeur wohnte woanders und war eigentlich von der *Mail* angestellt. Bettina war immer gern in seine Wohnung gekommen. Es war, als würde man jemanden in seinem Haus auf dem Lande besuchen oder einen Lieblingsonkel auf seinem Gut. Alles roch nach Tabak und Eau de Cologne und nach feinem Leder. Sie mochte diese Dinge, ihre Stoffe und das Leder, ihren Geruch.

Als sie in das sonnige Wohnzimmer traten, schaute Bettina sich um, und sie hatte plötzlich das Gefühl, heimgekehrt zu sein. Als er sie über die Schulter ansah, fand er, daß sie wieder besser aussah, und einen Moment schien auch der Ausdruck des Entsetzens von ihr gewichen zu sein. »Es ist schön, wieder hier zu sein, Ivo. Ich vergesse immer wieder, wie schön du es hier hast.«

»Das liegt daran, daß du nicht oft genug hierher kommst.«

»Weil du mich nicht oft genug einlädst.« Als sie sich auf die Couch sinken ließ, war sie plötzlich wieder ganz glücklich und konnte ihn sogar necken.

»Wenn es das ist, was dich von hier fernhält, dann werde ich dich in Zukunft einladen! Und zwar oft!« Er lächelte und versuchte, den Berg Post nicht anzuschauen. »O Gott, nun sieh dir bloß das an, Bettina...«

»Ich habe mich bemüht, das nicht zu tun. Es erinnert mich an den Tisch von meinem Vater, wenn er ein paar Tage fort war.«

»Und das ist noch gar nichts. Ich bin sicher, im Büro ist es noch viel schlimmer.« Er fuhr sich mit der Hand über die Augen und ging dann in die Küche. Mathilde schien verschwunden zu sein. Er hatte damit gerechnet, daß sie auf ihn warten würde.

»Wo steckt denn Mattie?« sprach Bettina seine Gedanken aus. Sie hatte sie so genannt, seit sie ein ganz kleines Mädchen gewesen war.

»Ich weiß nicht. Darf ich dir ein Sandwich anbieten? Ich bin am Verhungern.«

Sie sah ihn verblüfft an. »Ich auch. Während der Versteigerung war ich wahnsinnig nervös, und jetzt bin ich plötzlich mordshungrig.« Und dann fiel ihr etwas ein. »Wo wir gerade dabei sind, Ivo... was ist mit diesem Schreibtisch?« Sie sah ihn scharf an, aber in ihren Augen lag jetzt ein wesentlich weicherer Ausdruck.

»Welchem Schreibtisch?« Er schien sich an nichts mehr zu erinnern, als er der Küche zustrebte. »Ich hoffe, es ist wenigstens was zu essen da.«

»So, wie ich Mattie kenne, ist es genug für eine ganze Armee. Aber du hast meine Frage nicht beantwortet, Ivo. Was ist mit dem Tisch?«

»Was soll damit sein? Er gehört dir.«

»Nein. Er hat Daddy gehört, und jetzt gehört er dir. Warum

behältst du ihn nicht? Er würde es gern sehen, daß du ihn hast, weißt du.« Sie sah ihn liebevoll an, als sie in der Küche ankamen, und er öffnete den Kühlschrank und wandte ihr den Rücken zu.

»Sprechen wir nicht darüber. Du kannst dein Stück darauf schreiben. Laß uns nicht darüber streiten.« Es war noch immer viel zu früh, um mit ihr über das zu sprechen, was er im Sinn hatte.

Sie seufzte. Sie würden ein anderes Mal darüber sprechen müssen. »Warum läßt du mich nicht etwas zu essen machen?«

Er konnte nicht anders, mußte einfach die Hand ausstrecken und über ihr Haar streichen. Seine Stimme war heiser, aber sanft, als er wieder sprach. »Du siehst heute sehr hübsch aus, Kleines ... in deinem schwarzen Kostüm.«

Lange Zeit sagte sie nichts, und dann ging sie an ihm vorbei und schickte sich an, ihr Essen vorzubereiten. Sein Blick ließ sie nicht los, und als sie ihm den Rücken zuwandte, fragte er schließlich: »Was verheimlichst du mir, Bettina? Ich habe das Gefühl, daß du irgend etwas im Sinn hast.« Er kam sich dumm vor, als er das gesagt hatte. Jedes einzelne Möbelstück, das ihr Vater besessen hatte, wurde auf einer Auktion versteigert. Es war nur natürlich, daß sie beunruhigt war. Und doch hatte er das Gefühl, daß da noch mehr dahintersteckte. In ihren Augen hatte er etwas noch Schmerzlicheres entdeckt. »Gibt es etwas, das du mir nicht erzählt hast?«

»Ich habe die Wohnung verkauft.«

»Was? Schon?« Bettina nickte stumm. »Und wann kommt der neue Besitzer?«

Bettina wandte sich ab und holte tief Luft. »Morgen. Ich habe gesagt, daß ich die Wohnung bis morgen mittag verlassen hätte. Ehrlich gesagt, so steht es im Vertrag.«

»Und welcher Narr hat dich das tun lassen?« Ivo sah sie mit einem seltsamen Blick an und hielt ihr dann die Arme entgegen. »Egal, ich kann es mir schon denken. Es war dieser idiotische Anwalt von deinem Vater. O je!« Alles, was sie dann wußte, war, daß er sie in den Armen hielt, und plötzlich hatte sie nicht mehr so sehr das Gefühl, daß die Welt zum Stillstand gekommen wäre. »O Baby ... mein armes, armes Baby ... all die Möbel und jetzt auch noch die ganze Wohnung. O, Gott, das muß schrecklich für dich sein.« Er hielt sie fest und wiegte sie ganz sacht, und in seinen Armen fühlte sie sich plötzlich sicher.

»Ist es auch, Ivo ... ist es ... ich ...« Und dann rollten ihr plötzlich die Tränen über die Wangen. »Ich habe ein Gefühl, als wenn ... sie alles wegnehmen ... würden ... als wenn ... überhaupt nichts mehr übrig ... wäre. Bloß ich, ganz allein ... in der Wohnung ... es ist alles vorbei ... es gibt keine Vergangenheit mehr ... und ich habe nichts, Ivo ... überhaupt nichts ...« Sie schluchzte in seinen Armen, als sie das sagte, und er konnte sie nur festhalten.

»Eines Tages wird das alles anders sein, Bettina. Eines Tages wirst du an all das zurückdenken, und es wird dir vorkommen wie ein Traum. Ein Traum, der jemand anderem zugestoßen ist. Es wird vergehen, Liebling ... verblassen.« Aber wie sehr wünschte er, er könnte dafür sorgen, daß es schnell verginge, daß er ihren Schmerz hätte lindern können. Er hatte schon eine Entscheidung getroffen, ehe er nach London abreiste, aber er fragte sich, ob jetzt der richtige Zeitpunkt sei, ihr seine Pläne zu unterbreiten. Er wartete, bis sie sich beruhigt hatte, ehe er ihr ein paar Fragen stellte, doch dann führte er sie ins Wohnzimmer und drückte sie neben sich aufs Sofa. »Was hast du morgen vor, Bettina, wenn du auszieht?«

Sie holte tief Luft und sah ihn an. »Ich werde in eine Pension ziehen.«

»Und heute nacht?«

»Ich möchte noch einmal in der Wohnung schlafen.«

»Warum?«

Sie wollte schon sagen ›Weil es mein Heim ist‹, aber es klang so lächerlich, es war doch bloß eine leere Wohnung. Es war nicht mehr das Heim irgendeines Menschen. »Ich weiß nicht. Vielleicht, weil es meine letzte Gelegenheit ist.«

Freundlich schaute er sie an. »Aber sehr vernünftig hört sich das nicht an, oder? Du hast dort gelebt, hast all die guten Erinnerungen gesammelt. Und jetzt ist das alles fort, es ist leer, wie eine leere Zahnpastatube, völlig ausgequetscht. Es gibt überhaupt keinen Grund, es noch eine Minute länger zu benutzen, oder?« Nur einen kurzen Augenblick später sah er sie ernst an. »Ich finde, es wäre sehr sinnvoll, wenn du heute ausziehen würdest.«

»Jetzt?« Sie schien überrascht, und wieder kam sie ihm vor wie ein verschrecktes Kind. »Heute abend noch?« Ausdruckslos starrte sie ihn an, und er nickte.

»Ja. Heute abend.«

»Warum?«

»Vertrau mir doch.«

»Aber ich habe nichts reserviert . . .« Sie klammerte sich an den letzten Strohhalm.

»Bettina, ich wollte dich darum schon lange bitten: Ich möchte, daß du hier wohnst.«

»Mit dir?« Sie sah ihn erstaunt an, und er lachte.

»Nicht direkt. Ich bin schließlich kein Schwerenöter, Liebes. Im Gästezimmer. Wie klingt das?« Sie fühlte sich plötzlich nur verwirrt. »Ich weiß nicht . . . ich nehme an, ich könnte das tun . . . nur für heute nacht.«

»Nein, das meinte ich eigentlich nicht. Ich möchte, daß du bleibst, bis du dich eingerichtet hast, bis du eine hübsche, eigene Wohnung gefunden hast. Irgend etwas Anständiges«, fügte er liebevoll hinzu, »und die richtige Arbeit. Mattie könnte sich um dich kümmern. Und ich würde mich viel besser fühlen, wenn ich wüßte, daß du hier gut aufgehoben bist. Ich glaube nicht, daß dein Vater etwas dagegen einzuwenden hätte. Im Gegenteil, ehrlich gesagt würde ich annehmen, daß er das für die beste Lösung gehalten hätte. So –« Er beobachtete sie sorgfältig – »was meinst du nun dazu?«

Ihre Augen füllten sich langsam mit Tränen. »Ich kann nicht, Ivo.« Sie schüttelte den Kopf und schaute fort. »Du warst schon viel zu gut zu mir, und ich könnte es dir nie zurückzahlen. Erst heute . . . der Schreibtisch . . . ich kann niemals . . .«

»Pst . . . laß das . . .« Wieder zog er sie in seine Arme und strich ihr sanft übers Haar. »Ist doch schon gut.« Dann löste er sich von ihr, so daß er sie ansehen konnte, und versuchte, ihr ein Lächeln abzugewinnen. »Außerdem, wenn du die ganze Zeit nur weinst, kannst du nicht in einem Hotel wohnen. Die

würden dich rausschmeißen, weil du so viel Krach machst.«
»Ich weine ja gar nicht die ganze Zeit!« schniefte sie und nahm sein Taschentuch entgegen, um sich die Nase zu putzen.
»Ich weiß. Du bist sogar unglaublich tapfer gewesen. Aber ich möchte nicht, daß du dumm bist. Und wenn du in ein Hotel ziehen würdest, dann wäre das dumm.« Und mit festerer Stimme fügte er hinzu: »Bettina, ich möchte, daß du hier wohnst. Ist das so schlimm? Würdest du es wirklich so sehr verabscheuen, hier bei mir zu wohnen?« Aber sie konnte nichts anderes tun, als den Kopf zu schütteln. Sie würde es nicht verabscheuen. Im Gegenteil, und das war eines der Dinge, die sie am meisten ängstigte. Sie wollte hier bei ihm sein. Vielleicht sogar ein wenig zu sehr.

Einen Moment lang schwankte sie, und dann seufzte sie nochmal, als sie sich die Nase putzte. Und schließlich erwiderte sie seinen Blick. Er hatte recht. Es war wirklich sinnvoller, als in ein Hotel zu ziehen. Wenn sie sich doch bloß nicht so fühlen würde ... wenn er doch nicht so verdammt gut aussehen würde, trotz seines Alters. Sie mußte sich immer wieder daran erinnern, daß er nicht siebenundvierzig oder zweiundfünfzig war ... er war zweiundsechzig ... zweiundsechzig ... und der beste Freund ihres Vaters ... es war fast wie Inzest ... sie konnte nicht zulassen, daß sie so fühlte.

»Nun?« Er wandte sich zu ihr um, von der Bar, an der er jetzt stand und sich Vorwürfe machte, weil er ähnliche Gedanken hatte wie sie.

Sie klang fast atemlos, als sie schließlich antwortete. »Ich tue es. Ich werde bleiben.«

Ihre Augen trafen sich und sie lächelten. Es war ein Ende und ein Anfang, ein Versprechen und eine beginnende Hoffnung. Für sie beide.

Am Samstag war es vorbei. Sie mußten in die Wohnung zurückkehren, um ihre letzten Sachen abzuholen. Sie hatte die vorhergehende Nacht in Ivos Gästezimmer verbracht, umsorgt und verhätschelt von der jovialen, warmherzigen Mathilde, die ihr das Abendessen zubereitet und am Morgen ihr Frühstück ans Bett gebracht hatte. Ivo freute sich, in der Lage zu sein, ihr wieder die alte Bequemlichkeit zu bieten. Es mußte eine Erleichterung sein nach der Leere der Wohnung, in der sie fast bis zum Schluß ausgehalten hatte.

»Ich habe Mrs. Liebson gesagt, ich wäre um sechs Uhr draußen«, erklärte Bettina mit einem nervösen Blick auf ihre Uhr, und Ivo nahm ihren Arm.

»Keine Sorge, wir haben viel Zeit.« Er wußte, wie wenig sie zurückgelassen hatte. Er war am Abend vorher mit ihr in die Wohnung gegangen, um eine ihrer Taschen zu holen. Und es schmerzte ihn, den Schlafsack zu sehen, der auf dem Boden ausgebreitet lag. Jetzt war es nur noch eine Frage von einem Dutzend Koffern, zwei oder drei Kisten, und das war alles. Er hatte ihr versichert, daß in seinem Lagerraum genug Platz war, und Mathilde hatte schon zwei Schränke für sie ausgeräumt. Das war mehr als genug.

Wie immer wartete Ivos Chauffeur und brachte sie schnell in die Fifth Avenue hinüber. Hastig stieg sie aus, Ivo dicht auf ihren Fersen. Fragend sah sie zu ihm auf. »Möchtest du wirklich mit hinaufkommen?«

Blitzschnell erkannte er, was in ihr vorging. »Möchtest du allein sein?«

Ihre Augen zuckten, als sie antwortete. »Ich bin mir nicht sicher.«

Er nickte leicht. »Dann komme ich mit.« Und irgendwie sah sie erleichtert aus.

Zwei Träger wurden gerufen, und eine Weile später standen sie alle in der leeren Eingangshalle. Es brannte kein Licht, und draußen war es dunkel. Ivo beobachtete sie, als sie traurig auf die andere Seite der Halle starrte.

Dann warf sie einen kurzen Blick über die Schulter Ivo zu, danach den beiden Männern. »Es ist alles oben, in dem vorderen Schlafzimmer. Ich komme sofort wieder, ich will nur noch einmal alles überprüfen.« Aber diesmal folgte Ivo ihr nicht. Er wußte, daß sie allein sein wollte. Die beiden Männer eilten davon, um ihre Sachen zu holen, und er blieb in der Halle, lauschte auf ihre Schritte, als sie von einem Zimmer ins andere ging und so tat, als überprüfte sie, ob nichts vergessen worden war. Aber sie sammelte Erinnerungen, Augenblicke mit ihrem

Vater, die sie ein letztes Mal erhaschen wollte.

»Bettina?« Ivo rief sie nur ganz leise. Er hatte ihre Absätze schon seit geraumer Zeit nicht mehr klappern gehört. Doch schließlich fand er sie. Winzig klein, einsam und vergessen stand sie im Schlafzimmer ihres Vaters, und Tränen schossen aus ihren Augen.

Er trat zu ihr und sie klammerte sich an ihn und flüsterte ganz leise, in seinen Armen: »Ich werde nie wieder hierher zurückkommen.« Es schien schwer zu glauben. Es war vorbei. Aber es hatte eine Weile existiert.

Ivo hielt sie zärtlich fest. »Nein, meine Kleine, das wirst du nicht. Aber es wird andere Orte für dich geben, andere Leute, die eines Tages vielleicht genauso viel für dich bedeuten werden, wie das hier.«

Zögernd schüttelte sie den Kopf. »Nichts wird mir jemals so wichtig sein.«

»Ich hoffe, du irrst dich. Ich hoffe, daß – daß es andere Männer geben wird, die du wenigstens so sehr lieben wirst wie ihn.« Und dann lächelte er ganz zart zu ihr hinab. »Wenigstens einen.« Bettina antwortete nicht.

»Er hat dich nicht verlassen, Kleines. Ich hoffe, du weißt das. Er ist einfach bloß weitergezogen.«

Das schien ihr einzuleuchten, und plötzlich wandte sie sich um und verließ traurig und ernst das Zimmer. In der Tür blieb sie stehen und streckte die Hand nach ihm aus. Er legte einen Arm um ihre Schultern und führte sie zur Haustür, die sie ein letztes Mal abschloß, ehe sie ihren Schlüssel unter der Tür hindurchschob.

10

Die Sonne strahlte durch die Fenster des Eßzimmers, als Mathilde Bettina eine zweite Tasse Kaffee einschenkte. Diese hatte aufmerksam die Zeitung studiert und sah jetzt plötzlich lächelnd auf.

»Danke, Mattie.« Der Monat, den sie jetzt schon bei Ivo wohnte, war sehr erholsam für sie gewesen. Er hatte geholfen, die Wunden zu heilen. Ivo hatte ihr alles leicht gemacht. Sie hatte ein hübsches, kleines Zimmer und erhielt täglich drei Mahlzeiten aus Mathildes vorzüglicher Küche. Sie hatte alle Bücher zur Verfügung, die sie gern lesen wollte, und abends ging sie mit ihm in die Oper, ins Konzert oder ins Theater. Es war dem Leben mit ihrem Vater nicht ganz unähnlich, und doch war es in vieler Hinsicht weit friedlicher. Ivo war längst nicht so sprunghaft, und all seine Gedanken schienen sich um sie zu drehen. Er hatte den letzten Monat mit ihr verbracht, fast jeden Abend, war mit ihr ausgegangen oder hatte daheim am Feuer gesessen und sich stundenlang mit ihr unterhalten. Sonntags lösten sie zusammen das Kreuzworträtsel aus der *Times* und machten Spaziergänge durch den Park. Es war März, und die Stadt war noch kalt und grau, aber hin und wieder roch die Luft schon nach Frühling.

Jetzt warf er ihr über seine Zeitung hinweg einen lächelnden Blick zu. »Du siehst heute morgen unwahrscheinlich fröhlich aus, Bettina. Gibt es dafür einen besonderen Grund? Oder denkst du noch an gestern abend?« Sie waren zur Premiere eines neuen Stückes gegangen, das ihnen beiden ausnehmend gut gefallen hatte. Den ganzen Heimweg über hatte Bettina davon geschwärmt, in den höchsten Tönen, und Ivo hatte ihr versichert, daß sie eines Tages etwas schreiben würde, das sogar noch besser wäre. Und jetzt lächelte sie ihn an, den Kopf leicht auf eine Seite geneigt. Sie hatte die *Backstage* gelesen, die kleine, wöchentlich erscheinende Theaterzeitschrift. Sie war durch die halbe Stadt gefahren, um sie zu bekommen.

»Hier drin ist eine Anzeige, Ivo.« Ihr Blick sprach Bände, und er wandte ihr seine volle Aufmerksamkeit zu.

»So? Was für eine Anzeige?«

»Da wird eine neue Schauspieltruppe zusammengestellt, in der Nähe vom Broadway.«

»Wie sehr in der Nähe?« Er war sofort mißtrauisch. Und als sie ihm die Adresse nannte, verstärkte sich das nur noch. »Ist das nicht ein bißchen abgelegen?« Es war ein düsteres Viertel in der Nähe der Bowery, eines, das Bettina noch nie gesehen hatte.

»Was macht das schon für einen Unterschied? Sie suchen Leute, Schauspieler, Schauspielerinnen und technische Kräfte. Vielleicht geben die mir eine Chance.«

»Wobei?« Er spürte, wie ihm die Furcht über den Rücken kroch. So etwas hatte er schon die ganze Zeit gefürchtet. Zweimal hatte er sein Angebot wiederholt, ihr eine Stellung bei der Zeitung zu vermitteln, etwas hübsches, anständiges, leicht überbezahlt. Und beide Male hatte sie abgelehnt. Beim letzten Mal so heftig, daß er es nicht mehr wagte, sein Angebot auch nur zu erwähnen.

»Vielleicht könnte ich eine Art technischen Job bekommen, dabei helfen, den Vorhang zu bedienen oder so. Irgend etwas. Ich weiß auch nicht. Es wäre eine tolle Gelegenheit um zu sehen, wie es hinter den Kulissen eines Theaters zugeht ... du weißt schon, wenn ich dann mein Stück schreibe ...«

Einen Moment hätte er fast gelächelt. Manchmal war sie so unglaublich kindlich. »Meinst du nicht, du würdest mehr lernen, wenn du einfach die erfolgreichen Aufführungen am Broadway ansiehst, so wie gestern abend?«

»Das ist etwas anderes. Da sehe ich ja nicht, wie hinter den Kulissen alles zusammengestellt wird.«

»Und du meinst, das müßtest du wissen?« Er konnte sie nur schwer verstehen. Sie lachte zärtlich.

»Ja, Ivo, das meine ich schon.« Und ohne noch mehr zu sagen, ging sie zum Telefon im Arbeitszimmer, auf der anderen Seite der Halle, die Zeitung noch immer fest in der Hand. Fünf Minuten später kehrte sie zurück und strahlte ihn an. »Sie haben gesagt, ich soll heute vorbeikommen, so gegen drei.«

Mit einem Seufzen lehnte sich Ivo in seinem Sessel zurück. »Dann werde ich vom Mittagessen zurück sein. Du kannst den

Wagen nehmen.«

»In dieses Theater? Bist du wahnsinnig? Die werden mich nie nehmen, wenn ich mit dem Schlitten ankomme.«

»Das wäre für mich nicht die schlechteste Nachricht, Bettina.«

»Sei nicht albern!« Sie bückte sich, um ihn auf die Stirn zu küssen, und strich leicht über sein Haar. »Du machst dir zu viel Sorgen. Ich schaff' das schon. Und stell dir nur vor, vielleicht bekomme ich sogar einen Job.«

»Und dann? Dann arbeitest du in dieser schrecklichen Umgebung? Wie willst du denn jeden Tag dorthin kommen?«

»Mit der U-Bahn, wie die anderen Leute auch, die in dieser Stadt hier arbeiten.«

»Bettina –« Er sah fast drohend aus, bloß, daß hinter seiner Drohung Angst lag. Angst vor dem, was sie tun würde, wohin sie gehen würde und was das für ihn bedeuten könnte.

»Wirklich, Ivo . . .« Sie drohte ihm mit dem Finger, blies ihm einen Kuß zu und verschwand in die Küche, um Mathilde etwas zu sagen. Ivo fühlte sich plötzlich schrecklich alt, als er seine Zeitung zusammenfaltete, Auf Wiedersehen rief und zur Arbeit ging.

Um halb drei an diesem Nachmittag machte sich Bettina auf den Weg zur U-Bahn, verschwand in ihren Tiefen und wartete in der dumpfen Kühle, daß ein Zug kam. Als er schließlich eintraf, stank er, war dreckig und halb leer. Die einzigen anderen Passagiere schienen alte Frauen zu sein mit krausen Haaren am Kinn, dicken Stützstrümpfen und Einkaufstaschen, die mit geheimnisvollen Gegenständen gefüllt waren und wie Felsen an ihren schmalen Schultern zu zerren schienen. Ein paar halbwüchsige Jungen schlenderten vorbei, und hier und da döste ein Mann vor sich hin, das Gesicht im Kragen seines Mantels vergraben. Bettina lächelte vor sich hin und dachte daran, was Ivo zu all dem wohl sagen würde. Aber er hätte noch eine Menge mehr zu sagen gehabt, hätte er das Theater gesehen, zu dem sie jetzt ging. Es war ein altes, baufälliges Gebäude, das vor ungefähr zwanzig Jahren ein Kino beherbergt hatte. In der Zwischenzeit hatte es oft leer gestanden, ein paar nicht erfolgreiche Porno-Dinge gezeigt und einmal war es sogar in eine

Kirche umgewandelt worden. Jetzt sollte es wieder als Theater dienen, aber nicht im großen Stil. Die Schauspieltruppe würde nichts tun, um das Äußere des Gebäudes auszubessern. Sie brauchtes das wenige Geld, das sie hatten, um es für ihre Aufführungen einzusetzen.

Als Bettina das Gebäude mit gemischten Gefühlen betrat – Ehrfurcht, Aufregung und Angst – schaute sie sich zuerst einmal um. Niemand schien in der Nähe zu sein, aber sie hörte ihre Schritte von den kahlen Holzplanken widerhallen. Alles schien ungeheuer staubig und von einem seltsamen Geruch durchdrungen, der sie an einen Speicher erinnerte.

»Ja?« Ein Mann in Jeans und T-Shirt musterte sie mit zynischen blauen Augen und einem vollen, sinnlichen Mund. Sein Haar war ein Wirrwarr aus festen, blonden Locken und verlieh seinem Gesicht eine Weichheit, die von der Härte in seinen Augen Lügen gestraft wurde. »Was gibt's?«

»Ich – ich bin gekommen . . . ich habe heute morgen angerufen . . . ich . . . da war eine Anzeige in der Zeitung . . .« Sie war so nervös, daß sie kaum sprechen konnte, aber sie holte tief Luft und fuhr fort. »Mein Name ist Bettina Daniels. Ich suche Arbeit.« Sie hielt ihm eine Hand hin, fast flehentlich, aber er ergriff sie nicht, sondern hielt seine Hände weiter in den Hosentaschen vergraben.

»Ich weiß nicht, mit wem Sie gesprochen haben. Ich war's jedenfalls nicht, sonst hätte ich Ihnen gesagt, daß Sie es sich sparen können, hierher zu kommen. Wir sind komplett. Wir haben heute morgen die letzte weibliche Rolle besetzt.«

»Ich bin keine Schauspielerin.« Sie erklärte es mit strahlender Fröhlichkeit, und eine Sekunde lang schien der Blondgelockte fast lachen zu wollen.

»Sie sind jedenfalls die erste, die ehrlich ist. Vielleicht hätten wir Sie anstellen sollen. Tut mir jedenfalls leid, Kindchen.« Er zuckte die Achseln und schickte sich an zu gehen.

»Nein, warten Sie . . . wirklich . . . ich wollte einen anderen Job.«

»Was zum Beispiel?« Er musterte sie ungeniert, und wäre Bettina nicht so eifrig auf eine Arbeit versessen gewesen, hätte sie ihn wohl am liebsten geschlagen.

»Irgend etwas... Beleuchtung... Vorhang... was immer Sie haben.«

»Haben Sie irgend welche Erfahrungen?«

Sie reckte das Kinn. »Nein, hab' ich nicht. Aber ich möchte gerne was lernen.«

»Warum?«

»Ich brauche den Job.«

»Warum arbeiten Sie dann nicht irgendwo als Sekretärin?«

»Das will ich nicht machen. Ich möchte im Theater arbeiten.«

»Weil es so zauberhaft ist?« Die zynischen Augen lachten jetzt über sie, und langsam wurde sie wütend.

»Nein, weil ich ein Stück schreiben will.«

»O je! So eine sind Sie also. Ich nehme an, Sie waren in Radcliffe, und jetzt glauben Sie, daß Sie in einem Jahr die Welt erobern können.«

»Nein, ich bin vorzeitig von der Schule abgegangen und will jetzt bloß die Chance, in einem richtigen Theater zu arbeiten. Das ist alles.« Aber sie fühlte sich geschlagen. Sie wußte, daß sie bereits verloren hatte. Der Knabe haßte sie. Das konnte sie fühlen.

Er beobachtete sie lange Zeit schweigend und machte dann einen Schritt auf sie zu. »Verstehen Sie etwas von Beleuchtung?«

»Ein wenig.« Es war eine Lüge, aber sie war jetzt verzweifelt. Sie hatte das Gefühl, das wäre ihre letzte Chance.

»Wie wenig?« Seine Augen brannten sich in ihre.

»Sehr wenig.«

»Mit anderen Worten, Sie haben keine Ahnung!« Er seufzte und ließ hoffnungslos die Schultern sinken. »Also gut, bilden wir Sie aus. Wenn Sie uns nicht zu sehr auf die Nerven gehen, übernehme ich das sogar selbst.« Und mit einer plötzlichen, unerwarteten Geste hielt er ihr die Hand hin. »Ich bin der Inspizient. Ich heiße Steve.« Sie nickte mit dem Kopf, ohne sicher zu wissen, was er zu ihr sagte. »Herrgott, nun entspannen Sie sich schon, um Himmels willen. Sie haben den Job!«

»Hab' ich? Beleuchtung?«

»Ja. Es wird Ihnen Spaß machen.« Erst später sollte sie erfahren, daß es eine heiße, langweilige Arbeit war, aber in diesem Augenblick war es die beste Nachricht, die sie seit langem erhalten hatte.

Sie lächelte ihn strahlend an. »Ich bin Ihnen so dankbar.«

»Lassen Sie's gut sein. Sie sind einfach die erste, die nach diesem Job gefragt hat. Wenn Sie's nicht gut machen, werden Sie gefeuert.«

»Ich mach's gut.«

»In Ordnung. Ein Problem weniger für mich. Kommen Sie morgen vorbei. Dann zeige ich Ihnen alles. Heute habe ich keine Zeit.« Als er das sagte, schaute er auf seine Uhr. »Ja, morgen. Und wenn wir mit den Proben anfangen, am Ende dieser Woche heißt das, Kindchen, dann sind das sieben Tage die Woche.«

»Sieben?« Sie bemühte sich, nicht zu entsetzt auszusehen.

»Haben Sie Kinder?« Sie schüttelte hastig den Kopf. »Gut. Dann brauchen Sie sich keine Sorgen zu machen. Ihr Alter kann sich die Stücke zum halben Preis ansehen. Und wenn wir's nicht schaffen, brauchen Sie sich auch keine Sorgen zu machen, wegen der Sieben-Tage-Woche.« Ihn schien einfach nichts zu beunruhigen. »Ach ja, übrigens, bezahlen tun wir Sie nicht. Sie können sich freuen, daß Sie den Job haben. Wir teilen die Einnahmen.«

Wieder war Bettina entsetzt. Sie würde mit den sechstausend Dollar, die sie noch hatte, sehr sparsam umgehen müssen.

»Also, Sie kommen dann morgen. Einverstanden, Kindchen?« Sie nickte gehorsam. »Gut. Wenn Sie nicht pünktlich da sind, gebe ich den Job jemand anderem.«

»Danke.«

»Gern geschehen.« Er machte sich über sie lustig, aber jetzt stand etwas Weicheres in seinen Augen. »Ich sollte Ihnen das nicht sagen, aber ich hab' genauso angefangen wie Sie. Es ist grausam. Nur wollte ich Schauspieler werden, und das ist schlimmer.«

»Und jetzt?«

»Will ich Direktor werden.« Die Kameradschaft der Theaterleute hatte sie schon in Besitz genommen. Sie wurden Freunde.

Bettina lächelte ihn an, und ein Teil ihrer guten Laune zeigte sich. »Wenn Sie ganz lieb zu mir sind, lasse ich Sie vielleicht bei meinem Stück Regie führen.«

»Vergessen wir den Quatsch, Kindchen. Ziehen Sie los, wir sehen uns ja morgen.« Als die Absätze ihrer Stiefel schon über den nackten Holzboden auf die Tür zuklapperten, rief er ihr noch nach: »He, wie war noch dein Name?«

»Bettina.«

»Richtig.« Er winkte, wandte sich ab und marschierte schnell durchs Theater der Bühne zu. Nur einen Augenblick lang beobachtete Bettina ihn, und dann hastete sie in den Sonnenschein hinaus und stieß einen Freudenschrei aus. Sie hatte es geschafft! Sie hatte einen Job!

11

»Ich vergesse immer wieder, daß ich nicht mehr die Stellenanzeigen durchsehen muß.« Lächelnd schaute Bettina über die Sonntagszeitung hinweg Ivo an. Es war zum ersten Mal seit drei Wochen, daß sie in der Lage war, sich hinzusetzen und zu entspannen. Es war Sonntag früh, und sie hatten gerade ihren Lieblingsplatz neben dem prasselnden Feuer eingenommen. Das Spiel lief, und sie hatte Zeit bis zum Abend, ehe sie wieder in die Stadt fahren mußte.

»Gefällt es dir wirklich?« Er machte sich immer noch Gedanken. Er haßte diese Umgebung, die Idee und die Stunden des Wartens auf sie. Und die Ringe unter ihren Augen gefielen ihm gar nicht. Aber die lagen hauptsächlich an ihrer Aufregung. Sie war jeden Abend heimgekommen und viel zu aufgedreht gewesen, um vor drei Uhr ins Bett zu gehen.

Aber jetzt sah sie ihn ernst an, und er konnte sehen, daß sie meinte, was sie sagte. »Ivo, ich mag das. Gestern abend fühlte ich eine Liebe« – sie schien zu zögern – »so wie Daddy sie für seine Bücher empfand. Wenn ich fürs Theater schreiben will und ein anständiges Stück fertigbringen will, dann muß ich alles über das Theater wissen.«

»Wahrscheinlich. Aber könntest du nicht einfach Romane schreiben wie dein Vater?« Er seufzte mit einem leichten Lächeln. »Ich mache mir Sorgen, wenn du so spät nachts vom Theater nach Hause kommst, in dieser entsetzlichen Gegend da.«

»Aber ich bin da ganz sicher, es ist noch viel los. Und ich brauche nie lange, um ein Taxi zu finden.« Um diese Zeit wagte sie es nicht mehr, die U-Bahn zu nehmen.

»Ich weiß, aber –« Zweifelnd schüttelte er den Kopf und warf dann beide Hände hoch. »Was kann ich schon dazu sagen?«

»Nichts. Laß es mich einfach genießen. Das tue ich nämlich.«

»Wie kann ich gegen irgend etwas argumentieren, das dich so fröhlich macht?« Es stand ihr ins Gesicht geschrieben. Sogar er mußte das zugeben. Und so war es seit Wochen.

»Kannst du nicht, Ivo.« Wieder sah sie in die Zeitung, aber diesmal nachdenklicher. »Jetzt muß ich nur noch eine eigene Wohnung finden.«

»Schon?« Ivo klang entsetzt. »Warum so eilig?«

Langsam schaute sie zu ihm auf. In ihren Augen stand ein ungewohnt ruhiger, stiller Ausdruck. Auch sie wollte nicht von ihm fort, aber sie wußte, daß es an der Zeit war. »Wird es dir nicht allmählich zuviel, mich immer hier zu haben?«

Aber Ivo schüttelte nur traurig den Kopf, als sie das fragte. »Niemals, Bettina. Und das weißt du auch.« Der bloße Gedanke, daß sie ihn verlassen könnte, lastete schwer auf ihm. Aber er hatte nicht das Recht, ihr das zu sagen.

Sie wagte nicht, ihm zu sagen, daß da zwei Wohnungen angeboten wurden, von denen sie glaubte, daß sie sie ansehen sollte. Sie mußte das Risiko eingehen und bis Montag warten. Zumindest soviel schuldete sie ihm. Und es war offensichtlich, daß es ihn traurig stimmte, daß sie allein sein wollte. Vielleicht hatte er immer noch das Gefühl, ihrem Vater mehr zu schulden. Aber er konnte schließlich nicht ewig ihr Kindermädchen spielen. Sie hatte sich zu sehr daran gewöhnt, bei ihm zu wohnen. Es war zu bequem gewesen. Es war wirklich an der Zeit, daß sie weiterzog. Das schien ihr besser. So war es zu einfach. Sie hatte sogar gelernt, das zu beherrschen, was sie am Anfang für ihn empfunden hatte. Jetzt waren sie Freunde, Kameraden, aber nicht mehr. Sie hatte begriffen, daß diese seltsamen Regungen, die sie empfunden hatte, unterdrückt werden mußten.

Sie machten ihren üblichen Sonntagsspaziergang und ließen ihre Unterhaltung über ihren Auszug hinter sich.

Eine Zeitlang machten sie Pause und beobachteten die New Yorker, die um sie herumwirbelten, Rad fuhren oder durch den Central Park joggten. Sie setzte sich ins Gras. »Setz dich, Ivo.« Und nach einer Weile: »Irgend etwas beunruhigt dich. Darf ich fragen, was?«

Aber es war nichts, was er ihr hätte erzählen können. Das war das Dumme daran. Er wich ihrem Blick aus. »Geschäfte.«

»Du lügst. Jetzt sag mir die Wahrheit.«

»Oh, Bettina . . .« Er schloß die Augen und seufzte. »Ich bin einfach bloß müde. Und manchmal –« Er öffnete die Augen und lächelte sie an – »fühle ich mich schrecklich, schrecklich alt.« Und dann fuhr er fort, und wußte nicht, warum er sich gestattete, ihr das zu erzählen: »Manche Dinge sind für bestimmte Alter reserviert. Kinder bekommen, heiraten, graue Haare kriegen, sich verlieben. Und ganz gleich, wie glatt unser Leben auch verläuft, dann und wann finden wir uns plötzlich in dem falschen Abschnitt, dem falschen Alter . . .«

Sie schien verwirrt, als sie ihn beobachtete. Und dann zeigte sich ganz langsam ein neckisches Flackern in ihren Augen. »Also gut, Ivo. Bist du schwanger? Nun sag mir die Wahrheit.« Er mußte über sie lachen, als sie sanft seine Hand tätschelte.

Und dann vergaß er alle Vorsicht und erzählte ihr, während er aufmerksam ihre Augen beobachtete: »Also gut. Es ist, weil du ausziehst. Ich kann mir ein Leben ohne dich nicht mehr vorstellen.« Er lächelte ihr zu. »Klingt das nicht komisch? Aber du hast mich verwöhnt. Ich kann mich nicht mal mehr erinnern, wie es vorher war.«

»Ich auch nicht.« Sie spielte mit dem Gras und sprach ganz leise, flüsterte fast, und endlich erwiderte sie seinen Blick. »Ich mag den Gedanken noch nicht, dich zu verlassen, aber ich muß es tun.«

Endlich stellte er die Frage, die sie beide beschäftigte.
»Warum?«

»Weil ich unabhängig sein sollte, weil ich jetzt endlich erwachsen werden muß. Weil ich für mich selbst sorgen muß. Ich kann einfach nicht ewig in deiner Wohnung leben. Das wäre nicht richtig. Und sehr anständig ist es wohl auch nicht, vermute ich.«

»Und wann wäre es richtig?« drängte er. Er wollte, daß sie es sagte – aber zum ersten Mal seit Jahren hatte er Angst.

»Du könntest mich adoptieren.« Sie lächelten beide darüber. Und dann sah er sie wieder ernst an.

»Du glaubst wohl, ich bin verrückt, und wahrscheinlich sollte ich es dir auch nicht erzählen, aber als ich in Europa war, entwickelte ich einen, wie ich fand, hervorragenden Plan. In der Zwischenzeit ist mir natürlich klar geworden, daß ich den Verstand verloren hatte.« Angespannt lächelte er auf sie herab und wandte sich dann wieder ab. »Weißt du, was ich machen wollte, Bettina?« Er sagte es mehr zu sich selbst, als er lang hingestreckt im Gras lag, auf die Ellbogen gestützt, und mit zusammengekniffenen Augen zum Himmel aufblinzelte. »Ich wollte dich bitten, mich zu heiraten. Ja, ich wollte sogar darauf bestehen. Aber da hast du in Justins Wohnung gewohnt und die Sache sah ganz anders aus. Plötzlich bist du dann zu mir gezogen, und ich hatte das Gefühl, du wärst meiner Gnade ausgeliefert. Ich wollte dich nicht ausnützen. Ich –« Er brach ab, als er sie schnüffeln hörte, und als er sich ihr zuwandte, stellte er fest, daß sie ihn völlig verwirrt anstarrte. Tränen liefen über ihr Gesicht. Er lächelte liebevoll, als er sie so sah, und strich ihr mit einer Hand über die feuchte Wange. »Sei doch nicht so entsetzt, Bettina. Ich hab's doch nicht getan, oder, du Dummkopf? Jetzt hör schon auf zu weinen.«

»Warum nicht?«

»Warum nicht was?« Er reichte ihr sein Taschentuch, und sie tupfte ihre Tränen ab.

»Warum hast du mich nicht gefragt?«

»Ist das dein Ernst? Weil du noch nicht einmal zwanzig bist, und ich bin zweiundsechzig. Ist das nicht Grund genug? Ich hätte dir das nicht einmal sagen sollen, aber es ist seltsam, jetzt, wo du planst auszuziehen. Ich nehme an, ich will mich einfach an dir festhalten. Ich möchte in der Lage sein, dir alles zu erzählen, was ich denke und fühle, wie ich es in den letzten Wochen getan habe, und ich möchte, daß du dasselbe tun kannst.«

»Warum, zum Teufel, hast du mich nicht gefragt?« Sie sprang auf und starrte auf ihn herab, der verblüfft dalag.

»Ob du mich heiratest?« Er war erstaunt. »Bist du verrückt? Ich habe es dir doch gesagt. Ich bin viel zu alt, verdammt!« Ivo sah plötzlich wütend aus, als er die Beine anzog und sich aufsetzte.

Sie sank neben ihm ins Gras und starrte ihn mit blitzenden Augen an. »Hättest du mir nicht wenigstens eine Chance geben können? Hättest du mich nicht wenigstens fragen können, was ich fühle? Nein, du bist so sehr damit beschäftigt, mich als Baby zu behandeln, daß du alle Entscheidungen selbst treffen mußt. Aber ich bin kein Baby, ich bin eine Frau, und ich habe auch Gefühle. Und ich liebe dich seit – seit – verdammt, immer schon! Und fragst du mich? Nein. Sagst du etwas? Nein! Ivo –« Aber er grinste sie bloß an, und dann brachte er sie mit einem langen, kräftigen Kuß zum Schweigen.

»Bist du verrückt, Bettina?«

Jetzt lächelte auch sie. »Ja, das bin ich. Verrückt nach dir. Hast du das denn nicht gewußt? Hast du das nicht gemerkt? Nicht erraten? Silvester, als du mich geküßt hast, wurde es mir plötzlich ganz klar. Aber damals schienst du dich – nun – zurückzuziehen –«

»Willst du mir etwa sagen, Bettina, daß du mich liebst? Ich meine, wirklich liebst, nicht bloß als den alten Freund deines Vaters?«

»Genau das meine ich. Ich liebe dich. Ich liebe dich . . .« Und dann sprang sie auf die Füße und rief zu den Bäumen hinauf: »Ich liebe dich!«

»Du spinnst!« Er sagte es lachend und zog sie zu Boden. Aber sie lag jetzt neben ihm, und seine Augen fanden sie, und dann langsam seine Hände. »Ich liebe dich . . . oh, Liebling, ich liebe dich . . .« Und sanft, ganz langsam näherte sich sein Mund ihren Lippen und berührte sie.

12

Auf Zehenspitzen schlichen sie wie zwei Einbrecher in die Wohnung zurück, aber Bettina kicherte hilflos, als Ivo versuchte, ihr aus dem Mantel zu helfen. Und als sie dann auf Zehenspitzen die Treppe hinaufschlichen, flüsterte er ihr heiser ins Ohr: »Mattie hat gesagt, sie wollte ihre Schwester in Connecticut besuchen. Ich weiß, daß sie vor heute abend nicht zurück sein wird.«

»Was macht das für einen Unterschied?« Spöttisch sah sie mit ihren grünen Augen zu ihm auf, und plötzlich war es ihm völlig egal. Die ganze Welt sollte wissen, was er für sie empfand. Er hatte nicht einmal mehr ein schlechtes Gewissen. Er wußte nur noch, daß er sie wollte, verzweifelt begehrte, mit jeder Faser seines Körpers und seiner Seele. Erst als sie in seinem Schlafzimmer standen, kehrte seine Vernunft zurück, und plötzlich trat ein sanfteres Licht in seine Augen. Wie ein Kind stand sie barfuß, in Blue Jeans und rotem Pullover, neben der Tür und beobachtete ihn. Vorsichtig trat er zu ihr und nahm ihre Hand. Dann führte er sie zu einem großen, tiefroten, bequemen Sessel, setzte sich und zog sie sanft auf seine Knie. Flüchtig dachte er daran, daß es gar nicht so viel anders war als früher, als sie als Kind auf seinem Schoß gesessen hatte.

»Bettina ... Liebling ...« Seine Stimme war eine einzige Liebkosung, genau wie seine Hand, die ihren Nacken berührte, und seine Lippen, die der Hand folgten. Doch schnell zog er sich zurück und blickte in ihre Augen. »Ich möchte, daß du mir etwas sagst – und du mußt ehrlich sein. Ist da jemals ein Mann gewesen?« Sie schüttelte langsam den Kopf, leise lächelnd.

»Nein. Aber das ist schon in Ordnung so, Ivo.« Sie wollte ihm sagen, daß sie keine Angst hatte. Daß sie ihn schon so lange begehrte, daß jeder einzelne Augenblick des Schmerzes die Sache wert wäre. Und nach dem ersten Mal würde sie ihm für den Rest seines Lebens Vergnügen bereiten. Das war alles, woran sie denken konnte. Sie war bereit, alles für ihn zu tun.

»Hast du Angst?« Sanft lagen seine Arme um sie, und sie

schüttelte vorsichtig den Kopf. Dann lachte er leise. »Aber ich, du Dummchen.«

Mit ihren riesigen, hübschen grünen Augen sah sie ihn lächelnd an. »Warum?«

»Ich möchte dir nicht weh tun.«

»Das wirst du auch nicht. Das hast du noch nie.« Er nickte und nahm sie bei der Hand, und nach einer Weile sah sie ihn wieder an, weil ihr ein neuer Gedanke gekommen war. »Werde ich schwanger werden?« Sie hatte keine Angst davor, sie wollte es bloß wissen. Sie hatte von Mädchen gehört, die gleich beim ersten Mal schwanger geworden waren. Aber er schüttelte den Kopf und lächelte. Und das überraschte sie.

»Nein, Liebling. Niemals. Ich kann keine Kinder zeugen. Jedenfalls nicht mehr. Dafür habe ich schon vor langer Zeit sorgen lassen.« Sie nickte, akzeptierte das, ohne wissen zu wollen, warum. Er stand auf und hob sie hoch wie eine Puppe, und sie ließ es zu, daß er sie vorsichtig zum Bett trug, wo er sie sanft hinlegte und anfing, sie langsam zu entkleiden. Es wurde dunkel im Zimmer, die Nacht brach an. Seine Augen, Lippen und Hände liebkosten sie, während er langsam, Zentimeter für Zentimeter, ihr Fleisch entblößte, bis sie schließlich nackt vor ihm lag, zart und perfekt. Er sehnte sich danach, sich an sie zu pressen, dieses Fleisch zu spüren, doch statt dessen bedeckte er sie vorsichtig mit der Decke und wandte sich ab, um sich selbst zu entkleiden, in dem Zimmer, das jetzt fast dunkel war.

»Ivo?« Ihre Stimme klang sehr jung und sanft.

»Ja?« Selbst im Dunkeln hörte sie, daß er lächelte.

»Ich liebe dich.« Es regte ihn auf, das zu hören, und er glitt dicht an ihrem Rücken unter die Decke.

»Ich dich auch.« Vorsichtig berührte er sie, seine Hände fuhren über ihren Körper, langsam, vorsichtig, sanft, und er konnte fühlen, wie sein ganzer Körper bebte. Dann drehte er sie vorsichtig zu sich um und küßte sie lange und fest auf den Mund. Er wollte, daß sie ihn ebenso sehr, wenn nicht mehr begehrte, wie er sie brauchte. Und schließlich preßte sie sich an ihn, regte sich, berührte ihn, bat ihn fast, und er hielt sie ganz fest und stieß dann in sie hinein, schnell, scharf. Er spürte, wie sie zusammenzuckte, sich versteifte, seinen Rücken umklammerte, als er noch weiter in sie eindrang. Er wußte, daß es schmerzhaft für sie war, aber er wollte, daß sie wußte, wie sehr er sie liebte, und als er sie so hielt, sagte er ihr das wieder und wieder, bis sie beide still dalagen. Er konnte ihr warmes Blut auf dem Laken spüren, aber er kümmerte sich nicht darum. Er hielt sie nur ganz fest, spürte, wie sie zitterte, und zog sie noch fester in seine Arme. »Ich liebe dich, Liebling ... oh, Bettina, wie sehr ich dich liebe ... von ganzem Herzen.« Selbst in der Dunkelheit wandte sie die Augen zu ihm empor als Antwort, und vorsichtig küßte er sie und hatte nur den Wunsch, daß ihr Schmerz vergehen möge. »Alles in Ordnung?« Sie nickte langsam, und dann schien ihr der Atem zu stocken.

»Oh, Ivo ...« Und als sie jetzt zu ihm auflächelte, liefen Tränen über ihr Gesicht.

»Warum weinst du, Kleines?« Es war schon so viele Jahre her, daß er etwas Derartiges getan hatte, daß er plötzlich fürchtete, sie verletzt zu haben. Fast kummervoll blickte er in ihre Augen. Aber sie lächelte unter Tränen.

»Stell dir nur vor, was wir den ganzen Monat versäumt haben!« Und da mußte er plötzlich auch lachen.

»Du bist albern, und ich liebe dich.« Aber da war noch etwas, was er sie fragen wollte, und doch war es noch zu früh. Aber er wollte mit ihr sprechen, wollte sie fragen: Was nun? Und dann lächelte er wieder auf sie hinab, legte sich auf die Seite und stützte sich auf einen Ellbogen. Als er das tat, dachte Bettina im stillen, wie unglaublich jung er wirkte. »Heißt das, daß Sie nicht ausziehen, Mademoiselle?«

Verblüfft sah sie ihn an, zuckte mit den Schultern und lächelte. »Möchtest du das, Ivo? Daß ich hier bleibe?«

Er nickte und fühlte sich wieder ganz jung. »Was ist mit dir? Möchtest du bleiben?«

Sie legte sich in die Kissen zurück und war glücklicher als je zuvor. »Ja, ich möchte bleiben.«

»Aber hast du wirklich darüber nachgedacht? Bettina, ich bin ein sehr alter Mann!«

Doch darüber lachte sie nur und reckte sich. Es war außergewöhnlich. Sie genierte sich nicht einmal in seiner Gegenwart. Als sie ihm jetzt ihren Körper darbot, war es, als öffnete sie ihm die andere Hälfte ihrer Seele. »Weißt du, Ivo, ich glaube, du lügst, was dein Alter angeht. Ich glaube, in Wirklichkeit bist du erst fünfunddreißig und färbst dein Haar weiß ... denn nach dem heutigen Tag kann mir niemand erzählen, und du schon gar nicht, daß du ein sehr alter Mann bist.«

Er schaute sie ernst an. »Bin ich aber. Macht es dir etwas aus?«

»Es ist mir völlig egal.«

Aber er wußte es besser. »Jetzt noch nicht. Aber eines Tages wird es dir etwas ausmachen. Und wenn dieser Tag kommt, wenn ich dir zu alt vorkomme, wenn du einen jungen Mann haben willst, dann mache ich Platz. Ich möchte, daß du das nie vergißt, Liebling. Weil ich es ernst meine, von ganzem Herzen. Wenn deine Zeit mit mir vorbei ist, wenn es für dich nicht mehr das Richtige ist, wenn du einen jüngeren Mann willst, ein anderes Leben und Kinder, dann werde ich gehen. Ich werde es verstehen, und ich werde dich nach wie vor lieben, aber ich werde gehen.«

Ihre Augen füllten sich mit Tränen, als sie ihm zuhörte. »Nein, das wirst du nicht.« Aber er nickte bloß und zog sie sanft wieder in seine Arme.

Leise flüsterte er ihr ins Ohr: »Hat es sehr weh getan, Liebling?« Sie schüttelte den Kopf. Vorsichtig nahm er sie nochmal, und diesmal stöhnte sie und in ihren Augen lag ein glückliches Strahlen. Als sie schließlich nebeneinander lagen, zufrieden und erschöpft, fiel ihm noch etwas ein, und er wandte sich ihr mit einem leichten Lächeln zu. »Ich nehme an, daß es dir klar ist, Bettina, daß ich dich heiraten möchte.« Diesmal sah sie ihn überrascht an. Sie hatte es gehofft, aber sie war sich nicht sicher gewesen.

Ihr kupferfarbenes Haar war zerzaust und sie sah wunderbar schläfrig aus, aber in ihren Augen lag etwas Weiches und Liebevolles. Sie drückte ihn an sich. »Das freut mich. Weil ich dich auch heiraten möchte.«

»Mrs. Stewart.«

Leise lachend küßte sie ihn und murmelte: »Die Dritte.« Nun war er es, der sie überrascht ansah, ehe er sie an sich zog.

»Bist du fertig?« Er klopfte leise an die Tür und wartete auf der anderen Seite, aber Bettina flog in Panik herum, noch immer erst in der Unterwäsche, total verstört.

»Nein, nein, warten Sie!« Mathilde hastete zum Schrank, um das Kleid zu holen, zog es vorsichtig über Bettinas Kopf und strich es dann über den schmalen Schultern glatt, schloß Haken, Knöpfe, Reißverschlüsse. Es war ein Kleid, das Bettina zusammen mit ihrem Vater in Paris gekauft hatte, aber sie hatte es noch nie getragen, und es war jetzt genau das richtige.

Sie trat zurück, um sich selbst im Spiegel zu betrachten, und hinter ihrer linken Schulter sah sie das Spiegelbild der ältlichen Mathilde, die gutmütig lächelte. In dem schlichten, cremefarbenen Satinkleid sah Bettina hinreißend aus. Es war wadenlang, hochgeschlossen und kurzärmelig, und dazu gehörte eine passende Jacke. Sie zog kurze, weiße Ziegenlederhandschuhe an, tastete noch einmal nach den Perlen an ihren Ohren und starrte dann auf ihre elfenbeinfarbenen Strümpfe und die zarten Satinschuhe hinab. Alles war perfekt, und als sie Mathilde jetzt ansah, lächelte sie zufrieden.

»Sie sehen bezaubernd aus, Mademoiselle.«

»Danke, Mattie.« Sie küßte die alte Frau und ging dann langsam zur Tür. Dort zögerte sie einen langen Augenblick und fragte sich, ob er wohl immer noch draußen auf sie wartete. »Ivo?« Sie flüsterte es fast, aber er hörte es hinter der immer noch geschlossenen Tür.

»Ja. Bist du fertig?«

Sie nickte und kicherte dann. »Bin ich. Aber solltest du mich nicht eigentlich erst sehen, wenn wir da sind?«

»Wie willst du das anstellen? Mir im Auto die Augen verbinden?« Ihr beharrliches Festhalten an der Tradition amüsierte ihn, wenn er die Umstände bedachte. Aber im Augenblick amüsierte ihn alles, was sie tat. Plötzlich war sie wieder wie ein entzückendes Kind. Sie machte sich keine Sorgen, und die schlimmste Zeit ihres Lebens schien endlich vorbei zu sein. Jetzt gehörte sie ihm, und vor ihr lag ein neues Leben, als seine verwöhnte Ehefrau. »Komm schon, Liebling. Wir wollen nicht zu spät zum Standesamt kommen. Wie wär's, wenn ich einfach die Augen zumache?«

»In Ordnung. Sind sie zu?«

»Ja.« Er lächelte und kam sich ein bißchen albern vor, als er die Augen schloß. Er hörte, wie die Tür geöffnet wurde, und einen Augenblick später bemerkte er ihr Parfüm neben sich. »Kann ich sie noch immer nicht aufmachen?«

Sie sah ihn lange an und nickte dann langsam. »Doch.« Er stieß einen leisen Seufzer aus, als er sie sah, und fragte sich, wie es kam, daß der Herbst seines Lebens so gesegnet sein würde. Welches Recht hatte er?

»Mein Gott, du siehst wunderbar aus.«

»Gefällt es dir?«

»Machst du Witze? Es ist herrlich!«

»Sehe ich aus wie eine Braut?« Er nickte sanft und zog sie dann wieder einmal in die Arme.

»Bist du dir eigentlich darüber im klaren, daß du in einer Stunde Mrs. Ivo Stewart sein wirst?« Er lächelte auf sie herab, die neben ihm wie ein Zwerg wirkte. »Wie hört sich das an?«

»Prächtig.« Sie küßte ihn und löste sich dann aus seinen Armen.

»Oh, dabei fällt mir ein...« Er griff plötzlich hinter sich nach etwas, das in zartgrünes Papier eingeschlagen war. Mit einem zärtlichen Ausdruck hielt er es ihr entgegen. »Für dich.«

Vorsichtig nahm sie es an, öffnete das Papier, und plötzlich erfüllte der Duft von Maiglöckchen die Halle. »Oh, Ivo, woher hast du denn die?« Es war ein wunderschöner Strauß aus weißen Rosen und weißen Maiglöckchen.

»Ich habe sie aus Paris schicken lassen. Gefällt dir der Strauß?«

Glücklich nickte sie und stellte sich auf die Zehenspitzen, um ihm noch einen Kuß zu geben. Aber er hinderte sie daran und präsentierte schwungvoll ein kleineres Päckchen. Sie öffnete es. Es gab keine Worte, die ausgereicht hätten, um den neunkarätigen Diamantring zu beschreiben, der auf einem Bett aus mitternachtsblauem Samt funkelte.

»Oh, Ivo, ich weiß gar nicht, was ich dazu sagen soll.«

»Nichts, mein Liebling, trag einfach diesen Ring und sei glücklich.«

Die Zeremonie dauerte nur wenige Minuten. Die Worte waren gesagt, die Ringe ausgetauscht worden. Jetzt war Bettina Ivos Frau. Sie hatten keine Feier haben wollen. Schließlich trauerte sie immer noch um ihren Vater. Sie aßen bei Lutèce, an einem ruhigen Tisch, und anschließend gingen sie tanzen, und Bettina richtete sich auf die Zehenspitzen auf und flüsterte ihm ins Ohr.

»Ich liebe dich, Ivo.« Sie wirkte so winzig, so zerbrechlich und so sehr wie ein kleines Mädchen. Aber das war sie nicht, sie war seine Frau. Nun. Für immer. Völlig die seine.

13

Nervös befestigte Bettina die Diamantohrringe und fuhr sich mit der Bürste durchs Haar. Geschickt wickelte sie es um die Hand und faßte es in einem schlichten, damenhaften Knoten zusammen. Es glänzte wie immer, und als sie die letzten Nadeln festgesteckt hatte, stand sie auf. Ihr Körper schien dünner und angespannter. Sie stand in einem schwarzen Spitzenkleid da, das ihr bis zu den Knöcheln reichte, dazu trug sie schwarze Satinschuhe. Sie konnte ihr Abbild in der langen Spiegelwand auf der anderen Seite ihres Ankleidezimmers sehen. Ivo hatte das Zimmer extra für sie einrichten lassen, in der neuen Wohnung, die sie an ihrem ersten Hochzeitstag vor fünf Monaten gekauft hatten. Sie paßte hervorragend zu ihrem Lebensstil, eine Maisonettewohnung mit einem herrlichen Blick über den Central Park. Ihr Schlafzimmer hatte eine große, hübsche Terrasse, jeder von ihnen hatte einen Ankleideraum, und oben gab es noch ein Arbeitszimmer für Ivo. Unten befanden sich das Wohnzimmer, ein holzgetäfeltes Speisezimmer und eine Küche, und dahinter ein hübsches Zimmer für Mathilde. Alles war perfekt. Nicht zu grandios, und doch alles andere als klein. Bettina hatte es genau so eingerichtet, wie sie es hatte haben wollen, abgesehen von ein paar Kleinigkeiten, die Ivo hinzugefügt hatte, der kleine Schrankraum, der witzige kleine Aussichtsturm auf der großen Terrasse, und eine wundervoll altmodische Schaukel, die er an einem Dachvorsprung befestigt hatte. Er hatte sie damit geneckt, daß sie an lauen Sommerabenden dort sitzen würden, träumend und sich liebkosend.

Aber es kam nur selten vor, daß sie einen Abend im Sommer in der Stadt verbrachten. Die Schauspieltruppe, deren stellvertretende Leiterin sie jetzt war, hatte sich durchgekämpft und war in die Stadt gezogen. Es gab im Juli und August keine Vorstellungen, und so verbrachten sie und Ivo den Sommer jetzt in Southampton. Dort hatten sie ihr eigenes Haus gekauft. Wieder einmal war ihr Leben, wie es mit ihrem Vater gewesen war, mit dem Unterschied, daß sie glücklicher war als je zuvor. Sie arbeitete jetzt nur noch fünf Abende die Woche, und sonntags und montags gaben sie elegante Abendessen für zwölf oder vierzehn Personen oder zeigten Filme daheim. Ivo hatte Zugang zu allen neuen Filmen, und ab und zu gelang es ihnen, sich fortzustehlen, um ein Ballett, eine Gala, eine Premiere zu sehen, oder einfach einen Abend bei Lutèce oder im Côte Basque zu verbringen. Und trotz alledem brachten sie es fertig, auch noch eine ganze Menge Zeit allein miteinander zu verbringen, nach dem Theater oder auch tagsüber, wenn Ivo sich freimachen konnte. Er konnte nie genug von ihr bekommen, und es gab Zeiten, da wollte er sie mit niemandem teilen. Er ging verschwenderisch mit seiner Zeit, seinen Aufmerksamkeiten, seinen Zärtlichkeiten und seinem Lob um. In seine Liebe eingebettet fühlte sich Bettina ganz sicher. Es war so, als wäre ein langer, glücklicher Traum wahr geworden.

Sie lächelte ihrem Spiegelbild in dem zarten, schwarzen Spitzenkleid zu. Es schien um sie zu schweben wie eine weiche Wolke, und sie ordnete die Falten des Rocks, ehe sie den Reißverschluß in dem kleinen Stückchen Stoff zuzog, das ihren Rücken bedeckte. Schultern, Arme und Rücken blieben bloß, die Taille schrumpfte fast zu einem Nichts, und vorne reichte das Kleid bis zu ihrer Kehle hinauf, und ein schmales Band lag um ihren Nacken. Es sah aus wie ein Kleid, bei dem schon ein, zwei kleine Risse höchste Gefahr bedeuten würden, aber es war ausgezeichnet verarbeitet. Noch einmal überprüfte sie die Diamantohrringe, warf noch einen letzten Blick auf den weichen Haarknoten und lächelte ihrem Spiegelbild ein wenig aufgeregt zu. »Nicht schlecht für eine alte Frau«, flüsterte sie leise und grinste.

»Das wohl kaum, meine Liebe.« Überrascht drehte sie sich um. Sie hatte nicht gesehen, daß ihr Mann ihr von der Tür her zulächelte.

»Schuft. Ich hab' dich nicht kommen hören.«

»Das solltest du auch nicht. Ich wollte bloß sehen, wie du aussiehst. Und du siehst bezaubernd aus.« Er bückte sich und küßte sie sanft auf den Mund. Dann trat er zurück und musterte sie. Sie war noch schöner als eineinhalb Jahre zuvor. Und sein Lächeln vertiefte sich. »Aufgeregt, Bettina?« Sie wollte schon nein sagen, aber dann nickte sie lachend mit dem Kopf.

»Ein wenig vielleicht.«

»Das solltest du auch sein, mein Liebling.« Er selbst mußte jetzt auch lachen. War es möglich, daß sie wirklich erst einundzwanzig war? Heute war ihr einundzwanzigster Geburtstag. Während er sie beobachtete, fuhr eine Hand in seine Tasche und er zog eine dunkelblaue Samtschachtel hervor. Es hatte so viele davon gegeben, seit sie geheiratet hatten. Er hatte sie mit Geschenken überhäuft und sie seit dem Tag, an dem sie von ihrer Hochzeitsreise zurückgekehrt waren, nur verwöhnt.

»Oh, Ivo...« Sie sah ihn an, als er ihr die dunkelblaue Schachtel überreichte. »Was kannst du mir denn noch schenken? Du hast mir schon so viel gegeben.«

»Mach schon, öffne sie.« Als sie es schließlich tat, lächelte er über ihr Stöhnen.

»Oh, Ivo! Nein!«

»O ja.« Es war eine herrliche Kette aus Perlen und Diamanten, die sie bei Van Cleef gesehen und bewundert hatte. Sie hatte ihm kurz nach ihrer Hochzeit davon erzählt, in einem halbscherzenden Vertrauensausbruch, als sie ihm erklärte, daß man erst dann richtig wüßte, daß man erwachsen wäre, wenn man eine eigene, nicht eine ererbte Perlenkette besäße. Ihre Theorie hatte ihn amüsiert, und sie hatte die eleganten Damen beschrieben, die auf den Gesellschaften ihres Vaters Perlen getragen hatten, oder Ketten aus Saphiren, Diamanten, Rubinen... aber nur die wirklich »erwachsenen« Frauen hatten den guten Geschmack besessen, enganliegende Ketten aus Perlen zu tragen. Die Geschichte hatte ihm gefallen, wie alles, was sie ihm erzählte, hatte er sie nicht vergessen. Geduldig hatte er ihren einundzwanzigsten Geburtstag abgewartet, um ihr ihre Perlenkette zu schenken. Die Kette, die er ausgesucht hatte, zierten auch Diamanten, die einen hübschen, ovalen Verschluß schmückten, der hinten oder vorne getragen werden konnte. Sie fummelte damit herum, um sie anzulegen, und er beobachtete sie dabei und konnte helle Tränen in ihren Augen stehen sehen. Und plötzlich schmiegte sie sich an ihn, preßte sich ganz fest an ihn und senkte den Kopf auf seine Brust. »Ist ja schon gut, Liebling ... Herzlichen Glückwunsch, mein Schatz ...« Er hob ihr Gesicht zu sich empor und küßte sie ganz zart auf die Lippen.

Aber in ihrem Gesicht stand mehr als bloße Dankbarkeit, als sie seinen Kuß erwiderte. »Laß mich nie allein, Ivo ... niemals ... ich könnte es nicht ertragen ...« Es waren nicht die Diamanten und die Perlen, die er ihr schenkte, es war die Tatsache, daß er immer Verständnis für sie hatte, immer Bescheid wußte, immer da war. Sie wußte, daß sie immer auf ihn zählen konnte. Aber das Schreckliche daran war – was, wenn er eines Tages nicht mehr dasein würde? Sie konnte es nicht ertragen, auch nur daran zu denken. Was, wenn er sie eines Tages nicht mehr lieben würde? Oder wenn er sie hilflos zurückließ, wie ihr Vater es getan hatte ... Als er sie ansah, begriff Ivo das Entsetzen, das sich in ihren Blicken verbarg.

»Solange ich es vermeiden kann, Liebling, werde ich dich nicht verlassen. Niemals.«

Danach gingen sie nach unten, sein Arm lag fest um ihre Schultern. Nur kurze Zeit später klingelte es, und die ersten Gäste erschienen. Mathilde wurde von einem Barkeeper unterstützt, und auch zwei Butler waren für den Abend eingestellt worden, während eine Firma für die Speisen sorgte. Zum ersten Mal hatte Bettina absolut nichts zu tun. Alles war von Ivo organisiert worden. Sie mußte nichts weiter tun als sich entspannen, sich amüsieren und einer der Gäste sein.

»Aber sollte ich nicht wenigstens einen Blick in die Küche werfen?« flüsterte sie ihm leise zu, als sie sich von einer Gruppe von Gästen trennten; aber er hielt sie mit einem langen, liebevollen Lächeln zurück.

»Nein, das solltest du nicht. Heute abend möchte ich dich hier bei mir haben.«

»Wie Sie wünschen, Sire.« Sie sank in einen tiefen Knicks. Alles war noch genauso wie am Anfang. Auch ihr Liebesleben hatte im vergangenen Jahr nicht nachgelassen. Sie fand ihn immer noch aufregend und anziehend, und sie verbrachten eine bemerkenswerte Menge Zeit im Bett.

Winzig, in königlicher Pracht stand sie da, Ivo an ihrer Seite, ein Champagnerglas in einer Hand, die andere an der Perlenkette, und überwachte ihr Reich. Sie hatte das Gefühl, einen neuen Lebensabschnitt beschritten zu haben. Sie war eine Frau, eine Liebhaberin und Geliebte, eine Ehefrau.

14

»Es ist schon spät, Kleines.« Mit sanftem Lächeln blickte Ivo auf sie herab, als sie sich ein letztes Mal auf der Tanzfläche drehten. Sie nickte, als sie zu ihm aufsah. Die Smaragde an ihren Ohren leuchteten mehr als ihre Augen. Sie sah müde und besorgt aus, trotz des herrlichen, leuchtenden grün-goldenen Sari, den sie trug, und der neuen Smaragdohrringe, die zu dem Ring ihrer Mutter paßten. Ivo hatte ihr die Ohrringe zum vergangenen Weihnachtsfest geschenkt, und sie mochte sie sehr.

Als sie sich umwandten, um zu ihrem Tisch zurückzukehren, erhoben sich alle Gäste und applaudierten. Sie war so sehr an das Geräusch von Applaus gewöhnt, daß es sie direkt tröstete. Aber heute abend galt der Applaus nicht der Schauspieltruppe, sondern Ivo, der sich endlich, nach sechsunddreißig Jahren bei der Zeitung, von denen er einundzwanzig als ihr Chef verbracht hatte, zur Ruhe setzte. Er hatte nach vielem schmerzhaften Überlegen beschlossen, seine Karriere im Alter von achtundsechzig zu beenden und nicht zu warten, bis er sich zwei Jahre später gezwungenermaßen zurückziehen mußte. Bettina hatte sich noch nicht so recht daran gewöhnt, was hier geschah, und er wußte, daß es sie mehr beunruhigte, als sie zugeben wollte. Zusammen hatten sie sechs sorglose, unendlich glückliche Jahre verbracht, die Winter in der Stadt, die Sommer auf dem Land, hatten Reisen nach Europa gemacht. Und mit ihren fünfundzwanzig Jahren genoß sie das, und er sah ihr einiges nach. Aber wenn sie arbeitete, ließ er sie jetzt von seinem Fahrer an der nächsten Ecke abholen. Er beugte sich nicht mehr all ihren Vorstellungen über ihre Unabhängigkeit, und nachdem sie ihre Bestätigung bei der Truppe gefunden hatte, nahm sie die kleinen Dinge nicht mehr so ernst. Doch es war bequem, sich auf Ivo zu verlassen, von ihm abzuhängen. Er machte das Leben so einfach und glücklich für sie.

»Komm, Liebling.« Sanft nahm er ihre Hand und führte sie durch die Menge seiner Freunde, alle in Abendkleidung. Als er sie ansah, war er dankbar, daß er Bettinas Hand berühren konnte. Er ließ so viel hinter sich, und plötzlich fragte er sich, ob er sich wohl falsch entschieden hatte. Aber jetzt war es zu spät, um die Entscheidung rückgängig zu machen. Der neue Verleger war bereits bekanntgegeben worden. Und Ivo sollte eine beratende Funktion für den Vorstandsvorsitzenden übernehmen. Man verlieh ihm einen prunkvollen Titel, aber dahinter steckte nichts weiter, als daß er jetzt ein angesehener Alter sein würde, mit nur sehr wenig Macht. Als er jetzt mit Bettina an der Seite in der Limousine heimfuhr, war er deshalb den Tränen nahe.

Aber sie hatten schon sorgfältige Pläne geschmiedet. Sie hatte sich drei Monate von der Schauspieltruppe frei genommen, und am nächsten Tag wollten sie nach Südfrankreich reisen. Er hatte die Reise per Schiff gebucht, denn plötzlich hatten sie sehr viel freie Zeit.

Gemütlich fuhren sie von Paris nach St.-Jean-Cap-Ferrat, nachdem sie zwei Wochen im Ritz verbracht hatten, in dem sie, wie Bettina spöttisch erklärte, nichts anderes getan hatten als zu essen. Im September war Cap Ferrat himmlisch, und im Oktober fuhren sie weiter nach Rom. Im November kehrten sie schließlich voll Bedauern in die Staaten zurück. Ivo rief unzählige Freunde an und verabredete sich mit ihnen an ihren Lieblingsplätzen und in den Clubs. Und Bettina kehrte ans Theater zurück. Die Dinge entwickelten sich gut für sie, sie erhielten gute Kritiken, das Publikum strömte zahlreich herbei, und Bettina war glücklich mit ihrer Arbeit. Steve war endlich zum Regisseur avanciert, und sie hatte seinen alten Posten als Inspizient übernommen. Das Stück, das sie aufführen wollten, war eine Uraufführung von einem unbekannten Schriftsteller, aber für sie war es von Anfang an etwas Besonderes gewesen. Aufregung, Anspannung, etwas wie Zauberei lag in der Luft.

»Also gut, ich glaube dir.« Ivo hatte es spöttisch gesagt, als sie ihm mit aufgeregten Augen davon erzählte.

»Kommst du und schaust es dir an?«

»Klar.« Er wandte sich lächelnd wieder seiner Zeitung und seinem Frühstück zu. Es kam nur selten vor, aber am Abend zuvor hatte er nicht auf ihre Rückkehr gewartet. Er hatte selbst einen langen Tag gehabt. Dann und wann spürte er sein Alter, aber größtenteils hatte sich nicht viel verändert.

»Wann kommst du, um es dir anzusehen?«

Mit einem traurigen Lächeln blickte er zu ihr auf. »Würden Sie bitte aufhören, mich zu drängen, Mrs. Stewart?«

Aber sie grinste bloß und schüttelte entschieden den Kopf. »Nein. Das ist das beste Stück, an dem ich je gearbeitet habe. Es ist brillant, Ivo, und genau die Art von Stück, wie ich es schreiben möchte.«

»Also gut, ich sehe es mir an.«

»Versprichst du mir das?«

»Ich verspreche es. Darf ich jetzt meine Zeitung lesen?«

Sie sah ihn verblüfft an. »Ja.«

Aber gegen Mittag konnte sie es schon kaum noch erwarten, wieder ins Theater zurückzukehren. Sie beobachtete Ivo, der sich für ein Essen im Presse-Club umzog, danach duschte sie und schlüpfte in eine Jeans. Sie hinterließ ihm eine Nachricht, daß sie schon früh gegangen sei, und daß sie ihn spät am Abend sehen würde. Seit sie aus Europa zurückgekehrt waren, war er sehr müde, und wahrscheinlich würde es ihm guttun, wenn er es für den Rest des Tages langsam angehen ließe. Außerdem war er schon an ihren verrückten Tagesablauf gewöhnt. Hastig sprang sie aus dem Taxi und ging den Rest des Weges zu Fuß. Sie summte vor sich hin und genoß das Gefühl des bitterkalten Winterwindes in ihrem Haar. Sie trug es immer noch lang, um Ivo zu gefallen, und heute fiel es ihr offen auf die Schultern, wie flüssiges Kupfer.

»Warum so eilig, Süße? Du kannst doch noch nicht zu spät für die Arbeit sein.« Überrascht sah sie über die Schulter, als sie die Straße in der Nähe des Theaters überquerte. Die Stimme war britisch und vertraut, er trug einen warmen Tweedmantel und eine rote Mütze. Er war der Star ihres neuen Stückes.

»Hi, Anthony. Ich wollte bloß noch ein paar Sachen erledigen.«

»Ich auch. Und außerdem haben wir um halb fünf eine Probe. Sie wollen den Anfang des zweiten Akts ändern.«

»Warum?« Interessiert sah sie ihn an, und als sie das Theater erreichten, hielt er ihr die Tür auf.

»Frag mich nicht.« Er zuckte jungenhaft die Schultern. »Ich arbeite bloß hier. Ich werde nie begreifen, warum Stückeschreiber immer so viel ändern müssen. Wenn du mich fragst, ist das schizophren. Aber so ist das nun mal im Theater, Liebe.« Einen Augenblick blieb er vor seiner Garderobe stehen und musterte sie mit einem langen, freundlichen Lächeln. Er war über einen Kopf größer als sie, hatte riesige, blaue Augen und weiches, braunes Haar. Etwas Reizendes und Unschuldiges umgab ihn. Wahrscheinlich lag das an seiner sehr britischen Aussprache und dem Leuchten in seinen Augen. »Hast du heute abend schon was vor? Wollen wir zusammen essen gehen?«

Sie schien nachdenklich, schüttelte dann aber den Kopf. »Ich werde bloß ein Sandwich essen, hier.«

»Ich auch.« Er verzog das Gesicht und beide grinsten. »Hast du Lust, mir Gesellschaft zu leisten?« Er deutete hinter sich in seine Garderobe, sie zögerte einen Augenblick und nickte dann.

»Warum nicht?«

»Und was dann?« Über sein Essen hinweg starrte er sie fasziniert an. Seit einer halben Stunde saßen sie auf zwei Klappstühlen in seiner Garderobe und schwatzten miteinander.

»Dann habe ich an *Fox in the Hen House, Little City* und ja, *Clavello* gearbeitet.«

»Du hast daran gearbeitet?« Er schien beeindruckt. »Herrje, Bett, du hast mehr gearbeitet als ich, und ich bin seit zehn Jahren dabei.«

Sie sah ihn überrascht an und knabberte an den Resten ihrer Mixed Pickles. »Du siehst gar nicht alt genug aus, um so lange dabei gewesen zu sein. Wie alt bist du eigentlich?« Sie genierte sich nicht, ihm diese und andere Fragen zu stellen. In der vergangenen halben Stunde waren sie irgendwie Freunde geworden. Es war leicht, mit ihm zusammen zu sein, es machte Spaß, mit ihm zu reden, er war anders als die anderen, die sie in der Theaterwelt kennengelernt hatte. Trotz der Kameradschaft lag doch immer Eifersucht in der Luft. Aber das berührte sie selten. Schließlich war sie nur Inspizient. Doch niemals wurde es ihr langweilig, was sie im Theater sah, und der Zauber war immer noch da, Abend für Abend.

»Ich bin sechsundzwanzig.« Er sah sie an, ein kleiner Junge in den Kleidern eines Mannes, der vorgab, eine Rolle zu spielen.

»Wie lange bist du schon in Amerika?«

»Erst seit den Proben. Seit vier Monaten also.«

»Und gefällt es dir?« Sie aß den Rest ihres Sandwiches auf und schlug ein Bein über die Armlehne ihres Stuhls.

»Und wie! Ich würde alles darum geben, hierbleiben zu können.«

»Kannst du das denn nicht?«

»Klar, aber nur mit begrenzter Aufenthaltsgenehmigung. Das ist immer ein solches Theater. Ich wette, du hast keine Ahnung von dem nie endenden Ärger wegen der allmächtigen, grünen Karte.«

Sie schüttelte den Kopf. »Was ist das?«

»Ständige Aufenthaltserlaubnis, Arbeitserlaubnis, et cetera. Die wären ein Vermögen wert, wenn man sie auf dem Schwarzmarkt kaufen könnte. Aber das kann man nicht.«

»Was muß man denn tun, um eine zu bekommen?«

»Ein mittleres Wunder vollbringen, glaube ich. Ich weiß nicht, das ist alles viel zu kompliziert. Frag mich nicht. Und was ist mit dir?« Er rührte in seinem Kaffee und sah sie für einen Augenblick ernst an. Sie war überrascht, fühlte sich von den blauen Augen fast gestreichelt.

»Was meinst du?«

»Ach, du weißt schon.« Er zuckte lächelnd mit den Schultern. »Statistik. Alter, Stand, Schuhgröße, trägst du einen BH?«

Überrascht erwiderte sie sein Grinsen, ehe sie achselzuckend meinte: »Okay, wollen mal sehen. Ich bin fünfundzwanzig, trage Schuhe Größe 37 und der Rest geht dich nichts an.«

»Verheiratet?« Er sah nicht übermäßig interessiert aus.

»Ja.«

»Verdammt.« Bedauernd schnippte er mit den Fingern, und dann lachten sie beide. »Schon lange?«

»Sechseinhalb Jahre.«

»Kinder?« Doch diesmal schüttelte sie den Kopf. »Das ist klug.«

»Magst du keine Kinder?« Sie schien überrascht, aber er blieb unverbindlich.

»Sie sind nicht gerade das beste für eine Karriere.« Das erinnerte sie an das egozentrische Verhalten der meisten Schauspieler, ließ sie aber auch an ihren Vater denken. Doch schon lächelte er ihr wieder zu. »Also, Bettina, ich bin verdammt traurig zu hören, daß du verheiratet bist. Aber –« fröhlich blickte er zu ihr auf – »vergiß nicht, mich anzurufen, wenn du geschieden wirst.« Doch als er das sagte, erhob sie sich mit einem breiten Grinsen.

»Halt nur nicht die Luft an, während du darauf wartest.« Sie winkte einmal, lächelte und marschierte zur Tür, wo sie salutierte. »Bis später, Kindchen.«

Sie sah Anthony an diesem Abend noch einmal, als sie das Theater verließ und sie beide den Kragen hochschlugen, um sich vor der Kälte zu schützen.

»Ist das kalt. Gott weiß, warum du in Amerika bleiben willst.«

»Manchmal frage ich mich das auch.«
Wieder lächelte sie ihm zu, als sie auf die Ecke zugingen. »Schöne Vorstellung heute abend.«
»Danke.« Fragend wandte er sich ihr zu. »Soll ich dich mitnehmen?« Er wollte schon ein Taxi rufen.
Aber sie schüttelte den Kopf. »Nein, danke.«
Er zuckte die Schultern und ging weiter, als sie an der Ecke nach links einbog. Sie sah schon Ivos Wagen warten, mit Fahrer, der Motor lief und sie wußte, im Auto würde es warm sein. Hastig sah sie sich um, ob jemand sie beobachtete, und dann zog sie die Tür auf und schlüpfte hinein. Doch als er die Straße überquerte, scheinbar gleichgültig, hatte Anthony sich noch ein letztes Mal umgedreht, um ihr zuzuwinken. Alles, was er sah, war Bettina, die in einer langen, schwarzen Limousine verschwand. Er schob die Hände noch tiefer in die Taschen, zog die Brauen hoch und ging lächelnd weiter.

15

»Hi, Liebling.« Am nächsten Morgen beim Frühstück war es hell und sonnig. Wieder hatte Ivo geschlafen, als sie am Abend nach Hause gekommen war. Das sah ihm gar nicht ähnlich. Und seit einer Woche hatten sie sich nicht mehr geliebt. Sie hatte ein schlechtes Gewissen, daß sie darüber Buch führte, aber er hatte sie so lange Zeit so verwöhnt, daß ihr plötzlich jegliche Veränderung bewußt wurde.
»Hab' dich gestern abend vermißt.«
»Ich glaube, ich werde alt, Kleines?« Er sagte es leise, mit einem freundlichen Schimmer in den Augen. Es war klar, daß er nicht so dachte, und Bettina schüttelte schnell den Kopf.
»Denk bloß nicht, daß du das als Entschuldigung heranziehen kannst.«
Er vertiefte sich wieder in seine Zeitung, und Bettina ging nach oben, um sich anzuziehen. Sie hatte ihm von ihrem Essen mit Anthony erzählen wollen, aber plötzlich erschien ihr das

nicht mehr richtig. Sie gab sich immer große Mühe, ihn nicht eifersüchtig zu machen, obwohl sie beide wußten, daß er keinerlei Grund dazu hatte.

Drei Viertel Stunden später trug Bettina eine graue Hose und einen beigen Kaschmirpullover, dazu braune Wildlederstiefel und einen Seidenschal, der dieselbe Farbe hatte wie ihr Haar. Ivo war gerade in seinem Morgenmantel die Treppe heraufgekommen.

»Was machst du heute, Liebling?« Sie hatte das dringende Bedürfnis, ihre Hände unter den Mantel gleiten zu lassen. Er warf einen Blick auf seine Uhr und so entging ihm der Ausdruck in ihren Augen.

»O Gott, ich habe in einer halben Stunde eine Versammlung bei der Zeitung. Und ich werde wohl zu spät kommen.« Damit war der Morgen also verplant.

»Und danach?« Hoffnungsvoll sah sie ihn an.

»Dann esse ich mit den anderen Vorstandsmitgliedern. Dann noch eine Versammlung, und dann komme ich heim.«

»Verdammt. Bis dahin bin ich schon im Theater.«

Er sah sie gleichzeitig wehmütig und zärtlich an. »Möchtest du mit der Arbeit aufhören?« Aber sie schüttelte heftig den Kopf.

»Nein!« Und mit kindlicher Stimme erklärte sie dann: »Es ist bloß ... ich vermisse dich so sehr, seit wir wieder in Amerika sind und ich arbeite. In Europa waren wir die ganze Zeit zusammen, und jetzt kommt es mir plötzlich so vor, als würden wir uns überhaupt nicht mehr sehen.« Der traurige Ton in ihrer Stimme rührte ihn, und er streckte die Arme nach ihr aus.

»Ich weiß.« Ein paar Minuten lang streichelte er ihr Haar, hob ihr Gesicht zu sich empor und küßte sie zärtlich. »Mal sehen, was ich machen kann, damit ich nicht immer zum Essen verabredet bin. Möchtest du noch eine Reise machen?«

»Ich kann nicht, Ivo ... das Stück.«

»Ach, zum –« Er wurde hitzig, doch mit einer Handbewegung wurde die Gefahr beiseite gewischt. »Also gut, also gut.« Doch dann wandte er sich ihr nochmals zu, jetzt wieder ernster. »Glaubst du nicht, daß du nach all den Jahren genug gelernt hast, um etwas Eigenes zu schreiben? Wirklich, Liebes.

Ich sehe dich schon vor mir, wie du siebenundachtzig bist und immer noch den Vorhang für ein Stück irgendwo weitab vom Broadway betätigst.«

»Ich arbeite nicht weitab vom Broadway.« Sie sah beleidigt aus, und er lachte.

»Nein, tust du auch nicht. Aber glaubst du nicht, daß du das lange genug getan hast? Denk mal drüber nach, wir könnten jetzt für sechs Monate verreisen, und du könntest dein Stück schreiben.«

»Ich bin noch nicht soweit.« Der Gedanke schien ihr Angst zu machen, und er fragte sich, weshalb.

»Doch, das bist du. Du hast bloß Angst, Liebling. Aber dafür gibt es überhaupt keinen Grund. Du wirst etwas Hervorragendes schreiben, wenn du es endlich tust.«

»Ja, aber ich bin noch nicht so weit, Ivo.«

»Also gut. Dann beschwer dich aber auch nicht, daß du mich nie siehst. Du bist ja die ganze Zeit in diesem verdammten Theater.« Es war das erste Mal, daß er sich darüber beklagt hatte, und Bettina war erstaunt über die plötzliche Wut in seinem Ton.

»Liebling, sag das doch nicht.« Sie küßte ihn, und seine Stimme klang sanfter, als er wieder sprach.

»Dummes Kind. Ich liebe dich, das weißt du doch.«

»Ich liebe dich auch.« Sie umarmten sich noch eine Weile, doch dann mußte er gehen.

Im Theater brodelte es schon, überall eilten die Leute hin und her, und die Stars der Vorstellung trafen auch allmählich ein. Bettina sah Anthony, der in Jeans hinter der Bühne herumlief, dazu trug er einen schwarzen Rollkragenpullover und seine rote Mütze.

»Hi, Bett.« Er war das einzige Mitglied der Truppe, das darauf beharrte, ihren Namen abzukürzen.

»Hallo, Anthony. Alles in Ordnung?«

»Verrückt. Sie wollen noch mehr Änderungen einbauen.« Es war ein neues Stück, und Änderungen in letzter Minute konnten erwartet werden. Er schien nicht sonderlich aufgeregt darüber zu sein. »Ich wollte dich wieder zum Abendessen bitten, aber ich konnte dich nirgends finden.«

Sie lächelte. »Ich habe mir ein Sandwich von daheim mitgebracht.«

»Hat das deine Mutter gemacht?« Bettina lachte, konnte ihm aber nicht gut die Wahrheit sagen: Nein, von unserem Mädchen gemacht. So schüttelte sie bloß den Kopf. »Hab' ich eine Chance, dich zu überreden, später mit mir Kaffee zu trinken?«

»Sorry, heute abend nicht.« Sie mußte heim zu Ivo. Sie wollte nicht zu lange fortbleiben. Nur ein-, zweimal in all den Jahren ihrer Arbeit am Theater war sie anschließend noch mit der Truppe ausgegangen. Gestern abend, das war genug.

Er warf ihr einen enttäuschten Blick zu und verschwand.

Sie sah ihn erst nach der Vorstellung wieder. Sie trafen sich, als sie dabei war, die Lichter zu überprüfen und auf die letzten Reinigungsarbeiten zu achten, all die Routinearbeit, ehe sie heimfuhr.

»Was hältst du von den Änderungen, Bettina?« Er betrachtete sie interessiert und setzte sich auf einen Hocker, und sie überlegte kurz, ehe sie antwortete, und ging mit zusammengekniffenen Augen im Geiste die Szenen noch einmal durch.

»Ich bin nicht sicher, daß sie mir gefallen. Ich glaube nicht, daß sie nötig waren.«

»Genau das dachte ich auch. Schwach. Ich hab' dir ja gesagt, diese Schreiberlinge sind schizophren.«

Sie lächelte ihn an. »Ja. Vielleicht.«

»Kann ich dich jetzt zu einer Tasse Kaffee überreden?«

Sie schüttelte den Kopf.

»Ein anderes Mal vielleicht, Anthony. Tut mir leid. Ich kann nicht.«

»Wartet der Alte?« Das hörte sich schnippisch an, und sie begegnete offen seinem Blick.

»Ich hoffe es.« Er sah wütend aus, und als Bettina ihren Mantel anzog, war sie auch wütend. Er hatte kein Recht, sich darüber zu ärgern, daß sie nicht mit ihm ausging. Überhaupt kein Recht. Es beunruhigte sie, daß er so verbittert ausgesehen hatte, und außerdem war sie seltsamerweise besorgt, daß er sie nicht noch einmal fragen würde. Sie ergriff ihre Handtasche, drückte den Hut auf den Kopf und spazierte zur Tür hinaus. Zum Teufel mit Anthony Pearce. Er bedeutete ihr überhaupt nichts.

Eilig marschierte sie die Straße entlang bis zur Ecke, und der Wind pfiff ihr um die Ohren. Sie hastete auf die wartende Limousine zu, griff nach dem Türgriff und stellte schon einen Fuß hinein, als sie eine Stimme hinter sich hörte. Überrascht drehte sie sich um. Es war Anthony, der hinter ihr stand, den Kragen hochgeschlagen, die rote Mütze auf dem Kopf.

»Kannst du mich mitnehmen?«

Trotz der Kälte spürte sie, wie sie vor Verlegenheit errötete. Er war der erste Mensch in sechs Jahren, der sie dabei erwischt hatte, wie sie in den Wagen stieg. Sie konnte nichts anderes sagen als »Oh«.

»Komm schon, Liebes, ich friere mir den Hintern ab. Und es ist kein Taxi zu kriegen.« Feiner Schnee rieselte durch die Luft. Und jetzt hatte er sie sowieso gesehen, also was sollte es? Sie musterte ihn kurz und erwiderte dann: »Also gut.« Sie stieg ein, und er setzte sich neben sie. Dann wandte sie sich ihm zu, verärgert über seine Aufdringlichkeit. »Wo soll ich dich absetzen?« Ihn schien die Verlegenheit, in die er sie gebracht hatte, nicht zu beeindrucken. Die Adresse, die er ihr gab, befand sich in Soho.

»Ich habe einen Dachboden. Willst du hinaufkommen und ihn dir ansehen?« Wieder wurde sie wütend, weil er so hartnäckig war.

»Nein, danke, will ich nicht.«

»Warum denn so wütend?« Bewundernd lächelnd sah er sie an. »Aber ich muß sagen, Liebes, es steht dir.«

In zunehmender Wut drehte sie die Scheibe zwischen ihnen und dem Fahrer hoch. Dann starrte sie ihn wütend an. »Darf ich dich daran erinnern, daß ich eine verheiratete Frau bin?«

»Was macht das für einen Unterschied? Ich habe nichts Unanständiges gesagt. Ich habe dir nicht die Kleider vom Leibe gerissen. Ich habe dich nicht vor den Augen des Chauffeurs geküßt. Ich habe dich bloß gebeten, mich mitzunehmen. Warum so empfindlich? Dein Alter muß ja höllisch eifersüchtig sein.«

»Nein, ist er nicht, und außerdem geht es dich auch gar

nichts an. Ich ... es ist bloß, weil ... ach, egal.« Schweigend saßen sie nebeneinander, während sie nach Süden zu seiner Wohnung fuhren. Als sie sie schließlich erreichten, hielt er ihr freundlich die Hand hin.

»Tut mir leid, wenn ich dich verärgert habe, Bettina.« Seine Stimme war sanft und jungenhaft. »Ich wollte es wirklich nicht.« Mit hängendem Kopf fügte er noch hinzu: »Ich möchte doch dein Freund sein.«

Als sie ihn so sah, schnitt etwas an ihm tief in ihre Seele. »Tut mir leid, Anthony ... ich wollte nicht gemein sein. Bloß hat niemals jemand ... ich kam mir so ... mit dem Auto, das war mir so peinlich ... es tut mir wirklich sehr leid. Es war nicht deine Schuld.«

Vorsichtig küßte er ihre Wange – es war ein freundschaftlicher Kuß. »Danke, daß du das gesagt hast.« Und zögernd meinte er dann noch: »Wirst du mich schlagen, wenn ich dir noch einmal eine Tasse Kaffee anbiete?« Er sah so ernst aus, daß sie es nicht wagte, abzulehnen. Dabei sehnte sie sich so sehr danach, heim zu Ivo zu fahren. Dennoch ... sie war sehr hart zu dem jungen, englischen Schauspieler gewesen.

Sie seufzte und nickte. »Also gut. Aber ich kann nicht lange bleiben.« Sie folgte ihm eine endlose, schmale Treppe hinauf, während ihr Wagen unten wartete, und schließlich, als sie schon glaubte, sie müßte bis zum Himmel emporgestiegen sein, schloß er eine schwere Stahltür auf. Auf der anderen Seite verbarg sich eine Wohnung voller Charme. Er hatte Wolken an die Decke gemalt, herrliche, hohe, blättrige Bäume in die Ekken gestellt. Überall lagen Gegenstände aus dem Orient, Strohmatten und kleine Teppiche, und dazwischen standen riesige, gemütliche, hellblau gepolsterte Sessel. Es war mehr als eine Wohnung, es war ein Hafen, ein Stück von einem Land, ein Garten in einer Wohnung, eine Wolke, die über einen blaßblauen Sommerhimmel schwebte. »Oh, Anthony, das ist ja wundervoll.« Sie riß die Augen auf vor Vergnügen, als sie sich umsah.

»Gefällt es dir?« Unschuldig schaute er sie an, und dann lächelten sie beide.

»Ich bewundere es. Wie hast du all das zusammen bekommen? Hast du es aus London mitgebracht?«

»Zum Teil, und den Rest habe ich hier zusammengewürfelt.« Aber nichts davon sah zusammengewürfelt aus. Es war eine wunderschöne Wohnung. »Also, Milch oder Zucker?«

»Nichts davon, danke. Schwarz.«

»Daran muß es liegen, daß du so dünn bleibst.« Anerkennend musterte er ihren schlanken, geschmeidigen, tänzerisch-graziösen Körper, als sie sich in einen der blauen Sessel sinken ließ.

Wenige Minuten später kehrte er mit zwei dampfenden Tassen und einem Teller mit Käse und Obst zurück.

Es war halb zwei, als sie schließlich von Panik ergriffen die Treppe hinunterhastete, zum Auto. Was würde Ivo sagen? Und plötzlich, diesmal, betete sie, daß er schon schlafen würde. Es stellte sich heraus, daß ihr Gebet erhört wurde. Er hatte bis Mitternacht gewartet und war dann in ihrem Bett eingeschlafen. Bettina hatte ein schrecklich schlechtes Gewissen, als sie ihn so ansah, und dann fragte sie sich, warum. Sie hatte nichts weiter getan, als eine Tasse Kaffee mit einem Mitglied des Ensembles getrunken. Das war doch schließlich nichts Böses?

16

»Hat er dich geschlagen?« spöttelte Anthony.

»Natürlich nicht. Er ist ein wunderbarer, verständnisvoller Mann. So was tut er nicht.«

»Gut. Dann laß uns irgendwann wieder Kaffee trinken. Wo wir schon dabei sind: Wie wär's mit einem Abendessen heute vor der Vorstellung?«

»Mal sehen.« Sie drückte sich absichtlich vage aus. Sie wollte Ivo anrufen. Vielleicht könnten sie zusammen essen, irgendwo in der Nähe, auf die Schnelle. Sie hatte ihn am Morgen nicht einmal gesehen. Als sie aufwachte, war er schon fort. Er hatte ihr eine Nachricht hinterlassen, daß er eine frühe Verabredung habe. Sie bekam allmählich das Gefühl, daß sie sich überhaupt nicht mehr sahen, und das gefiel ihr ganz und gar nicht.

Aber als sie Ivo anrief, war er nicht daheim. Mattie erzählte, er habe angerufen um Bescheid zu sagen, er sei zum Essen verabredet, und Anthony schien hinter ihr zu warten, um das öffentliche Telefon zu benutzen. Trotz ihrer Bemühungen, diskret zu sein, hörte er doch den größten Teil ihrer Unterhaltung mit, und als sie auflegte, lächelte er sie entwaffnend an.

»Kann ich einspringen, Bettina?«

Sie wollte schon ablehnen, doch angesichts dieser blauen Augen antwortete sie nur schwach: »Klar.« Sie kamen überein, irgendwohin zu gehen, eine Suppe und ein Sandwich zu essen und dabei weiter über das Stück zu sprechen. Und dann lenkte er die Unterhaltung fast unmerklich auf sie. Er wollte alles von ihr wissen, woher sie kam, wo sie wohnte, sogar, wo sie als Kind zur Schule gegangen war. Sie erzählte ihm von ihrem Vater, dessen Bücher er kannte. Er schien fasziniert von jeder Einzelheit, die sie ihm erzählte. Endlich kehrten sie ins Theater zurück und gingen ihrer Wege. Aber nach der Vorstellung suchte er sie schnell wieder auf, als sie sich anschickte, zu gehen. Sie hatte das Gefühl, er wollte sie wieder darum bitten, ihn mitzunehmen, und so hastete sie zum Auto hinaus.

Zu Hause fand sie Ivo, der auf sie wartete. Sie unterhielten sich eine halbe Stunde lang über ihre verschiedenen Unternehmungen des Tages und gingen dann schließlich nach oben. Bettina zog sich langsam aus, während sie sich unterhielten.

»Ich habe das Gefühl, ich hab' dich in letzter Zeit kaum gesehen.« Er sah sie traurig aber ohne Vorwurf an.

»Ich weiß.« Auch sie war traurig, aber er trat schnell an ihre Seite. Und einen Moment später half er ihr dabei, sich auszuziehen, und folgte ihr dann schnell ins Bett. Sie liebten sich langsam und sanft, und genossen es beide, doch als sie anschließend nebeneinander lagen, ertappte sich Bettina dabei, daß sie sich nach dem ersten Feuer in ihrer Beziehung zurücksehnte. Langsam wandte sie sich Ivo zu, wollte in seinen Augen das Aufflackern neuer Leidenschaft sehen. Doch statt dessen stellte sie fest, daß er schlief, das Gesicht ihr zugewandt, und ein Lächeln lag auf seinem Mund. Auf einen Ellbogen gestützt, musterte sie ihn lange und küßte ihn schließlich zart auf beide

Augen. Doch als sie das tat, wanderten ihre Gedanken zu Anthony, und unbarmherzig lenkte sie sie zurück zu dem Mann, der neben ihr lag.

Die Freundschaft zu Anthony blühte mit dem Erfolg ihres Stückes immer weiter. Dann und wann aßen sie hinter der Bühne ihre Sandwiches, und gelegentlich trank sie auch Kaffee mit ihm in seiner Wohnung. Mehrmals in der Woche brachte er ihr kleine Blumensträuße, aber immer überreichte er sie ganz zwanglos, als würden sie nicht mehr bedeuten, als daß er ihr Freund war. Ein-, zweimal versuchte sie, es Ivo gegenüber zu erwähnen, aber irgendwie gelang es ihr nie ganz richtig.

Es war gegen Ende des Winters, als Ivo ins Theater kam, um sich das Stück anzusehen, so, als müßte er kommen und versuchen, etwas zu klären, was an ihm nagte. Er kam erst, als das Theater bereits dunkel war, und setzte sich in die vorletzte Reihe. Und als sich dann der Vorhang hob und er ihn sah, dachte er, daß er Bescheid wüßte. Anthony hatte die Grazie eines langen, geschmeidigen, schwarzen Panthers und bewegte sich wie in Hypnose durch seine Rolle. Ivo hörte kaum die Worte, die er sagte. Er beobachtete ihn bloß, und plötzlich, mit einem schrecklichen Gefühl von Verrat und Schmerz, begriff er. Es war kein Verrat von Bettina, sondern der der Zeit, gegen die er solange angekämpft hatte.

Erst im Frühjahr sah Bettina besorgt aus. Eines Abends war sie sehr spät heimgekommen und schien verwirrt, und Ivo hatte sie beobachtet, ohne zu wissen, ob er ihr Fragen stellen oder sie in Ruhe lassen sollte. Ganz offensichtlich beunruhigte sie etwas, aber zum ersten Mal seit sie verheiratet waren, wollte sie nicht reden. Sie starrte Ivo geistesabwesend an und ging schließlich nach oben, allein. Er fand sie, wie sie von der Terrasse aus über die Stadt schaute, die Stirn gerunzelt, ihre Haarbürste nutzlos in der Hand.

»Stimmt was nicht, Liebling?«

Aber Bettina schüttelte bloß den Kopf. »Nein.« Und dann wandte sie sich plötzlich ihm zu, und in ihren Augen stand ein Ausdruck des Entsetzens. »Doch.«

»Was ist denn los?«

»Ach, Ivo...« Sie ließ sich auf einen Gartenstuhl fallen und starrte ihn an, mit riesigen, leuchtenden Augen. Hinter ihr lag das Licht aus der Wohnung, das den vollen Glanz ihres kastanienbraunen Haars einfing. Er dachte, daß sie nie schöner ausgesehen hätte, und er hatte Angst vor dem, was sie vielleicht zu sagen haben mochte. Den ganzen Winter über hatte er ein dumpfes Gefühl der Vorahnung gehabt, und den ganzen Winter über war er so schrecklich müde gewesen. Manchmal fragte er sich deshalb, ob es ein Fehler gewesen war, sich zurückzuziehen. Er hatte sich nie so gefühlt, solange er noch gearbeitet hatte.

»Liebling, was ist los?« Er trat zu ihr, nahm ihre Hand und setzte sich. »Was es auch ist, du kannst es mir sagen. Schließlich sind wir doch vor allem anderen gute Freunde, Bettina.«

»Ich weiß.« Mit ihren riesigen, grünen Augen sah sie ihn dankbar an, und langsam füllten sie sich mit Tränen. »Sie haben mich gebeten, eine Tournee zu machen.«

»Was?« Er schaute sie mit einer Mischung aus Erleichterung und Belustigung an. »Ist das alles?« Sie nickte benommen. »Was ist denn daran so schrecklich?«

»Aber Ivo, ich wäre für vier Monate fort! Und was ist mit dir? Ich weiß nicht... ich kann es nicht tun... aber –«

»Aber du möchtest es?« Seine Augen ließen sie nie los, und mit einer Hand fing er an, mit ihrem Haar zu spielen.

»Ich bin mir nicht sicher. Sie... ach, herrje, es ist einfach verrückt...« Sie sah ihn an, so unglücklich, so hin- und hergerissen. »Sie haben mich darum gebeten, als Regieassistentin. Mich, Ivo, das Mädchen für alle Fälle, dieses Nichts, nach all den Jahren!«

»Die sind schlau. Sie wissen, wieviel du im Lauf der Jahre gelernt hast. Ich bin stolz auf dich, Liebling.« Er sah sie mit einem warmen Leuchten in den Augen an. »Möchtest du es tun?«

»Ach, Ivo, ich weiß nicht... was ist mit dir?«

»Denk jetzt nicht an mich. Wir sind seit fast sieben Jahren zusammen. Glaubst du nicht, daß wir eine Trennung von vier Monaten aushalten können? Außerdem könnte ich dann und wann hinfliegen, um dich zu besuchen. Es hat also auch Vorteile, mit einem Mann verheiratet zu sein, der schon im Ruhestand ist.«

Sie lächelte bittersüß und hielt seine Hand fest. »Ich möchte dich nicht verlassen.«

Aber er sah sie ehrlich an. »Doch, Liebling, das wirst du tun. Und es ist richtig so. Ich habe mein Leben gelebt, weißt du, ein erfülltes Leben. Ich habe nicht das Recht zu erwarten, daß du deines damit verbringst, neben mir zu sitzen.«

»Würdest du mich vermissen?« Wieder sah sie mit dem Gesicht eines kleinen Mädchens zu ihm auf.

»Wahnsinnig. Aber wenn du das wirklich tun mußt, Bettina ...« Eine lange Pause entstand, in der er sie musterte - »... dann werde ich das verstehen. Warum denkst du nicht eine Weile darüber nach? Wann wollen sie denn ihre Antwort?«

Sie schluckte fast hörbar. »Morgen.«

»Die haben's aber eilig, was?« Er versuchte, unbesorgt zu klingen. »Und wann würdest du abfahren?«

»Nächsten Monat.«

»Mit der alten Besetzung?«

»Zum Teil. Anthony Pearce ist dabei, und auch die weibliche Heldin.« Sie stammelte noch eine Minute lang weiter, aber er hörte sie gar nicht, sie hatte ihm schon alles erzählt, was er wissen wollte. Sanft sah er sie an und zuckte in der warmen Abendluft leicht die Schultern. »Warum schläfst du nicht darüber und wartest ab, wie du morgen früh darüber denkst? Wird Steve die Regie führen?«

Sie schüttelte langsam den Kopf. »Nein. Er hat einen Job in einem Stück am Broadway.« Eine Weile saß sie bloß da, ohne etwas zu sagen, und schließlich stand sie auf und ging hinein. Es war, als wüßten sie beide, was passierte, aber keiner konnte etwas sagen. Sie ließ ihn dort zurück, auf der Terrasse, seinen Gedanken nachhängend. Irgend etwas zwischen ihnen hatte sich geändert - ohne Vorwarnung, und doch war es so. Plötzlich schien sie so viel jünger, und er kam sich so alt vor. Selbst die Art, wie sie sich liebten, hatte sich im vergangenen Jahr geändert. Einen Augenblick haderte er mit dem Schicksal, weil das so war. Es war nicht fair ... aber dann besann er sich. Er hatte sieben Jahre mit ihr verbracht. Es war mehr, als er beanspruchen konnte.

Er schlenderte hinein. An diesem Abend machte er keine Anstalten, sie zu lieben. Er wollte sie nicht noch weiter verwirren. Auf ihrer Seite des Bettes dachte Bettina darüber nach, ob sie bei Ivo bleiben oder auf Tournee gehen sollte. Endlich hörte sie seinen ruhigen Atem und wandte sich um, um ihn anzusehen. So sanft, so lieb schlief er da auf seiner Seite. Sie berührte seinen Arm, als sie ihn beobachtete, und dann wandte sie sich ab und wischte die Tränen aus den Augen. Am Morgen würde sie es ihm sagen müssen. Sie mußte es tun. Mußte einfach. Sie brauchte es. Ihr blieb keine Wahl.

17

»Ivo ... du rufst mich doch wirklich an ... versprichst du das?« Am Flughafen sah sie ihn nochmals an, und ihre riesigen grünen Augen füllten sich mit Tränen. »Und ich rufe dich auch an. Ich schwöre es ... jeden Tag ... und wenn du zum Wochenende kommst –« Aber plötzlich konnte sie nicht weiterreden. Sie konnte nur noch die Arme nach ihm ausstrecken, blindlings, sie sah ihn kaum durch den Schleier ihrer Tränen. »Ach, Ivo ... es tut mir so leid ...« Sie ging nicht gerne. Aber Ivo war da, hielt sie, tröstete sie wie immer, und seine Stimme klang sanft in ihren Ohren.

»Nein, hör auf damit, Liebling. Ich sehe dich in ein paar Wochen. Es wird alles gutgehen. Und du wirst anschließend ein wunderbares Stück schreiben. Ich werde stolz auf dich sein. Du wirst sehen.« Seine Stimme war sanft und tröstlich, als er sie in den Armen hielt.

»Glaubst du das wirklich?« Sie sah ihn an, schnüffelte vernehmlich, und dann traten neue Tränen in ihre Augen. »Aber was ist mit dir?«

»Das haben wir doch längst besprochen. Mir wird es gutgehen. Weißt du noch? Ich habe schon verdammt lange gelebt, ehe ich das Glück hatte, dich zu bekommen. Und jetzt sei einfach ein braves Mädchen und genieße es. Zum Teufel, das ist deine große Chance. Regieassistentin!« Jetzt neckte er sie, und endlich lächelte sie. Er zog sie in die Arme und küßte sie.

»So, meine Kleine, jetzt mußt du gehen, sonst verpaßt du noch dein Flugzeug, und so fängt man schließlich keine neue Stelle an.« Sie begannen die Tournee in St. Louis, und der Rest der Truppe war schon da. Sie waren am Morgen abgereist, aber Bettina wollte die letzten Stunden mit Ivo in New York verbringen.

Sie warf einen Blick zurück zu ihm, als sie durch die Sperre lief, und dabei kam sie sich vor wie ein Kind, das ausgerissen war. Aber er war freundlich und liebevoll und entschlossen wie immer, als er ihr zuwinkte, und er blieb, bis er nichts mehr von dem Flugzeug sehen konnte. Als er den Flughafen verließ, ging Ivo Stewart langsam, er dachte an den Morgen zurück, dann an den Sommer, das letzte Jahr, die letzten fünfundzwanzig Jahre. Ein Zittern der Panik durchlief ihn, als er sich fragte, ob das wirklich nur ein Auf Wiedersehen gewesen war.

Bettina landete um 16.00 Uhr an diesem Nachmittag in St. Louis. Damit blieb ihr nur sehr wenig Zeit bis zu ihrer ersten Aufführung, aber sie hatten so oft geprobt, daß die Besetzung gut Bescheid wußte, und der Regisseur war von New York aus mit ihnen zusammen geflogen. So dachte Bettina sich nichts dabei, daß sie so spät kam. Als das Flugzeug aufsetzte, seufzte sie leise vor sich hin. Sie dachte an Ivo und zwang ihre Gedanken dann zurück zu ihrer Arbeit. Hastig verließ sie das Flugzeug, hatte es eilig, ihr Gepäck zu holen, es im Hotel abzusetzen und dann ins Theater zu fahren. Sie wollte sich vergewissern, daß alles in Ordnung war. Sie war schon ganz damit beschäftigt und abgelenkt, als sie sich durch die anderen Passagiere drängelte, um zu ihrem Gepäck zu gelangen.

»Großer Gott, Liebling, warum die Eile? Du rennst noch die alte Dame da um, wenn du nicht langsam gehst und aufpaßt!« Sie wollte sich wütend umdrehen, doch dann lachte sie plötzlich. »Was machst du denn hier?« Sie grinste Anthony überrascht an.

»Ach, sagen wir, ich bin hergekommen, um eine Freundin abzuholen«, erwiderte er grinsend, »die zufällig Regieassistentin bei unserem Stück ist. Kennst du sie vielleicht? Hat grüne Augen?«

»Okay, Schlaukopf. Danke.« Doch trotz der Spöttelei war sie außerordentlich froh, ihn zu sehen. Sie war sich plötzlich sehr allein und verloren vorgekommen, als sie aus dem Flugzeug gestiegen war. »Wie läuft's im Theater?«

»Wer weiß? Ich war den ganzen Nachmittag im Hotel.«

»Alles in Ordnung?« Sie sah ehrlich besorgt aus, und er lachte.

»Ja, kleine Mutter, es geht ihnen gut.« Als sie ihre Koffer abholten, hatte seine Fröhlichkeit sie schon angesteckt, und als sie schließlich ein Taxi erwischten, das sie in die Stadt bringen sollte, lachten sie beide wie zwei kleine Kinder. Er neckte sie spielerisch und war unsagbar albern. Und sie hatte sich noch nie so kindisch benommen. Er brachte diesen Zug an ihr zum Vorschein, und sie genoß es. Es entschädigte sie ein bißchen für all die Augenblicke, die sie als kleines Mädchen vermißt hatte.

»Ist es das?« Sie schaute das Hotel an, als sie ausstiegen. Die Veranstalter hatten sie offensichtlich in dem ältesten und ganz bestimmt häßlichsten Hotel der Stadt untergebracht.

»Hab' ich's dir nicht erzählt, Liebling? Sie haben extra für uns San Quentin bis hierher nach St. Louis verfrachtet.« Er sah entzückt aus, als er das sagte, und Bettina brach zusammen.

»Gott, das ist entsetzlich. Ist es drinnen genauso schlimm?«

»Nein. Schlimmer. Küchenschaben, so groß wie Hunde. Aber keine Sorge, Liebling, ich hab' schon 'ne Leine gekauft!«

»Anthony ... bitte ... so schlimm kann es doch nicht sein.«

»Doch, ist es«, versicherte er ihr vergnügt, und als sie sich ihr Zimmer ansah, erkannte sie, daß er recht hatte. Die Wände waren rissig, die Farbe blätterte ab, das Bett war hart, die Tagesdecke sah schmutzig und grau aus. Sogar die Wassergläser im Bad waren schmutzig. »Hab' ich recht gehabt?« Er sah sie fröhlich an, als sie ihren Koffer auf den Boden fallen ließ.

»Nun, du mußt wenigstens nicht so fröhlich darüber reden.« Traurig lächelte sie ihn an und setzte sich, aber er ließ sich seine Laune nicht verderben. Er war wie ein kleiner Junge in den Ferien, als er neben ihr auf dem Bett auf- und absprang.

»Hör auf, Anthony! Wirst du denn niemals müde, verdammt noch mal!« Sie war plötzlich sehr müde und wütend. Sie hatte es satt, und sie konnte sich nicht erinnern, warum sie Ivo in New York zurückgelassen hatte. Ganz bestimmt nicht, um mit diesem Verrückten durchs Land zu reisen und in miesen Hotels abzusteigen.

»Natürlich werde ich niemals müde. Warum sollte ich? Ich bin jung! Aber ich bin auch nicht so verwöhnt wie du, Bettina.« Seine Stimme war zärtlich, und sie wandte sich um, um ihn anzusehen.

»Was meinst du mit ›verwöhnt‹?«

»Ich habe keinen Chauffeur und lebe auch nicht in einem Penthouse. Ich habe den größten Teil meines Lebens in Absteigen wie diesen verbracht.«

Sie wußte nicht, ob sie traurig oder wütend sein sollte, und sie wußte auch nicht, was sie sagen sollte. »So? Machst du mir Vorwürfe, weil ich mit einem« – sie zögerte »– bequemen Mann verheiratet bin?«

Anthony starrte sie an. »Nein. Aber ich mache dir Vorwürfe, weil du mit einem Mann verheiratet bist, der fast dreimal so alt ist wie du.«

Diesmal blitzten ihre Augen. »Das geht dich überhaupt nichts an.«

»Vielleicht glaube ich das aber doch.«

Ihr Herz hämmerte, und sie wandte sich ab. »Ich liebe ihn sehr.«

»Vielleicht liebst du bloß sein Geld.« Seine Stimme klang schmeichlerisch, und sie wandte sich um, wütend über das, was er gerade gesagt hatte.

»Sag das nicht noch einmal. Ivo hat mich gerettet, und er ist der einzige Mensch, dem ich jemals wichtig gewesen bin.« Eines Nachts, als sie bei Anthony Kaffee getrunken hatte, hatte sie ihm die ganze Geschichte von den Schulden ihres Vaters erzählt.

»Das ist kein Grund gewesen, ihn zu heiraten, um Himmels willen.« Anthony sah tatsächlich wütend aus.

»Ich hab' dir doch gesagt, ich liebe ihn. Verstehst du?«
Bettina war empört. »Er ist mein Mann, und er ist ein wundervoller Mann.«

Aber plötzlich wurde Anthonys Stimme sanfter, und er liebkoste sie fast mit seinen Worten. »Wenn ich daran denke, daß du mit einem Mann verheiratet bist, der dreiundvierzig Jahre älter ist als du, dann bricht es mir das Herz.« Kummervoll sah er sie an, und sie staunte.

»Warum?« Trotz des Klopfens in ihren Schläfen versuchte sie verzweifelt, sich zu beruhigen.

»Das ist nicht natürlich. Du solltest mit jemandem verheiratet sein, der jünger ist. Du solltest jung sein und fröhlich herumtoben können wie ich. Und du solltest Kinder haben.«

Sie zuckte die Schultern und seufzte dann laut auf, als sie sich auf das unbequeme Bett sinken ließ. »Anthony, ich war nie jung und albern. Und Ivo habe ich mein Leben lang gekannt. Er ist das Beste, was mir geschehen konnte.« Aber warum tat sie das? Warum rechtfertigte sie Ivo ihm gegenüber?

Er sah sie traurig an. »Ich wünschte, das würde auch jemand über mich sagen.«

Sie lächelte, zum ersten Mal, seit sie mit ihrer Diskussion begonnen hatten. Ihr Ärger hatte angefangen nachzulassen. »Vielleicht tut das eines Tages jemand. Können wir jetzt bitte einen Handel abschließen?«

»Was denn für einen?«

»Kein dummes Gerede mehr über Ivo, keine Angriffe mehr gegen mich, weil er mehr als doppelt so alt ist wie ich.«

»Also gut, also gut, abgemacht«, stimmte er grollend zu, »aber erwarte nicht von mir, daß ich dich verstehe.«

»Tue ich auch nicht.« Und doch erwartete sie es, wenn er ihr Freund war.

»Und jetzt nichts wie ins Theater, ehe wir beide gefeuert werden.« Ein paar Minuten später war der Groll verflogen. Sie mußten zuviel Zeit zusammen verbringen, um sich erlauben zu können, einen Kampf auszutragen.

Sie kamen zusammen an, gingen zusammen, aßen zusammen, redeten zusammen, gemeinsam sahen sie in ihren Hotelzimmern fern, schliefen Seite an Seite in Flughäfen und häßlichen Hotels, wo sie auf Zimmer warteten. Sie waren unzertrennlich. Eine kleine Zelle innerhalb einer größeren. Die ganze Truppe hing zusammen, und doch bildeten sich innerhalb der Gruppe Cliquen und Paare, ganz unweigerlich. Darunter auch Anthony und Bettina. Niemand verstand das so recht, niemand wagte es, Fragen zu stellen, aber nach den ersten paar Wochen wußte jeder, daß man, wenn man den einen suchte, auch den anderen finden würde.

»Bettina?« Eines Morgens hämmerte er schon früh an die Tür. Gewöhnlich gab sie ihm jetzt den Ersatzschlüssel, und er schlug sie aufs Hinterteil, um sie zu wecken, wo immer sie auch waren. Sie war so erschöpft, daß man fast brutal sein mußte, um sie zu wecken. Aber am Abend zuvor, in dem Hotel in Portland, hatte sie vergessen, ihm den Schlüssel zu geben. »Bettina! Verdammt! Bettina!«

»Tritt sie ein!« Einer der Ersatzmänner ging lächelnd vorbei, als Anthony schimpfte.

»Um Himmels willen, Weib, wach auf!« Endlich taumelte sie gähnend zur Tür.

»Danke. Hat es lange gedauert?«

»Und ob!« Er verdrehte die Augen und trat ein.

»Hast du mir Kaffee mitgebracht?«

»Ob du es glaubst oder nicht, die haben keinen in diesem blöden Hotel. Wir müssen zwei Blöcke weit die Straße runtergehen, bis zum nächsten Café.«

Bettina starrte ihn aus trüben Augen an. »Bis dahin bleibt vielleicht mein Herz stehen.«

»Das habe ich auch gedacht.« Er lächelte ihr geheimnisvoll zu und kehrte in die Halle zurück. Einen Augenblick später kam er mit einem kleinen Plastiktablett wieder, auf dem zwei Tassen Kaffee und mehrere Blätterteigstückchen standen. »O Gott, du bist einfach wundervoll. Wo hast du das denn aufgetrieben?«

»Ich hab's gestohlen.«

»Ist mir egal, wenn du das getan hast. Ich bin am Verhungern. Wann reisen wir überhaupt ab? Als ich gestern abend ins Bett ging, hatten sie das noch nicht beschlossen.«

»Ich hab' mich schon gefragt, wo, zum Teufel, du abgeblieben warst.«

»Machst du Witze? Wenn ich nicht ein bißchen geschlafen hätte, wäre ich tot umgefallen.« Niemand hatte ihnen gesagt, daß sie jeden Tag eine Aufführung haben würden. Das war nur eine der kleinen Einzelheiten, die nicht erwähnt worden waren. Es war auch der Grund dafür, daß Ivo noch nicht gekommen war, um sie zu besuchen, obwohl sie schon seit über einem Monat unterwegs waren. Aber es hatte keinen Sinn, sie zu besuchen, wenn sie jeden Tag arbeiten mußte. Dafür telefonierten sie täglich miteinander, aber ihre Nachrichten wurden ständig vager. Ihr ganzes Sein drehte sich nur noch um die Tournee. Es wurde immer schwerer, jemandem davon zu erzählen, der es nicht miterlebte. »Also, wann fahren wir ab?«

Er warf mit einem Lächeln einen Blick auf seine Uhr. »In einer Stunde. Aber, zum Teufel, sieh es doch mal so, Bett: Wir werden heute nachmittag in San Francisco sein.«

»Und? Wen kümmert das schon? Glaubst du, wir werden davon was sehen? Nein. Wir hängen in irgendeinem verdammten Hotel. Und in drei Tagen fliegen wir schon wieder weiter.« Der Reiz der Tournee ließ unweigerlich nach, aber dennoch war es eine wertvolle Erfahrung. Das erzählte sie Ivo jeden Tag.

»Nicht nach drei Tagen, Liebes. Eine Woche. Eine ganze Woche!« Einen Augenblick erhellte sich ihr Gesicht und sie fragte sich, ob sie Ivo bitten sollte, zu kommen.

»Haben wir auch einen Tag frei?«

»Nicht daß ich wüßte. Aber wer weiß? Nun komm, mach dich fertig. Ich leiste dir Gesellschaft, während du packst.« Sie lächelte ihn an, als sie in ihrem Nachthemd aus dem Bett kletterte. Inzwischen war es fast so, als wären sie miteinander verheiratet, und sie mußte sich zwingen, einen Morgenmantel anzuziehen.

»Hast du deinen Agenten heute erreicht?« rief sie ihm von der Dusche aus zu, und er brüllte zurück.

»Ja.«

»Was hat er gesagt?«

»Nichts Gutes. Ich hab' meine letzte Verlängerung bekommen, und sobald ich die Truppe verlasse, muß ich raus.«

»Aus dem Land?«

»Was sonst?«

»Oh, Mist.«

»Genau. Das war auch mehr oder weniger das, was ich gesagt habe, von ein paar anderen Ausdrücken abgesehen.« Er lächelte zu der halboffenen Tür hinüber, und ein paar Minuten später stellte sie die Dusche ab und kehrte, in ein Handtuch gehüllt, zurück. Ein zweites hatte sie um ihr Haar geschlungen.

»Und was willst du jetzt tun?« Sie sah aus, als machte sie sich Sorgen um ihn. Sie wußte, wie gern er bleiben wollte.

»Ich kann nichts dagegen tun, Liebes. Ich werde gehen.« Achselzuckend starrte er in seinen Kaffee, einen traurigen Ausdruck in den Augen.

»Ich wünschte, ich könnte etwas für dich tun, Anthony.«

Doch diesmal grinste er bloß schief. »Fürchte, da gibt's nichts, Schatz, du bist schon verheiratet.«

»Würde das denn helfen?« Sie schien überrascht.

»Klar. Wenn ich eine Amerikanerin heirate, kann ich mich einbürgern lassen.«

»Dann heirate einfach eine. Du kannst dich doch anschließend schnell wieder scheiden lassen. Himmel, das ist eine Idee.«

»Nicht so ganz. Ich müßte immerhin sechs Monate mit ihr leben.«

»So? Da muß es doch jemanden geben.«

Aber er schüttelte den Kopf. »Ich fürchte nicht.«

»Dann müssen wir eben jemanden für dich finden.« Diesmal lachten sie beide, und wieder verschwand sie im Bad. Als sie wieder zum Vorschein kam, trug sie eine türkisfarbene Seidenbluse und einen weißen Leinenrock. Über ihrem Arm hing die passende Jacke, und dazu trug sie hochhackige schwarze Ledersandalen. Sie sah herrlich jung und sommerlich aus, und Anthony lächelte, als er sie ansah.

»Du siehst reizend aus, Bettina.« Er sagte es sanft, mit einer Mischung aus Zärtlichkeit, Ehrfurcht und Respekt. Und dann später, auf dem Weg zum Flughafen: »Wie geht es übrigens deinem Mann? Besucht er dich denn nie?«

Langsam schüttelte Bettina den Kopf. »Er sagt, das hat nicht viel Sinn, wenn wir keinen Tag frei haben. Ich nehme an, er hat recht.« Sie schien nicht sehr eifrig darauf bedacht zu sein, das Thema zu verfolgen. Schließlich saßen sie nebeneinander im Flugzeug. Er las eine Zeitschrift, sie ein Buch. Von Zeit zu Zeit sagte er leise etwas zu ihr und sie lachte, und dann las sie ihm ein amüsantes Stück aus ihrem Buch vor. Für jeden, der sie nicht kannte, wirkten sie wie ein altes Ehepaar.

Der Flughafen von San Francisco sah aus wie alle anderen, groß, ausgedehnt, überfüllt und chaotisch. Schließlich brachte man alle im richtigen Bus unter, der in die Stadt fuhr, und danach in Taxis, die sie zum Hotel brachten. Bettina knirschte mit den Zähnen in der Annahme, noch ein häßliches Hotel zu sehen, und als das Taxi anhielt, sah sie überrascht auf. Es war nicht das übliche häßliche Hotel, wie sie erwartet hatte. Stattdessen sah es klein und französisch aus, und es hockte auf einem Hügel, mit einer atemberaubenden Aussicht über die Bucht. Im Grunde sah es mehr aus wie das Schloß eines Millionärs als wie ein Hotel, in dem die Tourneegruppe untergebracht werden würde.

»Anthony?« Überrascht sah sie ihn an. »Glaubst du, die haben einen Fehler gemacht?« Langsam stieg sie aus und sah sich um, mit einem Gefühl aus Vergnügen und Enttäuschung gemischt. »Warte bloß, bis die andern das sehen.« Dann grinste sie ihn an, als er den Fahrer bezahlte. Sie war plötzlich sehr lustig. Aber in Anthonys Augen stand etwas, das sie nicht ganz begriff.

»Die anderen wohnen nicht hier, Bettina.« Er sagte es ganz leise zu ihr, als sie auf der Straße standen.

»Wie meinst du das?« Verwirrt sah sie ihn an, unfähig oder unwillig, ihn zu verstehen. »Wo sind sie?«

»In der üblichen Bruchbude in der Stadt.« Mit einem sanften Ausdruck in den Augen fügte er hinzu: »Ich dachte, dir würde es hier besser gefallen.«

»Aber warum?« Sie sah plötzlich verängstigt aus. »Warum sollten wir hier bleiben?«

»Weil du an diese Art von Hotels gewöhnt bist, und außerdem ist es schön. Es wird dir gefallen, und wir haben diese ungepflegten Hotels doch beide satt.« Es war wahr. Aber warum hier? Und warum sprach er immer von dem, was sie gewöhnt war? Warum sollten sie in einem anderen Hotel wohnen, nur sie beide? »Hast du Vertrauen zu mir?« Mit einem herausfordernden Blick wandte er sich ihr wieder zu. »Oder möchtest du fort?« Sie zögerte einen langen Moment, seufzte dann und schüttelte endlich den Kopf.

»Nein, ich bleibe. Aber ich weiß nicht, warum du das getan hast. Warum hast du nicht vorher mit mir darüber gesprochen?« Sie war müde und mißtrauisch, und plötzlich war sie sich unsicher, was sie in seinen Augen sah.

»Ich wollte dich überraschen.«

»Aber was werden die anderen sagen?«

»Was geht das uns an?« Aber sie blieb wieder zurück, und er ließ die Taschen fallen und ergriff ihre Hände. »Bettina, sind wir Freunde oder nicht?«

Sie nickte langsam. »Sind wir.«

»Dann hab' Vertrauen zu mir. Nur dies eine Mal. Mehr verlange ich ja gar nicht.« Und das hatte sie. Er hatte schon zwei angrenzende Zimmer gebucht, und als sie sie sah, mußte sie zugeben, daß sie so hübsch waren, daß sie plötzlich am liebsten die Arme um seinen Hals geworfen und gelacht hätte.

»Ach, verdammt, Anthony, du hast recht. Ist das schön!«

»Nicht wahr?« Er musterte sie siegreich, als sie auf ihrem Balkon standen und die Aussicht genossen.

Ein wenig dumm sah sie ihn dann an. »Tut mir leid, daß ich so ein Theater gemacht habe. Ich bin so verdammt müde, und ich ... ach, ich weiß nicht ... es ist schon so lange her, daß ich Ivo gesehen habe, und ich mache mir Sorgen, und ...«

Einen Arm um ihre Schultern gelegt meinte er ganz sanft: »Ist schon gut, Liebes. Mach dir nichts draus.«

Sie lächelte zu ihm auf und ging langsam in ihr Zimmer zurück, wo sie sich auf einer blaßblauen Samtchaiselongue ausruhte. Die Wände waren mit Stoff bespannt, es gab hübsche, französische Möbel, einen kleinen Marmorkamin und ein Himmelbett. Als er auch ins Zimmer trat, lächelte sie ihm zu. »Wie hast du dieses Hotel bloß gefunden?«

»Durch Glück, vermute ich. Als ich das erste Mal in die Staaten gekommen bin. Und ich habe mir immer wieder geschworen –« er starrte bei seinen Worten seine Hände an – »daß ich einmal wiederkommen würde, mit jemandem, den ich sehr liebhabe.« Dann wandte er den Blick wieder ihr zu. »Und dich habe ich sehr lieb.« Er war kaum fähig, die Worte zu sagen, und als er es tat, spürte Bettina, wie eine wohlige Wärme ihren ganzen Körper durchzog. Sie wußte nicht, was sie antworten sollte, aber sie wußte, daß sie ihn auch sehr gern mochte.

»Anthony – ich – ich sollte nicht...« Sie stand auf, fühlte sich komisch, beschämt, und wandte ihm den Rücken zu, als sie mitten im Zimmer stand. Und dann hörte sie ihn, dicht neben sich, und sie spürte, wie er ihre Schultern berührte, ganz sanft, bis er sie zu sich umgedreht hatte, und ohne noch mehr zu sagen, küßte er sie, mit Leib und Seele, Feuer und Ekstase, voll auf den Mund.

18

Zuerst begriff Bettina nicht, wie es passiert war, nicht einmal, was sie dazu verleitet hatte, so etwas zu tun, abgesehen davon, daß es fünf Wochen her war, daß sie Ivo das letzte Mal gesehen hatte, und seit sie mit der Truppe auf Tournee war, fühlte sie sich, als lebte sie in einer anderen Welt. Und jetzt erkannte sie, wie lange sie sich schon zu Anthony hingezogen gefühlt hatte, und so sehr sie es haßte, das zuzugeben, mußte sie sich doch eingestehen, daß es herrlich war, sich mit einem jugendlichen Körper zu vereinigen, mit jungem Fleisch. Sie genossen einander endlos, bis es fast an der Zeit war, ins Theater zu gehen. Und Bettina verließ ihr Bett fast in einem Zustand der Benommenheit, ohne zu wissen, was sie zu ihm sagen sollte oder was sie von sich selbst denken sollte. Aber Anthony bemerkte ihre Stimmung sofort und drückte sie wieder aufs Bett nieder.

»Bettina, sieh mich an...« Aber sie wollte nicht. »Bitte, Liebling.«

»Ich weiß nicht, was ich denken soll. Ich verstehe nicht...« Und dann sah sie ihn an, schmerzerfüllt. »Warum haben wir –«

»Weil wir es wollten. Weil wir einander brauchen und verstehen.« Dann sah er sie hart an. »Ich liebe dich, Bettina. Auch das gehört dazu. Übersieh das nicht. Mach dir nicht vor, daß das nur Körper waren, hier im Bett. Das stimmt nicht. Es war viel, viel mehr. Und wenn du das leugnest, dann machst du dir selbst etwas vor.« Entschlossen wandte er ihr Gesicht zu sich empor. »Sieh mich an, Bettina.« Langsam gehorchte sie. »Liebst du mich? Gib mir eine ehrliche Antwort. Weil ich weiß, daß ich dich liebe. Liebst du mich?«

Ihre Stimme war ein kaum hörbares Flüstern. »Ich weiß es nicht.«

»Doch, das tust du. Du hättest nie mit mir geschlafen, wenn du mich nicht lieben würdest. So eine Frau bist du nicht. Oder, Bett?« Und sanfter, weicher. »Oder?« Diesmal nickte sie, schüttelte dann hastig den Kopf. »Liebst du mich? Antworte mir ... sag es ... bitte, sag es ...« Sie konnte fühlen, wie seine Worte ihren Körper wieder liebkosten, und als sie ihn ansah, hörte sie sich selbst sagen:

»Ich liebe dich.« Er legte die Arme um sie und hielt sie fest.

»Ich weiß, daß du das tust.« Zärtlich sah er auf sie hinab. »Jetzt gehen wir ins Theater, und danach kommen wir hierher zurück.« Aber bloß um sie daran zu erinnern, was dann passieren würde, liebte er sie noch einmal, schnell, auf dem Bett. Sie war atemlos und keuchte, als er sie verließ, und überrascht über ihre eigene Leidenschaft, ihren Hunger. Sie war wie ein Alkoholiker, der sich nach der nächsten Flasche Wein sehnt. Sie konnte nicht genug von ihm bekommen, von seinem Körper, der sich unter ihrer Hand so seidenweich anfühlte. Doch auf dem Weg ins Theater fingen die Gedanken an Ivo an, sie zu bedrücken. Was, wenn er sie anrief? Wenn er es erführe? Was, wenn er fragte, wo sie wohnten? Wenn er als Überraschung nach Kalifornien kommen würde? Was, zum Teufel, tat sie? Aber jedesmal, wenn sie versuchte, sich zu sagen, daß es verrückt war, dachte sie daran, wie sie sich geliebt hatten, und dann wußte sie, daß sie nicht wollte, daß es aufhörte. Sie konnte an diesem Abend kaum ihre Arbeit im Theater erledigen, und als sie ins Hotel zurückkehrten, liebten sie sich die ganze Nacht. Sie konnte nur darüber staunen, wie sie ihre

Freundschaft so lange platonisch hatten halten können.

»Glücklich?« Er lächelte auf sie herab, wie sie so in seiner Armbeuge lag.

»Ich weiß nicht.« Ehrlich sah sie zu ihm auf, und dann lächelte sie. »Ja, natürlich.« Aber in ihrem Herzen empfand sie schrecklichen Schmerz für Ivo. Belastende Schuldgefühle plagten sie.

Aber Anthony wußte das. »Ich verstehe, Bettina. Ist schon gut.«

Doch sie fragte sich, ob er es wirklich verstand. Sie fragte sich, ob er dem Vergleich mit Ivo standhalten konnte. Er hatte weder Ivos Erfahrung noch sein Alter. Es hatte auch Vorteile, einen Mann zu lieben, der so viel älter war. Ivo hatte seine Hörner abgestoßen, hatte seine Lektionen vom Leben lange vorher gelernt. Alles, was er ihr jetzt noch entgegenbrachte, war Freundlichkeit, Zärtlichkeit, Liebe. Sie wurde sehr nachdenklich, als sie daran dachte. Und Anthony schien zu wissen, was in ihr vorging. »Was wirst du ihm sagen?«

»Nichts.« Sie wandte sich um, um Anthony anzusehen. Er sah plötzlich verletzt aus. »Ich könnte es nicht, Anthony. Es ist nicht dasselbe. Wenn er jünger wäre, wäre es etwas anderes. So ist es einfach eine Frage des Alters.«

»Aber das ist es ja gerade, oder? Wenigstens teilweise?« Ihm wurde plötzlich klar, welcher Kampf vor ihm lag.

»Ich weiß nicht.« Er verfolgte diesen Punkt in dieser Nacht nicht weiter. Sie hatten Besseres zu tun. Aber wieder und wieder ertappte Bettina sich dabei, daß sie erst an Anthony dachte, dann an Ivo, und dann wieder an Anthony. Es war ein Teufelskreis, und nur in Anthonys Armen konnte sie daraus entkommen. Eine Woche lang rief sie Ivo nicht an. Ihr schlechtes Gewissen belastete sie zu sehr. Sie konnte ihm nichts vormachen. Sie wollte nicht lügen. Und sie wollte es ihm auch nicht erzählen. So floh sie einfach. Er rief oft an, hinterließ Nachrichten, und schließlich erreichte er sie, eines späten Abends in Los Angeles. Sie hatten sich seit neun Tagen nicht gesprochen. Und jetzt konnte sie es nicht länger verheimlichen. Sie und Anthony teilten ein Zimmer.

»Liebling? Alles in Ordnung mit dir?« Ein schwacher Anklang von Verzweiflung lag in seiner Stimme, und als Bettina das hörte, füllten sich ihre Augen mit Tränen.

»Ivo ... mir geht es gut ... ach, Liebling –« Und plötzlich konnte sie nicht mehr reden. Aber sie mußte doch ... mußte sprechen ... oder er würde Bescheid wissen. Sie war plötzlich dankbar, daß Anthony schon schlief. »Es war so verrückt, so viel Arbeit ... ich habe keine Pause gehabt. Und ich wollte nicht anrufen, ehe ich dir sagen kann, wann du herkommen kannst.«

»Ist das immer noch so wild?« Seine Stimme hörte sich seltsam gespannt an, und neben ihr im Bett regte sich Anthony. Sie zögerte einen Augenblick, nickte dann und quetschte die Tränen aus ihren Augen.

»Ja, ist es.« Sie flüsterte ganz leise, aber Ivo am anderen Ende begriff.

»Dann warten wir, Liebling. Ich sehe dich ja, wenn du heimkommst. Du mußt dich nicht bedrängt fühlen. Wir haben ja noch den Rest unseres Lebens.« Aber hatten sie das wirklich? Er war sich nicht mehr so sicher. Und Bettina hatte das Gefühl, als rissen Hände sie von ihm fort, die stärker waren als sie.

»Ach, Ivo, ich vermisse dich so sehr ...« Sie hörte sich an wie ein verzweifeltes, unglückliches Kind, und Ivo schloß die Augen. Er mußte es ihr sagen. Mußte einfach. Es war bloß fair.

»Bettina ... Kleines ...« Er holte tief Luft. »Das gehört alles zum Erwachsenwerden dazu. Du mußt es tun. Ganz gleich, was es auch ist.«

»Was meinst du damit, ›was es auch ist‹?« Sie setzte sich im Bett auf, spitzte die Ohren. Wußte er etwas? Hatte er es also erraten? Was sagte er da? Was meinte er? Oder sprach er von der Tournee?

»Ich meine, ganz gleich, was es dich kostet, wenn du es tun willst, Bettina, dann ist es auch richtig. Hab niemals Angst, den Preis dafür zu bezahlen. Manchmal müssen wir ziemlich hohe Preise bezahlen ... selbst, wenn das bedeutet, daß wir uns nicht sehen können, damit du diese Tournee machen kannst, selbst wenn es bedeutet –« Er konnte nicht weitersprechen. Aber das brauchte er auch nicht. »Sei einfach ein großes Mädchen, Bettina. Du mußt es sein, Liebling. Es wird Zeit.« Aber sie wollte kein großes Mädchen sein. Alles, was sie sich wünschte, war plötzlich, bei ihm zu sein, das kleine Mädchen zu sein. »Und jetzt geh schlafen, Bettina. Es ist schon spät.«

Erst jetzt wurde es ihr klar. »Für dich ist es ja noch später.« Daheim im Osten war es schon drei Stunden später, und hier in Los Angeles hatten sie schon halb drei Uhr in der Nacht. »Großer Gott, was tust du überhaupt, daß du um diese Zeit noch auf bist?«

»Ich wollte sicher gehen, daß ich dich erwische.«

»Ach, Liebling, es tut mir so leid.« Wieder einmal überwältigte sie die Reue.

»Muß es nicht. Genieß deine Jugend, amüsier dich, und –« Er hatte sagen wollen ›Und vergiß nicht, daß du mir gehörst‹, aber dann zog er es doch vor zu schweigen. Er wollte sie frei sein lassen, wenn es das war, was sie sich wünschte. Was immer es ihn auch kosten mochte. »Ich liebe dich, Kleines.«

»Ich liebe dich, Ivo.«

»Gute Nacht.«

Als sie auflegte, strömten Tränen über ihr Gesicht, und Anthony schnarchte leise. Einen kurzen Moment lang haßte sie ihn.

Aber drei Tage später war sie nicht sicher, ob sie Ivo nicht noch mehr haßte. In einer Zeitung in Los Angeles stand ein Artikel über die bekannte Hollywood-Schauspielerin Margot Banks, die das Wochenende in New York verbrachte, wo sie einen alten, lieben Freund besuchte, dessen Namen sie sich geweigert hatte, der Presse mitzuteilen. Doch in dem Artikel hieß es weiter, daß sie gesehen worden war, als sie im Club 21 mit dem ehemaligen Verleger der *New York Mail,* Ivo Stewart, zu Abend gegessen hatte. Bettina wußte nur zu gut, daß Margot eine der Liebesaffären ihres Vaters gewesen war, und später eine von Ivo, als Bettina noch ein Kind war. War er deshalb so verständnisvoll? War er deshalb nicht gekommen, um sie zu besuchen? Da grämte sie sich die ganze Zeit, weil sie Anthony liebte, und dabei hatte er eine alte Affäre mit Margot Banks wieder aufgewärmt. War es wirklich das, was geschehen war? War er es, der nach sieben Jahren ausbrechen und streunen wollte? Als sie darüber nachdachte spürte Bettina, wie eine Welle glühendheißer Wut sie überlief. Als Ivo das nächste Mal anrief, ließ sie ihm ausrichten, daß sie ausgegangen wäre. Und Anthony, der in seinem Sessel saß und Kaffee trank, sah darüber enorm erfreut aus.

19

So ging es drei Monate lang weiter, bis die Tournee zu Ende war. Anthony und Bettina reisten von Stadt zu Stadt, von Hotel zu Hotel, von Bett zu Bett, und gaben sich ihrer Leidenschaft hin. Sie sahen niemals etwas von der Stadt, in der sie arbeiteten. Sie verbrachten ihre Zeit bei den Proben, den Aufführungen und damit, sich zu lieben. Und immer häufiger sah Bettina jetzt Ivos Namen in den Zeitungen, in Verbindung mit der einen oder anderen der Frauen, die vor langer Zeit sein Leben erfüllt hatten. Aber meistens mit Margot, der alten Kuh. Bettina bleckte fast die Zähne, wann immer sie ihren Namen sah. Aber Anthony konnte nur über sie lachen. Sie war kaum in der richtigen Lage, um Eifersuchtsszenen hinzulegen. Und Ivo gegenüber erwähnte sie diesen Klatsch nie. Trotzdem war deutlich die Belastung zu spüren, wenn sie jetzt miteinander sprachen. Die vier Monate, die sie voneinander getrennt gewesen waren, hatten sich nicht sehr günstig ausgewirkt.

»So?« An ihrem letzten Tag unterwegs sah Anthony sie fragend an. »Und was jetzt?«

»Was, zum Teufel, soll das heißen?« Sie war erschöpft, und draußen war es unerträglich heiß, an diesem Sommertag in Nashville, Tennessee.

»Sei bitte nicht gemein, Bettina. Ich finde, ich habe das Recht zu fragen, was ich jetzt erwarten kann. Ist es vorbei? Ist es das gewesen? Gehst du jetzt heim in dein Penthouse und zu deinem Alten?« Verbittert sah er sie an. Er war genauso müde, und auch ihm machte die Hitze zu schaffen.

Bettina schien zu welken, als sie ihn ansah und sich langsam auf das knarrende Bett sinken ließ. Es stellte sich heraus, daß die Zimmer, die Anthony für sie in San Francisco gebucht hatte, die einzige anständige Unterkunft in den vier Monaten gewesen waren. Schon aus diesem Grund war es gut, wieder heim zu kommen, damit sie in ihr eigenes Bett steigen konnte. Aber Tatsache war, daß sie trotz all des Klatsches Sehnsucht nach Ivo hatte. Dann hatten sie eben beide eine Dummheit gemacht. Das war kein Grund, das zu beenden, was sie hatten. Sie hatte ihre Lektion gelernt. Sie würde nie wieder auf Tournee gehen. So sehr sie die Affäre mit Anthony genossen hatte, jetzt wurde es Zeit, wieder heimzukehren.

»Ich weiß nicht, Anthony. Ich kann dir keine Antwort geben.«

»Verstehe.« Und nach kurzem Zögern. »Ich vermute, das heißt, daß du bei ihm bleibst.«

»Ich hab' dir doch gesagt« – ihre Stimme hob sich – »ich weiß nicht! Was willst du denn von mir? Einen Vertrag?«

»Vielleicht, Liebes. Vielleicht. Ist es dir eigentlich mal in den Sinn gekommen, daß ich, während du heimkehrst zu deinem süßen, ältlichen Ehemann, arbeitslos bin, ohne Geliebte, vielleicht sogar das Land verlassen muß? Ich finde, ich habe Grund genug, besorgt zu sein.«

Plötzlich hatte sie Mitleid mit ihm. Er hatte recht. Sie hatte Ivo. Und was hatte er? Es hörte sich so an, als wäre ihm überhaupt nichts geblieben. »Tut mir leid, Anthony.« Sie trat zu ihm und berührte mit einer Hand sein Gesicht. »Ich werde dir mitteilen, was los ist, sobald ich es selbst weiß.«

»Wundervoll. Das sieht fast schon aus wie die Bewerbung um eine Stellung. Nun, ich will dir mal was sagen: Was du auch denken magst, was ich dir auch bedeuten mag, eines möchte ich jedenfalls ganz klar machen, ehe wir auseinandergehen. Ich liebe dich!« Seine Stimme zitterte bei diesen Worten. »Und wenn du so freundlich sein würdest, deinen Ehemann zu verlassen, dann möchte ich dich heiraten. Auf der Stelle. Hörst du?«

Verwirrt, verblüfft sah sie ihn an. »Ist das dein Ernst? Aber warum denn?«

Er konnte nicht anders, mußte bei ihren Worten einfach lächeln und fuhr ihr dann sanft mit einem Finger über das Gesicht, den Nacken hinunter und langsam auf die Brust zu. »Weil du schön bist und intelligent und wundervoll und« – er schaute sie einen Moment ganz ernst an – »weil du nicht die Art Mädchen bist, mit denen man herumspielt. Du bist ein Mädchen, das man heiratet, Bett.« Überrascht sah sie ihn an, und er lächelte. »Also, Liebling, wenn ich dich aus deiner Onkelehe herauslocken kann« – er ließ sich auf ein Knie nieder und küßte ihre Hand – »dann würde ich dich gern zu Mrs. Anthony Pearce machen.«

»Ich weiß nicht, was ich dazu sagen soll.«

»Ruf mich einfach an, wenn wir wieder in New York sind, und sag Ja.«

Aber sie wußte, daß sie das nicht tun würde. Das konnte sie Ivo niemals antun. Aber sie rechnete nicht damit, daß Ivo es ihr antun konnte.

20

»Ivo, das meinst du doch nicht wirklich.« Als sie ihn anstarrte, wurde ihr Gesicht aschfahl. »Aber warum bloß?«

»Weil es an der Zeit ist. Für uns beide.« Was sagte er da? O Gott, was meinte er denn damit? »Ich glaube, es ist Zeit für uns beide, daß wir uns Liebhaber unseres eigenen Alters suchen.«

»Aber ich will das nicht!« Und entsetzt: »Du denn?« Er antwortete nicht. Aber nur, weil es sein Innerstes zerriß. Er war sicher zu wissen, was passiert war. Er hatte seine Erkundigungen eingeholt. Sie hatte eine Affäre mit diesem Schauspieler, und das lief seit Monaten. Vielleicht hatte es schon angefangen, bevor sie New York verließen. Ivo wollte ihnen nicht im Weg stehen. Sie hatte ein Recht auf mehr. Sie war noch so jung. »Aber ich *will* dich nicht verlassen!« Sie kreischte es ihm fast entgegen, während er ruhig in seinem Arbeitszimmer saß.

»Ich glaube, doch.«

»Ist es wegen der anderen Frauen, mit denen du ausgehst,

wie ich gelesen habe? Ist es ihretwegen? Ivo, sag es mir!« Sie war plötzlich erschreckend blaß, aber er blieb fest.

»Ich habe dir doch gesagt, es wird für uns beide besser sein. Du solltest frei sein.«

»Aber ich will nicht frei sein.«

»Aber du bist jetzt frei. Ich werde diese Sache nicht einmal unerträglich lange für uns beide hinausziehen. Ich werde am nächsten Wochenende in die Dominikanische Republik fliegen, und dann ist alles vorbei. Zu Ende. Du wirst ganz legal frei sein.«

»*Aber ich will nicht frei sein, Ivo, auch nicht legal!*« Sie schrie so laut, daß er überzeugt war, Mathilde könnte durch die Tür alles hören. Vorsichtig streckte er die Arme nach Bettina aus und zog sie an sich.

»Ich werde immer für dich da sein, Bettina. Ich liebe dich. Aber du brauchst jemanden, der jünger ist als ich.« Als müßte er es einem sehr schwerfälligen Kind erklären, erzählte er ihr dann: »Du kannst nicht länger mit mir verheiratet bleiben.«

»Aber ich will dich nicht verlassen.« Sie heulte jetzt und war fast hysterisch, als sie sich an seine Hand klammerte. »Zwing mich nicht, zu gehen ... ich werde es auch nie wieder tun ... es tut mir leid ... ach, Ivo, es tut mir so leid ...« Jetzt wußte sie, daß er es wußte. Er mußte es wissen. Warum sonst sollte er ihr das antun? Als sie sich an ihn klammerte, fragte sie sich, wie er so grausam sein konnte.

Das Tragische dabei war, daß er innerlich starb. Trotzdem war er überzeugt, daß er ihr diese Sache schuldete. Und doch war es etwas, was sie nicht wollte. Er versuchte, sie durch ihre Hysterie zu erreichen, ihr zu erklären, daß sie jeden Monat eine gewisse Summe Geld bekommen würde. Er würde sie niemals mittellos lassen. Auch in seinem Testament war sie bedacht. Sie konnte in der Wohnung bleiben, bis er aus der Dominikanischen Republik zurückkehrte, und anschließend sollte sie, so schlug er vor, zu ihrem – äh – Freund ziehen. Während sie noch in der Wohnung war, wollte er zu einem Bekannten ziehen. Bettina hörte all das wie durch einen Nebel. Sie konnte nicht fassen, daß ihr das geschah, von diesem Mann, der sie gerettet hatte, den sie so verzweifelt liebte. Aber sie hatte alles verdorben, weil sie mit Anthony geschlafen hatte, und Ivo wußte es. Jetzt mußte sie bestraft werden.

Die nächsten Tage vergingen für sie wie im Alptraum, und sie konnte sich keinen schlimmeren, schmerzhafteren Augenblick in ihrem Leben vorstellen. Nicht einmal nach dem Tod ihres Vaters hatte sie sich so gebrochen gefühlt, so verlassen, so verzweifelt und unfähig, das abzuwenden, was auf sie zukam. Sie wollte nicht einmal mit Anthony sprechen, doch am Tag vor Ivos Rückkehr aus der Dominikanischen Republik saß sie spätabends in ihrem Schlafzimmer, fast hysterisch, und ihr fiel niemand außer ihm ein, den sie jetzt anrufen konnte.

»Wer? Was? Oh, mein Gott, du hörst dich ja schrecklich an... ist alles in Ordnung mit dir?« Und nach einer Pause: »Möchtest du herkommen?« Sie zögerte einen Moment und sagte dann Ja. »Soll ich kommen und dich holen?« Es war eine Kavaliersgeste, die ihr gefiel, die sie aber nicht für ganz richtig hielt. So stieg sie in Blue Jeans, Sandalen und Hemd, und ein paar Minuten später rief sie sich ein Taxi und war schon auf dem Weg zu ihm.

»*Was?*« Anthony machte ihnen Kaffee, und sie saßen in seiner gemütlichen Küche auf den hochlehnigen Stühlen.

»Er erklärte mir, er wolle sich scheiden lassen, und jetzt ist er in der Dominikanischen Republik, um die Scheidung durchzubringen.« Sie wiederholte es ganz mechanisch, während ihr neue Tränen übers Gesicht liefen.

Anthony stand bloß da und grinste. »Ich habe dir doch gesagt, daß er senil ist, Kleines. Aber wer bin ich schon, daß ich mich beklagen kann? Das heißt also, daß er sich von dir scheiden läßt?« Sie nickte. »An diesem Wochenende?« Sie nickte wieder, und er stieß einen Freudenschrei aus.

»Darf ich dich darauf hinweisen, Anthony«, schniefte sie empört, »daß ich deinen Ausbruch für ein Zeichen äußerst schlechten Geschmacks halte?«

»Tust du das?« Er grinste sie an. »Tust du das, meine Liebe? Nun, ich aber nicht. Ich bin noch nie so glücklich gewesen! In meinem ganzen Leben noch nicht.« Er wandte sich ihr wieder zu und verbeugte sich höflich. »Würden Sie mir die Ehre erweisen, mich am Montag zu heiraten?«

Sie machte einen ebenso höflichen Knicks und sagte: »Das werde ich nicht.«

Er war momentan entsetzt. »Warum nicht, zum Teufel?«

Sie seufzte und ging zur Couch, setzte sich und putzte sich wieder die Nase. »Weil wir uns kaum kennen. Weil wir beide so jung sind. Weil ... Herrje, Anthony ... Ich bin sieben Jahre lang mit einem Mann verheiratet gewesen, den ich sehr gern gehabt habe, er ist losgezogen, um die Scheidung einzureichen, und du erwartest von mir, daß ich am nächsten Tag gleich wieder heirate? Ich müßte ja verrückt sein. Gib mir wenigstens genug Zeit, um Luft zu holen.« Aber das war es eigentlich gar nicht. Sie wollte ihn nicht heiraten. Sie war sich seiner nicht sicher. Als Liebhaber ja, aber nicht als Partner.

»Fein. Dann kannst du mir ja nach England schreiben.« Er sah plötzlich sauer aus.

»Was soll das nun wieder heißen?« Sie sah mit gerunzelter Stirn zu ihm hinüber.

»Genau das. Ich muß das Land bis Freitag verlassen haben.«

»Bis Ende nächster Woche?«

»Das ist der Freitag normalerweise!«

»Sei nicht albern, ich meine es ernst.«

»Ich auch. Sehr ernst sogar, um die Wahrheit zu sagen. Ich wollte, ehrlich gesagt, gerade packen, als du angerufen hast.« Doch dann strahlte er auf. »Aber wenn wir heiraten würden, könnte ich hierbleiben.«

Sie sah ihn offen an. »Das ist kein Grund, um zu heiraten.«

Doch als sie das sagte, rückte er näher an sie heran und nahm ihre Hand. »Bett, denk doch mal an unsere Monate mit der Truppe, auf der Tournee. Wenn wir bei all dem glücklich sein konnten, dann werden wir auch mit allem anderen fertig. Du weißt doch, daß ich dich liebe. Ich habe dir gesagt, daß ich dich heiraten möchte. Also, wo ist der Unterschied, ob wir es diese Woche tun oder nächstes Jahr?«

»Vielleicht ist es sogar ein großer Unterschied.« Nervös sah sie ihn an und schüttelte den Kopf, und hastig ließ er das Thema fallen. Kurz darauf lagen sie in seinem Bett, und das Thema wurde erst am nächsten Morgen wieder aufgegriffen, als er sie daran erinnerte, daß sie nicht nur ihren Ehemann verloren hatte, sondern auch kurz davor war, ihren Liebhaber zu verlieren. Diese traurige Wahrheit war ihr noch nicht so recht bewußt geworden, und sie brach neuerlich in Tränen aus.

»Um Himmels willen, hör auf zu weinen. Es gibt für alles eine Lösung, das weißt du doch.«

»Hör auf, mich zu bedrängen, bloß wegen deiner eigenen Interessen.« Doch er hörte nicht auf, und er machte seine Sache fabelhaft. Am Ende des Nachmittags war sie ein Nervenbündel, und nach einem Blick auf ihre Armbanduhr wurde ihr klar, daß sie in Ivos Wohnung zurückkehren und packen mußte. Sie mußte ihre Sachen in ein Hotel schaffen. Doch als sie das Anthony erklärte, beharrte er darauf, daß sie bei ihm blieb. Sie war sich nicht ganz sicher, ob sie das tun sollte, aber andererseits war ihr klar, daß sie wenigstens nicht so allein wie im Hotel sein würde. Und nachdem sie den ganzen Sommer über mit ihm von Hotelzimmer zu Hotelzimmer gezogen war, gab es jetzt eigentlich keinen Grund, nicht zu ihm zu ziehen. Außerdem wurde ihr dumpf bewußt, daß sie nicht mehr verheiratet war. Inzwischen mußte Ivo die Scheidung durchgesetzt haben.

So fuhr sie um fünf Uhr mit einem Taxi in die Stadt, um ihre Sachen zu holen, und alles erinnerte sie stark an die Zeit, als sie aus der Wohnung ihres Vaters aus- und bei Ivo eingezogen war. Sieben Jahre waren vergangen, und jetzt zog sie mit einem anderen Mann zusammen. Aber nur kurz, versprach sie sich selbst. Und dann fiel ihr ein, daß sie auch bei Ivo nur kurz hatte wohnen wollen.

Montag war sie schon wieder mehr sie selbst. Montag abend führte Anthony sie zum Essen aus. Und Dienstag fing er an zu packen. Mittwoch war die Wohnung ein einziges Durcheinander, und es war klar, daß ihr in zwei Tagen ein weiterer, schrecklicher Abschied bevorstand. An diesem Morgen sprach sie mit Ivo, und er war seltsam, kühl und entschieden in bezug auf das, was er getan hatte. Als sie auflegte, sah sie Anthony mit neuen Tränen in den Augen an. In zwei Tagen würde auch er nicht mehr da sein. Aber er wußte, was sie dachte, und hatte ganz bewußt in ihre Augen gesehen. »Tust du es?« Sie starrte ihn verständnislos an. »Heiratest du mich, Bettina? Bitte?«

Da mußte sie doch lächeln. Er sah aus wie ein kleiner Junge, als er sie fragte. »Aber das hat doch überhaupt keinen Sinn. Es ist noch zu früh.«

»Nein, es ist nicht zu früh.« Diesmal standen die Tränen in seinen Augen. »Es ist fast schon zu spät. Wenn wir uns nicht heute um die Papiere kümmern, schaffen wir es nicht mehr bis Freitag. Und dann muß ich dich verlassen, ob ich will oder nicht... ganz gleich, was ich dabei fühle... ganz gleich, was...« Die Worte klangen Bettina seltsam vertraut in den Ohren, und sie erinnerte sich plötzlich, daß Ivo es gesagt hatte, als sie mit Anthony in Kalifornien gewesen war. Sie erinnerte sich auch, daß er ihr gesagt hatte, sie müßte den Preis zahlen für das, woran sie glaubte, »was es auch immer sei.«

»Und wenn es nicht klappt?« Sie sah ihn ernst an.

»Dann lassen wir uns scheiden.«

Sanft erklärte sie: »Das habe ich bereits einmal getan, Anthony. Das möchte ich nicht noch einmal.«

Er kam näher und streckte die Arme nach ihr aus. »Wir werden das nicht nötig haben. Wir werden immer und ewig zusammenbleiben...« Er zog sie ganz fest an sich. »Wir werden ein Kind haben... oh, Bettina, bitte .« Als er sie so hielt, konnte sie nicht widerstehen. Sie wünschte sich so verzweifelt, sich an ihn klammern zu können, nicht noch einen Menschen zu verlieren, der ihr etwas bedeutete. Und ebenso verzweifelt sehnte sie sich danach, geliebt zu werden. »Willst du?«

Einen Moment hielt sie den Atem an, dann nickte sie. Er konnte ihre Antwort kaum hören. »Ja.«

Noch kurz vor Dienstschluß lief er am Mittwoch ins Rathaus. Sie bekamen die Genehmigung, und Anthony besorgte die Ringe. Am Freitagmorgen, wieder im Rathaus, wurden sie getraut. Aus Bettina Daniels Stewart wurde Mrs. Anthony Pearce.

21

Anthony und Bettina verbrachten die Herbstmonate ganz still, wie im Winterschlaf, nach ihrer Hochzeit im September. Er war in keinem anderen Stück untergekommen, und sie war nicht zu ihrer Arbeit zurückgekehrt. Sie erkannte, daß sie jetzt das nötige Wissen hatte, die Hintergrunderfahrung, die sie brauchte. Und ganz bestimmt hatte sie die Erfahrung, den Kummer, um mit dem Schreiben anfangen zu können. Anthony fühlte sich nicht gerade gedrängt, an die Arbeit zu gehen. Nachdem er mit Bettina verheiratet war, konnte er in Amerika bleiben. Und da sie von dem Geld leben konnten, was Ivo Bettina zahlte, beschloß er, daß er auf die große Rolle warten konnte. Manchmal kam Bettina die Situation peinlich vor, schließlich hatte Ivo das Geld für sie zur Verfügung gestellt. Aber es schien ihr, daß Anthony schon schwer genug an seiner Arbeitslosigkeit trug, und so ging sie nicht näher auf diesen Punkt ein. Schließlich arbeitete sie selbst ja auch nicht. Sie beschloß, eine Pause zu machen, Anthony kennenzulernen, jede einzelne Faser von ihm, seinen Körper und seinen Geist. Es gab Dinge, so erkannte sie, von denen sie überhaupt nicht wußte, daß sie existierten, andere, die er vor ihr verborgen hielt, so nah sie sich auch zu stehen schienen.

So vergruben sie sich also in seiner Wohnung, lasen Schauspiele, kochten Spaghetti, machten lange Spaziergänge und liebten sich. Sie lachten und redeten und kicherten bis in die frühen Morgenstunden ... wenn Anthony daheim war. Es gab viele Abende, an denen er ausging, um andere Schauspieler auf der Bühne zu sehen, und anschließend unterhielt er sich mit seinen Freunden bis spät in die Nacht hinein. Allein unter dem Dach erkannte sie plötzlich, wie Ivo sich gefühlt haben mußte, wenn sie ihn allein gelassen hatte, um am Theater zu arbeiten.

Tatsächlich dachte sie sehr viel an Ivo. Sie fragte sich, was er wohl täte, ob er immer noch so müde war, ob es ihm gut ging. Sie ertappte sich dabei, daß sie sich an ihn wenden wollte, von ihm getröstet, ermutigt, gelobt werden wollte. Doch statt dessen hatte sie Anthonys Nonchalance, seinen Humor, seine

Wärme, seine Leidenschaft, die sich in ihren Armen so bereitwillig verausgabte.

»Warum schaust du denn so traurig, Liebling?« Er hatte sie schon eine Weile beobachtet, wie sie an ihrem Bleistift knabberte und über ein paar Notizen für ihr Stück nachgrübelte. Sie sah überrascht auf, als sie ihn hörte. Er war stundenlang fort gewesen, und sie hatte ihn nicht hereinkommen hören.

»Ach, nichts. Wie war dein Abend?«

»Sehr schön. Und deiner?« fragte er beiläufig, als er einen langen Kaschmirschal von seinem Hals abwickelte. Bettina hatte ihn beim ersten Anzeichen des Winters für ihn gekauft. Ihren Nerzmantel hatten sie verkauft und von dem Erlös zwei Monate lang gelebt.

»Nicht schlecht.« Aber sie sah nicht gut aus, und sie hatte sich auch den ganzen Tag über nicht wohl gefühlt.

Er lächelte, als er sie ansah, und setzte sich auf die Bettkante. »Ach komm, Liebling. Sag schon. Irgend etwas stimmt doch nicht.«

Zuerst schüttelte sie bloß den Kopf, doch dann lachte sie leise und nahm sein Gesicht zwischen ihre beiden Hände. »Nein. Ich habe bloß an Weihnachten gedacht. Und ich möchte dir etwas Wunderbares schenken. Ich weiß bloß nicht, wie.« Traurig schaute sie ihn an, und er zog sie in seine Arme.

»Das ist doch unwichtig, Kleines. Ich habe doch dich. Mehr will ich gar nicht.« Er grinste ausgelassen. »Das, und einen Porsche.«

»Sehr komisch.« Es war schon ein komisches Gefühl, wenn sie daran dachte, daß ihr Ivo zum vergangenen Weihnachtsfest ein Brillantarmband geschenkt hatte. Und sie hatte ihm einen neuen Kaschmirmantel geschenkt, eine Aktentasche für vierhundert Dollar und ein goldenes Feuerzeug. Aber diese Zeiten waren jetzt für immer vorbei. Alles, was ihr noch geblieben war, war ihr Schmuck, und der war sorgfältig im Safe untergebracht. Sie hatte Anthony nicht einmal davon erzählt. Sie hatte ihm einfach erklärt, daß sie Ivo alles zurückgegeben hatte, als sie ihn verließ. Es stimmte auch, daß sie ihm angeboten hatte, ihm alles zurückzugeben, aber er hatte darauf bestanden, daß sie den Schmuck behielt, unter der Bedingung, daß sie niemandem erzählte, wo er war. Er wollte, daß sie ihn als Rückhalt behielt, und sie hatte seinen Rat befolgt. Jetzt dachte sie einen Augenblick darüber nach, eines der Stücke zu verkaufen, wegen Weihnachten. Aber sie wußte, daß das nur Anthonys Mißtrauen erregen würde, daß er vermuten würde, sie würde noch mehr versteckt halten. Und das stimmte ja auch. Sie seufzte, als sie ihn jetzt ansah. »Ist dir eigentlich klar, daß wir es uns nicht leisten können, einander irgend etwas zu schenken?« Sie sah aus wie ein Kind, das gerade sein Lieblingsspielzeug verloren hat.

Aber Anthony ließ sich nicht erschrecken. »Klar können wir das. Wir können uns eine Pute und ein Weihnachtsessen schenken. Wir können uns gegenseitig Gedichte schreiben. Wir können einen langen Spaziergang im Park machen.« So, wie er das sagte, klang es so schön, daß sie lächelte und sich die Tränen fortwischte.

»Ich wollte dir mehr schenken als das.«

Er streckte die Arme nach ihr aus und flüsterte sanft: »Das hast du doch schon.«

Doch in der folgenden Woche wurden all ihre Gedanken an Weihnachten in den Schatten gestellt. Sie wurde schwer krank, eine Art Grippe, und erbrach sich immer wieder heftig im Badezimmer. Gegen Abend fühlte sie sich ein wenig besser. Doch am nächsten Morgen fing alles wieder von vorne an, und am Ende der Woche sah sie blaß aus und leidend.

»Du solltest besser einen Arzt aufsuchen, Bett.« Anthony sah sie eines Nachmittags ernst an, als sie aus dem Badezimmer taumelte.

Doch sie zögerte, Ivos Arzt aufzusuchen. Sie wollte ihm nichts erklären müssen, wollte nicht, daß er Ivo etwas erzählte oder ihr Fragen stellte. So ließ sie sich den Namen eines Arztes geben, den eine Freundin von Anthony kannte, irgend eines der Mädchen, die bei ihrem letzten Stück mitgewirkt hatten. Das Wartezimmer war winzig und überfüllt, die Zeitschriften hatten Eselsohren, die Möbel waren alt und die Leute allesamt niedergeschlagen und arm. Als sie endlich an die Reihe kam, war ihr nicht nur übel, sondern sie fühlte sich auch schwach, und es dauerte nur wenige Augenblicke, bis sie sich wieder erbrach. Doch als sie zu dem Arzt aufsah, stellte sie fest, daß seine Augen sanft waren, und er strich ihr mit freundlichen Händen über das Haar.

»So schlimm?« Sie nickte und versuchte, wieder Luft zu bekommen. »Geht das schon lange so?« Er musterte sie sorgfältig, aber mit freundlichen Augen, und Bettina hatte schon weniger Angst, als sie sich leise seufzend auf den Untersuchungstisch legte.

»Fast zwei Wochen.«

»Manchmal schlimmer? Oder weniger schlimm? Oder ist es die ganze Zeit über dasselbe gewesen?« Er zog sich einen Schemel heran und setzte sich lächelnd neben sie.

»Die ganze Zeit fast genauso. Manchmal ist es abends besser, aber nicht viel.« Er nickte langsam und machte sich eine Notiz auf ihre Karte.

»Haben Sie das schon mal gehabt?«

»Nein, noch nie.« Sie schüttelte schnell den Kopf.

Er sah sie liebevoll an und suchte nach ihrem Blick. »Sind Sie schon einmal schwanger gewesen?«

Sie schüttelte bloß den Kopf, als sie ihn ansah. Und dann dämmerte es ihr, und sie setzte sich hastig auf. »Bin ich jetzt schwanger?«

»Es wäre möglich.« Und dann: »Wäre das sehr schlimm?«

Sie zuckte nachdenklich mit den Schultern, doch dann trat ein leichtes Lächeln in ihre Augen. »Ich weiß nicht.«

»Ist Ihr Mann Schauspieler?« Die meisten seiner Patienten waren das. Es war eine Welt, in der sich alles wie ein Schnellfeuer verbreitete, Empfehlungen, Klatsch, Krankheiten. Und mit all dem anderen war auch sein Name weitergegeben worden. Sie nickte. »Hat er Arbeit?« Er wußte auch, wie es damit war. Manchmal mußte er fünf, sechs Monate warten, bis eine Rechnung bezahlt wurde – wenn überhaupt.

»Nein. Aber ich bin sicher, er findet bald wieder etwas.«

»Und Sie? Sind Sie Schauspielerin?«

Sie schüttelte den Kopf, lächelnd jetzt. Was war sie? Eine Regieassistentin? Eine Schriftstellerin? Sie war jetzt überhaupt nichts. Sie konnte nicht mehr einfach sagen: »Ich bin Justin

Daniels' Tochter« oder »Ich bin Ivo Stewarts Frau«. »Ich bin bloß Anthony Pearces Frau.« Sie sagte es wie in einem Reflex, während der Arzt sie beobachtete und spürte, daß zu ihrer Geschichte eine ganze Menge mehr gehörte als das. Der Pullover, den sie trug, war teuer, genauso wie der Tweedrock. Die Schuhe waren von Gucci, und wenngleich der Mantel, den sie trug, im Verhältnis dazu billig war, so entging ihm doch nicht die sehr teure, goldene Armbanduhr.

»Nun, wollen wir Sie einmal untersuchen.« Das tat er, und anschließend machten sie noch einen Schwangerschaftstest. Er hatte recht gehabt. »Ich würde sagen, Sie sind etwa im zweiten Monat schwanger, Bettina.« Er achtete auf ihre Reaktion und war gerührt von ihrem breiten Lächeln. »Sie sehen nicht allzu unglücklich aus.«

»Bin ich auch nicht.« Sie dankte ihm und machte noch einen neuen Termin aus. Aber anschließend würde er sie an jemand anderen überweisen müssen, erklärte er ihr. Er konnte ihr nichts gegen die Übelkeit und das Erbrechen geben. Aber plötzlich erschien es ihr auch nicht mehr so schlimm, und er beruhigte sie und erklärte, daß beides in einem Monat verschwinden oder zumindest schwächer werden würde. Doch ihr war das jetzt ganz egal. Die Sache war es wert. Sie würde ein Kind bekommen! Sie würde Anthonys Kind bekommen! Plötzlich erschien es ihr nicht einmal mehr so schlimm, daß sie Ivo betrogen hatte. Jetzt war es das wert. Sie würde ein *Kind* haben! Sie flog förmlich heim und raste die Treppen hinauf, und dann bekam sie plötzlich Angst. Vielleicht hätte sie nicht rennen dürfen... vielleicht war das schlecht für das Kind. Wie ein Wirbelwind brauste sie in die Wohnung, übersprudelnd vor Neuigkeiten, aber Anthony war nicht da.

Sie aß Bouillon und ein paar Kräckers. Ihr wurde übel, sie erbrach sich und versuchte dann erneut zu essen. Der Arzt hatte ihr aufgetragen, es zu versuchen. Und sie hatte ihm versprochen, daß sie es tun würde. Für das Baby. Und dann, als sie so dasaß, hatte sie plötzlich eine Idee. Sie würde es Anthony nicht erzählen. Noch nicht. Sie würde bis Weihnachten warten. Das sollte ihr Geschenk für ihn sein. Es waren ja nur noch fünf Tage. Und sie kicherte vor sich hin, als sie an ihr Geheimnis dachte... sie klatschte in die Hände, wie ein Kind, als sie daran dachte... sie würden ein Kind haben! Sie konnte es kaum abwarten zu hören, was er dazu sagen würde.

22

Am Weihnachtsabend überraschte Anthony sie und kam mit einem winzigkleinen Baum heim. Sie stellten ihn auf einen Tisch, und sie schmückte ihn. Sie machten Popcorn, das sie nicht aß, und jeder von ihnen legte ein kleines Päckchen unter den Baum. Es erinnerte sie beide an einen alten Film, und sie lachten, als sie sich küßten. Sie öffnete ihrs zuerst. Es war ein altmodischer Füllfederhalter, und er lachte über ihr Entzükken, denn er war wirklich hübsch. »Um dein erstes Stück zu schreiben!« Sie umarmte ihn und dankte ihm, und er küßte sie lange und heftig.

»Und jetzt deins.« Sie hatte ihm ein Paar silberne Manschettenknöpfe gekauft, die er wochenlang in einem Antiquitätenladen in der Nähe bewundert hatte.

»Bettina, du bist ja verrückt!« Er war entzückt und lief sofort los, um sich ein anderes Hemd anzuziehen, damit er sie benutzen konnte. Lächelnd folgte sie ihm und setzte sich leise aufs Bett.

»Anthony?« Ihre Stimme war ungewöhnlich weich, als sie zu ihm sprach, und ohne zu wissen warum, drehte er sich zu ihr um.

»Ja, Liebes?« Ihre Blicke trafen sich.

»Ich habe noch ein Geschenk für dich.«

»So?« Er legte den Kopf auf eine Seite, aber keiner von beiden bewegte sich.

Sie nickte. »Ja. Ein ganz besonderes.« Sie streckte die Arme nach ihm aus. »Komm her und setz dich.«

Ein seltsames Gefühl stahl sich seinen Rücken hinauf. Zögernd trat er zu ihr, mit einem besorgten Ausdruck in den Augen. »Stimmt etwas nicht?« Aber sie schüttelte schnell den

Kopf und lächelte.

»Alles in Ordnung.« Dann küßte sie ihn, zärtlich, sanft, und anschließend zog sie mit den Fingerspitzen seine Lippen nach, ehe sie ganz leise, so daß er es gerade noch hören konnte, flüsterte: »Wir werden ein Kind bekommen, Liebling.« Dann wartete sie. Aber das, was sie sich wünschte, trat nicht ein. Statt dessen starrte er sie an, wie erstarrt. Es war genauso schlimm, wie er es sich gedacht hatte. Die Möglichkeit war ihm bei all ihrer Übelkeit in den Sinn gekommen, aber er hatte sie verdrängt. Das war mehr, als er verkraften konnte, und es würde all seine Pläne zunichte machen.

»Machst du Witze?« Er sprang auf und starrte dann auf sie herab. »Nein, wahrscheinlich wohl nicht.« Er warf die Manschettenknöpfe auf den Tisch und lief aus dem Zimmer, und Bettina versuchte ihre Übelkeit und den Wunsch zu Weinen zu unterdrücken. Langsam folgte sie ihm ins Wohnzimmer und betrachtete ihn, der am Fenster stand, den Rücken ihr zugekehrt, und sich mit einer Hand durchs Haar fuhr.

»Anthony?« Sie schaute ihn zögernd an, und langsam drehte er sich um.

»Ja.« Wütend starrte er sie an, sagte eine Zeitlang gar nichts, doch dann trat ein eindeutig anklagender Blick in seine Augen. »Hast du das absichtlich gemacht, Bettina?« Mit Tränen in den Augen schüttelte sie den Kopf. Sie hatte so sehr gewünscht, daß er glücklich sein würde. Sie wollte, daß es auch für ihn etwas bedeuten würde. Ohne die Augen von ihr zu wenden, fragte er dann: »Würdest du eine Abtreibung in Erwägung ziehen?« Diesmal konnte sie die Tränen nicht zurückhalten, und kopfschüttelnd rannte sie aus dem Zimmer. Als sie eine halbe Stunde später aus dem Bad zurückkam, war er verschwunden.

»Fröhliche Weihnachten«, flüsterte sie sich selbst leise zu, und dabei ruhte eine Hand auf ihrem noch flachen Bauch, und die andere wischte über ihre Augen, aus denen unaufhörlich die Tränen strömten. Um vier Uhr früh schlief sie endlich ein. Aber Anthony kam die ganze Nacht über nicht heim.

Er kehrte erst um fünf Uhr am nächsten Nachmittag zurück. Weihnachten war fast vorbei, und für Bettina war es verdorben. Sie fragte ihn nicht, wo er gewesen war. Sie sagte überhaupt nichts. Sie packte. Aber das war genau das, was er befürchtet und was ihn heimgetrieben hatte. Drei Monate nach der Hochzeit konnte er es sich nicht leisten, sie zu verlieren. Noch nicht.

»Entschuldige.« Von der Tür des Schlafzimmers aus sah er sie traurig an. »Du hast mich einfach so überrascht.«

»Das dachte ich mir.« Sie kehrte ihm den Rücken zu und fuhr fort, ihre Koffer zu packen.

»Hör zu, Bettina . . . Liebes, es tut mir leid.« Er trat zu ihr und versuchte, sie zu umarmen, aber sie schüttelte ihn ab.

»Laß das.«

»Verdammt noch mal, ich liebe dich doch!« Er drehte sie zu sich herum, und wieder einmal standen Tränen in ihren Augen.

»Laß mich bitte in Ruhe . . . bitte . . . Anthony, ich . . .« Aber sie konnte nicht weitersprechen. Sie sehnte sich so sehr nach ihm. Wollte die Freude auf das Kind mit ihm teilen. Und so schmolz sie in seinen Armen und hoffte, daß ihre Träume doch noch wahr werden würden.

»Ist ja schon gut, Liebes. Ist ja schon gut. Ich konnte mir bloß einfach nicht vorstellen . . . ich bin nicht . . .« Als ihre Tränen schließlich versiegt waren, setzten sie sich. »Aber sind wir schon soweit, Bettina?«

Tapfer lächelte sie ihn aus roten Augen an. »Klar. Warum nicht?« In all den Jahren mit Ivo hatte sie diesen Traum unterdrückt. Sie hatte nicht einmal gewußt, wie sehr sie sich Kinder wünschte. Bis jetzt. Plötzlich bedeutete ihr das etwas.

»Aber wovon sollen wir es ernähren?« Er sah traurig aus, aber sie dachte an ihren Schmuck. Sie würde alles verkaufen, wenn es nötig sein würde, bloß um für das Kind sorgen zu können.

»Keine Sorge. Wir schaffen das schon. Wir schaffen es jetzt ja auch, oder nicht?«

»Das ist nicht dasselbe.«

Er seufzte tief, als verursache es auch ihm großen Schmerz, und sah sie bedauernd an. »So sehr ich es auch hasse, das zu tun, aber glaubst du nicht auch, daß es diesmal vernünftiger wäre, abzutreiben? Und später, wenn wir ein bißchen Geld gespart haben, wenn wir Fuß gefaßt haben und ich nicht ohne Arbeit bin, noch einen Versuch zu machen?« Aber sie schüttelte entschieden den Kopf.

»Nein.«

»Bettina ... sei doch vernünftig!«

»Verdammt nochmal, ist das alles, was du willst? Eine Abtreibung?« Der Streit wütete weiter. Schließlich gewann Bettina. Aber Anthony sah zwei Wochen lang mißmutig aus. Sie verließ ihn nicht, zog es aber des öfteren in Erwägung, und dann kam er eines Tages strahlend heim und stieß einen lauten Freudenschrei aus.

Sie lief ihm entgegen und fand ihn in der Tür, und als sie sein breites Grinsen sah, lächelte sie. »Was ist denn mit dir passiert?« Aber sie konnte es sich schon denken.

»Ich habe Arbeit!«

»Was für eine Arbeit? Erzähl mir davon!« Sie freute sich für ihn und folgte ihm zum Sofa. Plötzlich schien die Feindseligkeit, die in den letzten Wochen zwischen ihnen bestanden hatte, schwächer zu werden. »Komm schon, Anthony ... erzähl's mir!«

»Tu' ich ja, tu' ich ja!« Doch im Augenblick schien er zu glücklich zu sein, um reden zu können. Es war eine wundervolle Rolle. »Ich habe die Hauptrolle im *Sonny Boy*!« Triumphierend sah er sie an. Das war der größte Hit am Broadway.

»Am Broadway?« Sie schien verblüfft. Sie hatte kürzlich ein Gerücht gehört, daß der Star das Stück nach fünfzehn Monaten verließ. Aber Anthony schüttelte den Kopf.

»Auf einer Tournee, meine Liebe, auf einer Tournee. Nur die besten Städte von Amerika, mein Liebling. Diesmal reisen wir erster Klasse! Keine billigen Absteigen mehr, keine Küchenschaben. Diesmal können wir ausnahmsweise sogar in anständigen Hotels wohnen.« Und dann erzählte er ihr, wieviel sie ihm zahlten.

»Anthony! Das ist ja fabelhaft.« Aber ihr wurde klar, daß sie ihm etwas sagen mußte. Sein »wir« war ihr nicht entgangen. Traurig nahm sie seine Hand und erklärte sanft: »Aber Liebling, ich kann nicht ...« Es fiel ihr schwer, das sagen zu müssen, aber es ging nicht anders. »Ich kann nicht mitkommen.«

»Natürlich kannst du das. Sei nicht albern. Warum kannst

du nicht?« Er sah sie nervös an und stand auf.

Doch Bettina war entschlossen. »Nein, Liebling, ich kann nicht. Das Baby. Diese Art von Reise wäre zuviel.«

»Quatsch, Bettina. Ich hab' dir doch gesagt, wir wohnen in anständigen Hotels. Wir fahren nur in große Städte. Also, wo, zum Teufel, ist dein Problem? Himmel, man sieht ja noch nicht einmal etwas!« Er brüllte sie an, und sie konnte sehen, wie seine Hände zitterten.

»Nur, weil man es nicht sieht, heißt das ja noch nicht, daß es nicht da ist. Und es ist ganz gleich, in welcher Art von Hotels wir absteigen. Das bedeutet eine Menge Reisen.«

»Nun, du solltest dich besser dafür entschließen.« Er stapfte durchs Zimmer und wandte sich zu ihr um. »Wenn du nämlich nicht mitkommst, bin ich immer noch arbeitslos.«

»Sei doch nicht albern, Anthony.« Einen Augenblick war sie aber doch gerührt. »Heißt das, du würdest ohne mich nicht fahren?«

Er machte eine lange Pause. »Es heißt, daß sie dich als Regieassistentin haben wollen, Liebste. Sie wollen uns als Paar. Und sie wollen uns zusammen. Wenn du nicht annimmst, stellen sie mich nicht an.«

»Was? Aber das ist doch verrückt!«

»Der Produzent hat uns auf der Tournee zusammen arbeiten sehen, und sie glauben, daß wir ein gutes Team abgeben. Der Regisseur ist eine Art Aushängeschild. Das heißt, er steckt den Ruhm ein, aber du machst die Arbeit. Nichts Übermäßiges, aber die Bezahlung ist gut. Zwei fünfzig die Woche für dich.« Aber ihr schien das nicht wichtig zu sein.

»Darum geht es doch gar nicht, Anthony. Ich bin schwanger. Hast du ihnen das gesagt?«

»Wohl kaum.« Er spie ihr die Worte entgegen.

Aber jetzt war sie auch wütend. Alles fing wieder von vorne an. »Ich werde es nicht tun, verdammt noch mal!«

»In diesem Fall, Madam ...« Er verbeugte sich mit einem ironischen Lächeln zu ihr, »gestatten Sie mir, Ihnen zu danken, daß Sie meine Karriere zerstört haben. Ich hoffe, es ist Ihnen klar –« Er stand jetzt sehr aufrecht da und funkelte sie aus wütenden Augen an – »ich hoffe, es ist Ihnen klar, daß ich vielleicht jahrelang keine Arbeit finde, wenn ich das jetzt ablehne.«

»Ach, Anthony, das ist nicht so...« Plötzlich standen wieder Tränen in ihren Augen. Aber auch sie wußte, daß es manchmal wirklich so lief. Wenn man ein gutes Angebot ausschlug, sprach sich das schnell herum. »Welche Gesellschaft ist das?« Sie hörte den Namen Voorhees und krümmte sich. Das waren mit die härtesten im Geschäft. »Aber ich kann wirklich nicht, Liebling.«

Er antwortete nicht, ging einfach aus dem Zimmer und warf die Tür hinter sich zu. Verdammt. Das war eine lächerliche Abmachung. Warum mußten sie darauf bestehen, auch sie zu bekommen? Sie hatte all die Erfahrung gesammelt, die sie brauchte, in den letzten sieben Jahren. Jetzt wollte sie jedes Stück lesen, das ihr in die Finger fiel, und dann würde sie selbst schreiben. Ihre Vor-Ort-Ausbildung war beendet, soweit es sie betraf. Aber Anthony – das war etwas anderes. Wenn sie ihm diese Chance verdarb, dann konnte er lange, sehr lange auf die nächste warten. Nachdem sie zwei Stunden lang darüber nachgedacht hatte, rief sie den Arzt an und besprach die Angelegenheit mit ihm.

»Was meinen Sie?«

»Ich finde, Sie sind verrückt!«

»Warum? Weil es für das Kind schlecht wäre?«

»Nein, dem Baby macht das nichts aus. Aber so, wie Sie sich gefühlt haben, können Sie sich da etwas Schlimmeres vorstellen, als von einem Hotelzimmer zum anderen zu reisen, die nächsten fünf oder sechs Monate lang?« Sie nickte grimmig, als stumme Antwort.

»Wie lange dauert die Tournee?«

»Ich weiß nicht. Ich hab' vergessen zu fragen.«

»Nun, sagen wir mal so, wenn Sie es ertragen können, dann sehe ich keinen physischen Grund, warum Sie nicht fahren sollten, so lange Sie sich so viel wie möglich ausruhen, anständig essen, sich, wann immer möglich, hinsetzen, und in –« er warf einen Blick auf ihre Karte – »nicht mehr als fünf Monaten heimkommen. Ich möchte Sie wieder hier haben, bevor Sie im achten Monat sind. Das würde Ihnen jeder vernünftige Geburtshelfer sagen. Und außerdem wünsche ich, daß Sie unterwegs zur Vorsorge ins Krankenhaus gehen. Rufen Sie die größten Krankenhäuser in jeder Stadt an, durch die Sie kommen, und lassen Sie sich einmal im Monat untersuchen. Glauben Sie, daß Sie das können?« Seine Stimme lächelte ihr durchs Telefon zu.

»Ich werde wohl müssen.«

»Ehrlich gesagt«, er hörte sich jetzt schon sanfter an, »wenn die Übelkeit sich erst einmal gelegt hat, ist es vielleicht gar nicht mehr so schlimm. Sie sind nicht die erste Frau, die während der Schwangerschaft arbeitet. Ich kann mir zwar leichtere Arten vorstellen, ein Kind zu bekommen, aber wenn Sie vernünftig sind, wird es weder Ihnen noch dem Baby schaden.« Mit einem langen Seufzer hängte Bettina den Hörer auf. Sie hatte ihre Antwort. Und vier Stunden später hatte Anthony die seine.

Aber die Tournee war sogar noch anstrengender, als die letzte, und sie arbeitete sich fast zu Tode. Es stellte sich heraus, daß der Regisseur einen festen Vertrag mit der Gesellschaft hatte, so daß sie ihn mitschleifen mußten, aber er war Alkoholiker und verbrachte jeden Tag in seinem Zimmer, trinkend, womit alle Arbeit auf Bettinas Schultern lastete. Im zweiten Monat unterwegs dachte sie, sie müßte zusammenbrechen. Die Hotels waren nicht annähernd so hübsch, wie Anthony es ihr versprochen hatte, die Stunden waren endlos, und ohne einen Regisseur, auf den sie sich stützen konnte, mit einer schlechten Truppe, brüllte, rannte und arbeitete Bettina vierundzwanzig Stunden am Tag. Sie nahm ab statt zu, und ständig hatte sie Schmerzen in den Beinen. Sie sah Anthony kaum, denn er verbrachte jeden Tag, wenn sie nicht probten, mit seinen Freunden beim Spiel. Vor allem mit einer kleinen Blondine aus Cleveland, die in diesem Stück debütierte. Sie hieß Jeannie, und als sie New York City verließen, haßte Bettina sie bereits. Es machte die Arbeit mit ihr schwierig, als Regieassistentin, aber Bettina zwang sich dazu, nichts Privates in die Arbeit mit einzubeziehen. Das schuldete sie dem Mädchen, sich selbst, der Gemeinschaft und Anthony.

Als sie das zweite Mal eine Klinik aufsuchte, erklärte der Arzt ihr, wie die Dinge standen. Sie war überarbeitet, überlastet und hatte Untergewicht, und wenn sie nicht alles ein bißchen leichter nehmen würde, dann würde sie das Kind verlieren. Sie war jetzt fast vier Monate schwanger. Er schlug vor, daß sie ihren Mann bitten sollte, ihr ein wenig zu helfen, den Arbeitsdruck zu reduzieren. An diesem Abend, nach der Vorstellung, sprach sie mit Anthony und bat ihn, ihr zu helfen.

»Warum denn, um Himmels willen? Hast du vor, an meiner Stelle auf die Bühne zu gehen und meine Rolle zu übernehmen?«

»Anthony ... sei doch mal ernst ...«

»Ich meine es auch ernst. Was macht es mir denn aus, wenn du das Kind verlierst? Ich habe es sowieso nie haben wollen. Hör zu, Süße, dieses Baby ist *dein* Kind. Wenn du es nicht verlieren willst, dann such dir jemand anderen, der dir hilft.« Damit ging er an ihr vorbei und schob eine Hand unter Jeannies Arm. Danach informierte er Bettina, daß sie zum Essen ausgehen würden und daß sie nicht auf ihn warten sollte. Verblüfft sah sie ihn an. Was passierte da mit ihnen? Warum tat er das? Nur wegen des Kindes? Besorgt kehrte sie in ihr Hotelzimmer zurück, und zum ersten Mal seit zwei Monaten war der Drang, Ivo anzurufen, überwältigend. Aber das konnte sie jetzt nicht mehr tun. Sie war kein kleines Mädchen mehr. Und sie konnte sich nicht an Ivo wenden, nur weil ihr alles plötzlich so schwierig schien. So saß sie allein da und weinte und überlegte abwechselnd. Anthony kam überhaupt nicht wieder. Sie wartete im Hotelzimmer, um ihn zur Rede zu stellen. Aber um zwölf Uhr am nächsten Mittag mußte sie schließlich ins Theater. Dort wartete Jeannie auf sie.

»Suchst du Anthony?« erkundigte sie sich süß, und Bettina fühlte, wie sich alles in ihr spannte.

»Nein, ich bin zum Arbeiten hier. Kann ich etwas für dich tun?«

»Ja. Dich wie eine Dame verhalten.« Jeannie hüpfte auf einen Hocker, und Bettina brauchte all ihre Beherrschung, um sie nicht herunterzuholen.

»Verzeihung?« Bettinas Stimme war wie Eis.

»Du hast mich schon gehört, Betty.«
»Ich heiße Bettina. Und was meinst du, bitte, genau?« Plötzlich wußte Bettina, daß hier etwas Wesentliches geschah? Was wollte das Mädchen? Und was hatte Anthony mit all dem zu tun? Bettina spürte Schmerzen, aber sie wankte nicht, zuckte nicht mit der Wimper, als sie das hübsche, blonde Mädchen ansah.
»Also gut, Betty« – sie hatte ein Gesicht zum Reinschlagen – »warum läßt du Anthony nicht einfach jetzt machen, was er will? Seine sechs Monate sind fast vorbei.«
»Welche sechs Monate?« So, wie sie es sagte, klang es fast wie ein Urteilsspruch, und Bettina sah sie erstaunt an.
»Was glaubst du denn, warum er dich geheiratet hat, Süße? Weil er vor Liebe nach dir verrückt wurde? Zum Teufel, nein, er wollte nur seine Aufenthaltserlaubnis, oder hat er dir das etwa nicht gesagt?« Bettina war entsetzt. »Und du warst die am besten geeignete, greifbare Kandidatin. Er wußte, daß dein Ex-Mann dich unterstützen würde, also brauchte er sich deshalb keine Sorgen zu machen. Und er hat dich im September geheiratet, stimmt's?« Bettina nickte benommen. »Nun, er muß bloß sechs Monate mit dir zusammenbleiben, und schon kriegt er seine unbegrenzte Aufenthaltserlaubnis. Danach kann er dich loswerden. Und wenn du glaubst, daß er das nicht tun wird, dann spinnst du. Er schert sich einen Dreck um dich, und das Kind, das du dir blöderweise hast anhängen lassen, will er nicht. Und noch eins will ich dir sagen« – sie sprang von dem Hocker und schwenkte die wohlgeformten Hüften – »wenn du glaubst, du kannst dich an ihn hängen, wenn wir wieder in New York sind, dann irrst du dich.«
Den ganzen Tag über versteckte sie sich im Theater und versuchte, sich auf ihre Arbeit zu konzentrieren. Als Anthony schließlich zur Vorstellung kam, schlüpfte sie in seine Garderobe und schloß die Tür. Sie war dort und wartete auf ihn, als er hereinkam, und glücklicherweise war er allein. Er sah sie mit einem seltsamen Ausdruck an, ging dann zum Schrank und hängte seinen Mantel auf.
»Was willst du, Bettina?«
»Reden.« Ihre Stimme klang fest, und sein Blick wich ihr

aus. »Ich habe keine Zeit. Ich muß mich für die Vorstellung schminken.«

»Fein. Wir können uns unterhalten, während du dich schminkst.« Sie zog sich einen Stuhl heran und setzte sich, und er sah sie wütend an. »Ich hatte heute eine kleine Unterredung mit deiner Freundin Jeannie.«

»Worüber?« Er schien sich plötzlich nicht mehr so wohl zu fühlen.

»Oh, mal sehen. Ja ... so war's, sie hat gesagt, daß du mich bloß geheiratet hast, um deine Aufenthaltserlaubnis zu bekommen, und daß du, wenn die vorgeschriebenen sechs Monate, in denen man zusammen leben muß, in drei Wochen vorbei sind, mich dann im Stich lassen wirst. Sie hat mir auch erklärt, daß du verrückt nach ihr bist. Sie ist ja schrecklich niedlich, mein Schatz. Aber stimmt das auch? Das wollte ich dich fragen.«

»Sei nicht albern.« Er wich ihrem Blick aus und kramte in seinen Schminkutensilien, aber Bettina stand jetzt direkt hinter ihm und sah ihn im Spiegel an, als er die Augen hob.

»Was heißt das, Anthony?«

»Es heißt, daß sie sich vielleicht ein wenig hat hinreißen lassen.«

Bettina packte seinen Arm. »Aber es war mehr oder weniger die Wahrheit, oder nicht? Willst du mich nach dieser Tournee verlassen? Wenn du das nämlich vorhast, dann würde ich mich gern schon jetzt an die Vorstellung gewöhnen. Schließlich –« sie konnte ihre Stimme nur mühsam beherrschen und klang von Panik erfüllt – »schließlich werde ich ein Kind haben, und es wäre ganz hübsch zu wissen, ob ich dann allein sein werde.«

Doch plötzlich stand er auf und wandte sich zu ihr um, und dann schrie er sie an: »Ich hab' dir doch gesagt, du sollst das verdammte Kind nicht bekommen! Alles wäre wunderbar einfach gewesen, wenn du bloß getan hättest, was ich gesagt habe!« Doch dann schien ihm plötzlich leid zu tun, was er gesagt hatte, und er setzte sich wieder.

»Also hat sie die Wahrheit gesagt?« Bettinas Stimme klang grimmig. »Es war alles bloß wegen dieser verdammten Genehmigung?«

Zum ersten Mal sah er sie ehrlich an und nickte. »Ja.« Sie

schloß die Augen, als sie das hörte und setzte sich auch wieder hin. »Mein Gott, und ich habe dir geglaubt.« Sie sah ihn an, und während Tränen in ihre Augen stiegen, fing sie an zu lachen. »Was bist du doch für ein guter Schauspieler!«

»So war es auch nicht.« Er ließ den Kopf hängen.

»Nein?«

»Nein. Ich hab' dich wirklich gern gehabt, ehrlich. Ich hab' es nur nicht für ewig angesehen ... ich weiß nicht ... wir sind so verschieden ...«

»Du elender Hund.« Sie war also reingelegt worden, man hatte sie ausgenutzt. Die ganze Zeit über. Sie warf die Tür zu seiner Garderobe hinter sich zu und eilte auf die Bühne zurück. Die Vorstellung lief glatt, und gleich danach verließ sie das Theater, kehrte ins Hotel zurück und bat um ein eigenes Zimmer. Nicht, daß das wichtig gewesen wäre. Er würde in dieser Nacht wahrscheinlich sowieso nicht kommen. Aber sie wollte es nicht herausfordern. Sie wollte allein sein, um nachdenken zu können.

Jetzt würde sie also heimfahren und ihr Stück schreiben. Und in fünf Monaten würde sie ihr Kind bekommen ... Als sie daran dachte, kniff sie die Augen zusammen und versuchte, nicht zu weinen. Aber es war hoffnungslos. Immer, wenn sie daran dachte, das Kind allein zu bekommen, ohne Vater, bekam sie es mit der Angst zu tun und sehnte sich verzweifelt nach ihm ... Ivo ... nach irgend jemandem ... sie konnte es nicht allein ... sie konnte es nicht ... und doch mußte sie es schaffen. Jetzt blieb ihr keine andere Wahl.

Nachdem sie stundenlang geweint und gegrübelt hatte, schlief sie schließlich ein, und es war vier Uhr früh, als sie mit einem seltsamen Gefühl von Krämpfen erwachte. Als sie sich im Bett aufsetzte und auf das Laken starrte, sah sie Blut. Zuerst wurde sie von Panik ergriffen, doch dann zwang sie sich selbst, sich zu beruhigen. Schließlich waren sie ja in Atlanta, und dort gab es gute Krankenhäuser. Zwei Tage zuvor hatte sie einen Arzt aufgesucht. Jetzt mußte sie nichts weiter tun, als im Krankenhaus anzurufen und nach ihm zu fragen.

Die Schwester in der Notaufnahme hörte sich genau an, welche Symptome aufgetreten waren, und forderte Bettina dann auf, umgehend in die Klinik zu kommen. Sie beruhigte Bettina, daß es wahrscheinlich nichts Schlimmes wäre. Solche Blutungen würden manchmal auftreten, und mit ein paar Tagen Ruhe würde sich das schon wieder geben. Sie sollte sich bloß von ihrem Mann vorbeibringen lassen. Das war ein nett gemeinter Rat, aber Bettina versuchte nicht einmal, ihn zu erreichen. Hastig zog sie sich an und versuchte, trotz der seltsamen Krämpfe, aufrecht zu stehen. Dann hastete sie in die Halle und von da auf die Straße hinaus, um sich ein Taxi zu rufen. Doch schon der Weg von ihrem Zimmer in die Halle hatte die Schmerzen stärker werden lassen, und sie krümmte sich auf dem Rücksitz des Taxis, als sie ins Krankenhaus rasten. Der Fahrer beobachtete sie im Rückspiegel, und plötzlich keuchte sie und dann hörte er einen leisen Aufschrei.

»Ist alles in Ordnung mit Ihnen?«

Sie versuchte, ihn zu beruhigen, aber noch während sie das tat, durchfuhr sie ein neuer, schneidender Schmerz. »Ohhh ... Gott ... nein ... ich ... oh, bitte ... beeilen Sie sich ...« Aus dem milden Unwohlsein von vor einer halben Stunde waren plötzlich nahezu unerträgliche Schmerzen geworden.

»Legen Sie sich auf den Sitz.« Sie versuchte, sich hinzulegen, aber selbst das half jetzt nicht mehr. Sie konnte nicht ruhig auf dem Sitz liegen, während er fuhr. Sie mußte sich immer wieder umdrehen, irgendwo festklammern, und plötzlich hätte sie am liebsten geschrien.

»O Gott ... schnell ... ich kann nicht –«

Die Schwestern holten sich die Informationen, die sie über ihre Identität und ihre Versicherung brauchten, aus ihrer Brieftasche, die in ihrer Handtasche steckte. Bettina ging es viel zu schlecht, als daß sie hätte behilflich sein können. Sie konnte kaum sprechen. Sie konnte nichts weiter tun, als die Riemen auf der Tragbahre umklammern, und alle paar Minuten wand sie sich in entsetzlichen Schmerzen und schrie. Die drei Schwestern, die sie umsorgten, sahen sich an und nickten dann, und als der Arzt kam, wurde sie sofort in den Kreißsaal gefahren. Das Baby kam nur eine halbe Stunde später. Ein kleiner Fötus, der aus ihr herausschoß, während sie unaufhörlich schrie. Er war schon tot.

23

Das Flugzeug landete sanft auf dem Kennedy Airport, und Bettina starrte ausdruckslos aus dem Fenster, als sie auf das Tor zurollten. Sie hatte eine Woche im Krankenhaus verbracht und war erst an diesem Nachmittag entlassen worden. Am Tag nach ihrer Fehlgeburt hatte sie die Theatergesellschaft angerufen und erklärt, daß sie im Krankenhaus sei und die Ärzte ihr eine Ruhepause von drei Monaten verordnet hätten. Das stimmte zwar nicht, aber so kam sie von der Angel und ein neuer Regieassistent wurde von New York eingeflogen, ein junger Mann, der großes Mitleid mit ihr hatte und all ihre Sachen aus dem Hotelzimmer zu ihr ins Krankenhaus brachte. Anthony war nur einmal gekommen, und er hatte so ausgesehen, als fühlte er sich nicht sonderlich wohl in seiner Haut. Er sagte, daß es ihm leid täte, und sie wußten beide, daß es eine Lüge war. Sie hielt das Zusammentreffen ganz unpersönlich und erklärte, daß sie sich mit einem Anwalt in Verbindung setzen würde, sobald sie in der folgenden Woche wieder in New York wäre. Sie würde ihm entgegenkommen und drei weitere Wochen warten, damit er wie beabsichtigt in Amerika bleiben konnte. Danach sah sie ihn mit einem Ausdruck äußerster Verachtung an und forderte ihn auf zu gehen. Er blieb an der Tür stehen, um etwas zu ihr zu sagen, sagte es aber dann doch nicht. Er zuckte nur mit den Schultern und verließ dann das Zimmer, schloß leise die Tür hinter sich. Danach besuchte er sie nicht wieder. Es wurde auch nichts mehr gesagt. Und zwei Tage später – Bettina war noch im Krankenhaus – zog die Truppe weiter.

Der Rest ihres Aufenthaltes im Krankenhaus verlief ohne besondere Vorkommnisse. Sie war traurig und einsam, nicht wegen Anthony, sondern wegen des Kindes, das gestorben war. Es war ein Mädchen gewesen, hatten sie ihr erzählt, und Tag für Tag lag sie im Bett und schluchzte. Das würde nichts ändern, erklärten ihr die Schwestern, verstanden aber, daß sie irgendwie ihren Kummer verarbeiten mußte. Doch am Ende der Woche erkannte Bettina, daß es nicht nur das Baby war. Es war alles. Sie weinte um ihren Vater und die Art, wie er sie verlassen hatte, um Ivo und das, was sie ihm angetan hatte, und dann um die entschlossene Art, in der er sie ausquartiert hatte, um Anthony und das, was er getan hatte, und jetzt schließlich um ihr verlorenes Kind. Jetzt hatte sie nichts und niemanden mehr. Kein Kind, keinen Ehemann, kein Heim, keinen Menschen. Niemand liebte sie. Sie war allein. Mit ihren sechsundzwanzig Jahren hatte sie das Gefühl, das Ende ihres Lebens erreicht zu haben.

Sie fühlte sich immer noch genauso, als sie ihren Sicherheitsgurt im Flugzeug öffnete und langsam nach vorne ging. Für sie schien sich alles unheimlich langsam zu bewegen. Sie holte ihren Koffer, rief einen Träger und ging nach draußen, um sich ein Taxi zu suchen. Fünfundvierzig Minuten später schloß sie die Tür von Anthonys Wohnung auf. Sie hatte sich geschworen, hastig zu packen und dann in ein Hotel zu ziehen, aber als sie sich jetzt wieder in der Wohnung umsah, war es schrecklich, und sie fing an zu weinen. Sie stöberte in Schubladen, leerte Schränke und packte die Berge von Kleidern ein, die in ihrem Schrank hingen. Alles war in weniger als zwei Stunden erledigt. Sie hatte nicht lange mit ihm dort gelebt. Nicht einmal sechs Monate. Und sieben Jahre mit Ivo. Zwei Scheidungen. Sie kam sich allmählich vor wie eine nutzlose Ware ...

Sie stellte all ihre Koffer neben die Tür und ging dann langsam nach unten, um sich ein Taxi zu rufen. Mit etwas Glück würde sie jemanden finden, der sich bestechen ließ, in die Wohnung hinaufzugehen und ihr zu helfen, all ihre Koffer hinunter zu bringen. Es stellte sich heraus, daß sie Glück hatte. Ein junger Fahrer hielt an, als sie winkte. Sie mußten zusammen viermal hinaufgehen, bis sie alles nach unten geschafft hatten, und als sie das Hotel erreichten, in dem sie absteigen wollte, gab sie ihm zwanzig Dollar Trinkgeld. Es war ihr seltsam vorgekommen, als sie die Dachwohnung verließ. Es machte ihr plötzlich nichts mehr aus. Sie kümmerte sich jetzt nur noch um sich selbst. Nur sie selbst war wichtig. Was war sie doch für ein Versager, was war sie für eine Närrin gewesen. Wenn sie an Anthony dachte, kam sie sich vor wie ein Clown.

Nach der Tournee hätte sie an Hotelzimmer gewohnt sein

sollen, doch als sie in diesem Zimmer saß, stellte sie fest, daß sie noch trauriger wurde. Sie wollte Ivo anrufen, aber sie wußte, daß das nicht richtig gewesen wäre. Es gab niemanden, mit dem sie hätte reden können. Sie versuchte, sich auf die Zeitung zu konzentrieren, um sich eine Wohnung zu suchen, aber die Buchstaben verschwammen vor ihren Augen. Schließlich hielt sie es nicht länger aus, nahm das Telefon und wählte. Sie hielt die Luft an und kam sich ziemlich dumm vor. Was, wenn er nun auflegen würde, wenn er ihr Vorwürfe machen würde, wenn – Aber sie wußte, daß Ivo das nicht tun würde. Sie wartete auf Matties vertraute Stimme und war überrascht, als eine Stimme antwortete, die sie nicht kannte.

»Mattie?«

»Wer ist da?« antwortete die Stimme.

»Ich... hier ist... wer ist *dort*? Wo ist Mattie?«

Nach einer Pause: »Sie ist vor zwei Monaten gestorben. Ich bin Elizabeth. Und wer sind Sie?«

»Ich... oh, das tut mir leid...« Bettina spürte, wie eine neuerliche Welle von Tränen in ihr aufstieg. »Ist Mister Stewart da?«

»Wer spricht dort?« Elizabeth wurde offensichtlich wütend.

»Hier ist... Mrs. Pearce, ich meine, Mrs. Stewart, ich meine – ach, egal. Ist er da?«

»Nein. Er ist auf den Bermudas.«

»Oh. Wann kommt er zurück?«

»Nicht vor dem ersten April. Er hat dort ein Haus gemietet. Soll ich Ihnen die Nummer geben?« Doch plötzlich wußte Bettina, daß sie sie nicht haben wollte. Es war nicht recht. Sie legte auf und seufzte leise.

Sie verbrachte eine ruhelose, kummervolle Nacht in dem Hotel, und als sie am nächsten Morgen aufwachte, hatte es angefangen zu schneien. Das kam ihr komisch vor, denn im übrigen Land hatte sie schon gesehen, wie der Frühling seinen Einzug hielt. Jetzt wurde sie plötzlich in den Winter zurückgestoßen, mit Schneestürmen und ohne ein Heim, in das sie gehen konnte. Das brachte sie auf einen neuen Gedanken. Warum sollte sie New York nicht einfach verlassen? Warum nicht einfach ganz woanders hingehen? Aber wohin konnte sie gehen?

Sie hatte nirgendwo Freunde, nichts verband sie mit anderen Städten, und dann wanderten ihre Gedanken plötzlich nach Kalifornien, zurück zu der märchenhaften Woche mit Anthony in San Francisco, und plötzlich wußte sie, daß sie dorthin fahren wollte. Selbst ohne ihn, das wußte sie, konnte sie dort Frieden finden.

Sie kam sich plötzlich sehr abenteuerlustig vor, rief die Fluggesellschaft an und ging eine halbe Stunde später zur Bank. Vorsichtig verstaute sie all den Schmuck, den sie dort aufbewahrt hatte, in einem Lederbeutel und lächelte vor sich hin. Vielleicht hieß das, daß sie nie wiederkommen würde. Diesmal war sie es, die ging, sie, die eine Entscheidung getroffen hatte.

Sie nahm all ihre Koffer mit zum Flughafen. Sie wollte alles mitnehmen, was sie besaß. Und ehe sie das Hotel in New York verließ, rief sie in dem Hotel in San Francisco an, in dem sie mit Anthony gewohnt hatte, und fragte nach einem Zimmer mit Blick auf die Bucht. Vielleicht war es dumm, in demselben Hotel zu wohnen, aber sie glaubte es eigentlich nicht. Es war so schön gewesen, und es war egal, welche Erinnerungen sie damit verband. Sie bedeuteten ihr nichts mehr. Und Anthony genauso wenig.

Der Flug nach San Francisco verlief ereignislos, und inzwischen war sie so sehr daran gewöhnt, ständig in andere Städte zu kommen, daß es ihr nicht einmal komisch vorkam, am Morgen noch Schnee gesehen zu haben und sich jetzt hier an der Westküste mitten in einem strahlenden Frühlingstag wiederzufinden. San Francisco war genauso schön, wie sie es in Erinnerung hatte, und mit einem zufriedenen Lächeln richtete sie sich in ihrem Zimmer ein. Erst in der Nacht fingen die Geister an, sie heimzusuchen. Sie nahm zwei Kopfschmerztabletten und spülte sie mit einem Glas Wasser hinunter. Eine Stunde später machte sie in ihrer Verzweiflung einen Spaziergang. Dann kehrte sie ins Hotel zurück und nahm noch zwei weitere Tabletten. Und schließlich, gegen drei Uhr nachts, nahm sie eine Schlaftablette aus dem Röhrchen, die sie ihr in der Klinik gegeben hatten. Sie hatten ihr vorhergesagt, daß sie Schwierigkeiten haben würde zu schlafen, für einige Zeit wenigstens. Aber nicht einmal die Schlaftablette half, und sie starrte auf das

Glas, wie es ihr schien, stundenlang. Und dann kannte sie plötzlich die Antwort und fragte sich, warum sie nicht schon früher daran gedacht hatte. Es war verrückt, die ganze Reise bis hierher nach San Francisco zu machen, wenn sie alles, was sie wollte, auch in New York gehabt hatte. Aber sie hatte nicht daran gedacht. Jetzt verstand sie alles. Und es war so einfach... so einfach... Sie ging ins Badezimmer, goß Wasser in ein Glas und nahm dann die Schlaftabletten, eine nach der anderen. Es waren genau vierundzwanzig Stück.

24

Über ihr waren helle Lampen, die näher zu kommen schienen und dann wieder schwächer wurden und verschwanden. Maschinen summten und sie konnte hören, wie jemand würgte. Sie hatte ein seltsames Gefühl im Hals, als ob etwas Hartes ihre Kehle hinabgestoßen wurde. Sie konnte sich nicht erinnern... konnte sich nicht erinnern... und dann kam es schließlich. Sie war im Krankenhaus... sie hatte eine Fehlgeburt... und dann versank sie wieder in tiefen Schlaf.

Jahre schienen vergangen zu sein, als sie schließlich aufwachte und in das Gesicht eines fremden Mannes starrte. Er war groß, dunkelhaarig, mit braunen Augen, ein gutaussehender Mann in einem blaßgelben Hemd und einem weißen Mantel. Und dann fiel es ihr wieder ein. Sie war im Krankenhaus. Aber sie war sich nicht sicher, warum.

»Mrs. Stewart?« Fragend sah er sie an, und sie schüttelte den Kopf. Plötzlich fiel ihr dann ein, daß sie es nicht geschafft hatte, ihre Versicherungskarte zu ändern, nachdem sie Anthony geheiratet hatte.

»Nein, Pearce.« Sie antwortete heiser und war überrascht über ihre eigene Stimme, doch dann schüttelte sie verwirrt nochmals den Kopf. »Ich meine... Daniels. Bettina Daniels.« Aber auch das klang fremd in ihren Ohren. Sie hatte diesen Namen so lange nicht mehr benutzt.

»Eine ganz schöne Sammlung von Namen, was?« Er sah nicht mißbilligend aus, nur überrascht. »Haben Sie was dagegen, wenn ich hier sitze und mich ein bißchen mit Ihnen unterhalte?« Jetzt begriff sie auch, warum er mit ihr reden wollte. »Lassen Sie uns über die vergangene Nacht sprechen.« Ihr Blick wich ihm aus, und sie starrte aus dem Fenster. Sie konnte nichts anderes sehen als den Nebel in der Ferne, der über der Golden Gate Bridge hing.

»Wo bin ich?« Sie scheute zurück, und er verstand. Er erwähnte das Credence Hospital und sie nickte mit einem kleinen Lächeln. Dann sah sie ihn nervös an. »Müssen wir das wirklich alles besprechen?«

Er nickte ernst. »Ja, das müssen wir. Ich weiß nicht, wie lange Sie schon hier sind, und ich weiß nicht, wie das in New York gehandhabt wird, aber wenn Sie nicht wollen, daß man Sie für einige Zeit in eine psychiatrische Klinik einweist, dann sollten wir uns besser unterhalten.« Ernst erwiderte sie seinen Blick und nickte dann. »Was ist gestern nacht passiert?«

»Ich hab' Schlaftabletten genommen«, krächzte sie und sah ihn an. »Warum hört sich meine Stimme so komisch an?«

Er lächelte, und zum ersten Mal sah er wirklich jung aus. Er sah sehr gut aus, war aber auch schrecklich ernst und verhieß nicht viel Freude. »Wir haben Ihren Magen ausgepumpt. Der Schlauch, den wir benutzt haben, ist schuld, wenn Ihre Stimme noch ein paar Tage lang so rauh klingt. So, jetzt zu den Schlaftabletten. Haben Sie das absichtlich getan, oder war es ein Unfall?«

Sie zögerte lange, unsicher, was sie sagen sollte. »Ich – ich bin nicht sicher.«

Er sah sie fest und streng an. »Miss Stewart... Daniels, wie immer Sie heißen, ich hab' nicht vor, mit Ihnen Spielchen zu treiben. Entweder wir sprechen darüber, oder wir tun es nicht. Ich möchte von Ihnen wissen, was passiert ist, oder ich trage einfach auf Ihrer Karte ein, daß man Sie eine Woche lang zur Beobachtung hierbehält.«

Jetzt war sie wütend. Ihre Augen funkelten vor Wut, als sie ihn ankrächzte, und er mußte ein Lächeln unterdrücken. Sie war wirklich sehr hübsch. »Ich bin nicht sicher, was passiert ist,

Herr Doktor. Ich bin gestern von New York hierher geflogen, und am Tag zuvor war ich nach einer Fehlgeburt aus dem Krankenhaus gekommen. Sie haben mir Tabletten gegeben, und entweder habe ich zuviel davon genommen, oder sie waren zu stark für mich ... ich bin mir nicht sicher.« Aber sie wußte, daß sie log. Und plötzlich war es ihr egal. Es ging ihn nichts an, was passiert war – was bedeutete es schon für ihn, wenn sie versucht hatte, sich umzubringen? Sie hatte es nicht geschafft, und es war immer noch ihr eigenes Leben. Sie mußte ihm nicht alles erzählen. Und es ging ihn genauso wenig etwas an, wenn sie eine »ganz schöne Sammlung von Namen« hatte, wie er es ausdrückte. Na und?

»In welchem Krankenhaus waren Sie wegen der Fehlgeburt?« Er saß mit ihrer Karte da, den Stift gezückt, überzeugt, daß sie lügen würde, aber sie gab ihm schnell Auskunft über die Klinik in Atlanta, und er sah überrascht auf. »Sie reisen viel herum, was?«

»Ja.« Wieder krächzte sie. »Ich war Regieassistentin bei einem Broadwaystück auf Tournee, und ich hatte unterwegs die Fehlgeburt. Ich war eine Woche im Krankenhaus, dann habe ich gekündigt und bin zurück nach New York geflogen.«

»Sind Sie beruflich hier?« Jetzt sah er neugierig aus, und sie schüttelte den Kopf. Einen Moment wollte sie ihm erzählen, daß sie hier wäre, um einen Besuch zu machen, aber dann entschied sie sich dagegen. Wenigstens in diesem Punkt konnte sie ihm die Wahrheit erzählen.

»Nein, ich bin hierher gezogen.«

»Gestern?« Sie nickte.

»Ledig oder verheiratet?«

»Weder noch.« Sie lächelte ihn zögernd an.

»Traurig?« Er schaute sie naiv an, und Bettina fragte sich, ob er jemals lachen würde.

»Ich bin dabei, mich scheiden zu lassen.«

»Und er ist ... lassen Sie mich raten« – Diesmal lächelte er tatsächlich! – »in New York.«

Jetzt lächelte sie auch. »Nein. Er ist noch auf Tournee.«

»Jetzt fange ich an zu begreifen. Waren Sie lange verheiratet?« Einen Augenblick war sie versucht, ihn zu schockieren und zu fragen: »Wann?«, doch dann schüttelte sie bloß den Kopf und ließ ihn denken, was er wollte.

Er seufzte und legte dann den Stift hin. »Jetzt zu Ihrer Fehlgeburt.« Seine Stimme wurde weicher, er wußte, wie hart das sein konnte. »Gab es Komplikationen? War es schwer? Hat es sehr lange gedauert?«

Sie wandte sich ab, und das Leuchten wich aus ihren Augen, als sie auf die Brücke starrte. »Nein, ich glaube nicht, daß es Komplikationen gab. Sie haben mich eine Woche lang im Krankenhaus behalten. Ich ... es - es ist eines Nachts passiert. Ich wachte mitten in der Nacht auf, fuhr ins Krankenhaus, und da war es schon ziemlich schlimm. Wie lange es danach noch gedauert hat, weiß ich nicht. Nicht sehr lange, glaube ich. Es war -« achselzuckend wischte sie sich eine Träne fort - »es war sehr schmerzhaft.«

Er nickte und hatte plötzlich Mitleid mit diesem winzigen, rothaarigen Mädchen. Das hieß, nicht richtig rothaarig eigentlich, dachte er insgeheim, ihr Haar war mehr kastanienbraun, und als sie ihn jetzt ansah, fiel ihm auf, daß sie bezaubernde tiefgrüne Augen hatte.

»Das tut mir leid, Miss –«

Er stammelte, und sie lächelte. »Bettina. Mir auch. Aber ... mein Mann wollte es sowieso nicht haben ...« Wieder zuckte sie mit den Achseln, und er vergaß ihre Karte.

»Haben Sie ihn deshalb verlassen?«

»Nein.« Sie schüttelte den Kopf. »Da gab es verschiedene Dinge, von denen ich nichts gewußt hatte. Ein grundlegendes Mißverständnis ...« Plötzlich wollte sie ihm alles erzählen. Sie sah tief in seine braunen Augen. »Er hat mich geheiratet, um seine Aufenthaltsgenehmigung zu bekommen. Er war Engländer. Augenscheinlich war das sein einziger Grund.« Sie versuchte zu lächeln, aber in ihren Augen zeigte sich ihre Bitterkeit. »Das war etwas, was er mir gegenüber nicht erwähnte. Oh, ich wußte, daß er diese Genehmigung brauchte. Aber ich wußte nicht, daß wir deshalb geheiratet haben, jedenfalls dachte ich nicht, daß das der einzige Grund war. Ich dachte, daß ... nun ja, es stellte sich heraus, daß man nur sechs Monate lang zusammen zu leben braucht, und –« sie hob hilflos die Hände – »nächste Woche sind die sechs Monate um. Ende der Ehe. Und, wie es so kommt, auch Ende des Kindes. Es passierte alles zur selben Zeit.«

Er wollte ihr sagen, daß es so vielleicht das Beste war, aber er war sich nicht sicher, ob er das tun sollte. Er war manchmal zu schonungslos offen, und er wollte ihr das nicht antun. Sie sah so klein und zerbrechlich aus, wie sie da in dem weißen Krankenhausbett saß, in die Kissen gestützt. »Haben Sie hier Familie?«

»Nein.«

»Freunde?«

Wieder schüttelte sie den Kopf. »Niemanden. Bloß mich.«

»Und Sie haben vor, hier zu bleiben?«

»Ja, ich denke schon.«

»Ganz allein?«

»Nicht für immer, hoffe ich.« Amüsiert sah sie ihn an, und plötzlich funkelten ihre Augen. »Ich dachte bloß, es wäre vielleicht ein hübscher Ort, um noch einmal von vorne anzufangen.« Er nickte, erstaunt über ihren Mut. Sie hatte einen weiten Weg hinter sich.

»Ihre Familie ist noch im Osten, Miss – äh – Bettina?«

Wieder schüttelte sie den Kopf. »Nein. Meine Eltern sind tot, und . . . da gibt es niemanden mehr.« Ivo zählte nicht mehr. Für sie war er auch tot.

»Sagen Sie mir die Wahrheit. Ich meine es ernst, ganz unter uns, war das der Grund, warum sie es getan haben? Gestern nacht?« Sie sah ihn an und einen kurzen Augenblick lang wußte sie, daß sie ihm vertrauen konnte, aber sie zuckte nur die Achseln.

»Ich weiß nicht. Ich habe angefangen, nachzudenken . . . über mich – meinen Mann . . . ein paar andere Fehler, die ich gemacht habe . . . das Kind . . . ich wurde nervös . . . ich hab' ein paar Tabletten geschluckt, einen Spaziergang gemacht . . . plötzlich war es so, als würde in mir alles zugehen. Aber ich habe mich die ganze Zeit, seit ich das Baby verloren habe, komisch gefühlt, als könnte ich nicht mehr in Gang kommen. Es ist, als wäre mir alles egal . . . und . . . ich –« plötzlich sah sie ihn an und weinte. »Wenn ich nicht – wenn ich nicht mit dieser

Tournee angefangen hätte, hätte ich es nicht verloren, ich würde nicht ... ich hatte ein so schlechtes Gewissen, fühlte mich so schuldig ... ich ...« Sie erzählte ihm jetzt Dinge, von denen sie nicht einmal gewußt hatte, daß sie sie spürte. Unbewußt hatte sie auch die Arme nach ihm ausgestreckt, und er tröstete sie, hielt sie sanft in seinen weiß-umhüllten Armen.

»Jetzt ist es ja gut, Bettina ... ist ja gut. Es ist völlig normal, daß Sie sich so fühlen. Aber ich bin sicher, daß man Ihnen auch gesagt hat, daß Sie das Kind verloren hätten, ganz gleich, was sie getan hätten. Manche Kinder sollen einfach nicht geboren werden.«

»Aber wenn es bei diesem nicht so war? Dann habe ich es getötet.« Unglücklich blickte sie ihn an, doch er schüttelte den Kopf.

»Wenn ein Embryo gesund ist, dann kann man fast alles tun, Skifahren, die Treppe hinunterfallen, und man wird es nicht verlieren. Glauben Sie mir, wenn Sie es verloren haben, dann war es nicht ganz gesund.«

Sie sank langsam in die Kissen zurück und musterte ihn aus besorgten Augen. »Danke.« Und plötzlich trat neue Angst in ihren Blick. »Werden Sie mich jetzt mit einer Menge Verrückter einsperren, weil ich Ihnen von gestern nacht erzählt habe?« Aber er lächelte nur und schüttelte den Kopf.

»Nein, das werde ich nicht. Aber ich würde Sie gern von einem unserer Gynäkologen untersuchen lassen, bloß um sicher zu sein, daß alles in Ordnung ist, und dann möchte ich Sie bitten, noch ein paar Tage hier zu bleiben. Nur, damit Sie sich erholen können, wieder auf die Füße kommen. Nehmen Sie ruhig ein paar von diesen Schlaftabletten, wenn Sie sie brauchen, aber unter unserer Aufsicht, nicht unter Ihrer eigenen. Dennoch ist es ganz normal, was Sie jetzt durchmachen. Bloß hat eine Frau normalerweise einen Ehemann oder eine Familie, an die sie sich mit diesem Schmerz wenden kann. Es ist sehr hart, damit allein fertig zu werden.« Sie nickte zögernd. Er schien zu begreifen.

»Es würde mir gefallen, wenn wir noch weiter miteinander reden könnten.« Er sagte es ganz sanft, mit einem leichten Lächeln. »Hätten Sie etwas dagegen?«

Sie schüttelte langsam den Kopf. »Nein. Was sind Sie eigentlich für ein Arzt?« Vielleicht war er Irrenarzt? Vielleicht hatte man sie hereingelegt.

»Internist. Wenn Sie hier in der Stadt bleiben wollen, brauchen Sie einen. Und vielleicht können Sie jetzt, während Sie sich hier niederlassen, einen Freund gebrauchen.« Er lächelte sie an und hielt ihr die Hand entgegen. »Ich bin John Fields, Bettina.« Sie schüttelte fest seine Hand, und dann sah er sie wieder an. »Wie kommt es übrigens, daß Sie so viele Namen haben?«

Sie grinste. Wenn er ihr Arzt und ihr Freund sein wollte, dann konnte er genausogut die Wahrheit erfahren. »Pearce heiße ich nach meinem letzten Mann. Daniels ist mein Mädchenname, den ich jetzt wohl wieder annehmen werde, und Stewart war« – sie zögerte nur einen Sekundenbruchteil – »der Name meines ersten Mannes. Ich war schon einmal verheiratet.«

»Und wie alt, sagten Sie, sind Sie?« Er lächelte immer noch, als er zur Tür ging.

»Sechsundzwanzig.«

»Nicht schlecht, Bettina, nicht schlecht.« Er grüßte und schickte sich an zu gehen, doch dann blieb er einen Moment stehen und sah sie an. »Ich glaube, daß Sie sich schnell erholen werden.« Er winkte, und als er ging, lächelte er sie auf eine Art an, die ihr sagte, daß alles schon wieder gut werden würde.

25

»Und wie geht es Ihnen heute, Bettina?« John Fields spazierte lächelnd in ihr Krankenzimmer.

»Fein.« Sie erwiderte sein Lächeln. »Besser. Viel besser.« Sie hatte in der vergangenen Nacht wie ein Baby geschlafen, ohne Alpträume, ohne Schatten alter Gesichter und ohne Schlaftabletten. Sie hatte ihren Kopf auf das Kissen gelegt und war eingeschlafen. Das Leben hier in der Klinik war herrlich einfach.

Da waren liebe Menschen in weißen Kitteln, die nur dazu da waren, sich um sie zu kümmern, die schlechten Träume und bösen Leute fernzuhalten, so daß sie entspannen konnte. Seit einem Jahr hatte sie sich nicht mehr so ruhig, so friedvoll gefühlt. Als sie das dachte, schaute sie ein bißchen dümmlich zu dem jungen, gutaussehenden Arzt empor. »Ich sollte das nicht sagen, aber ich wünschte, ich müßte nie mehr fort von hier.«

»Warum das?« Nur einen Sekundenbruchteil zeigte sich eine Spur von Sorge auf seinem Gesicht. Er hatte eine Menge auf sich genommen, indem er keinen Psychiater auf sie ansetzte. Aber er hatte einfach nicht das Gefühl, daß sie tiefsitzende Probleme hatte.

Jetzt sah sie ihn mit dem für sie typischen, kindlichen Lächeln an, mit diesen vernichtenden grünen Augen, die zu tanzen schienen. Sie sah ganz bestimmt nicht wie eine Verrückte aus, aber trotzdem wollte er sie im Auge behalten, wenn sie die Klinik verlassen hatte.

Sie lehnte sich in ihre Kissen, lächelte und seufzte leise. »Warum ich nicht von hier fort möchte? Weil –« ihr Blick wanderte zu ihm – »nun, weil es so einfach ist. Ich muß keine Wohnung suchen, keine Arbeit, muß mir keine Gedanken um Geld machen, nicht einkaufen gehen, nicht für mich allein kochen. Ich muß auch keinen Anwalt suchen.« Wieder lächelnd blickte sie zu ihm auf. »Ich muß mich nicht einmal schminken und anziehen.« Aber sie hatte eine halbe Stunde lang gebadet, und ein weißes Satinband schmückte ihr kastanienbraunes Haar. Er sah sie an und erwiderte ihr Lächeln. Sie sah hübsch und jung aus, und so, als wäre das Leben schrecklich einfach. Sie wirkte mehr wie zwölf als wie sechsundzwanzig Jahre alt.

»Ich glaube, Sie haben mir all die Gründe genannt, warum manche Menschen jahrelang oder sogar ihr Leben lang in Heilanstalten bleiben, Bettina.« Und leiser fügte er hinzu: »Haben Sie das auch für sich selbst im Sinn? Ist es wirklich so schlimm, wenn man sich anziehen oder einkaufen gehen muß?«

Sie war plötzlich entsetzt über das, was er ihr soeben erzählt hatte, und schüttelte den Kopf. »Nein... nein, natürlich nicht.« Sie hatte das Gefühl, sie müßte es ihm erklären. Bloß, damit er nicht schließlich doch noch denken könnte, sie wäre verrückt. »Ich – ich habe –« sie suchte nach den richtigen Worten, während sie ihn beobachtete – »ich habe lange Zeit unter enormem Druck gestanden.« Herrje. Dann hatte sie vielleicht doch ein schweres Problem. Er rätselte darüber nach und fragte sich, ob er sie wirklich entlassen sollte.

»Welche Art von Druck?« Ruhig zog er sich einen Stuhl heran.

»Nun –« sie starrte lange Zeit auf ihre Hände – »ich habe jahrelang ziemlich große Haushalte geführt.« Mit einem kleinen Lächeln sah sie auf. »Zwei Ehemänner und ein Vater haben mich ungefähr fünfzehn Jahre lang auf Trab gehalten.«

»Fünfzehn? Und Ihre Mutter?« Sein Blick wich keinen Augenblick von ihrem Gesicht.

»Sie starb an Leukämie, als ich vier Jahre alt war.«

»Und Ihr Vater hat nie wieder geheiratet?«

»Natürlich nicht.« Und sanfter: »Das brauchte er nicht. Er hatte ja mich.«

Die Augen des Arztes weiteten sich entsetzt, und sie schüttelte hastig den Kopf und hob abwehrend eine Hand. »Nein, nein, nicht so. Menschen wie mein Vater heiraten aus allen möglichen Gründen, aus Bequemlichkeit, weil sie jemanden brauchen, mit dem sie reden können, der ihnen rät, jemand, der ihnen Gesellschaft leistet, wenn sie unterwegs sind, und all das hab' ich ihm gegeben.«

Er beobachtete sie, fasziniert von etwas, das in ihrem Gesicht zu sehen war. Sie schien plötzlich sehr erwachsen und wissend, viel älter als zuvor, und außerdem sah sie schöner aus als irgendeine Frau, die er kannte.

Sie nickte langsam. »Ich glaube, die meisten Menschen heiraten aus Bequemlichkeit, und um die Einsamkeit zu besiegen.«

»Haben Sie deshalb geheiratet?«

»Auch.« Sie lächelte und legte den Kopf in die Kissen zurück, schloß kurz die Augen. »Und auch, weil ich sehr verliebt war.«

»In wen?« Seine Stimme war so leise, daß sie selbst in dem kleinen Zimmer kaum zu hören war.

»In einen Mann namens Ivo Stewart.« Sie sprach weiter zur

Decke, und dann schließlich sah sie ihn wieder an. »Ich weiß nicht, ob es etwas zu sagen hat, aber er war der Verleger der *New York Mail*, jahrelang. Er ist vor etwas mehr als einem Jahr in den Ruhestand getreten.«

»Und Sie haben ihn geheiratet?« Der junge Arzt schien mehr überrascht als beeindruckt. »Wie haben Sie ihn kennengelernt?« Er konnte sie immer noch nicht einordnen, konnte sie nicht verstehen. Er wußte, daß sie mit einer Schauspieltruppe auf Tournee gewesen war. Und doch war etwas Weltlicheres an ihrer Haltung, und außerdem, wie kam ein kleines Mädchen vom Theater dazu, den Verleger der *New York Mail* zu heiraten? Oder log sie? War sie wirklich verrückt? Vielleicht hätte er sie weiter überprüfen sollen. Wer war dieses Mädchen?

Aber Bettina lächelte ihn jetzt an. »Vielleicht sollte ich von vorne anfangen. Haben Sie je von Justin Daniels gehört?« Es war eine dumme Frage. Selbst sie wußte das.

»Dem Autor?« Sie nickte.

»Er war mein Vater.«

Dann gab sie ihm die ungekürzte Version ihres Lebens, ließ auch nicht das kleinste Detail aus. Sie mußte wirklich mal darüber sprechen.

Als sie endlich fertig war, mit allen Einzelheiten, den Hoffnungen und Träumen, sagte er: »Und was jetzt, Bettina?«

Sie sah ihn offen an. »Wer weiß? Ich denke, ich fange noch einmal ganz von vorne an.« Aber sie fühlte sich immer noch, als schleppe sie eine schwere Last mit sich herum aus all den Jahren, die hinter ihr lagen. Es war eine zu schwere Last, um damit ein neues Leben anzufangen, und nicht einmal die Tatsache, daß sie ihm alles erzählt hatte, hatte den Schmerz gemindert.

»Warum haben Sie sich ausgerechnet San Francisco ausgesucht?«

»Ich weiß nicht. Es war der Einfall eines Augenblickes. Ich hatte es einfach als sehr hübsch in Erinnerung, und ich kenne hier keinen Menschen.«

»Hat Ihnen das nicht Angst gemacht?«

Sie lächelte ihm zu. »Ein bißchen schon. Aber zu dieser Zeit war das eine Erleichterung. Manchmal ist es schön, anonym zu sein, irgendwohin zu gehen, wo einen niemand kennt. Hier kann ich noch einmal anfangen. Ich kann einfach Bettina Daniels sein und herausfinden, wer das ist.«

Ernst sah er sie an. »Zumindest können Sie vergessen, wer sie war.«

Sie sah ihn an und begriff plötzlich, daß er sie nicht verstand. »Das ist eigentlich nicht der springende Punkt. Ich habe schon so viele Rollen gespielt. Sie hatten alle einen Grund. Auf ihre Art war jede dieser verschiedenen Rollen zu der Zeit die richtige. Außer vielleicht beim letzten Mal – das war ein Fehler. Aber mein Leben mit meinem Vater –.« Sie zögerte, suchte nach den richtigen Worten. »Das war eine außergewöhnliche Erfahrung. Die würde ich für nichts auf der Welt hergeben.«

Aber John schüttelte den Kopf. »Sie hatten niemals auch nur einen normalen Augenblick in ihrem Leben. Keine Eltern, die Sie geliebt haben, kein einfaches Heim, keine Kinder, die Sie nach der Schule mit heimgebracht haben, keine Ehe mit einem Jungen, den Sie im College kennengelernt haben, nur eine Menge Alpträume und seltsame, exzentrische Menschen, die Welt des Theaters und alte Männer.«

»So, wie Sie das sagen, klingt das so schmutzig.« Es machte sie traurig, ihm zuzuhören. Würde es sich in Zukunft für alle Leute so anhören? Häßlich und versponnen? War sie so? Sie fühlte Tränen in sich aufsteigen und mußte kämpfen, um sie zurückzuhalten.

Plötzlich war er entsetzt über sich selbst. Was hatte er getan? Sie war seine Patientin, und er plagte sie so. Mit einem Ausdruck von Schuldbewußtsein und Entsetzen in den Augen sah er Bettina an und streckte die Hand aus, um die ihre zu streicheln. »Es tut mir leid, es war nicht nett von mir, das zu sagen. Ich weiß nicht, wie ich es Ihnen erklären soll. Es erschreckt mich, wenn ich all das höre. Es macht mich traurig, daß Sie das alles durchmachen mußten. Und ich mache mir Sorgen, was jetzt mit Ihnen geschehen wird.«

Sie warf ihm einen seltsamen Blick zu. Der Schmerz stand noch deutlich in ihren Augen. »Danke. Aber es macht nichts. Sie können ruhig sagen, was Sie denken. Wie Sie am Anfang so richtig gesagt haben: Wenn ich mich hier niederlasse, dann werde ich mehr brauchen, als nur einen Arzt. Ich werde einen Freund brauchen.« Es wurde Zeit, daß sie von hier fortkam und herausfand, wie der Rest der Menschen lebte, die »normalen Leute«, wie John sie genannt haben würde.

»Ich hoffe es. Es tut mir wirklich leid. Es ist bloß – Sie hatten ein sehr, sehr hartes Leben. Und jetzt haben Sie wirklich etwas viel besseres verdient.«

»Übrigens, woher kommen Sie eigentlich?«

»Aus San Francisco. Ich habe mein Leben lang hier gewohnt. Bin hier aufgewachsen und aufs College in Stanford gegangen. Auch das Medizinstudium habe ich hier gemacht. Es war alles andere als aufregend – friedlich und normal. Und wenn Sie mich fragen, worauf Sie meiner Ansicht nach ein Anrecht haben, wenn ich sage, daß Sie dringend etwas Besseres verdient haben, als Sie bisher hatten, dann meine ich damit einen netten, anständigen Mann, der nicht vier- oder fünfmal so alt ist wie Sie, ein paar Kinder und ein hübsches Häuschen.«

Einen Moment lang sah sie ihn feindselig an. Warum wollte er nicht begreifen, daß ein Teil dieses Lebens sehr schön gewesen war, und ganz gleich, was es gewesen war, es gehörte zu ihr, war ein Teil von ihr.

Er las etwas in ihren Augen. »Sie haben doch nicht vor, wieder eine Arbeit beim Theater zu suchen, oder?«

Langsam schüttelte sie den Kopf und erwiderte fest seinen Blick. »Nein. Ich wollte mit meinem Stück anfangen.«

Aber er schüttelte den Kopf. »Bettina, warum suchen Sie sich nicht eine feste Arbeit? Etwas Einfaches, Normales. Vielleicht Sekretariatsarbeit oder eine hübsche Stelle in einem Museum oder vielleicht auch etwas bei einem Makler, so daß Sie nette, glückliche, anständige Leute sehen. Und ehe Sie es sich versehen, läuft Ihr Leben wieder in der richtigen Bahn.«

Sie hatte noch niemals daran gedacht, Sekretärin oder Immobilienmaklerin zu werden. Das war wirklich nicht ihre Art. Die Welt der Literatur und des Theaters war alles, was sie kannte. Aber vielleicht hatte er recht. Vielleicht war es alles zu verrückt. Vielleicht mußte sie das alles hinter sich lassen. Und dann fiel ihr etwas anderes ein.

»Ehe ich das tue, können Sie mir einen guten Anwalt empfehlen?«

»Klar.« Er lächelte ihr zu und zog einen Stift aus seiner Tasche. »Einer meiner besten Freunde. Seth Waterston. Er wird Ihnen sehr gefallen. Und seine Frau ist Krankenschwester. Wir haben alle zusammen die Schule in Stanford besucht.«

»Wie schön.« Sie sagte es spöttisch, aber er lachte nicht. Zögernd legte er dann den Kopf auf eine Seite. Er dachte lange schweigend nach. »Ehrlich gesagt, Bettina –« wieder schien er zu zögern, während Bettina ihn beobachtete. »Ich möchte Ihnen etwas vorschlagen, was Sie vielleicht nicht gerade zu Begeisterungsstürmen hinreißt und vielleicht auch nicht ganz anständig ist, aber es könnte Ihnen guttun.«

»Klingt faszinierend. Und was ist das?«

»Ich möchte Sie zum Essen zu Seth und Mary Waterston mitnehmen. Was meinen Sie?«

»Entzückend. Und was ist daran nicht anständig? Sie haben doch gesagt, Sie wären auch mein Freund.«

Jetzt lächelte er, und sie erwiderte sein Lächeln. »Also ist es abgemacht?« Sie nickte. »Dann rufe ich sie an und sage Ihnen, noch ehe Sie das Krankenhaus verlassen, Bescheid, wann sie es einrichten können.«

»Wann wollen Sie mich eigentlich entlassen?«

»Wie wär's mit heute?« Sie dachte kurz an das Hotel, in das sie zurückkehren mußte. Es war nicht gerade ein fröhlicher Gedanke. Es war der Ort, an dem sie mit Anthony gewesen war, und plötzlich wollte sie nicht dorthin zurück. »Stimmt etwas nicht?«

Aber sie schüttelte heftig den Kopf. »Nein. Alles in Ordnung.« Sie mußte selbst damit fertig werden. Und er hatte recht. Was ihr fehlte, war ein normales Leben, eine einfache Arbeit. Ihr Stück konnte warten. Alles, was sie jetzt brauchte, war eine Wohnung, eine Arbeit und die Scheidung. Sie würde mit den beiden ersten Punkten fertig werden, und hoffentlich würde Johns Freund ihr bei dem letzten helfen. Sie verstand jetzt, daß sie sich von mehr trennen mußte als nur von einem Menschen. John hatte ihr dabei geholfen, das zu erkennen. Sie mußte von ihrem ganzen bisherigen Leben Abschied nehmen.

26

Fünf Tage später hatte Bettina ihre eigene Wohnung, ein winziges, aber malerisches Studio mit Blick über die Bucht. Es war vorher der Hauptsalon in einem reizenden, viktorianischen Haus gewesen, das drei Männern gehörte. Sie hatten die beiden oberen Stockwerke für sich selbst hergerichtet und den unteren Stock in zwei Studio-Wohnungen aufgeteilt, die sie vermieteten. Bettina bekam die größere der beiden Wohnungen, und sie war wirklich schön. Es gab einen Kamin, zwei große Flügeltüren, einen winzigen Balkon, eine Kochnische, Badezimmer, und vor allem eine atemberaubend schöne Aussicht. Sie war entzückt, als sie die Wohnung sah, und das Wunder dabei war, daß sie sie sich sogar leisten konnte. Die Miete war so niedrig, daß sie sogar mit dem Geld ausgekommen wäre, das Ivo ihr monatlich zukommen ließ und das sie, was auch passieren würde, in den nächsten Jahren bekommen würde.

Zwei Tage, nachdem sie die Wohnung gefunden hatte, erschien John Fields, um sie zum Essen zu seinem Freund, dem Anwalt, und dessen Frau abzuholen.

»Bettina, Sie werden sie gleich ins Herz schießen.«

»Davon bin ich überzeugt. Aber Sie haben mir noch gar nicht gesagt, wie Ihnen meine Wohnung gefällt?« Sie sah ihn fragend an, als sie ihre Wohnung verließen. Er hatte sich nur zu der Aussicht geäußert. Doch als er jetzt die Wagentür öffnete, sah er sie offen an. Er fuhr einen amerikanischen Kleinwagen in gedämpftem Blau. Nichts an seiner Kleidung, seinem Wagen oder seiner Person war prunkvoll oder auffällig. Alles war hübsch, aber zurückhaltend, wie das Tweedjackett, das er jetzt trug, sein Hemd, die graue Hose und die auf Hochglanz polierten Schuhe. Irgendwie war das alles seltsam beruhigend. Alles an ihm ließ sich vorhersagen, sein Geschmack, sein Stil. Er sah so aus, wie jeder anständige Amerikaner aussehen sollte. Er war der perfekte Sohn, wie ihn sich jede Mutter wünschte. Gutaussehend, intelligent, mit guten Manieren und einem Abschluß in Stanford. Ein Arzt. Bettina lächelte ihm zu. Er sah wirklich sehr gut aus. Plötzlich fühlte sie sich in seiner

Gegenwart gehemmt. Als wäre alles, was sie trug, zu teuer, zu auffällig. Vielleicht hatte er recht. Sie mußte noch eine Menge lernen. »Nun, was ist mit meiner Wohnung, Herr Doktor? Ist sie nicht toll?«

Er nickte langsam, lächelnd. »Schon, und mir gefällt sie. Aber es sieht doch alles sehr teuer aus. Ich habe bloß darauf gewartet, daß Sie mir erzählen würden, Sie hätten das ganze Haus gemietet.«

Er lächelte, um seine Worte etwas zu entschärfen, während er ihr in den Wagen half. Die Tür fiel zu, und sie fragte sich, ob sie das falsche Kleid anhatte. Sie trug ein weißes Wollkleid, das sie und Ivo in Paris gekauft hatten. Es war nicht aufgeputzt, aber man sah doch sofort, daß es teuer gewesen war. Es war ein schlichtes Kleid mit langen Ärmeln und einem kleinen Kragen und sie hatte es immer mit einer einfachen Perlenkette und schwarzen Ziegenlederschuhen von Dior getragen. Aber als sie jetzt das Haus der Waterstons in Marin County erreichten, wußte sie, daß sie wieder einen Fauxpas begangen hatte.

Mary Waterston kam an die Tür. Sie lächelte breit und hatte das Haar mit einem Lederband am Hinterkopf zusammengebunden. Sie trug ein Oberhemd, einen grünen Pullover mit V-Ausschnitt und Jeans, und war barfuß. Seth erschien in fast demselben Aufzug. Sogar John sah zu fein gemacht aus, aber er kam von der Arbeit. Bettina hatte keine Entschuldigung. Mit etwas verlegenem Lächeln schüttelte sie ihnen die Hand, aber sie sorgten schnell dafür, daß sie sich wohl fühlte. Seth war ein großer, gutaussehender Mann mit sandfarbenem Haar, einem immer überrascht wirkenden Gesicht und schier endlosen langen Beinen. Mary war klein, dunkelhaarig und trotz der Hornbrille hübsch, und sie war fast so dünn wie Bettina, abgesehen von einem ziemlich auffälligen Bauch. Ein Weilchen später sah sie, wie Bettina auf ihre gewölbte Mitte starrte, und grinste.

»Ist schrecklich, nicht wahr? Ich hasse diesen Zustand.« Sie tätschelte liebevoll ihren Bauch und erklärte dann: »Nummer Zwei ist unterwegs. Das erste schläft oben.«

»Ja?« John war gerade zu ihnen getreten. Die beiden Männer waren noch einen Augenblick draußen geblieben und kamen erst jetzt herein. »Ich hatte gehofft, ich würde sie sehen.«

Bei diesen Worten sah er freundlich und liebevoll aus, und einen Augenblick zerrte etwas an Bettinas Herz. Warum hatte sie niemals einen Mann gehabt, der Kindern gegenüber diese Einstellung hatte? Mit Ivo war es ein abgeschlossenes Kapitel gewesen. Und Anthony hatte das Baby von Anfang an gehaßt. Sie spürte einen schrecklichen Schmerz, als sie Mary ansah. Nur ein paar Wochen vorher war sie genauso schwanger gewesen.

»Wann erwarten Sie das Baby?« fragte sie schüchtern.

»Nicht vor August.«

»Arbeiten Sie noch?« Aber Mary lachte bloß.

»Nein, das gehört der Vergangenheit an, leider. Ich war Krankenschwester, bis ich das erste Mal schwanger wurde. Jetzt scheine ich selbst regelmäßiger Patient dort zu werden.« Sie grinsten alle drei. Irgendwie kam sich Bettina ausgeschlossen vor. John hatte recht gehabt. Alles schien so normal, und sie sehnte sich plötzlich danach, einer von ihnen zu sein.

»Wie alt ist Ihr erstes?«

»Neunzehn Monate.« Bettina nickte und die andere Frau lächelte. »Haben Sie Kinder?« Bettina konnte bloß mit dem Kopf schütteln.

Sie tranken alle Rotwein und aßen Steaks, die Seth für sie grillte. Nach dem Essen bot John an, Mary in der Küche zu helfen. Er hatte das schon früher mit Seth abgesprochen, der Bettina ansah, sobald sie allein waren, und ihr herzlich zulächelte.

»Ich höre, Sie wünschen eine Auflösung?« Sie schaute ihn verwirrt an, und er lachte.

»Entschuldigung, ich habe nicht verstanden...«

»Das ist unser Anwaltsjargon hier in Kalifornien. Ich muß Sie um Verzeihung bitten. John erzählte mir, daß Sie einen Anwalt suchen, um Ihre Scheidung durchzusetzen.« Sie nickte und seufzte dann. »Kann ich Ihnen helfen?«

»Das wäre sehr nett.«

»Warum kommen Sie nicht morgen in mein Büro? Sagen wir, gegen zwei?« Sie nickte dankbar. Ein paar Minuten später kam John zurück, aber irgendwie fühlte sie sich erniedrigt, durch ihre Unterhaltung mit Seth, durch Marys sich sanft wöl-

169

benden Bauch, durch alles einfach. Vor ihr lag ein so langer Weg, um so zu werden, wie sie waren. Und wenn sie die Wahrheit erfahren würden, würden sie sie niemals akzeptieren. Man brauchte sie ja nur anzusehen. Mary war fünfunddreißig, die beiden Männer sechsunddreißig, und alle hatten respektable Karrieren in der Medizin oder Rechtswissenschaft hinter sich. Seth und Mary hatten ein Haus am Rande der Stadt, ein Kind, ein zweites war unterwegs. Wie konnte sie von ihnen erwarten, daß sie sie akzeptierten? Als John sie später in ihre Wohnung zurückfuhr, erzählte sie ihm traurig, was sie empfunden hatte.

»Sie müssen es ihnen ja nicht erzählen. Niemand braucht das je zu erfahren. Das ist ja das Schöne daran, wenn man hier ganz neu anfängt.«

»Aber wenn es jemand herausfindet, John? Ich meine, mein Vater war sehr bekannt. Möglicherweise treffe ich eines Tages auf jemanden, der mich von früher noch kennt.«

»Nicht unbedingt. Und außerdem ist das so lange her, daß niemand Sie erkennen würde. Und von Ihren Ehen braucht doch niemand zu wissen, Bettina. Das liegt jetzt alles hinter Ihnen. Sie müssen ganz von vorne anfangen. Sie sind noch sehr jung. Niemand würde auch nur auf die Idee kommen, daß Sie schon einmal verheiratet gewesen sein könnten.«

Gequält sah sie ihn an. »Wäre das denn so schlimm?« Er antwortete lange nicht.

»Bettina, das braucht einfach niemand zu wissen.« Aber er hatte nicht gesagt, daß es nicht schrecklich wäre. Er hatte ihr nicht gesagt, was sie so dringend hätte hören wollen. »Haben Sie eine Verabredung mit Seth getroffen?«

»Ja.« Sie nickte.

»Gut. Dann kann das ja erledigt werden. Und danach können Sie sich eine Arbeit suchen.« Aber es war komisch. Sie wollte eigentlich nicht. Sie wußte bloß, daß sie es tun mußte. Sie mußte diese Arbeit bekommen, um ihrer Respektabilität wegen, weil John so dachte. Und plötzlich wurde ihr bewußt, wie wichtig es für sie war, was dieser Mann dachte.

27

Ein paar Wochen später fand sie Arbeit in einer Kunstgalerie in der Union Street, und obwohl es weder aufregend noch ausgesprochen gut bezahlt war, nahm die Arbeit doch den größten Teil ihrer Zeit in Anspruch. Sie arbeitete von zehn Uhr vormittags bis sechs Uhr nachmittags. Sie saß den ganzen Tag an ihrem Tisch und lächelte Fremde harmlos an, und das schien sie völlig erschöpft zurückzulassen, obwohl sie abends nicht einmal mehr wußte, was sie getan hatte.

Doch endlich gehörte sie zur arbeitenden Bevölkerung, arbeitete Tag für Tag und langweilte sich dabei, suchte begierig nach einem Grund, die Arbeit aufzugeben.

Zwei-, dreimal die Woche führte John sie aus. Sie gingen Essen oder ins Kino und verbrachten dann auch am Wochenende ein wenig Zeit miteinander. Er spielte gerne Tennis oder ging zum Segeln, und die Zeit, die sie miteinander verbrachten, tat beiden sehr gut. Bettina sah besser aus denn je. Ihre Haut hatte einen warmen, honigbraunen Ton, der den roten Schimmer in ihrem Haar noch betonte, und ihre Augen ähnelten immer mehr zwei wunderschönen Smaragden. Die vier Monate in San Francisco waren in mancher Hinsicht gut für sie gewesen.

Heute abend hatte er in seiner Wohnung gekocht, und jetzt saßen sie beim Kaffee.

»Hast du Lust, heute abend zu den Waterstons zu fahren? Seth sagt, Marys Geburtstermin rückt näher und der Arzt will sie nicht mehr in die Stadt fahren lassen. Beim letzten Mal ist sie in weniger als zwei Stunden niedergekommen, und er hat Angst, daß sie es diesmal überhaupt nicht bis ins Krankenhaus schafft.«

»Ach herrje!« Mit einem Lächeln sah sie ihn nachdenklich an. »Diese ganze Sache mit dem Baby jagt mir Todesängste ein.«

»Aber du warst doch auch schwanger.« Überrascht über ihre Reaktion sah er sie an. Ein Kind zu bekommen, war doch etwas ganz Normales. Warum sollte eine gesunde Frau davor Angst haben?

»Ich weiß, und ich war auch schrecklich aufgeregt und hab' mich auf das Kind gefreut. Aber immer, wenn ich an den Rest denke, ängstigt mich das ganz schrecklich.«

»Aber warum denn? Sei doch nicht albern. Da ist nichts, wovor man Angst haben müßte. Mary hat keine Angst.«

»Sie ist Krankenschwester.«

Er sah sie jetzt sanfter an. »Wenn du je ein Kind bekommen solltest, Bettina, dann wäre ich bei dir.« Sie war sich im Moment nicht sicher, was er damit sagen wollte. Als Freund? Als Arzt? Obwohl sie jetzt seit drei Monaten miteinander schliefen, war sie sich nicht sicher, was er meinte. Ihr Verhältnis war so seltsam förmlich, so wenig zärtlich, daß sie nie genau wußte, ob sie wirklich Liebende waren oder bloß Freunde.

»Danke.«

»Du scheinst dich über diese Aussicht nicht sehr zu freuen.« Er lächelte sie an, und sie mußte lachen.

»Es kommt mir alles so weit weg vor.«

»Was, Kinder zu bekommen? Warum?« Jetzt lächelte er zärtlicher. »Du könntest nächstes Jahr eins haben.« Doch jetzt war sie sich nicht sicher, ob sie das wirklich noch wollte. Sie wollte ihr Stück schreiben.

»Das heißt nicht, daß ich will.« Es schien eine sichere Antwort, und er lachte.

»Nun, auf jeden Fall könntest du es. Warte mal ... wann ist deine Scheidung durch?« Ihr Herz raste plötzlich. Was fragte er sie da? Was wollte er?

»In zwei Monaten. Im September.« Ihre Stimme klang seltsam weich.

»Dann könnten wir heiraten und wie durch Zauberei hättest du im nächsten Jahr im Juni ein Kind. Na, wie hört sich das für dich an?« Er musterte sie jetzt genau, und sie fühlte, wie seine Hand nach ihr griff.

»John ... ist das dein Ernst?«

Ganz leise und sanft kam die Antwort: »Ja. Mein Ernst.«

»Aber so – so schnell? ... Wir müssen doch nicht sofort heiraten, sobald ich geschieden bin ... das ...«

Er sah sie verwirrt und auch ein wenig empört an. »Warum nicht? Warum sollten wir mit der Hochzeit warten?«

Sie hatte Angst, daß er es mißbilligen könnte, antwortete aber trotzdem: »Ich weiß nicht.« Menschen wie John Fields lebten nicht einfach mit jemandem, sie heirateten. Sie hatten Kinder. Das wußte Bettina jetzt ganz sicher. Er würde keinen Unsinn machen. Und wenn sie sich seinen Wünschen nicht fügte, dann bedeutete das für sie ein neuerliches Versagen. Es bedeutete, nicht »normal« zu sein. Und sie wollte nicht mehr anders sein.

»Willst du nicht, Betty?« Sie haßte diesen Kosenamen, aber sie hatte es ihm nie gesagt, denn es gab andere Dinge an ihm, die sie liebte, seine Ehrlichkeit, seine Zuverlässigkeit, sie konnte sich immer auf ihn verlassen, er war treu, zuverlässig, vertrauenswürdig und sah gut aus, und er gab ihr das Gefühl, eine ganz gewöhnliche Frau zu sein, wenn sie zusammen Tennis spielten, essen gingen oder sonntags mit einigen seiner Freunde zum Segeln fuhren. Es war ein Leben, wie sie es nie zuvor gekannt hatte. Niemals. Bis sie Dr. John Fields kennenlernte. Aber ihn heiraten? Wieder heiraten? Jetzt. »Ich weiß wirklich nicht. Das ist zu früh.« Es war bloß ein Hauchen.

Traurig sah er sie an. »Verstehe.« Und plötzlich schien er sich von ihr zurückzuziehen.

28

Am nächsten Morgen, auf ihrem Weg in die Galerie, dachte Bettina noch einmal über Johns Antrag nach. Was wünschte sie sich eigentlich mehr? Warum war sie nicht begeistert von der Idee, ihn zu heiraten? Sie gab sich selbst langsam die Antwort: Sie wollte zu sich selbst finden, wollte Bettina finden, den Menschen, den sie irgendwo verloren hatte, während sie so eifrig damit beschäftigt gewesen war, ihren Namen zu ändern. Sie wußte, daß sie sie finden mußte, ehe sie sich auf Kinder oder eine weitere Ehe konzentrieren konnte.

Sie hielt an einem Stoppschild und dachte wieder an seine Worte, an den Ausdruck auf seinem Gesicht, als sie ihm gesagt hatte, daß es zu früh wäre. Aber es *war* zu früh. Für sie. Und was war mit ihrem Stück? Wenn sie ihn jetzt heiraten würde, würde sie es nie schreiben. Sie würde sich von seinem Leben einfangen lassen und wäre nur noch Mrs. John Fields. Das wollte sie nicht ... sie wollte – Eine Hupe ertönte wütend, sie erinnerte sich, wo sie war und fuhr weiter. Aber sie konnte sich nicht auf den Verkehr konzentrieren, konnte den Blick kaum auf die Straße gelenkt halten. Immer wieder dachte sie an den Ausdruck auf seinem Gesicht, als sie gesagt hatte – Plötzlich ertönte ein dumpfes Krachen vorne an ihrem Auto und sie hörte eine Frau schreien. Erschrocken trat sie heftig auf die Bremse, wurde in ihrem Sitz vorgeschleudert und sah sich um. Menschen standen herum, starrten ... starrten sie an ... starrten auf ... worauf? ... oh, mein Gott! Zwei Männer bückten sich, sprachen mit jemandem direkt vor ihrem Auto. Aber sie konnte nichts sehen. Was war das? Oh, Gott, es konnte doch nicht ... sie hatte doch nicht ... doch schon als sie ihren Sitz verließ, wußte sie es.

Mit zitternden Knien stieg sie aus, lief um das Auto, und da sah sie ihn, vor ihrem Auto, einen Mann Anfang Vierzig, der ausgestreckt auf der Straße lag.

Sie spürte, wie Panik in ihr aufkam. Sie kniete sich neben den Mann und versuchte, nicht zu weinen. Er war gutgekleidet, trug einen dunklen Anzug, und der Inhalt seines Aktenkoffers hatte sich auf die Straße ergossen. »Es tut mir leid ... es tut mir so leid ... gibt es irgend etwas, das ich tun kann?«

Die Polizisten, die ein paar Minuten später erschienen, waren ruhig und höflich. Fünf Minuten später kam der Krankenwagen. Der Mann wurde fortgebracht. Bettinas Name und ihre Führerscheinnummer wurden notiert, die Beamten sprachen mit den Augenzeugen, deren Namen von einem Polizisten aufgeschrieben wurden, der kaum den Kinderschuhen entwachsen zu sein schien.

»Haben Sie heute morgen irgendwelche Medikamente genommen, Miss?« Der junge Polizeibeamte sah sie aus weisen Augen an, aber sie schüttelte den Kopf und putzte sich die Nase mit einem Taschentuch, das sie aus ihrer Handtasche gezogen hatte.

»Nein. Nichts.«

»Einer der Zeugen hat erklärt, er hätte sie ein paar Minuten vorher schon halten sehen, und sie hätten – nun, er sagte ›benommen‹ ausgesehen.« Er schaute sie entschuldigend an.

»Ich war nicht . . . ich habe . . . ich habe bloß nachgedacht.«

»Waren Sie traurig? Aufgeregt?«

»Ja . . . nein . . . ach, ich weiß nicht, ich kann mich nicht erinnern.« Es war schwer zu sagen, ob sie jemals vernünftig gewesen war. Sie war so entsetzt über das, was sie gerade angestellt hatte. »Ist er schwer verletzt?«

»Darüber wissen wir mehr, wenn er im Krankenhaus war. Sie können sich später einen Bericht geben lassen.«

»Und was wird mit mir?«

»Sind Sie verletzt?« Er sah sie überrascht an.

»Nein, ich meine –« Sie starrte ihn ausdruckslos an. »Werden Sie mich verhaften?«

Er lächelte sanft. »Nein. Es war ein Unfall. Sie werden eine Vorladung bekommen, und der Fall wird vor Gericht geklärt.«

»Vor Gericht?« Sie war entsetzt, und er nickte.

»Abgesehen von der Vorladung wird Ihre Versicherung das meiste für Sie erledigen.« Ernster fügte er dann hinzu: »Sie sind doch versichert?«

»Natürlich?«

»Dann rufen Sie Ihren Versicherungsagenten noch heute an, auch Ihren Anwalt, und hoffen Sie das Beste.« Hoffen Sie das Beste . . . o Gott, wie schrecklich. Was hatte sie nur getan?

Als sie schließlich alle fort waren, glitt sie hinter das Steuer ihres Wagens. Ihre Hände zitterten noch immer heftig und ihre Gedanken wirbelten wirr durcheinander, als sie an den Mann dachte, den sie nur Augenblicke zuvor in den Krankenwagen gebracht hatten. Sie schien Stunden zu brauchen, um die Galerie zu erreichen, und als sie endlich ankam, machte sie sich nicht die Mühe, die Tür zu öffnen oder Licht zu machen. Sie hastete direkt zum Telefon, nachdem sie die Tür fest wieder hinter sich geschlossen und versperrt hatte. Sie rief ihren Versicherungsagenten an, der verdutzt zu sein schien. Er beruhigte sie, daß ihre Deckung über 20 000 Dollar ausreichend sein sollte, außer der Schaden wäre sehr ernst.

»Machen Sie sich jetzt bloß keine Sorgen. Wir werden ja sehen.«

»Wann werde ich es wissen?«

»Was wissen?«

»Ob er mich anzeigt?«

»Sobald er beschließt, es uns mitzuteilen, Miss Daniels. Keine Sorge, Sie werden es erfahren.«

Tränen liefen über Bettinas Gesicht, als sie Seth Waterston in seinem Büro anrief. Er nahm das Gespräch nur Sekunden später entgegen.

»Bettina?«

»Ach, Seth ...« Es war ein verzweifeltes, kindliches Aufheulen. »Ich habe Probleme.« Sie fing an, unkontrolliert zu schluchzen.

»Wo bist du?«

»In der ... Galerie ...« Sie konnte kaum sprechen.

»Nun beruhige dich erst mal und erzähl mir, was passiert ist. Hol ganz tief Luft ... Bettina? ... Bettina! ... so, nun erzähl es mir ...« Einen Augenblick hatte er schon Angst, daß sie im Gefängnis wäre. Er konnte sich nichts anderes vorstellen, was Hysterie in diesem Ausmaß bewirken könnte.

»Ich hatte einen ... Unfall ...«

»Bist du verletzt?«

»Ich habe einen Mann angefahren.«

»Einen Fußgänger?«

»Ja.«

»Wie schwer ist er verletzt?«

»Ich weiß nicht.«

»Wie heißt der Knabe? Und wohin haben sie ihn gebracht?«

»Ins Saint George-Hospital. Und er heißt –« Sie warf einen Blick auf das Stück Papier, das ihr der Polizist gegeben hatte – »Bernard Zule.«

»Zule? Buchstabier das mal.« Sie tat es, und Seth seufzte.

»Kennst du ihn?«

»Mehr oder weniger. Er ist Anwalt. Du hättest nicht vielleicht irgendeinen unwissenden Fußgänger anfahren können? Du mußtest einen Anwalt treffen?« Seth versuchte zu spaßen, aber Bettina hatte im Moment keinen Sinn dafür, und als eine neue Welle von Panik sie überkam, preßte sie das Telefon ganz fest an ihr Ohr.

»Seth, versprich mir, daß du John nichts davon erzählst.«

»Warum denn nicht, um Himmels willen? Du hast es doch nicht absichtlich getan?«

»Nein, aber er – er wird sich aufregen ... oder wütend werden ... oder ... bitte ...« Ihre Stimme klang so verzweifelt, daß Seth es ihr versprach und dann auflegte, um im Krankenhaus anzurufen. Vier Stunden später rief Seth sie in der Galerie an. Zule ging es gut. Er hatte sich nur ein Bein gebrochen. Es war ein glatter Bruch. Ein paar blaue Flecken. Keine sonstigen Verletzungen. Aber Bernard Zule war sehr verärgert. Er hatte schon seinen Anwalt angerufen und beabsichtigte, sie anzuzeigen. Seth hatte persönlich mit ihm gesprochen. Er hatte ihm erklärt, daß die Frau, die Zule angefahren hatte, eine persönliche Freundin von ihm wäre, daß sie sich schreckliche Sorgen machte und den Vorfall sehr, sehr bedauern würde und daß sie wissen wollte, ob es ihm gutginge.

»Gut? Diese dumme Ziege überfährt mich am hellen Tag und dann will sie wissen, ob es mir gutgeht? Ich werde ihr vor Gericht sagen, wie gut es mir geht.«

»Aber, Bernard ...« Seths Versuch, die Wogen zu glätten, verlief erfolglos, wie Bettina drei Tage später erkannte, als ihr die Papiere mit Zules Klage zugingen. Er verklagte sie auf zweihunderttausend Dollar wegen Körperverletzung, Arbeitsunfähigkeit, emotionalen Traumas und böser Absicht. Die böse Absicht war überhaupt nichts wert, beruhigte Seth sie, sie kannte Zule ja nicht einmal. Aber es war ein verdammt harter Fall. Er erklärte ihr auch, daß es ein paar Jahre dauern könnte, bis sie vor Gericht gehen würden, und bis dahin wäre sein Beinbruch bloß noch eine schwache Erinnerung. Aber das war für sie kein Trost. Bettina konnte an nichts anderes denken als an die Summe. Zweihunderttausend Dollar. Wenn sie jedes einzelne Schmuckstück verkaufte, das sie noch besaß, könnte sie das vielleicht bezahlen. Aber wie stand sie dann da? Das erinnerte sie an die Panik, die sie nach dem Tod ihres Vaters gefühlt hatte. Es kostete sie große Mühe, ihre Beherrschung zu behalten.

»Bettina? Bettina! Hast du mich gehört?«
»Hmm? Was?«
»Was hast du denn?« John starrte sie verärgert an. So ging das nun schon seit Wochen.
»Ich - entschuldige ... ich war mit meinen Gedanken woanders.«
»Das habe ich gemerkt. Du hast kein Wort von all dem gehört, was ich heute abend gesagt habe. Was ist los?« Er verstand sie nicht. So war sie nun schon seit dem Abend, an dem er ihr den Heiratsantrag gemacht hatte. Es erfreute ihn nicht gerade, das zugeben zu müssen. Und als er sie am Ende des Abends heimbrachte, sah er sie schließlich traurig an. »Bettina, möchtest du lieber, daß wir uns eine Weile nicht sehen?«
»Nein... ich -« Ohne es zu wollen, ließ sie sich dann in seine Arme ziehen und ein furchtbares Schluchzen erschütterte sie.
»Aber was ist denn bloß los, Betty? Ach,... Betty, erzähl mir doch, was es ist ... ich weiß doch, daß etwas nicht stimmt.«
»Ich ... ach, John, ich kann es dir nicht sagen ... es ist so schrecklich ... ich hatte einen Unfall.«
»Was für einen Unfall?« Seine Stimme klang streng.
»Mit meinem Wagen. Ich habe einen Mann angefahren.«
»Was hast du?« Schockiert sah er sie an. »Wann?«
»Vor drei Wochen.«
»Warum hast du es mir nicht erzählt?«
Sie ließ den Kopf hängen. »Ich weiß nicht.«
»Regelt das denn nicht deine Versicherung?«
»Ich bin nur für zwanzigtausend versichert. Und er verklagt mich auf -« Ihre Stimme wurde noch leiser - »zweihunderttausend.«
»O mein Gott.« Leise setzten sie sich beide. »Hast du mit Seth gesprochen?« Sie nickte schweigend. »Aber mit mir nicht. Ach, Betty.« Er zog sie noch fester an sich. »Betty, Betty ... wie konnte dir bloß so etwas passieren?«
»Ich weiß auch nicht.« Aber sie wußte es. Sie hatte an den Vorabend gedacht, als er ihr den Antrag gemacht hatte, und wie sehr sie sich dagegen sträubte, zu heiraten, aber das erzählte sie ihm nicht. »Es war meine Schuld.«

»Verstehe. Nun, sieht so aus, als müßten wir der Sache gemeinsam ins Auge sehen, was?« Sanft lächelte er auf sie herab. Sie brauchte ihn, und das gab ihm ein gutes Gefühl.

Aber sie sah entsetzt aus, als ihr Blick den seinen traf. »Was meinst du mit zusammen? Sei nicht albern! Damit muß ich selbst fertig werden.«

»Sei du nicht albern. Und mach dich nicht völlig verrückt wegen dieser Sache. Eine Klage wegen zweihunderttausend Dollar hat überhaupt noch nichts zu sagen. Wahrscheinlich wird er sich gern mit zehn zufriedengeben.«

»Das glaube ich nicht.« Aber sie mußte zugeben, daß Seth ihr am Vortag etwas ganz Ähnliches gesagt hatte. Nicht gerade zehn, aber vielleicht zwanzig.

Und es sollte sich herausstellen, daß sie recht hatten. Zwei Wochen später akzeptierte Bernard Zule die Summe von achtzehntausend Dollar, um seine Nerven und sein fast verheiltes Bein zu beruhigen. Die Summe von zweihunderttausend Dollar geisterte zwar nicht mehr durch ihre Gedanken, aber zurück blieb ein Gefühl von Niederlage, von Versagen, als hätte sie einen Riesenschritt nach hinten gemacht und wäre nicht fähig, selbst für sich zu sorgen. Wochenlang litt sie an Depressionen, und nur zwei Wochen, ehe ihre Scheidung rechtskräftig wurde, machte John ihr erneut einen Heiratsantrag.

Aber sie mochte sich nicht an diesen Gedanken gewöhnen. Er drängte weiter. »Ich liebe dich, und du bist geboren worden, um meine Frau zu werden.« Und Ivos, und Anthonys ... Sie konnte diese Gedanken nicht verdrängen. »Ich will dich, Bettina.« Aber sie wußte auch, daß er dachte, sie könnte nicht für sich selbst sorgen. Und in gewisser Weise hatte sie bewiesen, daß er recht hatte. Sie war unfähig. Vielleicht sogar auch gefährlich. Man mußte sich ja nur mal ansehen, was sie gerade getan hatte. Sie hätte fast einen Mann getötet ... dieser Gedanke ließ sie nicht mehr los. »Bettina?« Er sah auf sie herab. Ganz zart küßte er dann ihre Finger und ihre Lippen, dann ihre Augen. »Willst du mich heiraten, Betty?«

Er konnte hören, wie sie scharf Luft holte. Dann nickte sie, mit geschlossenen Augen. »Ja.« Vielleicht war es diesmal doch das richtige.

29

Mit kleinen Schritten näherte sich Bettina dem Altar am Arm von Seth Waterston. Sie hatte ihn gebeten, die Aufgabe des Brautführers zu übernehmen. Fast einhundert Menschen waren in der Kirche versammelt. Sie beobachteten sie glücklich, als Bettinas weißes Moirékleid leise über den Satinläufer rauschte. Seth lächelte auf sie herab, als sie neben ihm ging, das Gesicht von einem zarten Schleier verdeckt. Sie sah wunderschön aus, aber sie kam sich in dem weißen Hochzeitskleid komisch vor, als wäre sie verkleidet oder als wäre es eine Lüge. Sie hatte sich gegen Johns Vorschlag von einer weißen Hochzeit bis zum Schluß gewehrt, aber es hatte ihm so viel bedeutet. Er hatte nach seinem Medizinstudium so lange gewartet, bis er heiratete, daß sie jetzt wußte, sie mußte es für ihn tun. Und in den zwei kurzen Wochen, nachdem sie sich entschlossen hatte, hatte er versprochen, sich um alles zu kümmern – und das hatte er getan. Sie hatte nur in das Geschäft gehen müssen, um das Hochzeitskleid zu besorgen, alles andere hatte er übernommen. Er hatte die Zeremonie selbst in der kleinen Episkopalkirche in der Union Street organisiert und auch den anschließenden Empfang für einhundertundfünfundzwanzig Gäste im Yachtclub. Es war ein Hochzeitstag, über den jedes andere Mädchen grenzenlos glücklich gewesen wäre, aber irgendwie hätte sich Bettina wohler gefühlt, wenn sie einfach ins Rathaus gegangen wären. Die Scheidung war erst zwei Tage zuvor durchgekommen, und als sie an Seths Arm das Kirchenschiff entlangschritt, dachte sie ständig an Anthony und Ivo. Plötzlich hatte sie das verrückte Verlangen zu kichern und den Gästen zuzurufen: »Nur nicht zu nervös werden, Leute, das ist schon meine dritte!« Aber sie lächelte bescheiden, als sie den Altar erreichte und Johns Arm nahm. Er trug zu diesem Anlaß einen Cut, mit einem kleinen Bund Maiglöckchen am Revers. Bettinas Strauß bestand aus weißen Rosen, und Mary Waterston hatten sie eine beige Orchidee zum Anstecken gegeben. John hatte keine Eltern mehr, und so waren keine Familienmitglieder anwesend, nur Freunde.

Die Worte schienen endlos zu hallen in der kleinen Kirche, und der Pfarrer lächelte ihnen liebevoll zu.

»Willst du, John ...«

Während sie zuhörte, ergriff plötzlich wieder dieses seltsame Gefühl von ihr Besitz. Was wäre, wenn sie nun den falschen Namen sagen würde? *Ich, Bettina, nehme dich, Ivo... Anthony... John...* Diesmal wollte sie es nicht vermurksen. Dies war ihre letzte Chance, die Dinge für sich richtig zu machen.

»... ich will...« Die Worte waren kaum mehr als ein Hauchen, als sie sie sprach. Man gab ihr ihre letzte Chance. Ihr Blick wanderte schnell zu John, und er sah sie ernst an und wiederholte dieselben Worte laut und fest, so daß die ganze Kirche es hören konnte. Er hatte sie, Bettina, zur Frau genommen, um sie zu lieben und zu ehren, in guten wie in schlechten Tagen, bis daß der Tod sie scheide. Kein Mißverständnis, keine Langeweile, keine Aufenthaltserlaubnis oder Tournee oder ein Altersunterschied. *Bis daß der Tod sie scheide.* Als Bettina zuhörte, spürte sie den Druck dieser Worte, sie war sich des Duftes von Rosen bewußt. Für den Rest ihres Lebens würde sie diese Rosen riechen, wann immer sie an diese Worte denken würde.

»... Hiermit erkläre ich euch zu Mann und Frau.« Der Pfarrer schaute sie an, lächelte ihnen beiden zu und beugte sich dann freundlich zu John. »Sie dürfen die Braut jetzt küssen.« Hastig tat John das, wobei er ganz fest ihre Hand hielt.

Der breite, goldene Ring saß jetzt an ihrer linken Hand, der winzige Diamantring, den sie zur Verlobung bekommen hatte, an ihrer rechten. Kurz vor der Hochzeit hatte sie ihm ihren Schmuck zeigen wollen, aber nachdem er ihr einmal den Ring geschenkt hatte, wußte sie, daß sie das nicht tun konnte, denn sie besaß immer noch den neunkarätigen Diamanten von Ivo. Doch schließlich hatte sie beschlossen, diesen Ring zu verstecken und John die anderen Schmuckstücke zu zeigen. Die Sammlung, die sie von Ivo und ihrem Vater bekommen hatte, war etwas, das sie nie jemandem gezeigt hatte, und sie trug auch nichts mehr davon. Der ganze Schmuck lag sicher auf der Bank, es war ihr Notgroschen, alles, was ihr selbst jetzt noch gehörte. Daß sie es John zeigte oder wenigstens zeigen wollte, war ein Akt äußersten Vertrauens. Aber als sie ihm erzählte, daß sie etwas hätte, was sie ihm zeigen wollte, etwas, das sie auf der Bank aufbewahrte, hatte er sie nur wütend und mißtrauisch angeschaut, bis sie es ihm schließlich erklärte.

»Es ist nichts . . . sieh mich nicht so an, Dummkopf . . . es ist bloß ein bißchen Schmuck, den ich noch von früher habe . . .« Sie hatte ihn müde angegrinst und war verblüfft gewesen, als er in dem winzigen Raum dort in der Bank förmlich explodiert war.

»Bettina, das ist unmöglich! Eine Schande! Ist dir eigentlich klar, wieviel Geld du hier hast? . . . Das ist – ist . . .« Er war tatsächlich ins Stottern geraten. »Es sieht aus wie die Sammlung einer alten Hure, um Himmels willen. Ich möchte, daß du das alles wegschaffst!« Doch diesmal war sie es gewesen, die explodierte. Wenn der Schmuck ihm nicht gefiel, dann war das seine Sache, und sie würde nie mehr etwas davon tragen. Aber es waren herrliche Stücke, und jedes einzelne hatte eine Bedeutung für sie. Als sie beide dort standen, wütend, schwor sie sich, daß sie ihm nie mehr ein Stück ihrer Vergangenheit zeigen würde. Sie gehörte ihr, genau wie der Schmuck, und so würde es auch bleiben, genau, wie sie den Schmuck behalten würde.

Sie hatte auch das Geld erwähnt, das sie noch immer von Ivo bekam und das sie für den Rest ihres Lebens bekommen würde. Aber das hatte John nur noch wütender gemacht. Wie konnte sie sich weiter von dem Mann bezahlen lassen? Verdiente sie nicht genug zum Leben? Und sie täte verdammt gut daran, nicht damit zu rechnen, noch Geld von dem zu nehmen, wenn sie erst einmal verheiratet wären. Das würde er nämlich nicht zulassen. Es war wie ein Schlag ins Gesicht. Sie sah es nicht so und versuchte auch, ihm das klarzumachen, aber ohne Erfolg. Er begriff einfach nicht, daß Ivo immer wie ein Vater für sie gewesen war. Es kümmere ihn einen feuchten Kehricht, erklärte John ihr. Sie war jetzt erwachsen und brauchte keinen Vater mehr. Und diesmal war es nicht wie mit dem Schmuck, der nie wieder erwähnt wurde. Diesmal schrieb er selbst einen Brief an Ivos Anwälte und erklärte, daß Mrs. Stewart – er biß die Zähne zusammen, als er das Wort schrieb – die monatlichen Zahlungen nicht weiter annehmen wollte. Sie unterschrieb, unter Tränen, aber sie unterschrieb. Und das war das Ende davon. Sie hatte die letzte Verbindung zu Ivo abgebrochen, selbst wenn sie nur durch seine Anwälte bestanden hatte. Und jetzt, nach diesem Akt, gehörte sie ganz John.

Fast eine halbe Stunde lang standen John und Bettina Seite an Seite draußen vor der Kirche, lächelnd und Hände schüttelnd und Wangen küssend. Bettina beobachtete sie alle, seine Cousinen und Vettern, seine Klassenkameraden, seine Patienten, seine Freunde. Es war bemerkenswert: Sie sahen alle gleich aus. Sie sahen alle gesund aus, jugendlich, lachend. Es war alles so hübsch und so leer.

»Glücklich?« Er sah sie einen Moment an, als sie in seinen Wagen stiegen. Er hatte keine Limousine gemietet. Er erklärte, das wäre albern und teuer. Er würde selbst fahren.

Sie nickte, als sie ihn ansah. Und sie war wirklich glücklich, sehr glücklich. Etwas Erfrischendes ging von dieser neuen Welt aus. »Sehr.« Sie mußte nicht vor Geist sprühen, mußte nicht witzig sein, auch nicht charmant, und mußte auch nicht die besten Einladungen in der Stadt geben. Sie mußte einfach nur vergnügt sein und dumme Bemerkungen machen, als sie neben John stand. Das war in vieler Hinsicht geruhsam nach den Jahren, die sie damit verbracht hatte, immer »auf Trab« zu sein. »Ich liebe dich, John.« Sie lächelte ihn an, und diesmal meinte sie es wirklich.

Er erwiderte ihr Lächeln. »Ich liebe dich auch.«

Ihre Hochzeitsreise machten sie nach Carmel, wo sie drei himmlische Tage verbrachten. Sie durchforschten die kleinen Läden und machten Spaziergänge am Strand entlang. Eines Nachmittags fuhren sie nach Big Sur und schauten händchenhaltend den Wellen zu. Sie genossen lange, romantische Abendessen und verbrachten die Vormittage im Bett. Es war genauso, wie Flitterwochen sein sollten. Zwei Wochen später, als Bettina in der Galerie in der Union Street saß, wurde ihr plötzlich furchtbar übel. Sie ging früh heim und ins Bett, wo John sie später fand. Zusammengerollt lag sie da und versuchte zu schlafen. Sie sah entsetzlich aus. Er runzelte die Stirn, als er sie ansah, erkundigte sich nach den Symptomen und nahm dann vorsichtig auf der Bettkante Platz.

»Darf ich dich untersuchen, Betty?« Es kam ihr immer noch komisch vor, wenn er sie so nannte.

»Klar.« Sie setzte sich im Bett auf und versuchte, ihm zuzulächeln. »Aber ich glaube nicht, daß es da viel zu sehen gibt. Ich habe bloß eine Erkältung. Mary hat gesagt, sie hätte das letzte Woche gehabt.«

Er nickte und untersuchte sie vorsichtig. Er stellte fest, daß ihre Lungen klar waren, ihre Augen glänzten, und Fieber hatte sie auch nicht. Fragend sah er sie an, und dabei lächelte er glücklich. »Vielleicht bist du schwanger.«

Überrascht blickte sie auf. »Schon?« Es schien ihr unmöglich. Zwei Wochen, nachdem sie die Verhütungsmaßnahmen eingestellt hatten? Das war seine Idee gewesen.

»Mal abwarten.«

»Wann werden wir es wissen?« Plötzlich war sie eifrig und besorgt.

Aber John lächelte, zufrieden mit sich selbst. »Wir können es in etwa zwei Wochen herausfinden. Ich werde einen Test machen lassen, und wenn er positiv ausfällt, schicke ich dich zu einem Gynäkologen.«

»Kann ich zu Marys gehen?« Plötzlich jagte ihr das alles ziemliche Angst ein. Was geschah mit ihr? Wer hatte diese Entscheidung getroffen? Sie war entsetzt, wenn sie nur daran dachte, und sie wollte nicht, daß es wahr wäre.

Er küßte sie auf die Stirn und verließ das Zimmer. Ein paar Minuten später kam er mit einer Tasse Tee und ein paar Keksen wieder. »Versuch mal, das zu essen.« Sie gehorchte, und wenig später fühlte sie sich schon besser, hatte aber immer noch große Angst. Aber sie wagte nicht, ihm das zu sagen.

Zwei Wochen später kam John mit einer kleinen Flasche heim und gab sie ihr, ehe sie ins Bett gingen. »Nimm die morgen früh für den Morgenurin. Stell sie in den Kühlschrank. Ich nehme sie dann mit zur Klinik.«

»Rufst du mich an, sobald sie es untersucht haben?« Grimmig schaute sie ihn an, und er tätschelte lächelnd ihren Arm. »Ich weiß ja, daß du aufgeregt bist, mein Schatz. Ganz ruhig. Morgen werden wir es wissen. Und ich verspreche dir, daß ich dich anrufe, sobald es klar ist.« Er küßte sie und meinte dann: »Ich bin auch ganz schön aufgeregt, weißt du.« Sie wußte, daß er ehrlich war. Seit zwei Wochen hatte er ausgesehen, als schwebe er auf Wolken. Dadurch war es für sie erst recht unmöglich geworden, ihm zu sagen, wie sie empfand. Doch plötzlich, als sie nebeneinander im Dunkeln lagen, brach es aus ihr heraus. Sie mußte es ihm einfach erzählen.

»John?«

»Ja, Betty?«

Sie nahm seine Hand und schmiegte sich an seinen Rücken. »Ich habe Angst.«

Er hörte sich überrascht an, als er fragte: »Wovor?«

»Vor ... du weißt schon ... vor –« sie kam sich furchtbar schlecht vor, als sie es sagte. Für ihn war es etwas so Normales»– davor, schwanger zu sein.«

»Aber wovor hast du denn Angst, du kleiner Dummkopf?« Er drehte sich im Bett um und musterte sie im Dunkeln.

»Vor ... vor ... was ist, wenn es so läuft wie beim letzten Mal?« Es fiel ihr schwer, die Worte auszusprechen.

»Du meinst, du hast Angst, du könntest es verlieren?« Sie nickte, aber in Wirklichkeit hatte sie vor viel mehr Angst als nur davor.

»Ein bißchen ... aber ... ach, ich weiß nicht, John, ich habe einfach Angst. Was ist, wenn es nun schlimm wird ... wenn es zu schmerzhaft ist ... wenn ich es nicht aushalte ... ich ... was ist, wenn ich die Schmerzen nicht ertrage?«

Tränen standen in ihren Augen, als sie ihm diese Fragen stellte, und er nahm ihre Schultern in seine beiden Hände. »Hör zu, Betty, ich möchte, daß du damit aufhörst. Sofort. Eine Geburt ist eine vollkommen normale Sache. Daran ist überhaupt nichts, vor dem man Angst haben muß. Sieh dir doch Mary an. Ist sie an den Schmerzen gestorben? Natürlich nicht.« Er beantwortete seine Frage selbst mit einem Lächeln. »Jetzt hab Vertrauen zu mir. Wenn du das Baby bekommst, werde ich jede Minute bei dir sein, und es ist gar nicht schlimm, du wirst ja sehen. Wirklich, ich verspreche es dir. Diese ganzen Schmerzen, die eine Frau bei der Geburt haben soll, das ist alles wahnsinnig übertrieben. Es ist gar nicht so schlimm.«

Sie fühlte sich getröstet, aber dennoch blieb ein Rest des Entsetzens in ihr zurück.

Sie beugte sich vor und küßte ihn zärtlich. »Danke ... daß du das Kind haben möchtest. Bleiben wir dann hier wohnen?« Sie war in seine Wohnung eingezogen, die geräumig und hübsch war, aber nur ein Bad und ein kleines Arbeitszimmer hatte, das er häufig benutzte. Nachdem sie ihm die Frage gestellt hatte, entstand ein langes Schweigen, und dann hörte sie ein Kichern auf seiner Seite des Bettes. »Was bedeutet das?« Er machte nicht oft Spaß, und sie sah überrascht aus. »Nun?«

»Es bedeutet, daß du dich um deine eigenen Angelegenheiten kümmern sollst ...« Doch dann konnte er nicht widerstehen. Er mußte es ihr erzählen. »Naja, also gut, Betty, ich werde es dir verraten, aber sei nicht gleich zu aufgeregt. Noch ist nichts sicher. Aber –« er machte eine dramatische Pause und sie drehte sich um, um ihn lächelnd anzusehen »– gestern habe ich mir ein Haus angesehen.«

Überrascht sah sie ihn an. »Wirklich? Das hast du getan? Warum hast du mir denn nichts davon erzählt? Wo? John Fields, du bist unmöglich!« Er grinste sie stolz an, und sie sah entzückt aus.

»Warte, bis du genaueres hörst. Es ist in Mill Valley. Und es ist das Haus gleich neben dem von Seth und Mary.« Er hörte sich triumphierend an, und Bettina grinste.

»Das ist ja fabelhaft!«

»Nicht wahr? Halt bloß die Daumen, daß wir es auch bekommen.«

»Glaubst du, das klappt?«

»Ich denke, wir haben eine Chance. Aber zuerst müssen wir herausfinden, ob du schwanger bist, Betty. Das ist viel wichtiger. Wenigstens für mich.« Er legte einen Arm um sie, und sie kuschelten sich im Bett aneinander.

Vergessen war ihr altes Leben, dahin waren das Penthouse, die Dachwohnungen und eleganten Maisonette-Wohnungen, das ruhige Stadthaus ... sie konnte jetzt nur noch an ihr Haus in Mill Valley denken, an ihr Baby, ihren Mann und ihr neues Leben.

30

»Weißt du eigentlich, daß dies der heißeste Juni seit 1911 ist? Ich hab' es gestern im Radio gehört, als ich im Badezimmer auf dem Boden lag und versuchte, mich abzukühlen.« Verzweifelt schaute Bettina Mary an und fächerte sich Luft zu. Sie saßen in Marys Küche, und ihre Freundin und Nachbarin lachte.

»Ich muß gestehen, ich kann mir nichts Schlimmeres vorstellen, als bei dieser Hitze im neunten Monat zu sein.« Wieder lachte sie und sah Bettina mitfühlend an. »Und trotzdem war ich es beide Male.« Ihre Kinder waren jetzt drei Jahre und zehn Monate alt, aber glücklicherweise machten gerade beide ein Nickerchen.

Bettina grinste und stocherte in dem trockenen Thunfischsalat herum, den sie mitgebracht hatte. »Darf ich dich daran erinnern, daß ich neuneinhalb Monate schwanger bin.« Mit einem verzweifelten Seufzer starrte sie auf den Thunfisch und verzog das Gesicht. »Puh, ich kann nichts mehr essen.« Sie schob den Teller fort und versuchte, sich auf dem Stuhl bequemer hinzusetzen.

Mitfühlend betrachtete Mary sie. »Möchtest du dich auf die Couch legen?«

»Nur, wenn dir klar ist, daß ich vielleicht nicht wieder hochkommen werde.«

»Das macht nichts. Wenn wir dich nicht hochbringen, kann Seth die Couch durch unsere Hintertür zu euch hinüberschieben.«

Endlich lächelte Bettina. »Ist es nicht schön, daß wir Nachbarn sind?«

Mary erwiderte ihr Lächeln. »Das ist es sicher.«

Sie wohnten jetzt seit sechs Monaten in dem Haus. In den ersten vier Monaten hatte das für sie bedeutet, daß sie in die Stadt fahren mußte, um ihre Arbeit in der Galerie zu erledigen. Sie war zum Pendler geworden. Doch endlich hatte John nachgegeben, als sie sich wieder und wieder beklagt hatte, sie würde das Haus niemals fertig bekommen, wenn sie nicht kündigen und daheim bleiben würde. Schließlich hatte er zugestimmt, und sie war vor Freude darüber, frei zu sein, wie aus dem Häuschen gewesen. Doch diese Ekstase hatte nur ein paar Wochen gedauert. Im letzten Monat ihrer Schwangerschaft war sie so müde gewesen, so erschöpft, hatte sich so unwohl gefühlt, daß sie nicht in der Lage gewesen war, auch nur irgend etwas zu erledigen.

Als sie sich jetzt auf dem Sofa ausstreckte, schaute sie ihre Freundin an. Obwohl sie Nachbarinnen waren, hatten sie sich wochenlang nicht gesehen. »Ist es bei dir auch immer so gewesen?«

Nachdenklich erwiderte Mary ihren Blick. »Es ist bei jedem anders, Bettina. Und sogar bei ein und derselben Frau ist es jedes Mal anders.«

Bettina grinste. »Du hörst dich an wie eine Krankenschwester.«

Zur Antwort lachte Mary. »Ich vermute, das bin ich auch immer noch. Jedesmal, wenn ich dich sehe, ertappe ich mich dabei, daß ich dich fragen will, wie's dir geht, ob deine Knöchel geschwollen sind, ob du Kopfschmerzen hast und wie du dich allgemein fühlst. Aber ich halte mich zurück. Ich könnte mir denken, daß du von John genug zu hören bekommst.«

Doch lächelnd schüttelte Bettina den Kopf. »Er ist überraschenderweise sehr zurückhaltend. Er sagt nie viel. Er meint, daß das alles ein ganz natürlicher Vorgang ist, keine große Sache.«

»Und was sagt dein Arzt?«

Bettina sah ganz entspannt aus, als sie antwortete. Sie hatte die vollen neun Monate gebraucht, um auch die letzte ihrer Befürchtungen loszuwerden. Jetzt wußte sie, daß alle ihre Angst grundlos gewesen war. Und sie wußte auch, daß sie gut vorbereitet war. »Er sagt so ziemlich genau dasselbe.«

»Denkst du das auch?« Mary schien verblüfft.

»Zum Teufel, ja. Ich hab' mich ganz schön abgearbeitet mit diesen Atemübungen. Ich weiß, ich kann's jetzt im Schlaf. Jetzt muß nur das Baby noch kommen. Ich wünschte, es wäre endlich soweit.« Sie richtete sich unbeholfen auf dem Sofa auf und zuckte kurz zusammen. »Himmel, mein Rücken bringt mich noch um.«

Mary reichte ihr noch zwei Kissen und brachte einen Schemel für ihre Füße.

»Danke. Du bist ein Schatz.« Sie lächelte dankbar und hob vorsichtig die Füße. Aber nicht einmal die Kissen schienen ihrem Rücken zu helfen. Den ganzen Tag über hatte er ihr schon so weh getan.

»Ist was nicht in Ordnung?«

»Mein Rücken.«

Mary nickte und fuhr fort: »Weißt du, ich hatte vor dem ersten eine Wahnsinnsangst. Und wenn ich ehrlich sein soll –« sie lächelte Bettina offen an »– ich hatte auch noch Angst vor meinem zweiten.«

»Und wie war's?« Bettina sah sie offen an.

Mary lächelte nachdenklich. »Gar nicht so schlimm. Beim zweiten Mal war ich ganz gut vorbereitet, und ich hatte Seth dabei.« Sie sah Bettina plötzlich scharf an. »Aber auf das erste war ich in keiner Weise vorbereitet.«

»Warum nicht?« Bettina schien befremdet.

»Weil ich zwar Hebamme war und es schon tausendmal gesehen hatte, aber niemand kann dir wirklich sagen, wie es ist. Es tut weh, Betty. Mach dir da bloß nichts vor. Es tut sehr weh. Es ist wie ein langes, hartes Rennen, und dann kommst du zu einem Punkt, da glaubst du, du hältst es nicht mehr aus. Das dauert hoffentlich nicht zu lange. Und dann geht es ans Pressen. Das ist anstrengend, aber nicht so schlimm.«

Sie wollte sie fragen, wie John sie zu McCarney hatte gehen lassen können. Es war der kälteste, grausamste Arzt, dem sie jemals assistiert hatte. Zweimal hatte sie den Kreißsaal unter Tränen verlassen, nachdem die Patientin entbunden hatte. Und danach war sie immer verschwunden, wenn sie wußte, daß er jemanden brauchte. »Magst du ihn?«

Bettina schien lange zu zögern. »Ich vertraue ihm. Ich glaube, er ist ein sehr guter Arzt, aber ich ... nun ja, mögen tu' ich ihn nicht gerade.« Sie grinste lahm. »Aber John sagt, er wäre ein ausgezeichneter Arzt. Er lehrt an der Universität und hat eine Menge Forschungen betrieben. Anscheinend arbeitet er jetzt auch an einer neuen Entwicklung. John sagt, er wäre wirklich Spitze. Aber er ist nicht ... nun ja, eben nicht herzlich. Aber ich dachte mir, daß das auch nicht so wichtig wäre. Wenn er gut ist und John ist bei mir ...«

Mary dachte einen Moment nach. Es hatte keinen Sinn, ihr jetzt Angst zu machen. Es war zu spät. »McCarney ist ganz bestimmt ein sehr angesehener Arzt. Er ist bloß nicht so warm und freundlich wie meiner. Und du hast ja John bei dir.« Gott sei Dank. »Aber versuche, realistisch zu sein, was die Wehen angeht, Betty. Das kann eine ganze Weile dauern.«

Schweigend musterte Bettina sie eine Weile, dann schüttelte sie den Kopf. Als sie schließlich sprach, klang ihre Stimme ganz sanft und weich, und in ihren Augen stand eine alte Erinnerung. »Es ist nicht das erste Mal für mich, Mary.«

»Nicht?« Jetzt war sie schockiert. »Du hattest schon ein Kind?« Aber wann? Mit wem? Was war damit passiert? War es gestorben? Sie unterdrückte die Fragen, und Bettina fuhr fort.

»Vor eineinhalb Jahren hatte ich im vierten Monat eine Fehlgeburt, ehe ich nach Kalifornien gezogen bin. Ehrlich gesagt –« Sie beschloß, ihrer Freundin jetzt die ganze Wahrheit zu erzählen. »So habe ich John kennengelernt. Ich hatte die Fehlgeburt und bin eine Woche später nach San Francisco gezogen. Dort wurde ich depressiv und versuchte mich umzubringen. Sie haben John gerufen, nachdem sie mir den Magen ausgepumpt hatten, und wir wurden Freunde.« Sie lächelte jetzt zärtlich.

»Also, so was. Er hat uns nie auch nur ein Sterbenswörtchen verraten.«

Jetzt lächelte Bettina noch breiter. »Ich weiß. Er wollte auch nicht, daß ich es verrate. Aber Seth weiß es.«

»Seth?« Ungläubig sah Mary sie an.

Bettina grinste. »Er hat meine Scheidung bearbeitet.«

»Du warst auch schon verheiratet? Na, wenn du nicht voller Geheimnisse steckst! Sonst noch was?«

Bettina zuckte lachend mit den Schultern. »Nicht allzu viel. Bloß ein paar ... warte mal ...« Plötzlich wollte sie alles loswerden, jemandem anvertrauen, und sie hatte sich ihrer Freundin noch nie so nah gefühlt. »Ich war schon zweimal verheiratet.«

»Einschließlich John?«

»Vor John.« Bettina sprach ganz leise. »Einmal mit einem sehr viel älteren Mann, und einmal mit einem Schauspieler. Ich habe am Theater gearbeitet, meine letzte Stelle war die einer Regieassistentin –«

»Du?« Mary sah nicht nur verblüfft, sondern beeindruckt aus.

»Mein Vater war Schriftsteller. Ein bekannter.« Sie lehnte sich lächelnd in die Kissen zurück, während Mary sie beobachtete.

»Wer war das? Jemand, von dem ich schon gehört habe?«

»Wahrscheinlich.« Sie wußte, daß Mary viel las. »Justin Daniels.«

»Was ... natürlich ... Bettina Daniels ... aber ich hätte da nie eine Verbindung hergestellt. O Gott, Bettina, warum hast du uns das nicht erzählt?« Dann stützte sie beide Hände in die Hüften. »Oder weiß Seth das auch alles?«

Doch diesmal schüttelte Bettina heftig den Kopf. »Er weiß nur von meiner letzten Ehe. Den Rest kennt er nicht.«

»Warum hast du uns das denn nicht erzählt?«

Bettina zuckte die Achseln. »John ist nicht sehr stolz auf meine bewegte Vergangenheit, fürchte ich.« Sie schien vorübergehend verlegen zu sein. »Ich wollte ihn nicht – beschämen.«

»Ihn? Wie denn? Weil du Justin Daniels' Tochter bist? Man sollte doch meinen, er wäre stolz darauf. Und was den Rest angeht, deine beiden Ehen, was macht das schon? Ich bin überzeugt, daß sie vernünftig waren, sonst hättest du das nicht getan, und deine Freunde lieben dich auf jeden Fall, ganz gleich, was gewesen ist. Menschen, die dich lieben, werden dich immer verstehen oder zumindest versuchen, das zu tun. Die andern ... nun, wen interessiert das schon? Dein Vater muß das gewußt haben. Ich bin überzeugt, daß die Menschen seine Art zu leben nicht immer gutgeheißen haben.«

»Das war etwas anderes. Er war in gewisser Weise ein Genie. Und bei solchen Menschen erwarten die Leute Exzentrisches.«

»Also schreib ein Buch, dann wird deine Vergangenheit exotisch.«

Bettina lachte und ließ dann den Kopf hängen, ehe sie ihre

Freundin wieder ansah. »Ich wollte immer ein Theaterstück schreiben.«

»Und, hast du es getan?« Mary sah aufgeregt aus und hockte sich dann hin. »O Gott, Betty, weißt du eigentlich, daß ich immer gedacht habe, du wärst genauso langweilig wie der Rest von uns? Und jetzt stellt sich heraus, daß das nicht so ist. Wann, zum Teufel, wirst du das Stück schreiben?«

»Wahrscheinlich nie. Ich glaube, es würde John verärgern. Und ... ach, ich weiß nicht, Mary ... diese –« sie schien nach Worten suchen zu müssen »– die Welt des Theaters ist nicht sehr anständig. Vielleicht kann ich von Glück reden, daß ich ihr entkommen bin.«

»Vielleicht. Aber du bist mitsamt deinem Talent entkommen. Könntest du nicht ein anständiges Leben führen und dein Talent trotzdem ausnutzen?«

»Ich würde es eines Tages gern ausprobieren.« Sie sprach wie im Traum, doch dann schüttelte sie den Kopf. »Aber ich glaube kaum, daß ich das wirklich tun werde. John würde mir das nie verzeihen. Ich nehme an, er hätte das Gefühl, ich würde etwas Widerliches in sein Leben schleppen.«

»Ist dir denn nie der Gedanke gekommen, daß das bloß *seine* Meinung ist, daß er sich vielleicht irrt? Weißt du, auch ohne es zu wissen, sind die Leute manchmal eifersüchtig. Wir führen alle ein gewöhnliches, langweiliges Vorortleben, und dann und wann taucht ein Paradiesvogel auf, und wir bekommen alle Angst. Er macht uns Angst, weil wir nicht so sind, unsere Federn sind nicht farbenprächtig und schillern nicht in Rot und Grün. Wir sind braun und grau, und wenn wir diesen Paradiesvogel sehen, dann kommen wir uns häßlich vor, oder als hätten wir irgendwie versagt. Einige von uns beobachten diesen Paradiesvogel gern, und wir träumen, daß wir eines Tages vielleicht auch Paradiesvögel sein werden ... andere von uns müssen auf diesen Vogel schießen ... oder ihn zumindest fortjagen.«

»Willst du damit sagen, daß John das getan hat?« Bettina sah sie schockiert an.

Doch als Mary antwortete, klang ihre Stimme unendlich freundlich. »Nein. Ich glaube, er ist herumgelaufen und hat braune und graue Federn für dich gesucht, hat dich damit zu einer von uns gemacht. Aber das bist du nicht, Bettina. Du bist etwas Schönes und Besonderes. Du bist ein sehr, sehr seltener Vogel. Nimm die braunen Federn ab, Betty. Laß jedermann sehen, wie schön dein Gefieder ist. Du bist Justin Daniels' Tochter, und das allein ist schon ein Geschenk. Wie würde sich dein Vater wohl fühlen, wenn er wüßte, wie du dich hier versteckst? Daß du ihn sogar verleugnest!« Bettinas Augen füllten sich mit Tränen, als sie daran dachte, und dann zuckte sie plötzlich zusammen. Es war, als wäre ein elektrischer Stoß durch ihren Rücken gefahren. Mary beugte sich zu ihr und küßte sie sanft auf die Wange, und in ihren Augen stand ein Ausdruck großer Zärtlichkeit. »Jetzt erzähl mir von den Schmerzen, die du hast. Es hat im Rücken angefangen, nicht wahr?«

Überrascht schaute Bettina zu ihr auf, noch immer tief gerührt von allem, was sie gesagt hatte. Es war der erste Hinweis darauf, daß sie noch immer akzeptabel war, trotz ihrer etwas chaotischen Vergangenheit. »Woher weißt du das von meinem Rücken?«

»Weil das zufällig mein Beruf war, hast du das vergessen? Wir können nicht alle Paradiesvögel sein, Kindchen. Einige von uns müssen Feuerwehrleute sein, Polizisten und Ärzte und Schwestern.« Sie lächelte und hielt Bettinas Hand, als sie wieder zusammenzuckte.

»Ich bin froh.«

»Möchtest du jetzt schon mit dem Atmen anfangen? Tu's nicht, wenn es noch nicht schlimm ist.«

»Ist es aber.« Sie war überrascht, wie schnell es angefangen hatte, weh zu tun. Noch vor einer Stunde war es nur ein schwaches Ziehen gewesen, und sie hatte nicht gewußt, was es war. Vor zehn Minuten war es ein-, zweimal ungemütlich gewesen. Und jetzt raubte es ihr den Atem.

Mary blickte jetzt auf sie hinab, nahm die Lage in sich auf und hielt immer noch ihre Hand, als die nächste Wehe kam. Doch diesmal war es nicht in ihrem Rücken, sondern fuhr durch ihren Bauch, zerrte an allem, was sich ihr in den Weg stellte, und der Schmerz war so messerscharf, daß Bettina keuchte und sich an Marys Hand klammerte. Die Wehe dauerte länger als eine Minute, in der Mary fest auf ihre Uhr schaute. »Das war eine böse.«

Bettina nickte, und der Schweiß brach ihr aus, als sie sich auf der Couch zurücklehnte. Sie war fast sprachlos, aber es gelang ihr zu flüstern: »Ja.« Ihre Augen wurden plötzlich ängstlich, und heiser sagte sie: »John.«

»Schon gut, Betty. Ich rufe ihn an. Bleib du einfach ruhig liegen. Und wenn die nächste Wehe kommt, fang einfach an zu hecheln.«

»Wohin gehst du?« Panik zeigte sich in Bettinas Augen.

»Nur in die Küche, ans Telefon. Ich will John anrufen, daß er deinen Arzt verständigt. Dann rufe ich Nancy von Gegenüber an, damit sie auf die Kinder aufpaßt.« Sie lächelte Bettina aufmunternd zu. »Gott sei Dank sind sie noch nicht aufgewacht. Sobald Nancy hier ist, was in etwa zwei Minuten der Fall sein sollte, klettern wir beiden ins Auto, und ich fahre dich in die Stadt und ins Krankenhaus. Na, wie hört sich das an?«

Bettina wollte nicken, packte statt dessen aber wieder verzweifelt Marys Hand. Wieder kam eine lange, heftige Wehe. »Oh, Mary ... Mary ... es tut so schrecklich weh ... es ...«

»Psst ... komm, Betty, du kannst das schon ertragen. Beruhige dich.« Ohne noch mehr zu sagen, ging sie schnell in die Küche und kehrte mit einem feuchten Tuch zurück, das sie auf Bettinas Stirn legte. »Sei ganz ruhig. Ich erledige nur schnell diese beiden Anrufe.«

Zwei Minuten später war sie schon wieder zurück. Jetzt hatte sie zu ihren Jeans und dem T-Shirt Sandalen an und trug auch ihre Handtasche. Sie hatte Nancy, die Nachbarin, gebeten, schnell bei Bettys und Johns Haus vorbeizugehen und den Koffer mitzubringen, von dem sie wußte, daß er in der Halle stand. Keine fünf Minuten waren vergangen, als Mary Bettina vorsichtig in den Wagen half.

»Und wenn wir es jetzt nicht schaffen?« Nervös schaute Bettina sie an, doch Mary lächelte bloß. Sie hoffte fast, daß es so wäre. Lieber wollte sie Bettina auf dem Vordersitz des großen Autos entbinden, als sie McCarney zu übergeben, wenn sie ankamen.

Mary grinste ihr zu, als sie den Wagen anließ. »Wenn wir es

nicht schaffen, dann entbinde ich dich selbst. Denk nur an das ganze Geld, das du dann sparen würdest!«

Sie fuhren eine ganze Weile schweigend, während Bettina gehorsam all ihre Wehen durchhechelte, wie sie es gelernt hatte, aber die Schmerzen kamen jetzt schneller, und in ihren Augen stand ein Ausdruck äußerster Entschlossenheit. Mary war überrascht, daß es so schnell so heftig geworden war, aber sie hoffte, daß das auf eine schnelle Entbindung hindeutete. Vielleicht hätte sie doch noch Glück. Es war ja auch nicht ihr erstes Kind. Während sie fuhr, ertappte sich Mary dabei, daß sie an das zurückdachte, was sie besprochen hatten. Es war unwahrscheinlich, daß man glaubte, jemanden zu kennen und ihn doch überhaupt nicht kannte.

»Wie geht's, Kindchen?« Bettina zuckte bloß mit den Schultern und keuchte entschlossen, als sie weiterfuhren. Mary wartete, bis der Schmerz nachgelassen hatte, und berührte dann leicht ihren Arm. »Betty, nun spiel nicht die Heldin, Liebes. Ich weiß, daß du dich auf eine natürliche Geburt vorbereitet hast, aber wenn es zu schlimm wird, dann bitte um ein erleichterndes Medikament, sobald du es möchtest. Warte nicht damit.« Sie wollte ihr nicht sagen, daß sie ihr nichts mehr geben konnten, wenn sie zu lange warten würde.

Aber Bettina schüttelte den Kopf. »John wird das nicht zulassen. Er sagt, es schädigt das Gehirn ... des Kindes ...« Eine neue Wehe setzte ein, und Mary mußte wieder warten. Doch als der Schmerz nachgelassen hatte, bohrte sie weiter.

»Er irrt sich. Vertrau mir. Ich war jahrelang Hebamme. Sie können dir eine Epiduralanästhesie geben, das ist so etwas Ähnliches wie eine Spinalanästhesie, und die betäubt dann jeglichen Schmerz unterhalb der Taille. Vielleicht könnten sie dir auch ein bißchen Demerol geben, eine Art Spritze, die dem Schmerz die Schärfe nimmt. Sie können eine Menge tun, was dem Baby nicht schaden wird. Wirst du danach fragen, wenn du es brauchst?«

Bettina nickte abwesend. »Okay.« Sie wollte ihre Luft nicht damit vergeuden, zu streiten. Sie wußte, was John darüber dachte, und er hatte darauf beharrt, daß sie ihr Kind schädigen würde, wenn sie etwas gegen den Schmerz unternahm.

Fünfzehn Minuten später fuhren sie vor dem Krankenhaus vor, und Bettina konnte nicht mehr gehen. Hastig legten die Sanitäter sie auf einen Wagen, und Mary hielt ihre Hand, als sie sich unter Schmerzen wand.

»Oh, Mary, ... sag ihnen ... nein! ... Hören Sie auf zu rollen!« Sie richtete sich auf, packte den Krankenpfleger, fiel dann zurück und schrie. Er wartete geduldig auf das Ende der Wehe, und Mary versuchte sie zu trösten, sprach leise mit ihr und hielt ihre Hand. Sie war sich fast sicher, daß die Austreibungsphase begonnen hatte und der Schmerz seinen Höhepunkt erreichte. Doch wenn das der Fall war, dann fehlten nur noch drei Zentimeter, bis sie voll gedehnt war, und dann wäre es schon fast vorbei. Sie könnte mit dem Pressen anfangen.

John wartete mit einem aufgeregten Ausdruck im Gesicht vor dem Kreißsaal auf sie. Glücklich sah er Mary an und lächelte ihr zu, dann auf Bettina herab, die stöhnend zusammengekauert auf der Bahre lag. Der Schweiß lief ihr übers Gesicht. Sie klammerte sich wild an ihn und fing an zu weinen, als sie verzweifelt an seinem weißen Kittel zerrte. »Oh, John ... es tut so weh ... so schrecklich weh ...« Fast sofort zerriß sie eine neuerliche Wehe, und er beobachtete sie. Doch er hielt ruhig ihre Hand und blickte auf seine Uhr, während Mary die beiden beobachtete. Dann kam ihr plötzlich ein Gedanke, und leise machte sie John ein Zeichen. Als Bettinas Wehe vorüber war, kam er mit einem Ausdruck der Zufriedenheit zu ihr.

»Was gibt's?«

»Mir ist gerade etwas eingefallen. Da ich hier gearbeitet habe, lassen die mich vielleicht bei euch beiden bleiben. Ich könnte nicht assistieren, aber ich könnte wenigstens für sie da sein.« Sie konnte nicht anders, mußte einfach hinzufügen: »John, ich glaube, sie wird es schwer haben.« Mary hatte das schon oft gesehen. Und schnell geriet die Sache außer Kontrolle.

Aber John lächelte sie nur dankbar an, tätschelte ihre Schulter und schüttelte den Kopf. »Keine Angst, es wird alles prima gehen. Sieh sie dir doch bloß an« – er warf lächelnd einen Blick über die Schulter – »ich glaube, sie ist schon in der Eröffnungsphase.«

»Glaube ich auch. Aber das heißt nicht, daß es schon vorbei ist.«

»Mach dir nicht so viele Sorgen. Ihr Schwestern seid doch alle gleich.« Sie beharrte noch einen Augenblick länger, aber er schüttelte entschieden den Kopf. Statt dessen bedeutete er einer der Hebammen, sie in ein Untersuchungszimmer zu schieben. Aber Mary trat schnell neben ihren Kopf.

»Es wird alles gutgehen, Kindchen. Du machst das prima. Jetzt mußt du nur noch durchhalten.« Dann beugte sie sich über sie und küßte sie liebevoll. »Ist schon gut, Betty, ist alles gut.« Doch Tränen liefen aus Bettinas Augen, als eine Schwester sie schweigend ins Untersuchungszimmer schob. Einen Augenblick später sah Mary Dr. McCarney durch die Tür verschwinden, John an seiner Seite. Mary krümmte sich fast, als sie sie beobachtete. Sie war sicher, daß niemand Bettina gewarnt hatte, daß er sie untersuchen würde, mitten bei der Geburt. Tränen schossen in Marys Augen, als einen Augenblick später die Schwester aus dem Zimmer eilte, achselzuckend, und dann hörten sie Bettina schreien.

»Sie wollten mich nicht bei ihr bleiben lassen.« Die Schwester sah Mary um Entschuldigung bittend an, und sie nickte.

»Ich weiß. Ich habe hier gearbeitet. Wissen Sie, wie weit sie geöffnet ist?«

»Ich bin nicht sicher. Sie schätzten siebeneinhalb. Aber sie scheint einfach nicht weiter zu kommen.«

»Warum geben sie ihr kein Pitocin?«

»McCarney sagt, dazu bestände kein Grund. Sie schafft es noch rechtzeitig.« Danach war alles, was Mary von den vorbeihastenden Schwestern in Erfahrung bringen konnte, daß sie jetzt acht Zentimeter geschafft hatte, und McCarney und ihr Mann waren übereingekommen, daß sie nichts gegen den Schmerz bekommen sollte. Sie nahmen an, daß es ziemlich schnell vorübergehen würde, und auf jeden Fall wäre sie besser dran, wenn sie sich nicht betäuben würde. Die Schwestern wurden fast sofort wieder aus dem Zimmer geschickt, kaum, daß sie es betreten hatten, und Mary schritt im Gang auf und ab, selbst der Hysterie nahe. McCarney und John hatten beschlossen, diesen Fall selbst zu behandeln, und sie wollten keine

Schwestern in der Nähe haben, bis sie sie in den Kreißsaal brachten. Mary ging in den langen Gängen auf und ab. Sie wünschte, Seth wäre bei ihr, wünschte, Bettina hätte einen anderen Arzt, wünschte alles mögliche, und gelegentlich hörte sie das Mädchen schreien.

»Sie ist doch nicht immer noch in der Eröffnung?« Traurig und verzweifelt schaute Mary die Oberschwester an, die sie gut kannte.

Doch die nickte langsam. »Ist eine dieser armen Dinger. Sie hat es ganz schnell bis acht geschafft, und jetzt scheint sie da zu hängen.«

»Wie geht's ihr?«

Ein kurzes Schweigen trat ein, ehe die Oberschwester antwortete. »McCarney hat sie festbinden lassen.«

»O Gott!« Er war noch genauso schlimm, wie Mary es in Erinnerung hatte, und schließlich rief sie Seth an. Aber er konnte nicht vor sechs Uhr zu ihr kommen. Als er endlich eintraf, erklärte Mary ihm weinend, was geschehen war und noch immer vor sich ging. Er legte einen Arm um ihre Schultern.

»John ist da drin. Er wird nicht zulassen, daß der alte Kerl zu grausam ist.«

»Den Teufel tut er. Sie haben sie vor drei Stunden festgebunden, Seth! Und John hat ihr erklärt, er will nicht, daß sie etwas gegen die Schmerzen nimmt, sonst würde sie das Hirn des Kindes schädigen. Was mich so verrückt macht, ist die Tatsache, daß es nicht so sein muß. Du weißt das doch auch.« Er nickte, und einen Augenblick dachten sie beide daran, wie schön es für sie gewesen war, als er vor zehn Monaten bei der Geburt ihres zweiten Kindes dabei gewesen war. Und nicht einmal bei ihrem ersten war es so schlimm gewesen. »Er macht es so schlimm für sie, wie es nur geht.«

»Nun beruhige dich doch, Mary.« Liebevoll sah er sie an. »Möchtest du heim?«

Sie schüttelte heftig den Kopf. »Ich gehe nicht, ehe dieser McCarney das Kind zur Welt gebracht hat.« Die Oberschwester kicherte, als sie vorbeiging.

Die beiden Frauen tauschten ein grimmiges, kleines Lächeln aus.

»Wie geht's ihr?«

»Unverändert. Sie ist jetzt bei neun.« Für nur einen Zentimeter hatte sie fast sieben Stunden gebraucht, und sie mußte noch einen schaffen. Es war jetzt schon nach zehn Uhr abends.

»Können sie ihr nichts geben, um zu beschleunigen?«

Aber die Oberschwester schüttelte nur den Kopf und ging weiter.

Endlich, weitere vier Stunden später, gegen zwei Uhr nachts, öffnete sich die Tür und John, McCarney und zwei Schwestern hasteten heraus. Eine der Schwestern schob die Bahre, auf der eine festgebundene, hysterische Bettina vor sich hinwimmerte, fast verrückt vor Schmerzen. Seit Stunden hatte niemand mit ihr gesprochen, niemand hatte sie getröstet oder ihr etwas erklärt. Niemand hatte ihre Hand gehalten, ihr geholfen, sich bequemer hinzulegen. Sie hatten sie einfach dort liegenlassen, festgebunden, hysterisch, unter Schmerzen, vollkommen verängstigt, während die Schmerzen durch ihren Körper und ihre Seele rasten. Zuerst hatte John versucht, ihr beim Atmen zu helfen, aber McCarney hatte schnell vorgeschlagen, daß er am anderen Ende bleiben sollte. »Die Arbeit wird hier unten geleistet, John.« Er hatte auf die Stelle gezeigt, wo er am Arbeiten war. Sie hatten sie in Fußstützen geschnallt, so daß sie sie bequemer untersuchen konnten – elf Stunden lang. Ein-, zweimal hatte sie versucht, ihnen klarzumachen, wie schlimm sich ihr Rücken verkrampfte, aber nach einer Weile kümmerte es sie nicht mehr. Und als John noch einmal zögerte, als er sie schreien hörte, hatte McCarney entschieden den Kopf geschüttelt. »Laß sie einfach in Ruhe. Das müssen sie alle durchmachen. Sie würde dich nicht einmal hören, wenn du jetzt mit ihr sprichst.« Also hatte John getan, was McCarney ihm sagte, und als Seth und Mary sahen, wie Bettina in den Kreißsaal geschoben wurde, war es offensichtlich, daß sie fast von Sinnen war.

»O Gott, hast du sie gesehen?« Mary fing an zu weinen, als sich die Tür zum Kreißsaal hinter ihnen schloß, und Seth nahm sie in die Arme.

»Ist schon gut, Liebling. Sie kommt schon durch.« Aber Mary befreite sich aus seinen Armen und schaute ihren Mann entsetzt an.

»Hast du überhaupt eine Ahnung, was es bedeutet, einer Frau so etwas anzutun? Weißt du, was sie ihrem Kopf angetan haben? Herrgott nochmal! Die haben sie in den letzten zwölf Stunden behandelt wie ein Tier! Sie wird nie wieder ein Kind haben wollen. Sie haben sie fertiggemacht, verflucht! Sie gebrochen!« Wortlos streckte sie dann die Arme nach ihrem Mann aus und schluchzte hilflos. Er stand da und kam sich schrecklich nutzlos vor, als er ihr Haar streichelte. Er wußte, daß alles, was sie gesagt hatte, richtig war, aber es gab nichts, was er hätte tun können. Er konnte nicht verstehen, wie John hatte zulassen können, daß McCarney die Geburt leitet. Es kam ihm so dumm vor. Der Mann war kompetent, aber er war ein rücksichtsloser Hund. Darüber bestand kein Zweifel.

»Es wird schon bald vorbei sein, Mary. Morgen erinnert sie sich an all das schon nicht mehr.«

Aber Mary sah ihn nur traurig an. »Sie wird sich an alles erinnern.« Er wußte, daß es wahr war, und sie standen nebeneinander, hilflos und traurig, noch weitere zwei Stunden. Um halb fünf morgens erblickte schließlich Alexander John Fields das Licht der Welt, lebensfroh und schreiend, und sein Vater betrachtete ihn stolz, während seine Mutter bloß dalag und schluchzend ins Leere starrte.

31

»Bettina?« Mary klopfte leise an die offene Tür und fragte sich, ob sie wohl daheim wäre. Zuerst kam keine Antwort, doch dann ertönte ein fröhliches Rufen von oben.

»Komm ruhig rauf, Mary. Ich räume Alex' Zimmer auf.«

Langsam stieg Mary die Treppe hinauf und lächelte, als sie Bettina oben sah. »Ich verbringe mein halbes Leben mit dieser Arbeit. Wo steckt der Prinz?«

»Heute ist sein erster Kindergartentag.« Verlegen sah sie Mary an. »Ich wußte nicht, was ich mit mir anfangen sollte, also habe ich beschlossen, sein Zimmer aufzuräumen und zu putzen.« Mary nickte bloß verständnisvoll.

»Dieses Gefühl hab' ich auch immer wieder.«

»Und was machst du, um damit fertig zu werden?« Bettina lächelte ihr zu und setzte sich auf das bunt bezogene Bett. Das Zimmer war in Rot-, Blau- und Gelbtönen gehalten, und überall marschierten Zinnsoldaten auf und ab.

Mary lachte plötzlich. »Was ich tue? Ich werde schwanger.« Sie grinste breit, als Bettina sie anstarrte.

»O nein, Mary! Nicht schon wieder?«

»Doch.« Sie hatten zwei Jahre zuvor ihr drittes Kind bekommen, und jetzt war also das vierte unterwegs. »Ich habe gerade den Anruf von meinem Arzt bekommen. Aber ich glaube, dann ist auch Schluß damit für die Waterstons. Immerhin werde ich diesen Monat neununddreißig. Ich bin schließlich kein junges Mädchen mehr wie du.«

»Ich wünschte, ich käme mir so vor.« Bettina war gerade einunddreißig geworden. »Aber auf jeden Fall ist eine Schwangerschaft für mich nicht die richtige Lösung.« Sie sah ihre Freundin vielsagend an, und Mary erwiderte ihren Blick traurig.

»Ich wünschte, es wäre anders.« Die Geburt von Alexander hatte sie gezeichnet. Und sie hatte John ihren Standpunkt ganz klar dargelegt. Es würde keine weiteren Kinder mehr geben. Aber da er selbst ein Einzelkind gewesen war, war er mit dem einen zufrieden. »Du solltest diese Entscheidung eines Tages nochmal überdenken, Betty. Ich hab' dir schon vor drei Jahren gesagt, daß es nicht so sein muß, wie es bei dir abgelaufen ist.« Sie erinnerte sich noch gut an ihre Unterhaltung im Krankenhaus, bald nachdem Alexander zur Welt gekommen war. Mary war in Tränen aufgelöst gewesen, wütend auf John und McCarney. Sie war die einzige gewesen, die auf Bettinas Seite stand.

Achselzuckend meinte Bettina: »Ich habe mit Alexander genug. Ich will wirklich kein weiteres Kind.« Aber Mary glaubte ihr nicht. Für eine Frau, die sich nicht einmal sicher gewesen war, ob sie Kinder wollte, kam ihr Umgang mit Alexander wirklich einem Wunder gleich. Sie war liebevoll, zärtlich, kreativ. Seit drei Jahren waren Alexander und seine Mutter die besten Freunde. Jetzt stand sie auf und ging lächelnd auf Mary zu. »Aber ich muß zugeben, ich weiß nicht, was ich heute ohne ihn anfangen soll.«

»Warum fährst du nicht in die Stadt und gehst einkaufen? Ich würde dich ja mitnehmen, aber ich habe gerade einen Babysitter bekommen und Seth versprochen, daß ich ihm helfen werde, einen neuen Wagen für uns auszusuchen.«

»Was für ein Auto wollt ihr denn?« Langsam ging Bettina hinter ihrer Freundin die Treppe hinunter.

»Ich weiß nicht, irgend etwas Häßliches und Nützliches, Praktisches. Wer kann es sich mit vier Kindern schon leisten, etwas Schönes zu fahren? Wir werden damit warten und unseren ersten ›netten‹ Wagen kaufen, wenn wir zu alt sind, um damit zu fahren.«

»Die sind aus dem Haus, ehe du dich's versiehst, Mary.« Das älteste der Kinder war schon sechs, und sie hatte an Alexander gesehen, wie die Zeit verflog. Es war schwer zu glauben, daß er schon drei Jahre alt war. Plötzlich sah sie ihre Freundin kichernd an. »Außer natürlich du bekommst noch weitere Kinder, für die nächsten fünfzehn Jahre.«

»Seth würde das nicht gut finden.« Sie wußten aber beide, daß das nicht wahr war. Sie liebten einander und die Kinder, auch jetzt noch, nach acht Jahren Ehe. Mit John und Bettina war das anders. Sie standen einander sehr nah, aber sie hatten niemals dieses Gefühl geteilt, wie es bei Mary und Seth der Fall war. Und irgend etwas war mit Bettina geschehen. Ein Teil von ihr hatte sich nach der Geburt des Kindes verschlossen. Mary hatte das auch bei anderen Frauen beobachtet. Das war immer so, wenn jemand von Menschen verraten wurde, denen er vertraut hatte. Nie wieder würde Bettina jemandem so vertrauen können. Das hatte Mary oft Sorgen bereitet, aber sie hatte nie gewagt, das Thema anzuschneiden, genauso wenig, wie sie Bettinas Stück je wieder erwähnt hatte. Aber jetzt, wo Alexander in den Kindergarten ging, würde Bettina wieder mehr Zeit für sich haben, und sie fragte sich, ob sie jetzt endlich doch noch mit der Schreiberei anfangen würde. »Nun? Gehst du einkaufen?«

Bettina zuckte mit den Schultern. »Ich weiß nicht. Vielleicht fahre ich in die Stadt. Kann ich irgend etwas für dich besorgen?«

»Nichts, Betty, danke. Ich wollte dir bloß schnell die Neuigkeit erzählen.«

»Vielen Dank.« Bettina lächelte ihre Freundin liebevoll an. »Wann ist es denn soweit?«

»Im April diesmal. Ein Osterhase.«

Bettina beobachtete sie, als sie ging, und machte sich dann fertig, um in die Stadt zu fahren. Sie trug eine graue Hose und einen grauen Pullover und nahm einen Regenmantel über den Arm, ehe sie das Haus verließ. Es war einer dieser Tage im Herbst, an denen man nie wußte, ob die Sonne scheinen oder es regnen würde, und genausogut konnte es auch windig und neblig und kalt werden. Einen Moment zögerte Bettina und überlegte, ob sie John anrufen und fragen sollte, ob sie sich irgendwo zum Essen treffen sollten. Alexander würde bis vier Uhr nachmittags im Kindergarten sein. Aber dann entschied sie, John aus der Stadt anzurufen, nachdem sie sich überlegt hatte, was sie tun wollte.

Sie parkte den Wagen in der Nähe des Union Square und ging dann über die Straße ins St. Francis. Dort durchquerte sie die schöne Eingangshalle. Endlich fand sie eine Reihe Münzfernsprecher, rief ihren Mann an und erfuhr, daß er bereits zum Essen gegangen war. Also mußte sie sich etwas einfallen lassen. Sollte sie einkaufen gehen, ohne vorher etwas zu essen? Oder sollte sie irgendwo allein ein Sandwich essen? Sie wußte nicht so recht, ob sie wirklich hungrig war, und während sie noch nachdenklich so da stand, packte plötzlich jemand ihren Arm. Erschrocken machte sie einen Satz zur Seite und blickte dann auf, um zu sehen, wer sie so gepackt hatte. Sie verstummte, riß verblüfft die Augen auf.

»Hallo, Bettina.« Er hatte sich in den fünf Jahren, in denen sie ihn nicht gesehen hatte, kaum verändert. Doch allein dadurch, daß sie ihn ansah, kam sie sich wieder vor wie ein kleines Mädchen. Es war Ivo, so groß und gutaussehend wie immer, mit immer noch vollem, schneeweißem Haar. Er sah kaum älter aus, und sie war erstaunt, wenn sie daran dachte, daß er jetzt dreiundsiebzig sein mußte.

»Ivo . . .« Sie wußte nicht, was sie mehr hätte sagen können. Vor Überraschung verschlug es ihr die Sprache, doch dann streckte sie ohne ein weiteres Wort die Arme nach ihm aus. Tränen standen in ihren Augen, als er sie festhielt, und als er sich dann von ihr frei machte, sah sie, daß auch er weinte.

»Na, Kleines, wie geht es dir? Alles in Ordnung? Ich habe mir solche Sorgen um dich gemacht.«

Aber sie nickte lächelnd. »Mir geht es prima. Und dir?«

»Ich werde älter, aber nicht weiser. Ja, Liebes, mir geht es gut. Bist du noch verheiratet?« Er warf schnell einen Blick auf ihre Hand und stellte fest, daß sie es noch war.

»Ja. Und ich habe einen entzückenden kleinen Sohn.«

»Das freut mich.« Seine Stimme klang sanft, und um sie her strömten die Menschen durch die Halle. Aber sie schämte sich, als er sie ansah. Drei Ehemänner. Es war eine Schande. Sie sah ihn an und seufzte. »Bist du glücklich?« fragte er.

Sie nickte. In vieler Hinsicht war sie es. Es war ein ganz anderes Leben als mit ihm. Sie war kein kleines Mädchen mehr, das in einer Phantasiewelt lebte. Sie führte ein reales Leben, in dem sie manchmal auch einsam war und in dem es auch harte Zeiten gab. Aber hinter all dem stand das Wissen, daß sie jetzt ein respektables Leben führte, und dann war da immer noch die Freude, die ihr Kind ihr bereitete. »Ja, das bin ich.«

»Das freut mich.«

»Und du?« Sie wollte wissen, ob er wieder geheiratet hatte, und als er ihren Blick sah, mußte er lachen.

»Nein, Liebes, ich bin nicht verheiratet. Aber ich bin sehr glücklich so, wie es ist. Dein Vater hatte schon recht. Ein Mann sollte sein Leben als Junggeselle beenden. Das ist viel vernünftiger.« Er kicherte leise, aber die Art, in der er das sagte, leugnete nichts von dem, was sie miteinander geteilt hatten. Jetzt legte er einen Arm um sie und zog sie an sich. »Ich habe mich immer gefragt, was wohl passiert war, als meine Anwälte mir erklärten, was du wegen des Geldes veranlaßt hattest. Es hat mich viel Kraft gekostet, keine Privatdetektive auf deine Spur anzusetzen, um dich zu finden. Eine ganze Weile hatte ich das vor, doch dann entschied ich, daß du ein Recht auf ein eigenes Leben hättest. Das habe ich dir schließlich immer versprochen.« Sie nickte, plötzlich merkwürdig ernüchtert und doch überwältigt von dem Gefühl, in seinen Armen zu sein.

»Ivo...« Sie strahlte ihn glücklich an, und er lächelte. »Ich freue mich so, dich zu sehen.« Es war, als käme sie heim. Jahrelang hatte sie fast vergessen, woher sie kam, wer sie war, und jetzt war Ivo hier in San Francisco, sein Arm lag um ihre Schultern. Sie war so glücklich, daß sie am liebsten getanzt hätte. »Hast du Zeit, mit mir zum Essen zu gehen?«

»Für dich, Kleines, habe ich immer Zeit.« Er warf einen Blick auf seine Uhr, entschuldigte sich dann und ging in die Telefonzelle. Als er zurückkam, lächelte er. »Ich bin hier, um einen alten Freund zu besuchen. Rawson. Erinnerst du dich noch an ihn? Er ist jetzt der Herausgeber der hiesigen Zeitung, und ich habe ihm versprochen, ihn zu beraten. Aber ich habe zwei freie Stunden. Reicht das?«

»Bestens! Danach muß ich sowieso nach Hause, weil mein kleiner Sohn nach Hause kommt.«

»Wie alt ist er denn?«

»Drei, und er heißt Alexander.«

Er sah sie einen Augenblick an. »Hast du das Theater aufgegeben?«

Leise seufzend nickte sie. »Ja.«

»Warum?«

»Meinem Mann gefiel das nicht.«

»Aber schreibst du wenigstens?«

Leise kam ihre Antwort: »Nein, Ivo, das tue ich nicht.« Er wartete, bis sie in einer gemütlichen Nische ganz hinten im Restaurant Platz genommen hatten. Dann holte er tief Luft und sah sie offen an.

»Also, was ist das für ein Unsinn, daß du nicht schreibst?«

»Ich will einfach nicht.«

»Seit wann?« Er musterte sie sorgfältig, als sie antwortete.

»Seit ich verheiratet bin.«

»Hat dein Mann damit zu tun?«

Sie zögerte lange Zeit. »Ja. Hat er.«

»Und das nimmst du hin?« Sie nickte wieder.

»Ja.« Sie dachte einen Moment nach. »John möchte, daß wir ein ›normales‹ Leben führen. Und er glaubt nicht, daß Schreiben dazu gehört.« Es war schmerzhaft, aber wahr.

Er sah sie genau an, und allmählich fing er an zu begreifen. Langsam nickte er und griff nach ihrer Hand. »Du wärst viel besser dran gewesen, meine Kleine, wenn du von Anfang an ein normales Leben geführt hättest. Wenn du eine gewöhnliche Mutter und einen gewöhnlichen Vater gehabt hättest, wenn man dir erlaubt hätte, ein ganz gewöhnliches kleines Mädchen zu sein. Aber das warst du nicht. In deinem Leben hat es niemals etwas ›Normales‹ gegeben.« Er lächelte liebevoll. »Nicht einmal deine Ehe mit mir. Aber manchmal kann ›normal‹ auch heißen gewöhnlich, langweilig, banal. Und nichts, mit dem du jemals in Berührung gekommen bist, vom Augenblick deiner Geburt an bis heute, war so. Du warst eine außergewöhnliche Frau, bis heute. Du kannst nicht einfach so tun, als wärst du anders, Liebling. Du kannst nicht etwas sein, was du nicht bist. Oder versuchst du das, Bettina? Spielst du die gewöhnliche Frau eines gewöhnlichen, netten Mannes? Ist es das, was er von dir erwartet?« Schweigend nickte sie, und er ließ bedauernd ihre Hand los. »Wenn dem so ist, Bettina, dann liebt er dich nicht. Er liebt eine Frau, die er selbst geschaffen hat. Eine Hülle, in die er dich gezwungen hat, um dich zu verstecken. Aber das wirst du nicht ewig tun können, Bettina. Und es ist die Sache nicht wert. Du hast ein Recht darauf, die zu sein, die du bist. Materiell gesehen hat dein Vater dir nichts hinterlassen. Alles, was er dir hinterlassen hat, war ein Stück von seinem Genie, von seiner Seele. Aber du leugnest diese kostbaren Stücke mit jedem Tag, an dem du vorgibst, jemand anderer zu sein, und an dem du dich weigerst, zu schreiben.« Er machte eine lange Pause, ehe er hinzufügte: »Kannst du denn nicht beides tun, Bettina? Könntest du nicht schreiben und trotzdem die Frau dieses Mannes sein?«

»Ich habe noch nie über diese Möglichkeit nachgedacht«, gestand sie und grinste boshaft. »Aber das wird sich jetzt ändern. Was ist mit dir?«

»Ich tue mein Teil. Diese Erschöpfung, an die du dich vielleicht noch erinnerst, erwies sich als Folge einer Anämie, die glücklicherweise inzwischen geheilt ist. Ich habe ein Buch geschrieben, und jetzt arbeite ich an dem zweiten. Aber sie sind natürlich nicht mit Justins zu vergleichen. Es sind alles Sachbücher.« Er lächelte sie zufrieden und erfreut an.

»Ich würde es gern lesen.«

»Ich schicke dir ein Exemplar.« Traurig sah er sie dann an. Ihre zwei Stunden waren abgelaufen, und er mußte gehen. »Ich reise heute abend ab. Kommst du je nach New York?« Sie schüttelte den Kopf.

»Ich war seit fast fünf Jahren nicht mehr dort.«

»Wird es da nicht mal Zeit?«

»Ich glaube kaum. Mein Mann mag New York nicht.«

»Dann komm doch allein.« Sie verdrehte lachend die Augen. Es machte ihm Hoffnung, als er das Funkeln in ihren Augen sah. Vor dem Essen war es nicht dort gewesen.

»Vielleicht wenn ich mein Stück geschrieben habe. Du hast recht, es wird Zeit.« Nach diesem Treffen wurde ihr plötzlich erschreckend klar, wieviel sie geopfert hatte. Ihre ganze Zeit am Theater wäre umsonst gewesen, wenn sie nun ihr Stück nicht mehr schreiben würde.

Er nickte. »Was ist mit deinem Mann? Wirst du ihm erzählen, daß du mich heute getroffen hast?«

Sie dachte einen Augenblick nach und schüttelte dann traurig den Kopf. »Ich glaube nicht, daß ich das tun kann.« Da bedauerte er sie aufrichtig. Sie hatte ihm immer alles sagen können. Abgesehen von dieser Dummheit, in die sie am Schluß mit diesem jungen Schauspieler gerutscht war.

Bettina nickte zögernd und streckte dann die Arme nach Ivo aus, zog ihn an sich. »Das alles ist wie ein Traum, weißt du. Es ist, als wärst du eine Art *deus ex machina*, der vom Himmel gefallen ist, um meinen Kurs zu ändern.«

Er kicherte leise. »Wenn du so von mir denken willst, Bettina, dann nur zu. Bloß tu es auch wirklich. Nichts mehr von dieser unvernünftigen Hausfrauenroutine, sonst komme ich wieder und suche dich heim!« Sie lachten beide über diese Bemerkung. »Versprichst du mir, daß du mir schickst, was du geschrieben hast?«

»Ich verspreche es.« Ernst sah sie ihn an, als sie aufstanden und in die Eingangshalle zurückgingen. Es tat gut, wieder einmal mit ihm zusammen zu sein, sich an seiner Seite so richtig behütet zu fühlen. Einen Augenblick sehnte sie sich nach ihrer alten Garderobe, den teuren, europäischen Kleidern, dem Schmuck. Als wüßte er, was sie dachte, blickte er auf sie herab und meinte leise: »Hast du den Ring noch?« Sie wußte sofort, daß er den großen Diamanten meinte, und nickte mit aufgerissenen Augen.

»Natürlich, Ivo. Ich trage ihn bloß nicht. Aber ich habe ihn noch. Er ist in meinem Tresor auf der Bank.«

»Gut. Laß niemals zu, daß er dir von irgend jemandem abgenommen wird. Behalte ihn für dich. Er ist inzwischen ein kleines Vermögen wert, und du weißt nie, ob du ihn nicht einmal brauchen kannst.« Dann fiel ihm plötzlich ein, daß er ihre Adresse noch gar nicht hatte, ja, nicht einmal ihren neuen Namen kannte er. Schnell gab sie ihm beides, und dann lächelte sie.

»Sie nennen mich Betty Fields. Betty Fields.« Aber Ivo schien nicht amüsiert, als er sie ansah.

»Das paßt nicht zu dir.«

Verlegen kam ihre Antwort: »Ich weiß.«

»Wirst du als Bettina Daniels schreiben?«

Sie nickte, und es war offensichtlich, daß er das guthieß. Wieder zog er sie in seine Arme, ohne Worte. Er hielt sie bloß fest, und einen Moment klammerte sie sich an ihn. Es war Bettina, die schließlich das Schweigen brach. »Ivo ... danke ...«

Seine Augen glänzten merkwürdig, als er auf sie herabschaute. »Paß gut auf dich auf, Kleines. Du hörst von mir.« Sie nickte, und er küßte sie zärtlich auf die Stirn. Sie trennte sich in der Halle von ihm, und er sah ihr nach, wie sie davonging. Er beobachtete sie, bis sie in der Menge vor dem Gebäude verschwunden war, und schließlich drehte er sich leise seufzend um. Wie sehr hatte sie sich in diesen fünf Jahren verändert, seit er sie das letzte Mal gesehen hatte. Und wieviel Einfluß mußte dieser Mann auf sie haben, daß er sie dazu bringen konnte, ihr früheres Leben zu verleugnen, sich selbst und ihre alte Welt. Aber Ivo würde sie nicht so leicht wieder aus den Augen lassen. Als er im Fahrstuhl nach oben fuhr, zog er einen kleinen, in schwarzes Leder gebundenen Notizblock hervor und machte sich ein paar Notizen.

32

»Wie geht's voran, Betty?« Mary lächelte ihr zu, als sie langsam in den Hof hinausschlenderte. Es war ein warmer, sonniger Apriltag.

»Nicht schlecht. Und bei dir?«

»Ungefähr genauso.« Sie tauschten ein Grinsen und fingen an, langsam spazierenzugehen. Mary war wieder einmal hochschwanger, aber sie sah in diesem Zustand immer sehr friedlich und glücklich aus. Trotz ihrer Witze und obwohl sie immer so tat, als beklagte sie sich, hatte sie eigentlich nichts dagegen, schwanger zu sein. »Was meinst du, wie lange brauchst du noch, bis du fertig bist?« Nur Mary und Ivo wußten von dem Stück. Es lief jetzt gut.

Bettina blinzelte im Sonnenschein und dachte an ihre Arbeit dieses Nachmittags zurück. »Vielleicht noch zwei Wochen, vielleicht auch drei.«

»Mehr nicht?« Mary schien beeindruckt. Bettina saß seit fast sechs Monaten daran. »Zum Schluß schlägst du mich noch.« Das Baby sollte erst Ende des Monats kommen.

»Wer zuerst fertig wird, muß die andere zum Essen einladen.«

Mary grinste breit. »Also dann.« Anschließend unterhielten sie sich über die Kinder, und kurz darauf kamen Alexander und die beiden Ältesten von Mary heim. Bettina ging langsam hinter Alexander her ins Haus, zuversichtlich, daß sie alles versteckt hatte, was auf ihre Arbeit hindeutete. Doch eine halbe Stunde später kam sie in ihr Schlafzimmer und ertappte Alexander dabei, wie er ernsthaft auf ihr Stück starrte.

»Was ist das, Mommy?«

»Etwas, woran ich gearbeitet habe.« Sie versuchte, gleichgültig zu klingen. Sie wollte nicht, daß er John etwas erzählte.

»Aber was ist das?«

Sie zögerte lange. »Eine Geschichte.«

»Für Kinder?«

Sie seufzte leise. »Nein. Für Erwachsene.«

»Wie ein Buch?« Seine Augen weiteten sich vor neuem Respekt, aber sie schüttelte wieder den Kopf, diesmal sanft lächelnd.

»Nein, Liebling. Und um dir die Wahrheit zu sagen, es soll eine Überraschung für Daddy werden. Darum möchte ich auch nicht, daß du ihm davon erzählst. Glaubst du, daß du das schaffst?« Hoffnungsvoll sah sie ihn an, und er nickte.

»Klar.« Dann verschwand er in seinem Zimmer, und sie dachte, daß sie ihm eines Tages über seinen Großvater erzählen müßte. Er hatte ein Recht darauf zu wissen, daß er mit einem Mann wie Justin Daniels verwandt war. Sogar Leute, die ihn nicht mochten, hatten zugeben müssen, daß er ein großer Mann war. Und seine Bücher waren so herrlich. In letzter Zeit hatte Bettina viele von ihnen wieder gelesen, abends, wenn John arbeitete. Sie versteckte sie vor ihm. Genau wie sie die Anrufe von Ivo geheimhielt, die jetzt von Zeit zu Zeit kamen. Er wollte nur wissen, wie sie vorankam. Und sie versicherte ihm immer, daß sie arbeitete und alles gutging. Er hatte schon einen Agenten, der begierig auf ihr erstes Manuskript wartete, und als sie das letzte Mal mit ihm telefoniert hatte, hatte sie ihm versprochen, daß es bald soweit sein würde. Aber es kam noch schneller, als sie erwartet hatte. Ganz plötzlich, eine Woche nachdem sie mit Mary darüber geredet hatte, stellte sie fest, daß das Stück vollendet in ihren Händen lag. Sie starrte es lange an. Ihr Haar war zerzaust, ihr Gesicht vom Stift verschmiert, und sie grinste breit. Sie hatte es endlich geschafft! Nie in ihrem Leben war sie so stolz gewesen. Nicht einmal Mary, die am nächsten Tag einem gesunden Jungen das Leben schenkte – so leicht wie immer – konnte so stolz sein.

Nachdem Bettina das Stück sorgfältig noch viermal gelesen hatte, schickte sie es per Post an Ivo.

»Wie ist es?« Er hörte sich genauso aufgeregt an, wie sie sich fühlte.

»Wundervoll! Mir gefällt es.«

»Gut. Dann bin ich sicher, daß es mir auch gefallen wird.« Er wollte es an ihren Agenten schicken.

Eine Woche später rief der Agent bei ihr an und erklärte ihr, daß es noch überarbeitet werden müßte.

»Was heißt das?« fragte sie Ivo, als sie ihn später anrief, um sich an seiner Schulter auszuweinen.

»Genau das, was der Mann gesagt hat. Er hat dir doch gesagt, wo du es noch verbessern solltest. Und das kann doch für dich nichts Neues sein. Du erinnerst dich doch bestimmt noch daran, wie Justin seine Bücher immer überarbeitet und geändert hat. Das ist wirklich keine große Sache. Du hast doch wohl nicht erwartet, daß es gleich beim ersten Mal angenommen wird, oder?« Doch die Enttäuschung in ihrer Stimme verriet ihm, daß es genauso gewesen war.

»Natürlich.«

»Nun, du hast fast zweiunddreißig Jahre lang gewartet, bis du es geschrieben hast, jetzt kannst du gut noch sechs Monate zugeben.« Aber das brauchte sie gar nicht. Sie hatte die Korrekturen, die der Agent wünschte, in drei Monaten erledigt. Sie schickte es Anfang Juli an ihn zurück, und zwei Tage später rief er sie an. Erfolg auf der ganzen Linie! Sie hatte es geschafft! Sie hatte ein fabelhaftes, wundervolles, fesselndes Stück geschrieben. Sie schmolz bei dem Klang seines Lobes dahin und lag anschließend eine Stunde lang auf ihrem Bett, glücklich vor sich hin lächelnd.

»He, worüber bist du denn so glücklich, Betty?« Lächelnd blickte John auf sie herab. Er kam von einem Tennisspiel zurück.

Sie setzte sich auf und strahlte ihn an, fuhr mit der Hand durch sein glänzendes, schwarzes Haar. »Ich habe eine Überraschung für dich, Liebling.« Sie hatte es für ihn binden lassen, als sie eine Kopie für den Agenten hatte anfertigen lassen, aber sie hatte das Buch aufgehoben, bis sie wußte, ob das Stück gut war.

»Was denn?« Er klang aufgeregt, als sie durchs Zimmer ging.

»Etwas, was ich für dich gemacht habe.« Sie grinste ihn über die Schulter hinweg an, und plötzlich sah sie aus wie Alexander, wenn er aus dem Kindergarten ein selbstgemaltes Bild mitbrachte.

Mit einem neugierigen Ausdruck in den Augen folgte John ihr, als sie schnell in eine Schublade griff, und dann wandte sie sich zu ihm um, ein großes, blau eingebundenes Buch in den

Händen haltend.

»Was ist das?« Er öffnete es langsam und hielt dann plötzlich inne, als hätte man ihn geschlagen, als er ihren Namen las. Wütend wandte er sich zu ihr um und knallte das Buch zu. »Soll das ein Witz sein?«

»Kaum.« Sie sah ihn an und ihre Beine zitterten.

»Was ist das?«

»Ein Theaterstück.«

»Hättest du mit deiner Zeit nicht etwas Besseres anfangen können? Die weiblichen Hilfskräfte im Krankenhaus brauchen eine Vorsitzende, dein Sohn geht liebend gern mit dir an den Strand, ich könnte dir ein Dutzend verschiedener Dinge nennen, die du statt dessen hättest anfangen können.«

»Warum?« Es war das erste Mal, daß sie ihm widersprach.

Er lachte verächtlich. »Das ist doch wahrscheinlich nur Unsinn.« In einem plötzlichen Wutanfall schleuderte er es ihr entgegen. »Ich will diesen Schund nicht!« Ohne noch etwas zu sagen, warf er die Tür hinter sich zu und lief die Treppe hinunter, und einen Moment später hörte sie, wie die Haustür ins Schloß fiel. Vom Schlafzimmerfenster aus sah sie ihn fortfahren, und sie fragte sich, was er jetzt tun würde. Wahrscheinlich eine Weile herumfahren oder irgendwo einen Spaziergang machen, und dann würde er heimkommen, und sie würden nicht mehr darüber sprechen. Er würde es nie lesen, nie erwähnen. Das Thema war tabu. Aber was wäre, wenn sie es nun verkaufen würde, fragte sie sich, wenn das geschah? Was würde er dann tun? Traurig machte sie sich klar, daß sie mit dieser Möglichkeit wohl nicht zu rechnen brauchte, aber es war doch schön, davon zu träumen.

33

Gleich nach dem Wochenende des *Labor Day*, also nach dem ersten Montag im September, ging Alexander wieder zum Kindergarten. In der Nachbarschaft war es plötzlich ungewöhnlich ruhig. Mary hatte wenigstens das Baby, aber Bettina hatte nichts zu tun. Genau, wie sie es vorausgeahnt hatte, hatte John ihr Stück nicht wieder erwähnt, und die Ausgabe, die sie für ihn in blaues Leder hatte binden lassen, steckte seit zwei Monaten wieder ganz hinten in der Schublade. Er hatte die Widmung für Alexander und ihn überhaupt nicht gesehen. Zwei Monate waren vergangen, seit Bettina es ihrem Agenten zugeschickt hatte, und Ivo hatte ihr erklärt, daß es Monate dauern könnte, bis sie wieder etwas hören würde. Aber was würden das für Nachrichten sein? Daß es jemand gekauft hatte? Daß es immer wieder zurückgeschickt wurde? Daß täglich mit der Vorstellung angefangen werden konnte? Sie grinste, so unwahrscheinlich kam ihr das alles vor, und dann ging sie in die Küche und stellte das schmutzige Geschirr in die Spülmaschine. Vom Küchenfenster aus konnte sie Mary beobachten, die ihr Baby in den Wagen legte, und sie lächelte vor sich hin bei diesem Anblick. Vielleicht hatte Mary recht. Jetzt, wo sie ihr Stück geschrieben hatte, fragte Bettina sich, was sie mit sich anfangen sollte. Als sie traurig die letzten Geschirrteile in die Maschine räumte, hörte sie das Telefon klingeln.

»Hallo?«

»Bettina?«

»Ja.« Sie lächelte glücklich aus dem Fenster. Es war Ivo. »Ich hab' ja wochenlang nichts von dir gehört.« Sie kam sich unehrlich vor, weil sie jetzt mit ihm sprach und John nie davon erzählte. Aber sie wußte auch, daß sie nichts Böses tat. Sie hatte entschieden, daß es einige Dinge gab, die zu tun sie ein Recht hatte, und von denen sie ihm nichts erzählen mußte. Und außerdem: Was konnte sie John überhaupt erzählen? Daß Ivo sie anrief, um sich mit ihr über ihr Stück zu unterhalten?

»Ich bin gerade aus Südfrankreich zurückgekommen. Und Norton wollte dich anrufen.« Ihr Herz setzte beinahe aus.

Norton Hess war sein Agent und jetzt, natürlich, auch ihrer. »Aber ich hab' ihm gesagt, daß ich dich selbst anrufen wollte.«

»Weshalb?« Sie versuchte, unbekümmert zu klingen, als sie sich setzte.

Aber Ivo am anderen Ende grinste. »Was meinst du wohl, weshalb, Kleines? Wegen des Wetters in Kalifornien?« Sie kicherte, und er ebenso. »Nicht direkt, Liebling. Um ehrlich zu sein« – er zog die Worte in die Länge, und sie stöhnte fast – »es war wegen deines brillanten, kleinen Stückes.«

»Und?«

»Nicht so ungeduldig!«

»Ivo! Nun mach schon!«

»Also gut, also gut. Sieht so aus, als hätte Norton eine ganze Armee von Förderern. Du hast unglaubliches Glück ... es scheint so, als wäre ein Theater frei, und es hört sich zwar fast unmöglich an, aber sie reden davon, daß die Premiere Ende November/Anfang Dezember sein soll ...« Er lachte glücklich. »Muß ich noch mehr sagen? Norton möchte, daß du mit dem nächsten Flugzeug nach New York kommst. Du kannst alles mit ihm besprechen, wenn du hier bist.«

»Ist das dein Ernst?«

»Natürlich. Ich war noch nie so ernst wie jetzt.«

»Ach, Ivo ...« In all der Zeit des Schreibens, Hoffens und Betens hatte sie doch nie wirklich damit gerechnet. »Was soll ich jetzt bloß tun?« Sie wußte nicht, ob sie lachen oder weinen sollte. Aber Ivo verstand sie sofort.

»Du meinst, wegen deines Mannes?«

»Ja. Was soll ich ihm sagen?«

»Daß du ein Theaterstück geschrieben hast, daß es am Broadway einen Produzenten gibt, der sich dafür interessiert, und wenn du nur ein Fünkchen Glück hast, dann wird es ein Volltreffer.«

»Wie schnell muß ich wirklich kommen?«

»Je schneller, desto besser. Norton ruft dich bestimmt gleich noch an. Ich wollte nur einfach das Vergnügen haben, dir die Neuigkeit zu übermitteln. Aber Tatsache ist, daß wir über einen fast unmöglichen Premierentermin sprechen. Der einzige Grund, warum das überhaupt möglich sein könnte, ist der, daß dieses eine Theater zufällig frei geworden ist. Und dein Stück erfordert fast keine Kostüme und Bühnenbildner. So ist es also nur eine Frage der finanziellen Unterstützung, der Besetzung und der Proben. Aber je länger du da drüben zögerst, desto später können wir hier anfangen. Wie wär's, wenn du morgen kommen würdest?«

»Morgen?« Sie sah verblüfft aus. »Nach New York?« Seit fünfeinhalb Jahren war sie nicht mehr dort gewesen. Ein langes Schweigen entstand, in dem Ivo sie das verdauen ließ.

»Es liegt ganz an dir, Kleines. Aber es wäre besser, wenn du dich gleich aufraffen könntest.«

»Ich werde heute abend noch mit John sprechen, und morgen dann mit Norton.«

Aber Norton war nicht so geduldig wie Ivo. Er rief sie eine halbe Stunde später an und bestand darauf, daß sie noch am selben Abend fahren sollte. »Das kann ich nicht, das ist unmöglich. Ich habe einen Ehemann und ein kleines Kind. Ich muß Vorbereitungen treffen, ich muß...« Schließlich gab er sich damit zufrieden, daß sie am nächsten Tag kommen würde, aber das hieß, daß sie sich mit John in Verbindung setzen und ihm alles so bald wie möglich erzählen mußte. Sie dachte daran, ihn in der Klinik aufzusuchen, doch schließlich beschloß sie zu warten, bis er heimkam. Sie hatte sich besonders hübsch gemacht, mixte ihm einen Drink und brachte Alexander ins Bett, sobald sie konnte.

»Was führst du im Schilde?« Interessiert musterte er sie, als er nach Hause kam, und sie lächelten beide, aber Bettinas Gesicht wurde schnell wieder ernst, als sie ihr Glas abstellte.

»Ich muß etwas mit dir besprechen, Liebling. Und was du auch davon halten magst, ich möchte, daß du weißt, daß ich dich liebe.« Sie stockte einen Augenblick, als sie ihn ansah. Sie hatte Angst davor, ihm von dem Stück zu erzählen. »Was ich dir jetzt erzählen muß, hat nichts mit meiner Liebe zu dir zu tun, sondern nur mit mir selbst.«

»Und was soll das alles bedeuten? Laß mich raten.« Er war heute abend gut gelaunt. »Du möchtest Geld für den Friseur?«

Aber sie schüttelte nüchtern den Kopf. »Nein, John, es handelt sich um mein Stück.«

»Ach? Und was ist damit?« Sein Gesicht wurde sofort hart.

Sie konnte ihm nicht erzählen, daß Ivo es an einen Agenten geschickt hatte, denn sie hatte ihm verschwiegen, daß sie Ivo wiedergesehen hatte. »Ich habe es einem Agenten geschickt.«

»Wann?«

»Vergangenen Juli. Nein, eigentlich schon vorher, und er hat mich gebeten, ein paar Korrekturen vorzunehmen, und das habe ich getan.«

»Warum?«

Sie schloß für eine Minute die Augen, und dann sah sie ihn wieder an. »Weil ich es verkaufen wollte, John. Das ist einfach ... es ist etwas, was ich schon immer tun wollte. Ich mußte es einfach. Für mich selbst, für meinen Vater. Und irgendwie auch für dich und Alexander!«

»Quatsch! Alles, was du für mich und Alexander zu tun hast, ist hier zu sein, für uns da zu sein in diesem Haus.«

»Ist das alles, was du von mir verlangst?« Mit riesigen, traurigen Augen schaute sie ihn an.

»Ja. Glaubst du etwa, was du da tust, ist ein anständiger Beruf? Nein, das ist es nicht. Sieh dir doch bloß deinen Vater an, den berühmten Schriftsteller. Glaubst du etwa, er wäre ein respektabler Mann gewesen?«

»Er war ein Genie.« Sie war schnell dabei, ihn zu verteidigen. »Er war vielleicht nicht das, was du als ›respektabel‹ bezeichnest, aber er war geistreich und interessant, und Millionen haben seine Bücher mit Vergnügen gelesen.«

»Und was hat er dir gegeben, Süße? Seinen geilen, alten Freund? Seinen Kumpel? Diesen alten Drecksack, der dich geheiratet hat, als du gerade neunzehn warst?«

»Du weißt nicht, was du sagst.« Sie war blaß geworden, als sie ihn anstarrte. »John, darum geht es doch gar nicht. Es geht um mein Stück.«

»Blödsinn! Es geht um meine Frau und die Mutter meines Sohnes. Glaubst du, ich will, daß du dich mit diesen Theaterleuten rumtreibst? Was glaubst du wohl, was das für mich bedeutet?«

»Aber ich muß mich ja nicht ›herumtreiben‹. Ich kann nach New York fahren, es verkaufen und wieder heimkommen. Ich lebe hier bei dir und Alexander, und dreitausend Meilen entfernt, in New York, wollen sie mein Stück aufführen. Du mußt es dir ja nicht einmal ansehen.« Doch als sie sich hörte, wie sie ihn anflehte, fing sie plötzlich an, ihn zu hassen, für das, was er sie zu tun zwang. Warum mußte sie ihm erzählen, daß er ihr Stück niemals anzusehen brauchte? Warum wollte er es nicht sehen? »Warum bist du so sehr dagegen? Ich verstehe das nicht.« Traurig schaute sie ihn an und versuchte sich zur Ruhe zu zwingen.

»Du verstehst mich deshalb nicht, weil du so eine traurige Kindheit hattest, und das ist etwas, was ich für meinen Sohn nicht will. Ich will, daß er normal wird.«

Verbittert sah sie ihn an. »So wie du? Ist das das einzige, was normal ist?«

Er antwortete schnell. »Allerdings.«

Plötzlich sprang sie auf. »In diesem Fall, John Fields, werde ich meine Zeit nicht länger damit verschwenden, mit dir darüber zu reden. Mein Gott, du verstehst ja nicht einmal, woher ich komme. Du kennst diese feinen Menschen nicht, diese großen Geister. Ehe ich hierherkam, habe ich mein Leben unter Menschen verbracht, die andere Leute so gern kennenlernen würden, daß sie bereit wären, ihren rechten Arm dafür zu geben. Alle außer dir, weil du nämlich ängstlich und verschreckt bist. Schau dich doch bloß an, du wagst es ja nicht einmal, nach New York zu fahren. Wovor hast du eigentlich solche Angst? Nun, ich werde dahin zurückkehren, morgen, um mein Stück zu verkaufen, und dann komme ich zurück nach Hause. Und wenn du das nicht akzeptieren kannst, dann scher dich zum Teufel, denn am Wochenende werde ich wieder hiersein und das tun, was ich immer tue, dein Essen kochen, dein Bett machen und für dein Kind sorgen.«

Für den Rest des Abends blieb er in seinem Arbeitszimmer und sagte auch nichts zu ihr, als er ins Bett kam. Am nächsten Morgen erklärte sie Alexander, daß sie nach New York fahren müßte. Sie erzählte ihm, weshalb, und sie erzählte ihm auch von seinem Großvater. Und der kleine Junge war fasziniert.

»Hat er Geschichten für Kinder geschrieben?« Er sah sie aus denselben grünen Augen an, wie sie sie hatte.

»Nein, Liebling, das hat er nicht.«
»Tust du's denn?«
»Noch nicht. Ich habe gerade ein Theaterstück geschrieben.«
»Was ist das?« Er setzte sich und schaute sie fasziniert an.
»Das ist wie eine Geschichte, die die Menschen auf einer großen Bühne spielen. Eines Tages nehme ich dich in ein Theaterstück für Kinder mit. Möchtest du das?« Er nickte, doch dann füllten sich seine Augen mit Tränen, und er streckte die Arme nach ihr aus und klammerte sich an ihre Beine.
»Ich will nicht, daß du wegfährst, Mommy.«
»Ich bleibe ja nicht lange fort, Liebling. Bloß ein paar Tage. Wie wär's, wenn ich dir ein Geschenk mitbringe?« Er nickte, sie trocknete seine Tränen und löste sich dabei vorsichtig aus seinem Griff um ihre Schenkel.
»Rufst du mich an, wenn ich aus dem Kindergarten heimkomme?«
»Jeden Tag. Das verspreche ich dir.«
Traurig kam seine Frage: »Wie viele Tage?«
Sie hielt zwei Finger hoch und betete, daß das reichen würde. »Zwei.«
Er schniefte laut, nickte dann und hielt ihr die Hand hin. »Gut.« Er zog sie zu sich herab, so daß er sie auf die Wange küssen konnte. »Du kannst fahren.« Gemeinsam verließen sie dann das Zimmer, Hand in Hand. Sie brachte ihn zu Mary hinüber, wo er spielen konnte, bis der Wagen kam, um ihn abzuholen, und eine halbe Stunde später befand sie sich schon auf dem Weg zum Flughafen. Sie fuhr allein in einem Taxi. John hatte die Angelegenheit nicht weiter mit ihr besprochen. Sie hatte ihm eine Nachricht hinterlassen, auf der stand, daß sie in zwei oder drei Tagen zurückkommen würde, und sie hatte ihm auch den Namen ihres Hotels hinterlassen. Sie sollte nie erfahren, daß er, als er am Abend heimkam und ihre Nachricht fand, den Zettel zusammenknüllte und in den Abfall warf.

34

Zusammen mit den anderen Passagieren verließ sie eilig das Flugzeug. Sie trug ein schwarzes Kostüm und ein Paar Ohrringe aus Perlen und Onyx, die sie jahrelang nicht angelegt hatte. Sie hatten ihrer Mutter gehört und waren groß und schön, genauso wie natürlich die Kette, die ihr Ivo so viele Jahre zuvor geschenkt hatte. Ivo war da, um sie abzuholen. Er trug einen Tweedanzug und lächelte. Sie seufzte erleichtert, als sie ihn sah. Während des ganzen Fluges war sie aufs äußerste angespannt gewesen. Sie konnte sich einfach nicht vorstellen, wie es sein würde, wieder in New York zu sein, ob es ein Traum oder ein Alptraum werden würde. Als sich die Maschine ihren Weg durch die Wolken bahnte, als das Land unter ihnen vorbeiflog, waren Tausende von Erinnerungen durch ihren Geist gezogen... mit ihrem Vater... mit Ivo... die Theater... die Einladungen... Anthony in der Dachwohnung. Es war ein endloser Film gewesen, den sie nicht hatte abstellen können. Aber jetzt, als sie Ivo in der überfüllten Ankunftshalle sah, kam die Erleichterung. Das war kein Traum.

»Müde, Liebes?«
»Nicht richtig. Bloß nervös. Wann soll ich Norton treffen?«
Er lächelte ihr zu. »Sobald ich dich in dein Hotel bringen kann.« Aber in seiner Stimme lag nichts Anzügliches. Ivo hatte seine alte Rolle schon seit langem wieder aufgenommen. Er war wieder nur noch ein Freund ihres Vaters, der jetzt in gewisser Weise an die Stelle ihres Vaters getreten war. »Bist du sehr aufgeregt?« Aber er mußte sie nur ansehen, um Bescheid zu wissen. Sie nickte nervös, kicherte dann, und sie warteten auf ihr Gepäck.

»Ich kann es kaum aushalten, Ivo. Ich weiß nicht einmal, was das alles bedeutet.«

»Es bedeutet, daß ein Stück von dir am Broadway gespielt wird, Bettina.« Er lächelte genauso glücklich wie sie, und dann musterte er sie zärtlich. »Was hat dein Mann gesagt?«

Einen Augenblick sah sie sehr ernst aus, doch dann lächelte

sie und meinte achselzuckend: »Nichts.«

»Nichts? Heißt das, er hatte nichts dagegen?«

Aber Bettina schüttelte den Kopf, und diesmal lächelte sie in sich hinein. »Es heißt, daß er nicht mehr mit mir gesprochen hat von dem Augenblick an, wo ich es ihm erzählte, bis zu dem Augenblick meiner Abreise.«

»Und dein Sohn?«

»Er war viel verständnisvoller als sein Vater.« Ivo nickte. Er wollte nicht mehr sagen, aber er hatte sich schon gefragt, was Bettina mit Alexander zu tun beabsichtigte. Wenn das Stück aufgeführt werden sollte, dann würde sie für einige Monate nach New York kommen müssen. Würde sie den Jungen mitbringen oder bei seinem Vater lassen? überlegte Ivo, aber er wollte diese Probleme nicht anschneiden, ehe der Handel perfekt war. So unterhielten sie sich bloß oberflächlich, und endlich tauchten ihre Sachen auf dem Fließband auf, und ein Träger brachte sie zu Ivos Wagen hinaus. Er hatte einen neuen Fahrer.

»Hat New York sich sehr verändert?« Er beobachtete sie, als sie über die Brücke fuhren, aber sie schüttelte den Kopf.

»Überhaupt nicht.«

»Das hatte ich auch nicht erwartet.« Er lächelte ihr zu. Er wollte, daß es ihr vertraut vorkam, daß sie sich in ihrer alten Heimat wohlfühlte. Seit zu vielen Jahren lebte sie jetzt mit Menschen zusammen, die nicht verstanden, woher sie kam, für die sie eine Fremde geblieben war. Und dazu kam ein fast feindlicher, völlig andersartiger Mann. Ohne ihn zu kennen, verabscheute Ivo ihn. Ihm gefielen die Gefühle nicht, die er in ihr hochzüchten wollte, Haß auf ihre Abstammung, ihren Vater, ihre Geschichte und auf Ivo.

Als sie die Third Avenue hinaufrasten und anschließend die Park Avenue, beobachtete Bettina die Menschenmengen, die Autos, die Leute, den Wirbel um sie her an diesem frühen Abend. Menschen kamen aus Büros, hasteten zu Parties oder zum Essen, eilten auf Restaurants oder ihr Zuhause zu. Über allem lag eine Art elektrisierter Aufregung, die sie beide, selbst hier in der Limousine, spüren konnten.

»Das gibt es nicht noch einmal, was?« Stolz schaute er sich

um, und sie schüttelte den Kopf und lächelte ihm zu.

»Du hast dich kein bißchen verändert, Ivo. Du hörst dich immer noch an wie der Verleger der *New York Mail*.«

»Im Herzen bin ich das auch immer noch.«

»Fehlt sie dir sehr?«

Er nickte langsam, zuckte dann aber die Schultern. »Aber schließlich muß sich alles einmal ändern.« Sie wollte schon sagen, wie wir, tat es dann aber doch nicht. Sie saß ganz still, und ein paar Minuten später kurvte der Wagen um ein Blumenbeet und hielt dann vor dem Hotel.

Die Fassade war größtenteils aus Marmor oder vergoldet, der Türsteher war in braunen Wollstoff gekleidet, mit goldenen Tressen, der Empfangstisch war ebenfalls aus Marmor und der Empfangschef äußerst hilfsbereit. Schon Augenblicke später wurde Bettina nach oben und in ihre Suite geführt. Erstaunt sah sie sich um. Es war Jahre her, daß sie an so einem Ort gewesen war.

»Bettina?« Ein untersetzter, stämmiger Mann mit hellblauen Augen und spärlichen, grauen Haaren kam auf sie zu. Er sah nicht gut aber würdevoll aus, als er sich von dem Sessel in ihrem Wohnzimmer erhob und ihr die Hand entgegenstreckte.

»Norton?« Er nickte. »Ich bin froh, Sie nach all den Monaten am Telefon endlich persönlich kennenzulernen.« Sie schüttelten einander herzlich die Hand. Sie sah, daß ihr Gepäck im Schlafzimmer abgestellt wurde und daß Ivo dem Träger ein Trinkgeld gab, und so rief sie den Zimmerkellner und bestellte etwas zu trinken.

Norton lächelte ihr zu. »Wenn Sie nicht zu müde sind, Bettina, würde ich Sie gern zum Essen ausführen.« Fragend und mit einem warmen Lächeln sah er sie an. »Und außerdem möchte ich mich dafür entschuldigen, daß ich Sie gleich so bestürme, aber wir haben heute abend noch sehr viel zu besprechen. Ich weiß, wie eilig Sie es haben, wieder heimzufliegen. Morgen treffen wir uns mit den Förderern, dem Produzenten, und dann will ich auch noch selbst ein bißchen Zeit mit Ihnen haben ...« Um Entschuldigung heischend sah er sie an, doch sie wehrte ab.

»Ich verstehe. Das ist schon in Ordnung so. Und Sie haben

recht. Ich möchte tun, was ich tun muß, und dann sofort wieder nach Hause fliegen.« Einen Augenblick wanderten seine Augen zu Ivo. Er fragte sich, ob ihr klar war, daß sie ein paar Monate in New York würde verbringen müssen. Aber es hatte keinen Sinn, sie gleich am ersten Abend zu bedrängen. Am nächsten Tag würde ihr das schon klar werden. »Was das Essen angeht, so komme ich gerne. Kommst du mit, Ivo.«

»Aber gern.«

Die drei lächelten einander zu und Bettina setzte sich einen Augenblick in einen der bequemen Louis XV-Sessel. Es schien ihr kaum faßbar, daß sie nach all den Jahren wieder in der altgewohnten Umgebung sein sollte. Es sah genauso aus wie all die Hotels, in denen sie immer mit ihrem Vater abgestiegen war. Der einzige Unterschied war der, daß sie jetzt ihretwegen hier waren. Sie unterhielten sich gemütlich, während Bettina ihren Weißwein und die Männer ihren Martini tranken, und eine Stunde später zog sie sich um und fuhr sich mit dem Kamm durch das kurzgeschnittene, kastanienbraune Haar. Wieder trug sie die Perl-Onyx-Ohrringe ihrer Mutter, aber diesmal hatte sie dazu ein neues, schwarzes Seidenkleid angezogen. Als er das Kleid sah, erkannte Ivo, wie einfach ihr Geschmack geworden war. Es sah gut aus, aber verglichen mit ihrer früheren Garderobe war das kleine schwarze Seidenkleid sehr langweilig.

Um zehn Uhr fuhren sie zum Abendessen, und als sie sich setzten, seufzte Bettina erleichtert auf. Es war, als hätte sie jahrelang in einer anderen Atmosphäre gelebt und wäre jetzt endlich heimgekehrt. Ivo war begeistert, als er sie musterte, und sie tat nichts anderes, als ihn mit den Augen anzulächeln. Sie aßen als Vorspeise alle Kaviar, anschließend Lamm mit Spargel in holländischer Soße, und zum Nachtisch ein köstliches Soufflé. Danach bestellten die beiden Männer Cognac und Kaffee und zündeten sich leichte kubanische Zigarren an. Bettina lehnte sich zurück und beobachtete sie. Sie genoß den Anblick und die vertrauten Düfte. Es schien Jahre her, daß sie so etwas gegessen oder das reiche Aroma kubanischer Zigarren eingesogen hatte. Und als sie sich – zum hundertsten Mal an diesem Abend umsah, staunte sie wieder über die Frauen, über ihr

Make up, ihren Schmuck, ihre Kleider und ihr Haar. Alles war perfekt aufeinander abgestimmt, alles war darauf angelegt, den Blick auf sich zu ziehen und das Auge zu erfreuen. Es machte Vergnügen, sie nur anzuschauen, und neben ihnen kam sich Bettina plötzlich unerträglich einfach und nichtssagend vor. Plötzlich wurde ihr mehr denn je bewußt, wie sehr sie sich in den fünf Jahren verändert hatte.

Erst nach dem Cognac kam Norton auf das Stück, den eigentlichen Anlaß ihres Besuches zu sprechen.

»Nun, Bettina, was halten Sie von unserer kleinen Abmachung?« Er sah sie zufrieden an, ganz offensichtlich ein Mann, der Erfolg gehabt hatte und sehr zufrieden war. Er hatte auch das Recht dazu. Es war ausgesprochen bemerkenswert, was für Bettina dabei herausgekommen war.

»Ich bin mehr als beeindruckt, Norton. Aber ich kenne noch nicht alle Einzelheiten.«

»Die werden Sie noch kennenlernen, Bettina.«

Und am nächsten Tag war es soweit. Eine beträchtliche Summe des Geldes, die besten Förderer am Broadway, ein Produzent, für den die Leute zu töten oder zu sterben bereit waren, und ein Theater, das nicht weniger als ein Traum war.

Es war einer dieser glücklichen Zufälle beim Theater, wo alles zusammenpaßte. Normalerweise wäre ihr Stück frühestens sechs Monate später aufgeführt worden, aber wegen der Einfachheit der Produktion, weil das Theater zur Verfügung stand und auch die Förderer und der Produzent, sollte jetzt alles innerhalb von drei Monaten ins Rollen gebracht werden. Der Produzent war fast sicher, daß er die Schauspieler bekommen würde, die er sich vorstellte. Das einzige, was jetzt noch fehlte, war Bettinas Zustimmung. Alles hing von ihr ab.

»Nun?« fragte Norton sie am Ende eines aufreibenden Tages. »Sollen wir heute unterschreiben und allen grünes Licht geben, Madam?« Er strahlte sie an und deutete auf den Berg von Vertragsformularen, der sich auf seinem Schreibtisch türmte. Sie verstand fast nichts von dem, was hier vorging. Sie wußte nur, daß ihr Stück noch vor Weihnachten Premiere haben würde, wenn sie jetzt zustimmte, und daß sie bis zur Premiere des Stückes in New York bleiben mußte, um alles zu überwachen. Danach mußte sie dann nur noch ein Auge auf alles haben, nur für eine kleine Weile. So einfach war das. Aber sie sah erschöpft und nervös aus, als sie Norton über seinen Schreibtisch hinweg ansah. »Wo ist das Problem?«

»Ich weiß nicht, Norton ... ich ... ich muß mit meinem Mann reden. Ich weiß nicht, wo ich mein Kind lassen soll ...« Sie schien entsetzt, und er sah sie überrascht an. Dem Kind? Sie hatte ein Kind?

»Dem Kind?« ließ er sich kleinlaut vernehmen.

Sie lachte nervös. »Mein drei Jahre alter Sohn.«

Norton winkte lässig ab und lächelte schon wieder. »Bringen Sie das Kind einfach mit, stecken Sie ihn hier in New York für drei oder vier Monate in einen Kindergarten, und nach Weihnachten fahren Sie dann wieder heim. Zum Teufel, von mir aus bringen Sie auch Ihren Mann mit. Die bezahlen Ihnen genug, um all Ihre Freunde auch noch mitzubringen, wenn Sie wollen.«

»Ich weiß ... ich weiß ... und ich will auch nicht undankbar sein. Ich bin's auch nicht, es ist bloß ... mein Mann kann nicht mitkommen, er ist Arzt, und –« sie brach ab, starrte Norton an. »Herrgott nochmal, ich hab' einfach Angst. Was, zum Teufel, weiß ich schon vom Broadway? Ich habe ein Stück geschrieben, und jetzt frage ich mich, was ich angestellt habe.«

»Was Sie angestellt haben?« Mit hartem Blick musterte er sie. »Sie haben überhaupt nichts getan. Null. Gar nichts. Sie haben ein Stück geschrieben. Aber wenn Sie es nicht von jemandem produzieren lassen, wenn Sie Ihre Chance nicht ergreifen, wenn sie sich Ihnen bietet, dann, meine Liebe, haben Sie einen Dreck getan. Vielleicht würde es Ihnen besser gefallen –« er unterbrach sich einen Augenblick und fuhr schließlich fort »– das Stück wieder mit zurück nach Kalifornien zu nehmen. Vielleicht kann es dort an einem kleinen Provinztheater herausgebracht werden, und niemand wird je wieder von Ihnen oder dem Stück hören.« Nach seiner kurzen Rede war das Schweigen im Raum fast ohrenbetäubend. »Nun, wollen Sie das, Bettina? Ich bin sicher, daß es Ihren Vater sehr stolz machen würde, wenn er das Stück sehen könnte.« Gütig lächelte er sie an, völlig unvorbereitet stand er dem gegenüber, was nun geschah, so daß er heftig zusammenzuckte, als ihre Faust auf den Tisch niederfuhr.

»Vergessen Sie meinen Vater, Norton. Und Ivo. Und John. Immer wollen alle nur, daß ich das tue, was ihnen am besten paßt, und immer rufen sie alle jeden nur möglichen Namen, um zu erreichen, was sie erreichen wollen. Nun, ich tue das weder für meinen Vater noch für meinen Mann oder Ivo oder Sie. Wenn ich es tue, Norton, dann für mich, hören Sie? Und vielleicht auch noch für meinen Sohn. Und Tatsache ist nun einmal, daß ich Ihnen keine Antwort geben kann, und ich denke nicht daran, heute irgend etwas zu unterschreiben. Ich werde in mein Hotel zurückkehren und darüber nachdenken. Und morgen früh fliege ich nach Hause. Und wenn ich weiß, was ich will, rufe ich Sie an.«

Er nickte ruhig. »Aber warten Sie nicht zu lange.« Doch jetzt war sie müde. Sie hatte sie alle satt, ihn eingeschlossen. Und sie hatte es satt, herumgestoßen zu werden.

»Warum nicht? Wenn das Stück wirklich gut ist, dann werden die schon warten, bis sie von mir hören.«

»Vielleicht. Aber sie könnten auch das Theater verlieren, und damit würde sich alles ändern. Es muß immer alles gleichzeitig laufen, Bettina, und im Augenblick ist das der Fall. Ich würde kein zu großes Risiko eingehen, wenn ich Sie wäre.«

»Ich werde daran denken.« Sie sah besorgt aus, als sie aufstand und ihn ansah, aber er lächelte, als er um seinen Schreibtisch herum auf sie zukam.

»Ich weiß, es ist hart, Bettina. Es ist eine große Veränderung. Vor allem, nachdem Sie so lange fort waren. Aber es bedeutet auch eine große Chance, und gute Sachen passieren Ihnen nie, wenn Sie nichts wagen. Es könnte ein Riesenerfolg werden, und ich glaube, daß es das wird. Ich glaube, es wird Ihre Karriere begründen.«

»Glauben Sie das wirklich?« Verwirrt sah sie ihn an. Sie begriff überhaupt nichts mehr. »Aber warum?«

»Weil es um einen Mann und seine Tochter geht, weil es viel über unsere Zeit aussagt, über die Menschen, über Sie, über Träume, die scheitern, und Hoffnung, die immer wieder ihren Weg findet, durch all das Harte, den Mist und das Gestrüpp.

Es ist ein hartes Stück, aber es ist schön. Sie haben etwas ausgedrückt, das Sie in Ihrem Herzen fühlen, Bettina. Sie haben einen Preis dafür bezahlen müssen, daß Sie dieses Verständnis erlangt haben, und Sie haben jedes Wort gefühlt, das Sie niedergeschrieben haben. Und das Schöne daran ist, daß andere es ebenfalls fühlen werden.«

»Ich hoffe«, flüsterte sie und sah ihn traurig an.

»Dann geben Sie ihnen die Chance, Bettina. Fahren Sie heim und denken Sie darüber nach. Und dann unterschreiben Sie die Papiere und kommen hierher zurück. Sie gehören hierher, meine Liebe. Sie haben eine Aufgabe zu erledigen, hier in dieser Stadt.«

Jetzt endlich lächelte sie ihm zu, und ehe sie ihn verließ, küßte sie seine Wange.

Sie sah Ivo nicht mehr, bevor sie New York verließ, und auch mit Norton sprach sie nicht mehr. Sie blieb nicht einmal mehr im Hotel, um zu schlafen. Statt dessen rief sie die Fluggesellschaft an und bekam noch einen Platz in der letzten Maschine. Um zwei Uhr nachts betrat sie ihr Haus in Mill Valley und schlich auf Zehenspitzen nach oben in das gemeinsame Schlafzimmer, wo John tief schlafend im Bett lag. Aber wie alle Ärzte hatte er einen leichten Schlaf und setzte sich sofort auf, als sie die Tür schloß.

»Stimmt was nicht?«

»Nein«, flüsterte sie leise. »Alles in Ordnung. Schlaf weiter. Ich bin gerade heimgekommen.«

»Wie spät ist es?«

»Fast zwei.« Als sie das sagte, fragte sie sich, ob er die Tatsache, daß sie sich so beeilt hatte heimzukehren, wohl gebührend würdigte. Sie hatte schließlich nur eine einzige Nacht in New York verbracht. Sie hätte noch einen Abend länger bleiben können, hätte noch einmal gut essen gehen, noch eine Nacht in diesem luxuriösen Hotel verbringen können, aber sie wollte zurück zu ihrem Mann und ihrem Sohn, heim nach Mill Valley. Als er sich langsam zurücklehnte und sie ihn dabei beobachtete, lächelte sie und stellte ihre Tasche ab. »Ich hab' dich vermißt.«

»Du bist nicht sehr lange weggeblieben.«

»Das wollte ich auch gar nicht. Ich hab's dir doch gleich gesagt.«

»Hast du deinen Abschluß gemacht?« Er stützte sich auf einen Ellbogen und schaltete das Licht an, während Bettina sich langsam in einen Stuhl sinken ließ.

Einen Moment antwortete sie nicht, doch dann schüttelte sie den Kopf. »Nein. Ich wollte noch darüber nachdenken.«

»Warum?« Er musterte sie kühl, aber wenigstens sprach er mit ihr über ihr Stück. Aber sie wollte ihm nicht alle Einzelheiten erzählen. Nicht so schnell. Nicht gleich in ihrer ersten Stunde daheim.

»Es ist komplizierter, als ich dachte. Wir können morgen früh darüber reden.«

Aber er war jetzt hellwach. »Nein. Ich will jetzt darüber reden. Diese ganze Sache lief von Anfang an viel zu sehr hinter meinem Rücken ab. Du hast mir von Anfang an nichts davon erzählt, seit du angefangen hast, diesen Mist zu schreiben. Jetzt will ich alles offen dargelegt bekommen.« Also war alles wieder beim alten.

Sie seufzte leise und fuhr sich müde mit der Hand über die Augen. Es war ein endloser Tag gewesen, und nach New Yorker Zeit war es bereits fünf Uhr früh. »Ich hatte nie die Absicht, etwas vor dir geheimzuhalten, John. Ich habe dir nichts davon erzählt, einmal weil ich dich überraschen wollte, und zum andern, weil ich Angst hatte, du könntest es nicht billigen, und es war etwas, was ich einfach tun mußte. Vielleicht steckt es in meinem Blut, was weiß ich. Ich wünschte, du könntest versuchen, diese ganze Sache etwas lockerer zu sehen. Das würde es für mich viel einfacher machen.«

»Dann begreifst du nicht, wie ich zu dem ganzen stehe, Bettina. Ich habe nicht die Absicht, es einfacher für dich zu machen. Ich denke nicht daran. Und wenn du klug bist, Betty, dann vergißt du die ganze Sache. Ich habe dir schon vor fünf Jahren die Chance gegeben, das alles zu vergessen. Ich verstehe nicht, warum du jetzt zu all dem zurückkehren mußt. Muß ich dich erst daran erinnern, daß du versucht hast, Selbstmord zu begehen? Daß du ein Kind verloren hast? Daß du zweimal verheiratet warst und daß dein Vater dich mittellos zurückgelassen hat? Und dann bist du hier draußen gestrandet.« Es war kein hübsches Bild, das er von ihr entwarf, und Bettina ließ den Kopf hängen.

»John, warum bleiben wir nicht einfach beim Thema?«

»Was ist das Thema?«

»Mein Stück.«

»Ach, das.« Wütend starrte er sie an.

»Ja, das. Das Problem ist, wenn du schon alles offen auf den Tisch gelegt haben willst, daß ich die nächsten paar Monate in New York verbringen muß, wenn ich es verkaufen will.« Sie schluckte krampfhaft und fuhr fort, wobei sie seinem Blick auswich: »Wahrscheinlich nur bis Weihnachten. Ich könnte direkt danach heimkommen.«

»Nein, das könntest du nicht.« Seine Stimme war kalt wie Eis.

Doch ihr Blick hob sich unschuldig zu ihm. »Doch, das könnte ich. Norton, mein Agent, hat gesagt, ich müßte nicht lange dableiben, wenn es erst angelaufen ist, und sie wollen die Premiere Ende November oder Anfang Dezember haben. Also könnte ich Weihnachten daheim sein.«

»Du hast mich nicht verstanden. Wenn du nach New York fährst, um das zu tun, dann will ich nicht, daß du wiederkommst.«

Entsetzt starrte sie ihn an, der steif vor Wut auf seiner Seite des Bettes saß. »Ist das dein Ernst? Du könntest mich vor diese Wahl stellen, John? Siehst du denn nicht, was das für mich bedeuten könnte? Ich könnte eine Schriftstellerin werden, eine Autorin, ich könnte Karriere machen, um Himmels willen ...« Ihre Stimme erstarb, als sie ihn beobachtete. Ihm war das vollkommen gleichgültig.

»Nein, du kannst nicht Karriere machen, Betty. Nicht, wenn du meine Frau bleiben willst.«

»So einfach ist das also? Fahr nach New York mit dem Stück, und ich werfe dich hinaus?«

»Genau. Das löst dann ja wohl alle Probleme, oder? Es ist eine ganz klare Wahl. Ich dachte, das hättest du schon früher begriffen.«

»Hab' ich nicht. Sonst hätte ich mir nicht die Mühe gemacht, nach New York zu fahren.«

»Nun, ich hoffe, du hast wenigstens nicht dein eigenes Geld verschwendet.« Achselzuckend schaltete er das Licht aus, und Bettina ging ins Bad, um sich auszuziehen. Ihre Schultern zuckten heftig, und sie preßte sich ein Handtuch vors Gesicht, um ihre Tränen zu ersticken.

35

»Tut mir leid, Norton. Ich kann's nicht ändern. Für mich heißt es jetzt, mein Mann oder Sie.« Sie war bedrückt, als sie dasaß, das Telefon in der Hand. Sie hatte die ganze Nacht geweint.

Ein langes, bedeutungsschweres Schweigen entstand, und dann sagte ihr Norton die Wahrheit. »Ich finde, eines sollten Sie wissen, Bettina. Hier geht es nicht um mich, sondern um Sie. Es heißt also, Ihr Mann oder Sie. Er hat Sie da vor eine verteufelte Wahl gestellt, und ich kann bloß hoffen, daß er es wert ist.«

»Ich denke schon.« Doch als sie den Hörer auflegte, war sie sich nicht mehr so sicher, und noch weniger sicher war sie sich, als sie zu Mary hinüberging und traurig in ihren Kaffee starrte, wobei sie heiße Tränen vergoß.

Mary sah sie verständnislos an. »Ich begreife das nicht.«

»Er fühlt sich bedroht. Er haßt diesen Teil meiner Vergangenheit. Daran ist nun mal nichts zu ändern.«

»Du könntest ihn verlassen.«

»Und dann? Von vorne anfangen? Wieder einmal? Einen vierten Ehemann suchen? Sei nicht albern, Mary. Das hier ist mein Leben. Das ist die Wirklichkeit. Das Stück ist nur ein Traum. Und wenn es ein Reinfall wird?«

»Na und? Kannst du wirklich für diesen Mann deine Träume aufgeben?« Sie starrte Bettina zornig an. »Er ist mein Freund, Betty, und du auch, aber ich finde, er macht sich lächerlich, und wenn ich an deiner Stelle wäre, würde ich nach New York fahren und mein Glück versuchen.« Bettina lächelte zaghaft und putzte sich die Nase.

»Du sagst das bloß, weil du deine Kinder satt hast.«

»Ganz und gar nicht. Ich bete sie an. Aber ich bin nicht du. Denk mal an diese Geschichte von dem Paradiesvogel, die ich dir erzählt habe ... nun, du würdest lächerlich aussehen mit einem grau-braunen Gefieder. Du gehörst nicht hierher, Bettina. Du weißt das, ich weiß es, Seth weiß es, und sogar John weiß es. Deshalb stellt er sich ja so an, macht sich und dich verrückt, damit du hierbleibst. Er hat wahrscheinlich bloß Angst, dich zu verlieren.«

»Aber das wird er nicht«, weinte sie.

»Dann sag ihm das. Vielleicht ist das alles, was er hören muß, und wenn er sich dann nicht ändert, vergiß ihn, pack deine Sachen, nimm Alexander und fahr nach New York, mach dich an die Arbeit mit deinem Stück.« Doch als sie Bettina beobachtete, wie sie in ihr Haus zurückkehrte, wußte Mary, daß sie es nicht tun würde. Sie würde ihn nicht verlassen. Sie war zu sehr davon überzeugt, daß er recht hatte.

Bettina verbrachte den Nachmittag damit, daß sie abwechselnd versuchte, ein Buch ihres Vaters zu lesen und dann wieder aus dem Fenster zu starren, und schließlich klingelte das Telefon. Diesmal war es Ivo.

»Bist du wahnsinnig? Bist du verrückt? Warum bist du überhaupt nach New York gekommen, wenn du dich jetzt wieder verkriechen willst?«

»Ich kann es nicht ändern, Ivo. Ich muß einfach. Bitte ... ich will nicht darüber sprechen. Ich bin so schon traurig genug.«

»Da steckt doch dieser Trottel dahinter, dein Mann.«

»Ivo, bitte ...«, stammelte sie.

»Schon gut, schon gut. Verdammt noch mal! Aber bitte, denk noch mal darüber nach, Bettina, um Himmels willen ... Du hast dir das dein Leben lang gewünscht. Jetzt gibt man dir die Chance, und du wirfst sie einfach so weg.«

Sie wußte, daß er die Wahrheit sagte. »Vielleicht werde ich später noch einmal eine Chance bekommen.«

»Wann? Wenn dein Mann tot ist? Wenn du Witwe bist? In fünfzig Jahren? Mein Gott, Bettina ... denk doch mal nach ... stell dir doch mal vor ... dein Stück könnte am Broadway gegeben werden, und jetzt hast du es dazu verurteilt, irgendwo zu verkümmern. Du selbst hast das getan. Niemand sonst!«

»Ich weiß.« Ihre Stimme war kaum mehr als ein Hauch, und ihre Augen füllten sich mit Tränen. »Ich kann jetzt nicht mehr darüber sprechen, Ivo. Ich rufe dich morgen an.« Aber als sie auflegte, war sie wieder einmal blind vor Tränen. Sie fragte sich, ob John überhaupt wußte, was es sie gekostet hatte, den Traum ihres Lebens dahinschwinden zu sehen.

Nachdenklich wischte sie sich dann die Tränen mit dem Ärmel ab und kehrte an ihr Buch zurück. Seltsamerweise war es ein Buch ihres Vaters, das sie in all den Jahren nicht gelesen hatte, und Mary hatte es in ihrem Bücherschrank stehen gehabt. Bettina hatte es sich schon vor Monaten ausgeliehen, doch bis heute hatte sie es nicht gelesen. Doch jetzt schien es ihr ein Trost. Es war, als hätte er es geschrieben und dabei gewußt, was sie empfand, als hätte nur er sie jemals verstehen können. Sie spürte seine Gegenwart, als sie sich die Tränen trocknete und dann weiterlas. Und dann fand sie es. Einen Abschnitt, den er so gern gehabt hatte, daß er ihn ihr oft zitiert hatte. Etwas, was sein Vater vor langer Zeit zu ihm gesagt hatte ...

> Gib deine Träume oder deine Träumerei niemals auf. Halt sie ganz fest ... mach weiter ... gib nicht auf ... pack das Netz ... und wenn es so aussieht, als wollten sie aus dem Netz springen, nachdem du sie gefangen hast, dann spring ihnen nach, und schwimm weiter, wenn es nötig ist, bis du ertrinkst ... aber laß niemals einen dieser Träume los ...

Langsam schloß Bettina das Buch auf ihrem Schoß, und jetzt lachte sie, während Tränen über ihr Gesicht liefen. Ruhig ging sie in die Küche und rief Norton an. Danach wartete sie darauf, daß ihr Mann nach Hause kam. Als er am Abend erschien, erklärte sie ihm, ruhig und entschlossen, daß sie ihre Entscheidung getroffen hatte.

36

»Versprichst du mir, daß du mich wenigstens ab und zu anrufst?« Traurig sah Mary sie an. In ihren Augen standen Tränen, während hinter ihr im Wagen ihre Kinder tobten.

»Ich verspreche es.« Bettina umarmte ihre Freundin, küßte alle und winkte dann noch einmal, als sie Alexander aus dem Auto zerrte.

»Auf Wiedersehen!« Er winkte heftig und marschierte dann neben seiner Mutter ins Flughafengebäude, wobei er fest ihre Hand umklammerte. Sie hatte ihm erklärt, daß sie für ein paar Monate nach New York fahren würden, daß er in einen anderen Kindergarten gehen würde, manchmal einen Babysitter hätte und ein richtiges Theaterstück für Kinder sehen würde und daß er ein paar alte Freunde von seinem Großvater kennenlernen würde. Er war traurig, daß er seinen Daddy nicht mitnehmen konnte, aber er verstand, daß Daddy zurückbleiben mußte, um kranken Leuten zu helfen, und er freute sich, daß er mit Mommy fahren durfte. Er hatte seinem Vater eine liebevoll gemachte Zeichnung zurückgelassen und hatte dann hastig seine Lieblingsspielsachen eingepackt. Das war erst am Abend zuvor gewesen. Sein Daddy war schon fort, als er am Morgen aufstand. Da mußte jemand wirklich sehr krank gewesen sein, daß er so früh fahren mußte. Und Tante Mary von nebenan hatte sie zum Flugplatz gefahren. Es war ganz in Ordnung gewesen, bloß hatten sie und Mommy so viel geweint.

»Geht's dir gut, Mommy?« Er lächelte zögernd zu ihr hoch.

»Mir geht es prima, Liebling. Und dir?« Doch Bettina hatte den ganzen Flughafen besorgt abgesucht. John war schon fort gewesen, ehe sie am Morgen aufgestanden war, und sie hoffte immer noch, daß er auftauchen und sich verabschieden würde. Sie hatte einen Brief für ihn zurückgelassen, in dem sie ihm geschrieben hatte, daß sie ihn liebte, und außerdem hatte sie ein paar Mal bei ihm angerufen, aber nicht einmal die Schwester war da, und das Fräulein vom Telefondienst war nicht in der Lage gewesen, ihn ausfindig zu machen. Er zeigte sich nicht mehr, und Bettina und Alexander stiegen ins Flugzeug.

Es war Alexanders erster Flug, und er hatte seinen Spaß, spielte mit den Dingen, die die Stewardessen ihm gaben, und lief im Gang auf und ab. Es waren noch drei andere Kinder an Bord, mit denen er spielen konnte, doch zum Schluß schlief er auf Bettinas Schoß ein. Als sie diesmal in New York eintrafen, war Ivo nicht da. Er hatte keine Zeit gehabt zu kommen, hatte aber seinen Wagen geschickt.

Bettina war entzückt über den Komfort, und der Fahrer brachte sie in das Hotel, das sie ausgesucht hatte, ein wenig weiter außerhalb als bei ihrem letzten Besuch. Sie wollte, daß Alexander einen Park zum Spielen hatte. Sie hatten eine hübsche Suite, mit leuchtend-bunten Stoffen, Bildern und Unmengen Sonnenschein. Die herbstliche Nachmittagssonne fiel durch das Fenster, als der Träger ihre Koffer abstellte. Blumen von Norton und Ivo standen in ihrem Zimmer, und auch ein riesiges Rosengebinde des Produzenten der Show, und dabei stand nur *Willkommen in New York*.

Den Abend verbrachte Bettina damit, sich mit Alexander häuslich einzurichten, und ehe er ins Bett mußte, versuchte sie, John anzurufen. Aber er war nicht daheim, und so rief sie statt dessen Seth, Mary und ihre Kinder an.

»Schon Heimweh?«

»Eigentlich nicht. Wir wollten bloß Hallo sagen.« Aber Mary wußte, daß sich Bettina wahrscheinlich Sorgen um John machte. Sie würde sich schon zurechtfinden, wenn sie erst mit ihrer Arbeit an ihrem Stück angefangen hätte. Und er würde wahrscheinlich auch wieder vernünftig werden. Vielleicht würde er sogar nach New York fahren, um sie zu besuchen. Beim Abendessen sprach sie mit Seth über ihre Hoffnung, aber der nickte bloß schwach.

Bettina steckte Alexander im zweiten Schlafzimmer der Suite in sein neues Bett, ging dann durch den großen, hübschen Wohnraum in ihr eigenes Schlafzimmer hinüber und sank seufzend auf ihr Bett. Sie hatte schon alles ausgepackt. Jetzt mußte sie am nächsten Tag nur noch Alexanders Babysitter treffen und den Kindergarten begutachten, den sie für ihn ausgesucht hatte.

Mit beiden Aufgaben war sie schon vor zwölf Uhr fertig, und um eins tauchte sie in Norton Hess' Büro auf, um eine

Kleinigkeit mit ihm zu essen, die die Sekretärin auf einem Tablett für sie hereinbrachte.

»Fertig?«

»Absolut. Der neue Babysitter ist bewundernswert, und sein erster Morgen im Kindergarten hat meinem Sohn sehr gut gefallen. Jetzt kann ich mich dem Geschäft widmen. Wann fangen wir an?«

Er grinste, als er sie sah. Sie sah aus wie eine hübsche Matrone aus einem der Vororte, wie sie so dasaß in ihrem Kamelhaarmantel, schwarzer Hose, Pullover, ihren Goldlöckchen und dem kleinen, schwarzen Hut. Sie hatte Stil, selbst als sie in den Kleidern dasaß, die sie getragen hatte, um ihr Kind zur Schule zu bringen, aber etwas so Bedrücktes, Stilles ging von ihr aus.

»Wissen Sie, ich hätte nie gedacht, daß ich Sie noch einmal hier sehen würde, Bettina.«

»Ich weiß. Ich dachte es eigentlich auch nicht.«

»Warum haben Sie Ihre Meinung geändert?« Fragend sah er sie an, aber sie schüttelte lachend den Kopf.

»Nein, nicht Ihretwegen. Es war mein Vater.« Sofort zog er die Brauen zusammen. Was, zum Teufel, meinte sie denn damit? »Ich habe eines seiner Bücher gelesen, und darin habe ich etwas gesehen. Ich erkannte plötzlich, daß ich gar keine Wahl hatte. Daß ich einfach kommen mußte.«

»Ich bin wahnsinnig froh, daß Sie noch vernünftig geworden sind. Sie haben mir ein Flugticket erspart.« Er zwinkerte vergnügt.

»Hab' ich das? Wie denn?«

»Ich hatte schon vor, nach San Francisco zu fliegen und von der Golden Gate Bridge zu springen, nachdem ich Sie vorher übers Knie gelegt hätte.«

»Ich wäre vielleicht noch vor Ihnen dort gewesen. Ich war so deprimiert, ich konnte kaum noch was Vernünftiges tun.«

»Nun –« er lehnte sich zurück und steckte sich eine Zigarre an »– es hat sich ja alles zum besten gewendet. Und morgen machen Sie sich an die Arbeit. Haben Sie in der Zwischenzeit noch irgendwelche anderen Pläne? Irgendwas, was sie unbedingt tun möchten? Einkaufen, ein paar Freunde einladen? Meine Sekretärin kann Ihnen bei allem helfen, was Sie brauchen.« Aber Bettina schüttelte schon heftig den Kopf, und dann fingen ihre Augen langsam zu leuchten an, und sie legte den Kopf auf die Seite.

»Es ist so lange her, daß ich hier gewesen bin... Beim letzten Mal war ich wirklich nur einen Tag hier. Ich dachte vielleicht... Bloomingdale...« Sie grinste.

»Frauen.« Er verdrehte die Augen. »Meine Frau lebt bei Bergdorf. Sie kommt nur zum Essen nach Hause.« Sie kicherte, als sie ihn verließ, und vier Stunden vergingen, ehe sie endlich wieder ins Hotel zurückkam. Sie hatte ein ziemlich schlechtes Gewissen, weil sie Alexander so lange mit dem neuen Babysitter allein gelassen hatte, nachdem er schon in einem neuen Kindergarten gewesen war, in einer neuen Stadt. Aber als sie mit Bergen von Kartons wieder ins Hotel zurückkehrte, aß Alexander gerade Spaghetti, und sein ganzes Gesicht klebte von Schokoladeneis.

»Wir haben zuerst das Eis gegessen, und dann die Spaghetti. Jennifer sagt, mein Bauch weiß sowieso nicht, was zuerst gekommen ist, solange ich beides esse.« Er grinste glücklich, ein Bild aus Rot und Braun. Ganz gewiß machte er nicht den Eindruck, daß er sie vermißt hätte, und sie selbst hatte eine schöne Zeit verbracht.

Eine Notiz auf ihrem Schreibtisch verriet ihr, daß Ivo nach London abgereist war und daß der Produzent am nächsten Morgen um zehn Uhr im Hotel sein würde, um sie zu sprechen. Offensichtlich hatte John nicht angerufen. Aber sie verdrängte ihre Sorgen und ihr schlechtes Gewissen, zog sich in ihr Zimmer zurück und probierte vier neue Kleider, drei Pullover und ein Kostüm an. Sie hatte fast eintausend Dollar ausgegeben. Aber jetzt konnte sie es sich auch leisten, und sie hatte es genossen. Außerdem brauchte sie die Garderobe. Jetzt, wo sie wieder in New York war, sah nichts von dem, was sie mitgebracht hatte, auch nur im entferntesten passend aus.

Am nächsten Morgen, als sie dem Produzenten in einem wunderschönen, cremefarbenen Kaschmirkleid gegenübertreten konnte, war sie erst so richtig dankbar.

»Mein Gott, Sie sehen zauberhaft aus, Bettina. Wir sollten Sie auf die Bühne holen.«

»Lieber nicht, aber trotzdem vielen Dank.« Sie hatten sich herzlich angelächelt und sich dann an die Arbeit gemacht. Im Augenblick hatte sie nichts weiter zu tun, als ein paar holperige Stellen zu glätten. Er mußte sich um die Mechaniker kümmern und alle einstellen, vom Schauspieler bis hin zum Regisseur. Aber sie schienen verzaubert zu sein, denn am Ende der Woche war alles erledigt.

»Schon? Das grenzt ja an ein Wunder!« hatte Norton ausgerufen, als sie es ihm berichtete. Sie hatte die letzten Proben gesehen und war begeistert von den Schauspielern, die man für ihr Stück ausgesucht hatte. Eine Weile hatte sie befürchtet, daß Anthony zum Vorsprechen auftauchen würde, aber sie wußte nicht einmal, ob er überhaupt noch in Amerika war. Sechs Jahre waren schließlich eine lange Zeit. So lange war es jetzt her, daß sie ihn zum letzten Mal gesehen hatte. Aber aus welchem Grund auch immer, er zeigte sich nicht.

Zwei Wochen später erhielt sie einen Anruf von Ivo. Sie war gerade vom Theater gekommen, um mit Alexander zu essen, und sie trug ein bequemes, altes Sweat-Shirt und Jeans.

»Bist du gerade aus London zurückgekommen?«

»Gestern abend. Wie ist es dir ergangen?«

»Prächtig. Ach, Ivo, du solltest mal sehen, wie das Stück läuft. Das ist einfach herrlich, und sie haben die besten Schauspieler, die man sich nur denken kann, um den Vater und das Mädchen zu spielen.« Man konnte aus ihrer Stimme leicht heraushören, wie aufgeregt und froh sie war.

»Das freut mich, Liebling. Warum erzählst du mir nicht beim Abendessen davon? Ich bin bei *Lutèce* mit einem Freund verabredet.«

»Toll, Ivo, sehr vornehm. Ich bin zutiefst beeindruckt.« Es war noch immer das teuerste Restaurant in der Stadt.

»Mußt du nicht. Es sollte dich mehr beeindrucken, mit wem ich verabredet bin. Mit dem neuen Theaterkritiker der *Mail*.«

»O Gott.«

»Laß nur, du solltest ihn wirklich kennenlernen, und er ist ein sehr, sehr netter Mann.«

»Wie heißt er? Kenne ich ihn vielleicht von früher?«

»Unwahrscheinlich. Er hat in den letzten siebzehn Jahren

für die *Los Angeles Times* gearbeitet. Er hat gerade erst bei uns angefangen –« Er grinste über den Ausrutscher, und sie lachte fröhlich. »Bei ihnen, 'tschuldigung, vor etwa sechs Monaten. Er heißt Oliver Paxton, und er ist erstens zu jung und zweitens zu vernünftig, um ein Freund deines Vaters gewesen sein zu können.«

»Das hört sich ja tödlich langweilig an. Muß ich den wirklich kennenlernen?«

»Er ist nicht langweilig, und du solltest ihn wirklich kennenlernen. Komm schon, Liebling, es wird dir guttun. Du bist ja nicht nur zum Arbeiten hierher gekommen.«

»Doch, bin ich.« Sie achtete mit äußerster Sorgfalt darauf, nicht denselben Fehler zu begehen, den sie mit Anthony sieben Jahre vorher bei der Tournee gemacht hatte. Sie ging weder mit der Truppe noch mit dem Produzenten aus, und sie suchte sich auch keine Freunde. Sie tat genau das, was sie John angekündigt hatte: Sie arbeitete, kümmerte sich um Alexander, wann immer es möglich war, sah ihren Agenten – aber das war auch schon alles. Abgesehen von Ivo, aber der war ein besonderer Freund. Sie ging keinerlei Risiken in bezug auf Freundschaften oder Liebeleien ein. Sie wollte ihre Arbeit tun, aber sie wollte auch ihre Ehe aufrechterhalten.

»Also, kommst du mit?« Sie dachte darüber nach und beobachtete Alexander, der mit seinem Essen spielte.

»Ich war gerade dabei, mit Alexander zu essen.«

»Wie aufregend. Du kannst doch bestimmt anschließend zu uns stoßen, Bettina. Außerdem, so toll kann sein Menü nun auch wieder nicht sein.«

»Nicht direkt.« Er hatte Hot Dogs und Schokoladenpudding bestellt, und dasselbe für sie. »Um ehrlich zu sein ... wann eßt ihr denn?«

»Ich hab Ollie gesagt, ich würde ihn um halb neun treffen. Er hatte noch eine Besprechung um sechs.«

»Hört sich an wie du in alten Tagen, Ivo.«

»Ja, nicht wahr? Aber er sieht nicht annähernd so gut aus.«

»Und ist zweifellos nicht so charmant.« Sie spöttelte jetzt, und er lachte.

»Das lasse ich dich selbst beurteilen.«

37

In der Fiftieth Street stieg Bettina aus dem Taxi und eilte erwartungsvoll lächelnd in das Restaurant. Heute würde sie Ivo zum ersten Mal sehen, seit sie zugesagt hatte, die Arbeit zu machen, und mit Alexander nach New York gekommen war. Sie freute sich, ihn zu sehen, hätte es aber vorgezogen, mit ihm allein zu sein. Doch das war nicht wirklich wichtig. Es war lustig, einen Abend auszugehen, statt allein in ihrem Hotelzimmer zu hocken und über ihren Notizen zu grübeln. Sie gab ihren Mantel bei dem Mädchen in der Garderobe ab und wartete dann auf den Oberkellner, um ihn zu fragen, ob Ivo schon gekommen war. Doch ehe er noch kam, fiel ihr auf, daß ein paar Männer sie anstarrten, und sie fragte sich einen Augenblick, ob sie etwas Falsches angezogen hatte. Sie trug eines der Kleider, die sie an ihrem ersten Tag gekauft hatte, und sie hatte bisher noch keine Gelegenheit gehabt, es irgendwann anzuziehen. Es war aus blaßlila Samt, der den warmen Ton ihrer Haut und die Farbe ihrer Haare wunderbar betonte. Es war schlicht geschnitten und mittellang, was ihr vorzüglich stand. Die Einfachheit und die Farbe erinnerten sie vage an das herrliche Kleid von Balenciaga, das sie Jahre zuvor besessen hatte, zusammen mit einem wunderschönen, dunkelgrünen Mantel. Doch dies Kleid war viel einfacher, und sie trug es mit einer einreihigen langen Perlenkette ihrer Mutter und den dazu passenden Ohrringen. Sie sah wunderbar frisch und zurückhaltend aus, als sie da stand, winzig und zart, mit riesigen, grünen Augen. Ivo sah sie von seinem Platz an einem der gegenüberliegenden Tische aus und lächelte ihr freundlich und herzlich zu. Sie entdeckte ihn sofort, schlüpfte an dem Oberkellner vorbei und eilte zu Ivos Tisch.

»Guten Abend, Kleines. Wie geht's?« Er erhob sich und küßte sie, und sie umarmte ihn herzlich. Dann erst bemerkte sie plötzlich den Riesen, der neben ihm stand. Er sah aus wie ein freundlicher, junger Mann, mit grauen Augen, breiten Schultern und sandfarbenem Haar. »Und das ist Oliver Paxton. Ich möchte schon seit einer ganzen Weile, daß ihr beide euch kennenlernt.« Sie schüttelten einander höflich die Hände. Dann setzten sich alle drei um den Tisch, und Oliver musterte sie mit beachtlichem Wohlwollen. Er fragte sich, was zwischen seinem Freund und diesem Mädchen war. Ein merkwürdiges, fast familiäres Verhältnis schien sie zu verbinden, und dann fiel ihm wieder ein, daß er und ihr Vater enge Freunde gewesen waren. Plötzlich erinnerte er sich auch an das, was Ivo ihm erzählt hatte, ehe er nach London reiste. Dies also war Justin Daniels' Tochter, das Mädchen, das soeben das geschrieben hatte, was für den Schlager der Saison gehalten wurde.

»Jetzt weiß ich, wer Sie sind!« Er lächelte breit, und als sie ihn ansah, grinste sie.

»Wer bin ich?«

Er grinste. »Sie sind Justin Daniels' Tochter, und Sie haben gerade etwas geschrieben, was ein wunderbares Stück sein soll. Nennt Sie irgend jemand anders als Bettina?« Er warf ihr einen warmen Blick zu, aber sie schüttelte lachend den Kopf.

»Nicht in New York. In Kalifornien nennen mich ein paar meiner Freunde anders, aber ich hasse diesen Namen, und deshalb werde ich ihn Ihnen nicht verraten.«

»Wo in Kalifornien?«

»In San Francisco.«

»Wie lange leben Sie schon dort?«

»Fast sechs Jahre.«

»Und gefällt es Ihnen?«

»Sehr.« Ihr Gesicht leuchtete auf, sie lächelte, und er erwiderte es. Das Eis war gebrochen. Er war aus Los Angeles, hatte aber die Universität in San Francisco besucht und liebte diese Stadt – ein Gefühl, das Ivo nicht teilte.

Die drei bestellten ein besonderes Essen, und in den nächsten drei Stunden unterhielten sie sich angeregt. Es ging schon auf Mitternacht zu, als Ivo schließlich dem Oberkellner ein Zeichen machte und die Rechnung verlangte. »Ich weiß nicht, wie das mit euch beiden Kindern ist, aber dieser weißhaarige alte Herr hier ist bettreif.« Er unterdrückte ein Gähnen, als er sie anlächelte. Aber er hatte einen reizenden Abend verbracht, und man konnte leicht sehen, daß auch die beiden anderen sich gut amüsiert hatten. Aber jetzt lachte Bettina und schaute ihn spöttisch an. »Das ist nicht fair, Ivo. Du hast weiße Haare, seit du zweiundzwanzig bist.«

»Möglicherweise, Liebling. Aber inzwischen stehen sie mir zu, und deshalb kann ich sie erwähnen, sooft ich will.« Mit offener Bewunderung sah Oliver ihn an. Einen Mann wie ihn traf man selten, und er hatte ihm sein Leben lang großen Respekt entgegengebracht.

Ivo verabschiedete sich herzlich von ihnen und stieg vor dem Restaurant in seinen Wagen, der dort den ganzen Abend auf ihn gewartet hatte.

Oliver beruhigte Ivo noch dahingehend, daß er Bettina in ihr Hotel zurückbringen würde.

»Du wirst sie auch bestimmt nicht entführen oder irgend etwas Unanständiges tun?«

Oliver lachte herzlich über diese Unterstellung und seine Augen funkelten. »Sie entführen, Ivo, nein, das verspreche ich.«

Ivo winkte ihnen beiden zu, drückte auf den Knopf, der die Scheibe hochsurren ließ, und einen Augenblick später verschwand er mit seiner Limousine, und die beiden winkten ihm lächelnd nach.

Oliver schaute glücklich auf Bettina hinab, als sie langsam Richtung Westen schlenderten, vorbei an älteren Häusern, dann an Apartmenthäusern, Büros und Geschäften. »Wie lange kennen Sie Ivo schon, Bettina?«

»Mein Leben lang.« Sie lächelte zu ihm auf. Offensichtlich kannte er den Rest nicht. Seine nächste Frage schien es zu beweisen.

»Er war ein Freund Ihres Vaters?«

Sie nickte, noch immer lächelnd, und dann seufzte sie und beschloß, ihm alles zu erzählen. Aber das Lächeln verging ihr trotzdem nicht. Sie konnte jetzt leichten Herzens darüber sprechen. Sie schämte sich nicht. Sie dachte mit Stolz und Zärtlichkeit daran. »Ja, er war ein Freund meines Vaters. Aber außerdem waren wir sieben Jahre lang miteinander verheiratet ... vor langer Zeit.«

Völlig überrascht sah er sie an, die grauen Augen blitzten verblüfft.

»Was ist dann passiert?«

»Er bildete sich ein, daß ich ihm über den Kopf gewachsen bin, oder besser, ihn mit den Jahren ablegen wollte. Das stimmte aber nicht. Auf jeden Fall sind wir heute gute Freunde.«

»Das ist die ungewöhnlichste Geschichte, die ich jemals gehört habe. Wissen Sie, ich hatte keine Ahnung.« Vorsichtig sah er sie an. »Mögen Sie ... sich noch immer? ...« Er verhaspelte sich, zappelte hilflos. »Ich meine ... ich wollte Sie nicht ... glauben Sie, er war wütend, als ich vorgeschlagen habe, daß ich Sie heimfahre?« Er quälte sich, und sie konnte nichts weiter tun als lachen.

»Nein, natürlich nicht.« Im Gegenteil, sie vermutete sogar, daß er einen besonderen Grund gehabt hatte, sie einander vorzustellen, aber sie sagte nichts davon zu ihrem neuen Freund. Entweder wollte Ivo, daß er ihrem neuen Stück gegenüber wohlwollend eingestellt war, oder aber er glaubte, daß sie einen Begleiter benötigte, solange sie in der Stadt war.

»Also, ich will verdammt sein.« Oliver war immer noch erstaunt, und eine ganze Zeit gingen sie schweigend nebeneinander her. Ihre Hand ruhte in seinem Arm. Plötzlich drehte er sich leicht und lächelte auf sie herab.

»Meinen Sie, wir könnten noch tanzen gehen?«

Diesmal war sie es, die ihn erstaunt ansah. »Heute nacht noch? Aber es ist schon fast ein Uhr.«

»Ich weiß.« Amüsiert sah er sie an. »Aber wie Ivo schon so richtig feststellte, in New York ist alles anders. Hier ist noch alles geöffnet. Also?« Sie wollte sein Angebot schon ablehnen, aber irgend etwas an der Art, wie er auf sie herabsah, belustigte sie, und sie ertappte sich dabei, daß sie lachend Ja sagte. Schnell sprangen sie in ein Taxi, und er führte sie in eine Bar irgendwo in der Upper East Side. Dort gab es Live-Musik und Unmengen von Menschen, die sich aneinanderdrängten und mit der Musik bewegten, die lachten und tranken und sich amüsierten. Es war etwas völlig anderes als die elegante Atmosphäre des *Lutèce*, aber Bettina genoß es von ganzem Herzen. Als sie eine Stunde später gingen, tat es ihr direkt leid.

Auf der Rückfahrt ins Hotel unterhielten sie sich über die

kommende Premiere ihres Stückes.

»Ich wette, es ist brillant.« Er wirkte warmherzig und solide, wie er so in ihre Augen hinabschaute.

»Wie kommen Sie darauf?«

»Weil Sie es geschrieben haben – und Sie sind eine ganz besondere Dame.« Sie lachte genüßlich. »Ich wünschte, Sie wären nicht gerade Kritiker.«

»Warum?« Er sah sie überrascht an.

»Weil ich Sie gern bitten würde, zu kommen und sich mein Stück anzusehen und mir dann Ihre Meinung dazu zu sagen. Aber da Sie nun einmal sind, wer Sie sind, Ollie –« sie lächelte ihn an, als sie ihn so nannte »– würde der Produzent wohl einen Anfall bekommen.« Doch dann hatte sie eine Idee und sah wieder zu ihm auf. »Werden Sie es sein, der das Stück bespricht?«

»Wahrscheinlich.«

»Das ist zu schade.« Sie schien traurig.

»Warum?«

»Weil Sie es wahrscheinlich loben, und dann fühle ich mich unwohl, und Sie sind verlegen, und alles wird schrecklich sein ...« Doch er lachte nur über ihre Ängste und Verzweiflungen.

»Dann gibt es nur eine Lösung für dieses Problem.«

»Und die wäre, Mister Paxton?«

»Wir werden schnell Freunde, ehe das Stück aufgeführt wird, und dann ist es egal, was ich schreibe. Na, wie hört sich das an?«

»Wahrscheinlich ist das wirklich die einzige Lösung.«

Als sie zu ihrem Hotel kamen, fragte er sie, ob er sie noch auf einen Drink einladen dürfte. Sie erklärte ihm, daß ihr Sohn oben wäre und daß sie nachsehen wollte, ob er ruhig schläft.

»Ein Sohn – Sie und Ivo hatten einen Sohn? O Gott, das ist ganz schön verwirrend.«

»Nein, der Junge ist das Kind von meinem dritten Mann.«

»He, he, eine gefragte Dame, was? Und wie alt ist dieser Sohn?« Er hatte nicht so ausgesehen, als hätten ihre drei Ehen ihn sonderlich beeindruckt, und sie war erleichtert, als sie weitergingen.

»Er ist vier und heißt Alexander, und ich liebe ihn sehr.«
»Lassen Sie mich raten. Er ist Ihr einziges Kind?« Er lächelte gutmütig auf sie herab, als sie nickte.
»Ja.«
Jetzt musterte er sie vorsichtig. »Und der Vater des jungen Mannes? Ist er auch in New York?« Die Art, wie er das sagte, brachte sie zum Lachen, trotz ihrer ernsten Sorgen um John.
»Nun, er war nicht gerade erfreut, daß wir nach New York gefahren sind, was er für ein Sodom und Gomorrha hält. Und er ist ausgesprochen wütend, daß ich an dem Stück arbeite. Aber ich bin immer noch mit ihm verheiratet, wenn Sie das wissen wollten. Er ist in San Francisco geblieben. Aber ich wollte Alexander bei mir haben.«
»Darf ich ihn mal kennenlernen?« Es war das einzige, was er sagen konnte, um ihrem Herzen näher zu kommen.
»Möchten Sie das?«
»Sehr gern sogar. Warum essen wir nicht morgen vor dem Theater ganz früh zusammen und nehmen ihn mit? Dann können wir ihn ins Hotel zurückbringen und anschließend zusammen ausgehen. Klingt das annehmbar?«
»Es klingt herrlich. Vielen Dank, Ollie.«
»Zu Ihren Diensten.« Er verbeugte sich und winkte dann ein Taxi herbei, und erst als Bettina nach oben ging, fing sie an, sich Gedanken zu machen. Was tat sie da? Ging mit diesem Mann aus? Sie war eine verheiratete Frau und sie hatte sich selbst geschworen, daß sie mit niemandem ausgehen wollte, solange sie in New York war. Aber schließlich war er ja ein Freund von Ivo.

Von John hatte sie seit dem Tag ihrer Abreise nichts gehört. Er beantwortete keinen ihrer Briefe, nahm ihre Anrufe nicht entgegen, und seine Sekretärin erklärte immer, daß er gerade ausgegangen sei. Immer wieder ließ Bettina das Telefon zu Hause läuten, aber ohne Erfolg. Entweder nahm er es nie ab, oder er war nie daheim. Dann war es vielleicht doch nicht so schlimm, daß sie mit Oliver Paxton essen gehen würde. Und ganz gleich, wie gut er ihr auch gefiel, sie würde sich nicht auf eine Affäre mit ihm einlassen.

Das machte sie ihm schonungslos klar, als sie am nächsten

Abend das Theater verließen und zum *Russian Tea Room* fuhren, wo sie Blini und Drinks zu sich nahmen.

»Wer hat denn davon etwas gesagt?« Wahnsinnig belustigt sah er sie an. »Madam, ich liebe nicht nur Sie, ich liebe Ihren Sohn.«

»Waren Sie je verheiratet?«

Er lächelte süßlich auf sie herab. »Nein, ich bin darum nie gebeten worden.«

»Ich meine es ernst, Ollie.« Er wurde schnell ein wahrer Freund. Und so sehr sie sich auch zueinander hingezogen fühlten, so wußten sie doch beide, daß ihr Verhältnis nicht über die Freundschaft hinausgehen würde, die sie schon jetzt miteinander verband. Was Bettina anging, so war das unmöglich. Und Ollie respektierte ihre Einstellung.

Er lächelte jetzt, als ihr Blini kam. »Ich habe es auch ernst gemeint, und ich war wirklich nie verheiratet.«

»Warum nicht?«

»Es hat niemanden gegeben, an den ich mich für den Rest meines Lebens binden wollte.«

»Das haben Sie nett ausgedrückt.« Sie verzog das Gesicht und knabberte an ihrem Blini.

Er sah sie an. »Also findet Ihr Ehemann Nummer Drei das alles hier nicht gut?«

Sie fing sofort an, ihn zu verteidigen, was Ollie eine Menge verriet. Doch dann schüttelte sie zögernd den Kopf. »Nein.«

»Das überrascht mich nicht.«

»Warum nicht?«

»Weil es für viele Männer hart ist, eine Frau mit einem andern Leben zu akzeptieren, egal, ob es eine Vergangenheit oder eine Zukunft ist. Und Sie haben zufällig beides. Aber Sie haben getan, was Sie tun mußten.«

»Aber woher wissen Sie das?« Sie sah ihn so entschlossen an, daß er nicht widerstehen konnte, die Hand auszustrecken und ihre weichen, kastanienbraunen Locken zu zausen.

»Ich weiß nicht einmal, ob Sie sich daran erinnern. Aber da gibt es eine Stelle in einem Buch Ihres Vaters. Ich bin eines Tages darüber gestolpert, als ich versuchte, mich zu entscheiden, ob ich die Arbeit bei der *Mail* annehmen sollte und nach New

York gehen sollte. Ihr Vater würde Ihre Entscheidung gutheißen...«

Sie starrte ihn mit aufgerissenen Augen an, und dann zitierten sie es beide, Wort für Wort. »Mein Gott, Ollie, das war genau die Stelle, die ich an dem Tag gelesen habe, als ich zusagte, nach New York zu kommen. Das war es, was mich dazu brachte, meine Meinung zu ändern.« Er warf ihr einen merkwürdigen Blick zu.

»Bei mir war es genau dasselbe.« Schweigend stießen sie dann auf ihren Vater an, aßen ihr Blini auf und kehrten Arm in Arm in ihr Hotel zurück. Er begleitete sie nicht nach oben. Aber er verabredete sich mit ihr für Samstag, um mit ihr und Alexander in den Zoo zu gehen.

38

Gegen Ende Oktober arbeitete Bettina fast Tag und Nacht an ihrem Stück. Sie verbrachte endlose Stunden in dem zugigen Theater und dann noch weitere Stunden spät nachts in ihrem Hotel, wenn sie die Änderungen vornahm. Dann am nächsten Morgen zurück ins Theater, um die Änderungen zu proben und erneut zu ändern. Sie sah Ivo nie, Ollie kaum, und auch Alexander nur eine halbe Stunde täglich. Aber diese Zeit nahm sie sich immer für ihn, und manchmal, wenn sie im Theater war, kam Ollie vorbei und spielte mit ihm. So hatte Alexander wenigstens eine männliche Bezugsperson. Und von John hatten sie noch immer nichts gehört.

»Ich begreife nicht, warum er mich überhaupt nicht anruft.« Zornig sah Bettina Ollie an, als sie den Hörer auflegte und die Hände in die Luft warf. »Ihm oder uns hätte alles mögliche zugestoßen sein können, und er hätte keine Ahnung davon. Ich verstehe das nicht. Das ist doch lächerlich. Er beantwortet meine Briefe nicht, nimmt meine Anrufe nicht entgegen und ruft selbst nie an.«

»Bist du sicher, daß er nichts genaueres gesagt hat, als du

von daheim fort bist, Bettina?« Sie schüttelte den Kopf, und trotz einer seltsamen Vorahnung wagte er nicht, noch mehr zu sagen. Er verstand, daß sie sich selbst als verheiratet ansah, und er respektierte ihre Gefühle. Schnell wechselten sie das Thema und sprachen über ihre jüngsten Probleme mit dem Stück.

»Wir werden nie rechtzeitig fertig sein.« Sie sah ein bißchen müde aus, auch schlanker, aber ihre Augen strahlten etwas wundervoll Lebendiges aus. Sie liebte das, was sie tat, und man sah es ihr an. Und Ollie ermutigte sie immer, wenn sie ihm von ihren Befürchtungen erzählte.

»Doch, ihr schafft das schon, Bettina. Das macht jeder durch. Du wirst schon sehen.« Aber sie hielt ihn für verrückt, als der große Tag mit jeder Woche näher rückte. Endlich waren keine Änderungen mehr zu machen. Sie fuhren nach New Haven, wo sie drei Aufführungen hatten, dann für zwei weitere nach Boston. Anschließend nahm sie noch ein halbes Dutzend weiterer Änderungen vor, und dann nickten sie und der Regisseur zustimmend. Alles, was getan werden konnte, war getan worden. Jetzt mußten sie nur noch eine Nacht gut schlafen und dann einen qualvollen Tag bis zur Premiere hinter sich bringen. Ollie rief sie am Morgen an, und sie war schon seit Viertel nach sechs Uhr auf.

»Wegen Alexander?«

Sie kicherte bloß. »Nein, Dummkopf, wegen meiner Nerven.«

»Deshalb ruf' ich dich ja an. Kann ich dir helfen, die Zeit zu vertreiben?« Doch das konnte er nicht. An diesem Tag und diesem Abend war er der Feind, ein Kritiker. Sie hätte es nicht ertragen können, den Tag mit ihm zu verbringen und dann später zu sehen, wie er ihr Stück verriß. Und sie war sicher, daß er das tun würde.

»Laß mich einfach hier sitzen und unglücklich sein. Ich genieße das.«

»Nun, morgen ist das alles vorbei.«

Sie starrte traurig ins Leere. »Vielleicht auch mit dem Stück.«

»Ach, sei ruhig, du albernes Ding. Das wird alles ganz prima laufen.« Aber sie glaubte ihm nicht, und nachdem sie den ganzen Tag über nervös in ihrer Hotelsuite auf- und abgelaufen war und Alexander angeblafft hatte, erschien sie schließlich um Viertel nach sieben im Theater. Es blieb noch eine Stunde Zeit, bis sich der Vorhang öffnen würde, aber sie mußte einfach da sein. Sie konnte es nicht ertragen, anderswo zu sein. Sie stand in den Kulissen, ging in den Zuschauerraum, setzte sich, stand wieder auf und ging den Gang hinunter, zurück in die Kulissen, wieder auf die Bühne, dann zu dem Sitz zurück, den sie verlassen hatte, um den Gang entlangzulaufen. Schließlich beschloß sie, noch etwas frische Luft zu schnappen, und es war ihr egal, ob sie überfallen werden würde. Sie wurde es nicht. Sie wartete, bis auch die letzten Nachzügler im Theater waren, ging dann hinein und glitt auf einen leeren Platz in der letzten Reihe. So konnte sie jederzeit verschwinden, ohne das Publikum auf den Gedanken zu bringen, daß jemand das Stück so sehr verabscheute, daß er gegangen war, wenn sie die Spannung nicht länger ertragen konnte.

Bettina sah Ollie nicht im Theater, und als es vorbei war, wollte sie sich nicht einmal von Ivos Wagen mitnehmen lassen. Sie ging jedem aus dem Weg und verschwand so schnell sie konnte, heuerte ein Taxi an und fuhr in ihr Hotel zurück. Sie gab in der Telefonvermittlung Bescheid, daß sie jedem sagen sollten, sie sei bereits zu Bett gegangen, und dann saß sie die ganze Nacht lang in einem Sessel, wartete darauf, daß sie den Lift hörte und der Mann kam, der ihr die Morgenzeitung vor die Tür legte. Um halb fünf hörte sie es endlich, sprang auf die Füße und raste zur Tür. Voll Panik zerrte sie an der Zeitung, sie mußte es sehen ... mußte ... was hatte er geschrieben ... was hatte er ...? Sie las es wieder und wieder und wieder, und Tränen liefen über ihr Gesicht. Zitternd ging sie zum Telefon und wählte seine Nummer, und lachend und weinend zugleich warf sie ihm die unmöglichsten Bezeichnungen an den Kopf.

»Du Hund ... ach, Ollie ... ich liebe dich ... hat es dir gefallen? Ich meine, wirklich gefallen? Ach, Gott, Ollie ... hat es das?«

»Du bist irre, Bettina, weißt du das eigentlich? Verrückt! Himmelschreiend verrückt! Es ist halb fünf Uhr früh, und ich habe die ganze Nacht über versucht, dich zu erreichen ... und jetzt rufst du mich an, nachdem ich schließlich aufgegeben habe und ins Bett gegangen bin.«

»Aber ich mußte einfach abwarten, bis ich die Zeitung gesehen hatte.«

»Du Dummchen, ich hätte dir meine Kritik gestern abend um Viertel nach elf vorlesen können.«

»Das hätte ich nicht ertragen. Was, wenn du es verrissen hättest?«

»Das konnte ich doch gar nicht, du Dummkopf. Es ist brillant. Absolut wundervoll!«

»Ich weiß.« Sie strahlte, schnurrte förmlich. »Ich habe die Kritik gelesen.«

Aber er lachte nur und war glücklich, und dann versprach er, daß er sie in ein paar Stunden zum Frühstück besuchen würde. Sie wollte ihn anrufen, sobald sie etwas geschlafen hatte. Doch ehe sie sich auszog und zu Bett ging, bat sie das Fräulein um eine weitere Verbindung. Vielleicht würde sie ihn um diese Zeit daheim erreichen, und er würde so überrascht sein, daß er den Anruf entgegennahm. Doch wieder keine Antwort. Dabei hätte sie John so gern erzählt, daß ihr Stück ein Erfolg war. Statt dessen beschloß sie, Seth und Mary anzurufen, und die beiden waren entzückt. Sie saßen gerade mit ihren Kindern beim Frühstück. An der Westküste war es Viertel vor acht. Endlich, als die Sonne schon aufging, lag Bettina in ihrem Bett, ein breites Grinsen auf dem Gesicht, die Zeitung auf dem ganzen Bett ausgebreitet.

39

»Na, Kind, was jetzt? Jetzt, wo du auf der Straße des Ruhms bist.« Ollie grinste sie glücklich an, über die Flasche Champagner und die Eier im Glas hinweg. Sie hatten sich zu einem späten Frühstück in Bettinas Hotel getroffen, und sie sah noch immer wie betäubt und ausgepumpt und schockiert und selig aus.

»Ich weiß nicht. Ich denke, ich bleib' noch ein paar Wochen

hier und versichere mich, daß alles glatt läuft, und dann fahre ich heim. Ich habe John gesagt, daß ich Weihnachten wieder daheim sein würde, und das werde ich dann wohl auch.« Aber jetzt sah sie ein wenig unsicher aus. Sie hatte seit drei Monaten keinerlei Kontakt mit ihm gehabt, und sie machte sich ernsthafte Sorgen seinetwegen, und auch darüber, was sie dem Kind sagen sollte.

»Und beruflich, Bettina? Hast du irgendeinen anderen genialen Geistesblitz?«

»Ich weiß noch nicht so recht.« Sie grinste. »Ich spiele in letzter Zeit mit einer Idee, aber sie hat noch nicht so richtig Form angenommen.«

»Wenn es soweit ist, darf ich es dann lesen?« Er sah fast genauso glücklich aus wie sie.

»Klar. Möchtest du das wirklich?«

»Und wie.« Als sie ihn jetzt ansah, wurde ihr plötzlich bewußt, daß sie ihn schrecklich vermissen würde, wenn sie abreiste. Sie hatte sich an ihre langen, gemütlichen Unterhaltungen gewöhnt, an ihre täglichen Telefongespräche, ihr häufiges Ausgehen, meist allein zum Mittagessen, manchmal auch mit Ivo zum Abendessen. Er war für sie fast so etwas wie ein Bruder geworden. Wenn sie ihn verließ, dann war das fast dasselbe, als wenn sie von ihrem Heim ging. »Warum siehst du plötzlich so traurig aus?« Er hatte den schmerzhaften Ausdruck in ihrem Gesicht bemerkt.

»Ich dachte gerade daran, daß ich dich verlassen muß, wenn ich heimfahre.«

»Mach dir deshalb bloß nicht so große Sorgen, Bettina. Du wirst früher wieder hier sein, als du denkst, und wahrscheinlich werden wir uns öfter begegnen, als dir recht ist. Ich reise mehrmals im Jahr an die Küste.«

»Gut.« Sie lächelte ihn an; ihr Gesicht sah schon etwas glücklicher aus. »Übrigens, hättest du Lust, an meinem letzten Abend in New York mit Ivo und mir zu essen?«

»Gern. Wohin gehen wir?«

»Ist das wichtig?« Sie grinste ihn an.

»Nein, aber ich könnte mir schon denken, daß es ein wunderbarer Ort sein wird.«

»Mit Ivo ist das immer so.«

Und sie sollten recht behalten. Sie aßen im *Côte Basque*, an seinem Lieblingstisch, und das Menü, das er extra für sie bestellt hatte, war ausgezeichnet. Zuerst aßen sie Fischklößchen, danach Kaviar, zu dem sie Champagner tranken. Dann gab es einen delikaten Palmherzensalat, Filet Mignon, herrliche zarte Pilze, die frisch aus Frankreich eingeflogen worden waren, und als Dessert ein Soufflé Grand Marnier. Alle drei aßen mit Genuß und lehnten sich dann zurück, um sich an ihrem Kaffee und einem Likör nach dem Essen zu erfreuen.

»So, Kleines, nun verläßt du uns also.« Mit sanftem Lächeln schaute er sie an.

»Nicht für sehr lange, Ivo. Wahrscheinlich komme ich schon bald wieder.«

»Ich hoffe es.« Doch als Ollie sie in ihr Hotel zurückbrachte, dachte sie daran, wie seltsam nachdenklich Ivo ausgesehen hatte.

Sie wandte sich ihrem Freund zu. »Hast du gehört, was er zu mir gesagt hat, als er mich zum Abschied küßte? ›Flieg dahin, kleiner Vogel‹. Und dann hat er mich einfach geküßt und ist in seinen Wagen gestiegen.«

»Er ist bestimmt bloß müde, und wahrscheinlich tut es ihm auch leid, daß du abfährst.« Er lächelte ihr zu. »Genau wie mir.«

Sie nickte. Auch sie haßte diesen Abschied. Haßte die Tatsache, daß sie die beiden verlassen mußte. Plötzlich hatte sie das Gefühl, hierher zu gehören. In den letzten drei Monaten hatte sie wieder in New York Wurzeln geschlagen. Es war kalt, schmutzig, düster, überfüllt, die Taxifahrer waren unhöflich und grob, nie wurde ihr irgendwo die Tür aufgehalten, aber dies alles war von erregender Ausstrahlung. In Mill Valley war es dagegen geradezu langweilig. Dort würde sie nur wieder den ganzen Tag auf Alexander warten, bis er aus dem Kindergarten heimkam. Sogar Alexander spürte das, und abgesehen davon, daß er sich auf seinen Vater freute, hatte er es nicht gerade eilig, New York zu verlassen.

Ollie brachte sie zum Flughafen und winkte lange und heftig, während Alexander zögernd aufs Flugzeug zumarschierte.

Oliver warf Bettina eine Kußhand zu, verließ dann den Flugplatz, fuhr heim und betrank sich sinnlos. Aber Bettina mußte auf diese Art Betäubung verzichten. Sie mußte nüchtern sein, um John gegenübertreten zu können. Sie hatte ihn nicht benachrichtigt, daß sie kommen würden, hatte nicht einmal Mary und Seth vorgewarnt. Sie wollte alle überraschen. Ihre Koffer waren gefüllt mit Weihnachtsgeschenken für John, Mary, Seth und all die Kinder.

Die Luft war mild und zart, als sie landeten. Es war halb sechs Uhr nachmittags. Sie fanden ein Taxi, das sie nach Mill Valley fahren würde und stiegen ein. Alexander wurde allmählich sehr aufgeregt. Nach drei langen Monaten sollte er jetzt endlich seinen Daddy wiedersehen. Und er würde ihm so viel von New York zu erzählen haben, von dem Zoo, seinen Freunden und dem, was sie im New Yorker Kindergarten gemacht hatten. Er hopste auf Bettinas Schoß herum, und sie grinste stoisch vor sich hin, während er sie mit Knien und Ellbogen anstieß und sich überlegte, was er sagen wollte.

Es schien ewig zu dauern, bis sie endlich in die vertraute Auffahrt einbogen, und Bettina konnte ein Lächeln nicht unterdrücken. Es tat gut, wieder daheim zu sein. Der Fahrer fing an, ihr Gepäck auszuladen, und Bettina ging zur Tür, um aufzuschließen. Doch als sie den Schlüssel ins Schloß schob, stellte sie fest, daß er nicht mehr paßte. Sie drehte ihn hierhin und dorthin, drückte gegen die Tür, rüttelte am Türgriff und sah dann verblüfft auf, als sie begriff, was passiert war. John hatte das Schloß ausgewechselt. Ihr kam das recht kindisch vor.

Restlos verwirrt eilte Bettina zu den Nachbarn. Sie hatte den Fahrer bezahlt und ihn gebeten, das Gepäck einfach in die Garage zu stellen. So nahm sie jetzt Alexanders Hand und ging mit ihm über den Hof. Dort klopfte sie an Marys Hintertür.

»Oh, mein Gott ... Betty!« Sie zog sie schnell in die Arme, küßte dann Alexander, der von seinen Freunden lautstark willkommen geheißen wurde. »Ich habe dich so vermißt!« Dann rief sie über die Schulter: »Seth! Sie sind wieder da!« Er kam lächelnd zur Tür und streckte ihr die Arme entgegen. Doch die herzliche Begrüßung ging schnell vorbei, und sie sah von einem zum anderen und erklärte die Sache mit dem Schlüssel.

»Ich begreife das einfach nicht.« Als sie gemeinsam ins Wohnzimmer hinübergingen, schaute sie dann über die Schulter die beiden an. »Ich vermute, John hat das Schloß auswechseln lassen.«

Aber Mary sah sehr traurig aus, und schließlich erwiderte Seth Bettinas Blick. »Betty, setz dich, Liebe. Ich habe ziemlich harte Neuigkeiten für dich.« O Gott, war etwas passiert? War ihm etwas zugestoßen, während sie fort war? Aber warum hatte sie dann niemand angerufen? Sie spürte, wie sie erblaßte. Aber Seth schüttelte den Kopf. »Nicht, was du denkst. Aber als sein Anwalt mußte ich Schweigen bewahren. Er kam zu mir, nachdem du abgereist warst, und bestand darauf, daß ich dir nichts sagen würde. Es war –« er zögerte, die Sache schien ihm peinlich zu sein – »verdammt schwer, kann ich dir sagen.«

»Schon gut, Seth. Was es auch ist, jetzt kannst du es mir ja sagen.«

Er nickte zögernd und warf dann einen Blick zu Mary hinüber, ehe er sie wieder anschaute. »Ich weiß. Ich muß es sogar. Betty, er hat am Tag nach deiner Abreise die Scheidung eingereicht.«

»Was? Aber ich habe doch nie irgendwelche Unterlagen bekommen.«

Seth schüttelte entschieden den Kopf. »Mußtest du auch nicht. Erinnerst du dich noch an damals, als du dich von deinem Mann hast scheiden lassen? In diesem Staat nennt man das eine ›Auflösung‹, und es ist nichts weiter erforderlich, als daß einer der beiden Ehepartner die Ehe auflöst. Er wollte es. Und das war's.«

»Wie hübsch und einfach.« Sie holte tief Luft. »Wann ist es endgültig?«

»Da müßte ich erst nachsehen, aber ich glaube, in ungefähr drei Monaten.«

»Und er hat das Schloß am Haus ausgewechselt?« Jetzt verstand sie, warum er ihre Briefe nie beantwortet hatte, genausowenig wie ihre Anrufe, die ganze Zeit über, als sie an ihrem Stück arbeitete.

Aber wieder schüttelte Seth den Kopf. »Er hat das Haus verkauft, Betty. Er wohnt nicht mehr dort.«

Jetzt sah sie wirklich entsetzt aus. »Aber was ist mit unseren Sachen? Meinen Sachen ... den Sachen, die wir gemeinsam angeschafft haben ...«

»Er hat ein paar Kisten und Koffer mit deinen Kleidern für dich dagelassen, und auch Alexanders ganzes Spielzeug.« In ihrem Kopf fing es an zu wirbeln, als sie ihm zuhörte.

»Und Alexander? Er kämpft nicht um ihn?« Plötzlich war sie dankbar, daß sie den Jungen mit nach New York genommen hatte. Was wäre gewesen, wenn er mit Alexander verschwunden wäre? Sie wäre vor Kummer vergangen.

Doch jetzt schien Seth zu zögern, ehe er wieder sprach. »Er – er will den Jungen nie wieder sehen, Betty. Er sagt, er gehört dir allein.«

»Oh, mein Gott.« Langsam stand sie auf und ging zur Tür, wo die Augen ihres Sohnes sie anstarrten, angefüllt mit Fragen. »Wo ist Daddy, Mom?«

Sie konnte nur den Kopf schütteln. »Er ist nicht hier, Liebling. Er ist auf eine Reise gegangen.«

»So wie wir? Nach New York?« Aufgeregt sah er sie an, und Bettina kämpfte gegen ihre Tränen.

»Nein. Liebling, nicht nach New York.«

Und er musterte sie mit einem merkwürdigen Ausdruck, als würde er begreifen, und dann fragte er: »Fahren wir jetzt nach New York zurück, Mommy?«

»Ich weiß noch nicht, Liebling, vielleicht. Möchtest du das gern?«

Er sah sie an und lächelte breit. »O ja! Ich hab' ihnen gerade von dem großen Zoo erzählt.« Es schockierte sie, daß er sich nicht mehr danach sehnte, seinen Vater zu sehen, aber vielleicht war das nur gut so. Langsam wandte sie sich zu Seth und Mary um, mit Tränen in den Augen.

»Soviel also zu Betty Fields.« Aber das war sie schon seit drei Monaten nicht mehr gewesen. In New York, als Schriftstellerin, war sie Bettina Daniels gewesen. Und vielleicht – ihr fiel es plötzlich wie Schuppen von den Augen – vielleicht hätte sie das immer sein sollen. Wieder sah sie ihre beiden Freunde an. »Können wir ein paar Tage lang bei euch bleiben?«

»Solange ihr wollt.« Mit diesen Worten zog Mary sie an sich. »Es tut uns so leid, Kleines. Er ist wirklich ein Dummkopf.« Aber es war nicht der Paradiesvogel gewesen, den er sich gewünscht hatte. Er hatte den kleinen, graubraunen Vogel haben wollen. Und innerlich hatte Bettina es die ganze Zeit über gewußt.

40

Bettina und Alexander verließen San Francisco am Tag nach Weihnachten, und nachdem sie es sich gründlich überlegt und gezögert hatte, schickte sie die Kisten mit ihrer persönlichen Habe voraus, in ihr Hotel in New York.

»Ich bin seit sechs Jahren hier, Mary.«

»Ich weiß. Aber möchtest du jetzt wirklich noch hier bleiben?«

Bettina hatte in den beiden einsamen Wochen, die sie dort verbrachten, endlose Stunden darüber nachgedacht, und als Weihnachten kam, wußte sie, daß Mary mehr von ihr wissen wollte als nur die Stadt, in der sie jetzt leben wollte. Jeder, den sie in San Francisco gekannt hatte, war ein Freund von John gewesen. Menschen, die freundlich und herzlich ihr gegenüber gewesen waren, ignorierten sie jetzt plötzlich, wenn sie sie auf der Straße sahen. Sie trug nicht nur das Zeichen der Scheidung, sondern auch das Zeichen des Erfolgs mit sich herum.

Und so stiegen sie einen Tag nach Weihnachten wieder ins Flugzeug und Ollie holte sie in New York ab. Es war komisch, aber Bettina kam es nicht so vor, als hätte sie gerade ihr Zuhause verlassen, sondern als käme sie dahin zurück, als sie in New York aus der Maschine stieg. Ollie riß Alexander in die Arme und vergrub ihn in den Falten seines riesigen Mantels.

»Wo hast du den her? Der ist todschick.« Mit breitem Lächeln sah Bettina ihn an.

»Mein Weihnachtsgeschenk für mich selbst.« Auch für Bettina und Alexander hatte er Verschiedenes auf dem Rücksitz seines Wagens liegen, den er gemietet hatte, um sie in ihr Hotel zu fahren. Einen Tag vor Weihnachten hatte es geschneit, und noch immer lagen ein paar Zentimeter Schnee am Straßenrand.

Aber als sie in die Stadt zurückfuhren, die sie erst zwei Wochen vorher verlassen hatte, fiel ihr eine Veränderung an Ollie auf. Er wirkte ruhig aber gespannt. Sie wartete, bis Alexander mit dem Teddybären beschäftigt war, dem Feuerwehrauto mit Sirene und den batteriebetriebenen Autos, und sah Ollie dann fragend an.

»Ist etwas nicht in Ordnung?«

Er schüttelte den Kopf, aber nicht sehr überzeugend. »Wie geht's denn dir, Bettina?«

Sie lächelte achselzuckend. »Ist ein schönes Gefühl, wieder zurück zu sein.«

»Ja?« Sie nickte. Aber in ihren Augen stand immer noch die Trauer. »War es hart für dich in San Francisco?«

Sie nickte zögernd. »Schon. Wahrscheinlich hab' ich das eben einfach nicht erwartet. Nichts von all dem.« Sie grübelte einen Moment nach. »Als wir vom Flughafen kamen, fuhren wir zum Haus, und ich dachte zuerst, er hätte das Schloß ausgewechselt.«

»Hatte er?«

Sie schüttelte grimmig den Kopf. »Nein. Er hatte das Haus verkauft.«

»Ohne es dir zu sagen?« Ollie schien entsetzt. »Wie hast du es dann erfahren? Wie hat er es dir gesagt?«

Bettina lächelte traurig. »Gar nicht. Meine Nachbarn haben es mir erzählt.« Sie musterte Ollie lange und gründlich. »Ich habe überhaupt nicht mit ihm gesprochen, während wir da waren. Anscheinend hat er vor dreieinhalb Monaten schon die Scheidung eingereicht, sobald wir nach New York abgereist waren.«

»Mein Gott... und er hat dir nie etwas davon gesagt?« Sie schüttelte den Kopf. »Was ist...?« Er deutete mit dem Kopf auf Alexander, und sie nickte schnell als Zeichen, daß sie verstanden hatte.

»Er sagt, das wäre auch vorbei.«

»Er will ihn nicht sehen?« Er schien zutiefst entsetzt.

»Er sagt nein.«
»Hast du das Alexander erklärt?«
Sie schien nachdenklich. »Mehr oder weniger.« Dann seufzte sie leise. »Es waren zwei interessante Wochen. Dabei waren das erst die schlechten Nachrichten. Die guten waren fast noch schlimmer. Jedesmal, wenn ich jemanden traf, den ich kannte, Bekannte oder alte Freunde, dann trampelten die auf mir herum, entweder ganz offen oder aber mit einer Art spöttischer Unverschämtheit.« Sie kicherte leise, erleichtert, daß sie das hinter sich hatte. »Es waren zwei schreckliche Wochen.«

»Und was jetzt?«

»Ich suche morgen nach einer Wohnung, gebe Alexander nach den Weihnachtsferien wieder in den Kindergarten, und dann mache ich mich an die Arbeit mit dem neuen Stück.«

Bettina beobachtete ihn, wie er aus dem Fenster starrte. Schließlich berührte sie leicht seinen Arm und hielt seinen Blick mit ihren Augen fest.

»Ollie ... ist mit dir alles in Ordnung?«

Er nickte langsam, wich aber ihrem Blick aus. »Mir geht es gut.«

»Bist du sicher?«

Diesmal kicherte er leise. »Ich bin wahnsinnig froh, daß du wieder da bist, Bettina. Aber es tut mir leid, daß du eine so schwere Zeit hattest.«

»Ich nehme an, das war vorauszusehen. Die einzige, die es nicht vorausgeahnt hat, war wohl ich.«

Er nickte. »Ich muß gestehen, daß ich so etwas Ähnliches befürchtet habe, nachdem er sich nie mit dir hier in Verbindung gesetzt hat. Aber ich dachte, er wäre vielleicht einfach bloß wütend gewesen. Ich stellte mir vor, daß er sich wieder zusammenreißen würde, wenn er dich sehen würde, und daß ihr beiden dann noch einmal von vorn anfangen würdet.«

»War wohl nichts.« Einen Moment starrte sie traurig vor sich hin, ehe sie ihn wieder anschaute. »Übrigens, hast du Ivo gesehen?« Er wollte etwas sagen, schüttelte dann aber den Kopf. »Ich habe ihn einen Tag vor Weihnachten angerufen und ihm erzählt, daß wir kommen würden. Er erzählte mir, daß er über Weihnachten mit Freunden nach Long Island fahren wollte, aber er kommt heute abend zurück und hat mich für morgen zum Essen eingeladen.« Glücklich strahlte sie Ollie an. »Willst du auch kommen?« Wieder schüttelte Ollie den Kopf. Weitere Erklärungen blieben ihm erspart, weil sie jetzt vor dem Hotel hielten. Der Portier holte ihr Gepäck aus dem Wagen, sie bekamen ihre alte Suite wieder, die gerade frei geworden war. Wie durch ein Wunder waren die beiden Geschäftsleute aus London, die sie seit ihrer Abreise gehabt hatten, gerade wieder gefahren.

»Es ist ein Gefühl, als käme ich heim.« Alexander rannte sofort in sein Zimmer, und Jennifer, seine Babysitterin, sollte am nächsten Morgen wieder bei ihnen sein. Bettina wollte ihr eine feste Stelle anbieten, sobald sie umgezogen waren. »Möchtest du etwas essen, Ollie?«

»Nein, danke.«

Sie bestellte einen Hamburger für Alexander und ein kleines Steak für sich selbst, setzte sich auf die lange Couch und fuhr sich mit der Hand durch das wirre Haar. »Morgen werde ich mich auf die Suche nach einer Wohnung machen.« Doch da setzte sich Ollie plötzlich neben sie, einen düsteren, kummervollen Ausdruck in den Augen.

»Bettina...«

»Großer Gott, was ist denn los? Du siehst aus, als ob du gerade deinen besten Freund verloren hättest.« Langsam nickte er, und seine Augen füllten sich mit Tränen. »Ollie... was ist denn?... Ollie?« Sie streckte die Arme nach ihm aus, und er zog sie an sich, doch sie spürte, daß er nicht Trost bei ihr suchte, sondern sie trösten wollte. »Ollie?«

»Bettina, ich wollte es dir nicht gleich am Flughafen erzählen, aber gestern ist etwas Schreckliches passiert.« Er hielt sie ganz fest und spürte, wie sie zitterte, als sie sich sanft aus seinen Armen löste.

»Ollie...?« Dann sah sie ihn plötzlich an, entsetzt, als sie begriff. »O Gott... haben sie mein Stück abgesetzt?« Er lächelte leise und schüttelte ruhig den Kopf.

»Nein, nichts dergleichen.« Dann holte er tief Luft und ergriff ihre zarte, kleine Hand. »Bettina, es ist wegen Ivo.« Für einen Sekundenbruchteil schloß er die Augen. »Er ist gestern abend gestorben.«

»Ivo?« Sie sprang auf die Füße und starrte ihren Freund an. »Sei nicht albern. Ich habe doch erst vor zwei Tagen mit ihm telefoniert, er wollte nach Long Island. Er war –« Dann sank sie plötzlich zitternd zurück auf die Couch, starrte Ollie an. »Ivo? ... Tot?« Ihre Augen füllten sich mit Tränen, und Ollie zog sie wieder an sich, als sie anfing zu weinen. »Oh, Ollie, nein ... nicht Ivo ... oh, nein ... nicht Ivo ... nicht Ivo ...« Langsam führte er sie in ihr Schlafzimmer, ehe Alexander sie sehen konnte, und schloß leise die Tür. Dann legte er sie aufs Bett und ließ sie weinen. Es war, als würde sie noch einmal ihren Vater verlieren, fast noch schlimmer, denn sie verlor einen lebenslangen Freund, und er war immer so gut zu ihr gewesen, besser als ihr Vater, und sie hatte bis zum Schluß nie aufgehört, ihn zu lieben. »Aber ich sollte ihn doch morgen zum Essen treffen, Ollie ...« Wie ein Kind starrte sie ihn an.

»Ich weiß, Bettina ... ich weiß ...« Liebevoll strich er über ihr Haar, als sie ihr Gesicht erneut vergrub. »Es tut mir leid, so schrecklich leid ... ich weiß, wie sehr du ihn geliebt hast.«

Als sie auf den Boden sah, entdeckte sie dort die Zeitung, sah Ivos Foto auf der ersten Seite, zusammen mit seiner Geschichte. Sie war froh, daß sie es nicht schon früher gesehen hatte.

»Er war an allem Guten schuld, das mir in meinem Leben zugestoßen ist«, sagte sie zu Ollie, als sie schließlich die Beine über die Kante warf und sich die Augen trocknete. »Und jetzt hat er uns verlassen.«

41

Die Beerdigung fand zwei Tage später statt. Gouverneure, Senatoren, Zeitungsmanager, Autoren, Schriftsteller und Filmschauspieler, alle kamen. Und in der ersten Reihe ging Bettina.

Ollie nahm ihren Arm, als sie die Kathedrale verließen, und keiner von ihnen sagte ein Wort, nachdem sie wieder in den Wagen gestiegen waren. Schweigsam und ohne zu weinen fuhr sie ins Hotel zurück, hielt sich nur an seiner Hand fest. Sie war sehr blaß und ihre zarten Züge hoben sich vor der grauen Silhouette des Himmels ab wie eine Kamee.

»Möchtest du mit hinaufkommen und eine Tasse Kaffee trinken?« Traurig sah sie ihn an und wandte sich dann um, als er nickte und ihr ins Haus folgte.

Aber oben war Alexander, und sie mußte wenigstens so tun, als würde sie lächeln. Und eine halbe Stunde später, nachdem sie Kaffee getrunken und Croissants gegessen und Alexanders Geschichten zugehört hatten, die er seiner Mutter erzählte, über die Vergnügungen im Central Park, da war das Lächeln nicht mehr nur aufgesetzt. Ollie war erleichtert, als er sah, daß sie besser aussah.

»Bettina? Wie wäre es mit einem Spaziergang? Ich denke, wir könnten beide ein bißchen frische Luft gebrauchen.« Und danach vielleicht etwas essen, und danach noch Kaffee in seiner Wohnung. Als er sie beobachtete, hatte er gerade eben beschlossen, sie nicht allein zu lassen. »Nun, was meinst du? Du könntest eine lange Hose anziehen, und dann könnten wir eine Weile spazierengehen. Klingt das einladend?«

Tat es eigentlich nicht, aber sie wußte, daß er ihr helfen wollte, und sie wollte seine Gefühle nicht dadurch verletzen, daß sie nein sagte. »Also gut, also gut.« Mit einem leichten Grinsen warf sie die Hände in die Luft.

Schweigend fuhren sie mit dem Lift nach unten, und zehn Minuten später spazierten sie schon am Rand des Parks entlang. Der Verkehr war weniger stark als sonst, weil Samstag war, und dann und wann klapperte eine Pferdedroschke ganz langsam vorüber. Sie schlenderten über eine Stunde weiter, unterhielten sich, schwiegen dann wieder eine Weile, und schließlich fühlte sie einen Arm um sich und sah in seine Augen auf.

»Du bist ein guter Freund, Ollie, weißt du. Ich glaube, das war auch mit schuld an meinem Entschluß, nach New York zurückzukehren.« Dann zögerte sie einen Moment. »Und natürlich Ivo, du und Ivo.« Hastig wischte sie eine Träne fort. Dann sprach sie leise weiter, als sie darauf warteten, die Straße überqueren zu können. »Das Leben wird mir nie wieder einen solchen Mann schenken wie Ivo.«

Er nickte. »Nein, das wird es nicht.«

Hand in Hand gingen sie dann weiter. Es verging noch fast eine Stunde, bis sie schließlich stehenblieben, um wieder Atem zu schöpfen.

»Kann ich dich zum Mittagessen im *Plaza* überreden?« Aber sie schüttelte den Kopf. Sie war nicht in der richtigen Stimmung für etwas Festliches. Sie wollte ihre Ruhe, wollte allein sein.

»Nein, Ollie, aber trotzdem danke.«

»Zu wild?« Er verstand sie nur zu gut.

»So ungefähr.« Sie lächelte.

»Und wie wär's dann mit Tee und Sandwiches bei mir? Hört sich das besser an?« Bei der Aussicht darauf erhellte sich ihr Gesicht, sie nickte und er winkte hastig ein Taxi herbei.

Sie eilten die Treppe vor seinem Haus hinauf, und dann öffnete er mit einem Schlüssel die Tür. Er hatte die Gartenwohnung, und während er einen Kessel mit Wasser füllte, zog sie ihre Jacke aus und sah in den winzigen, schneebedeckten Garten hinaus.

»Ich hatte ganz vergessen, wie hübsch es ist, Ollie.«

»Mir gefällt es.« Er lächelte ihr zu und fing an, Sandwiches zuzubereiten.

»Ich hoffe, ich finde auch etwas so Schönes.«

»Wirst du schon. Es dauert zwar eine Weile, bis man was Hübsches findet, aber das Warten lohnt sich auch.« Er hatte einen wunderschönen Schlafraum, mit holzgetäfelter Decke und Kamin, ein gemütliches Wohnzimmer mit derselben Ausstattung, und eine altmodische Küche mit einer Ziegelwand, drei holzgetäfelten Wänden, einem Holzfußboden und einem

Brotofen, und außerdem noch den Garten, was in New York ungewöhnlich war.

»Wie hast du das gefunden?« Glücklich sah sie ihm bei der Arbeit zu.

Er lächelte. »Durch die *Mail* natürlich. Wonach suchst du?«

Sie seufzte, als sie daran dachte. »Nach etwas viel Größerem, fürchte ich. Mit mindestens drei Zimmern.«

»Warum denn so viele?« Er reichte ihr einen Teller mit einem Sandwich, das er mit Salami, geräuchertem Schinken und Käse belegt hatte.

Sie lächelte und nahm das Sandwich in die Hand. »Ich brauche ein Zimmer für Alexander, einen Platz, an dem ich schreiben kann, und ein Zimmer für mich.«

Er nickte. »Möchtest du etwas kaufen?«

Verwirrt sah sie ihn an, ehe sie schließlich ihr Sandwich wieder auf den Teller legte und darauf starrte. »Ich wünschte, ich wüßte es.« Dann schaute sie ihn wieder an. »Ich weiß nicht, was geschehen wird, Ollie. Im Augenblick habe ich all das Geld von dem Stück. Aber wer weiß, ob das so weitergehen wird.« Sie machte ein ernstes, nüchternes Gesicht und er grinste.

»Ich kann dir versprechen, Bettina, daß es das tut.«

»Das kannst du auch nicht wissen.«

»Doch, kann ich wohl. Du hast ein prima Stück geschrieben.«

»Und was ist, wenn ich kein zweites schreiben kann? Wenn plötzlich alles aufhört?«

Er verdrehte amüsiert die Augen, aber Bettina lächelte nicht. »Du bist genau wie der Rest von ihnen, Kindchen. Alle Schriftsteller scheinen mit demselben Fluch zu leben. Sie haben eine Million Dollar mit ihrem letzten Buch verdient, stehen seit sechs Monaten auf der Bestseller-Liste und weinen dir dann vor: ›was wird morgen‹, können sie es dann immer noch tun, was wird mit dem nächsten, was ist, wenn ... und so weiter und so fort. Und du benimmst dich mit deinem Stück genauso.«

Zögernd lächelte sie jetzt. »Ich bin mir nicht mehr ganz sicher, aber ich glaube, mein Vater war genauso.« Wieder wurde ihr Blick ernst. »Aber schau ihn dir an, Ollie. Er starb ohne einen Pfennig. Ich will nicht, daß mir dasselbe passiert.«

»Gut, dann kauf eben nicht sieben Häuser, neun Autos und stell keine dreiundzwanzig Diener ein. Wenn du das unterläßt, solltest du es eigentlich prima schaffen.« Er lächelte ihr liebevoll zu. Sie hatte ihm von ihrem Vater und seiner Vier-Millionen-Schuld erzählt, die er ihr hinterlassen hatte.

Den Kopf auf die Seite gelegt, sah sie Ollie ruhig an. »Weißt du, Ollie, mein Leben lang war ich abhängig von Männern. Von meinem Vater, von Ivo, diesem Schauspieler, mit dem ich verheiratet war –« sie brachte es nicht einmal über sich, seinen Namen zu nennen – »und schließlich John. Jetzt bin ich zum ersten Mal in meinem Leben von niemandem abhängig.« Mit einem kleinen, zufriedenen Lächeln blickte sie zu ihm empor. »Irgendwie scheint es mir zu gefallen.«

Er nickte. »Soll es auch. Das ist ein gutes Gefühl.«

»Ja«, seufzte sie, immer noch lächelnd, »aber manchmal ist es auch furchterregend. Ich habe immer jemanden gehabt, und jetzt, zum ersten Mal in meinem Leben, ist das nicht so.« Leiser fügte sie dann noch hinzu: »Ich habe nicht einmal mehr Ivo.«

Er sah sie zärtlich an. »Aber mich.«

Sie strich warm über seine Hand. »Du bist ein guter Freund. Aber weißt du, was komisch ist?«

»Was denn?«

»Ich habe gar nichts dagegen, auf mich selbst angewiesen zu sein. Es jagt mir eine unheimliche Angst ein, manchmal, aber dann ist es doch auch wieder ein schönes Gefühl.«

»Bettina – es fällt mir sehr schwer, dir das zu sagen, aber ich glaube, du bist gerade erwachsen geworden.«

»Schon?« Sie sah zu ihm auf und fing an zu lachen, und er prostete ihr zu.

»Hör mal, du bist deiner Zeit voraus. Ich bin neun Jahre älter als du, aber ich bin nicht sicher, daß ich schon erwachsen bin.«

»Klar bist du das. Du warst immer unabhängig und auf dich gestellt.«

»Aber man erlebt auch Rückschläge, wenn man unabhängig ist.« Er schien nachdenklich, als er in den Garten hinausstarrte. »Man konzentriert sich so auf das, was man tut, das, was man vorhat, daß man nur noch daran denkt, wie man es erreichen kann und sich nie mehr jemandem anschließt.«

»Warum nicht?« Ihre Stimme klang sehr warm in der gemütlichen Küche.

»Man hat einfach keine Zeit. Ich war jedenfalls zu sehr damit beschäftigt, meine Karriere bei der Zeitung in Los Angeles abzusichern.«

»Und jetzt hast du es hier fast geschafft.« Sie lächelte liebevoll. »Und was jetzt?«

»Ich habe es nicht geschafft, Bettina. Weißt du, was ich wollte? Ich wollte so werden wie Ivo, wollte der Herausgeber einer großen Zeitung in einer großen Stadt werden. Und weißt du, was dann passiert ist? Ganz plötzlich ist mir das völlig egal. Das, was ich tue, gefällt mir, ich genieße New York, und zum ersten Mal seit zweiundvierzig Jahren kümmere ich mich einen feuchten Kehricht um morgen. Ich genieße das Leben jetzt, in diesem Augenblick.« Als Antwort lächelte sie bloß.

»Ich weiß genau, was du meinst.« Bei diesen Worten beugte sie sich fast unmerklich vor, ohne überhaupt zu wissen, daß sie es tat, und Ollie kam auf sie zu, und sie küßten sich, lange und heftig. Schließlich zog sie sich zurück und sah überrascht aus. »Wie ist denn das passiert?« Sie wollte es leichthin abtun, aber das ließ er nicht zu. In seinen Augen lag plötzlich etwas sehr Ernstes.

»Ich habe das schon eine ganze Weile gespürt, Bettina.«

Sie wollte es schon leugnen, doch dann nickte sie. »Ja, da hast du wohl recht.« Sie zögerte einen Moment, ehe sie hinzufügte: »Ich dachte bloß... ich dachte irgendwie... wir würden immer bloß Freunde bleiben.«

Vorsichtig zog er sie wieder an sich. »Sind wir auch. Aber ich muß dir ein Geständnis machen. Es handelt sich um etwas, was ich dir schon seit langer Zeit sagen wollte.« Liebevoll lächelte er auf sie herab, und sie erwiderte sein Lächeln.

»Und das wäre, Mister Paxton?«

»Ich liebe Sie, Miss Daniels... ehrlich gesagt, ich liebe Sie sogar sehr.«

»Ach, Ollie.« Sie vergrub ihr Gesicht an seiner Brust und seufzte, doch er nahm ihr Kinn in die Hand und zwang sie ganz sanft, ihn anzuschauen.

»Was heißt das? Bist du böse?« Einen Augenblick sah er fast traurig aus, aber sie schüttelte mit einem kummervollen Ausdruck den Kopf.

»Nein, ich bin nicht böse. Wie könnte ich auch?« Ihre Stimme wurde noch weicher. »Ich liebe dich ja auch. Aber ich dachte ... es erschien mir so einfach ... so, wie es war.«

»Es mußte auch einfach sein. Du warst damals noch verheiratet. Jetzt bist du das nicht mehr.«

Sie nickte nachdenklich, und dann sah sie ihn offen an. »Ich werde nie wieder heiraten, Ollie. Ich möchte, daß du das von Anfang an weißt.« Als sie das sagte, sah sie sehr ernst aus. »Verstehst du das?« Er nickte. »Kannst du das akzeptieren?«

»Ich kann es versuchen.«

»Du hast ein Recht darauf zu heiraten. Du bist noch nie verheiratet gewesen. Du hast ein Recht auf eine Frau und Kinder und all das. Aber ich hab' das hinter mir, ich will das nie wieder.«

»Was willst du denn?« Er hielt sie in den Armen und liebkoste sie mit Blicken.

Sie dachte lange nach. »Kameradschaft, Zuneigung, Zärtlichkeit, jemand, mit dem ich lachen und mein Leben teilen kann, jemanden, der mich respektiert, mich und meine Arbeit, und der mein Kind liebt ...« Sie verstummte, und ihre Blicke trafen sich, hielten sich fest.

Es war Ollie, der das Schweigen schließlich brach. »Das ist nicht zuviel verlangt, Bettina.« Seine Stimme schien noch weicher als sonst, als er sanft über ihr kupferfarbenes Haar strich.

Sie schmiegte ihre Wange an seine Hand. Ihre Augen funkelten, als sie zu ihm aufsah. »Und du, Ollie? Was möchtest du?« Ihre Stimme klang heiser.

Er schien lange zu zögern. »Ich will dich, Bettina.« Als er das sagte, glitten seine Hände von dem leuchtenden Haar herab, das ihr Gesicht umrahmte, und langsam fing er an, sie aus ihren Kleidern zu schälen. Sie ließ es mit sich geschehen, bis sie schließlich nackt und schimmernd auf seinem Bett lag, ein Bündel sanfter, cremiger, satinweicher Haut unter seinen zärtlichen, streichelnden Händen. Und es war wie der Chor zu einem Lied, von dem sie lange geträumt hatte, als er wieder und wieder sagte: »Ich will dich, Bettina ... mein Liebling ... ich will dich ... meine Liebe ...« Dann spürte sie plötzlich die Flammen ihrer eigenen, lange vergessenen Leidenschaft in sich aufflackern, als er geschickt ihren Körper zu neuem Leben erweckte. Sie wand sich in seinen Armen, zerrte an seiner Kleidung, bis sie atemlos und hungrig nebeneinander lagen, und in ihnen brannte ein unstillbares Verlangen nach der Liebe des anderen. Endlich ebbten die Wogen ab, das Feuer, das sie so stürmisch entfacht hatten, glomm nur noch schwach, und sie lagen sich lächelnd in den Armen.

»Glücklich?« Mit zärtlichem Glanz in den Augen sah er auf sie herab, und sein Gesicht drückte aus, daß sie jetzt ihm gehörte.

»Ja. Sehr glücklich.« Ihre Stimme hörte sich an wie ein schläfriges Flüstern, und sie verschlang ihre Finger mit seinen und schmiegte den Kopf an seinen Nacken. »Ich liebe dich, Ollie.« Sie flüsterte es ganz, ganz leise, und er schloß lächelnd die Augen.

Er zog sie sanft näher, sein Mund suchte hungrig den ihren, seine Glieder, seine Seele, sein ganzes Wesen sehnte sich nach ihr.

»Ollie ...« Diesmal lächelte sie, als er sie nahm. Jetzt war es ihr Spiel, bei dem sie beide Freude empfanden. Sie genossen es endlich, sich zu lieben. »Soll das wirklich so sein?« Mit einem mißtrauischen Grinsen sah sie ihn an, als alles vorbei war.

»Wie?« Sein Lächeln war genauso schelmisch wie ihres. »Du meinst, so lustig?« Er grinste breit, als er die Arme ausstreckte und mit beiden Händen ihr Hinterteil packte. »Madame, hat Ihnen in letzter Zeit schon jemand gesagt, daß Sie den hübschesten Popo der ganzen Stadt haben?«

»Hab' ich das?« Sie grinste boshaft. »Vielleicht sollten sie das auf das Plakat von meinem Stück schreiben ...« Sie tat so, als grübelte sie über diese Möglichkeit nach, und Oliver zauste lachend ihr Haar.

»Komm her, du ...« Aber seine Hände waren sanft, wenn er auch so fröhliche Worte machte. »Weib, du kannst dir auch nicht annähernd vorstellen, wie sehr ich dich liebe.« Er verstummte für eine lange Weile, während Bettina ihn musterte.

Dann nickte sie langsam. »Doch, ich kann, Ollie ... o ja, ich kann ...«

»Kannst du?« Wieder lächelte er. »Wie denn?«

Aber sie spielte jetzt nicht mehr. Sie streckte die Arme nach ihm aus und zog ihn mit aller Kraft an sich, die Augen fest geschlossen, und sie bot ihm ihr Herz dar, als sie flüsterte: »Weil ich dich mit meinem ganzen Wesen liebe.« Als sie das sagte, hatte sie für einen Moment das Gefühl, es wäre ihre letzte Chance. Dann öffnete sie die Augen, schaute Oliver Paxton an und lächelte, als er sich über sie beugte und sie erneut küßte.

42

Besorgt schaute Bettina Ollie in seiner Küche an und ließ sich von ihm noch mehr Tee einschenken. In den vergangenen beiden Wochen hatten sie lange Stunden in seiner Wohnung verbracht. Sie hatte ihre Suite im Hotel jetzt monatlich gemietet, aber in Ollies Wohnung fühlte sie sich inzwischen wie zu Hause.

»Schau nicht so traurig, Liebling. Ich verspreche dir, ich bin ordentlich und arbeite hart.« Er deutete auf das totale Chaos um sie herum. Die Zeitungen von vier Tagen, sein Bademantel und Bettinas Kleider. »Siehst du?«

»Mach keine Witze. Außerdem geht es nicht darum.«

»Worum dann?« Er ließ sich bequem an dem Eichenholztisch nieder und griff nach ihrer Hand.

»Wenn wir zusammenziehen, fängt alles wieder von vorne an. Ich werde abhängig, und du wirst heiraten wollen. Ich muß jetzt an Alexander denken. Es ist einfach nicht richtig.« Sie sah unglücklich aus, und sein Blick versuchte, sie zu trösten. Sie hatten das schon die ganze Woche über diskutiert.

»Ich verstehe ja, daß du dir wegen Alexander Sorgen machst, und ich teile deine Bedenken. Aber so ist das auch nicht vernünftig. Du rennst hin und her zwischen dem Hotel und meiner Wohnung, hast nie Zeit zu arbeiten, und genauso wird es sein, wenn du deine eigene Wohnung hast. Du wirst mindestens die Hälfte deiner Zeit hier verbringen.« Er beugte sich vor und küßte sie, und sie lächelten beide. »Weißt du, wie sehr ich dich liebe?«

»Sag es mir.«

»Ich bete dich an«, flüsterte er leise.

»Ich dich auch.« Sie kicherte und beugte sich vor, um ihn über den Tisch hinweg zu küssen, als sie spürte, wie seine Hand ihr Bein hinaufglitt. So war es seit dem ersten Mal gewesen. Er war so sanft und lustig, und es war so schön mit ihm. Er verstand sie und ihre Arbeit, und er liebte Alexander von ganzem Herzen. Aber das beste von allem war, daß sie und Ollie eine ganz besondere Freundschaft verband. Sie wollte nichts mehr, als mit ihm zusammen zu leben, aber sie wollte nicht, daß dieselben Alpträume wieder von vorne anfingen. Was, wenn er nun anfing, ihre Arbeit zu verabscheuen? Was, wenn Alexander ihn wütend machte? Wenn er sie betrog oder sie ihn?

»Nun? Suchen wir zusammen eine Wohnung?« Triumphierend sah er sie an, und sie stöhnte.

»Hat dir schon mal jemand gesagt, daß du aufdringlich bist?«

»Oft. Aber das stört mich nicht.«

»Nun also, Ollie« – sie sah ihn entschlossen an – »ich gebe einfach nicht nach.«

»Fein.« Er zuckte leichthin die Achseln. »Dann such dir deine eigene Wohnung, schlaf nicht mehr, bleib bis fünf Uhr in der Frühe hier, haste dann heim, damit dein Sohn nicht merkt, daß du aus warst. Aber das bedeutet noch ein Zimmer mehr.«

»Warum?« Sie sah ihn verwirrt an.

»Nun, du wirst Jennifer bei euch leben lassen müssen, so wie im Hotel, aber ich nehme an, die wird ihr eigenes Zimmer haben wollen. Du kannst nicht einfach fortlaufen und Alexander mitten in der Nacht alleinlassen.«

Bettina sah ihn an und verdrehte die Augen. »Verdammt.«

»Du weißt, daß ich recht habe.«

»Ach, Sch ... also gut, ich werde darüber nachdenken.«

»Aber sicher, Madame. Reichen fünf Minuten?«

»Oliver!« Sie sprang auf und brüllte ihn an, aber fünf Minuten später hatte er sie wieder im Bett. »Du bist unmöglich!«

Zwei Tage später löste Ollie das Problem. Breit grinsend traf er in ihrer Hotelsuite ein. »Es ist perfekt, Bettina.« Er sah sehr siegreich aus, als er eintrat, und Alexander warf sich dem großen Mann unverzüglich an die endlosen Beine.

»Hör auf damit, Alexander... also, was ist?« Bettina hatte zwei Stifte im Haar stecken. Sie war in ihre Arbeit an dem neuen Stück vertieft.

»Ich habe die perfekte Wohnung gefunden.«

Boshaft beäugte sie ihn und setzte sich auf einen Stuhl. »Ollie...«

»Moment mal, hör erst mal zu. Sie ist wunderbar. Ein Freund von mir fährt für sechs Monate nach Los Angeles, und er würde uns seine Wohnung überlassen. Sie ist einfach prächtig. Eine Maisonette-Wohnung, vier Zimmer, vollkommen möbliert. In einem tollen Haus in der West Side. Die Miete ist nur tausend Dollar im Monat. Das können wir uns gerade noch leisten. Also nehmen wir es für die sechs Monate, wo er nicht da ist und probieren es aus. Wenn es uns gefällt, suchen wir uns am Ende der sechs Monate unsere eigene Wohnung, wenn nicht, gehen wir getrennte Wege. Und wenn es dich beruhigt, dann vermiete ich meine Wohnung nur unter, während wir das ausprobieren, damit du am Ende der sechs Monate nicht das Gefühl hast, du wärest an mich gefesselt. Na, klingt das vernünftig?« Er sah sie so hoffnungsvoll an, daß sie lachen mußte. »Außerdem, wie lange kannst du noch Hotelrechnungen zahlen?«

»Ich weiß nicht, ob du ein Zauberer oder ein Scharlatan bist, Ollie, aber eines ist mal klar: du hast da einen guten Einfall gehabt.«

»Es gefällt dir also?«

»Und ob.« Sie stand auf und ging zu ihm, schlang die Arme um seine Taille. »Wann können wir einziehen?«

»Ich – äh – ich muß ihn fragen.« Doch plötzlich, als sie ihn ansah, kannte sie die Wahrheit.

»Ollie!« Sie versuchte, empört auszusehen, aber dann

konnte sie doch nur lachen. »Hast du sie schon genommen?«

»Ich - äh - natürlich nicht ... sei nicht albern ...«

Aber sie kannte ihn besser. »Du hast es also getan.«

Er ließ den Kopf hängen, und sie grinste ihn an. »Hab' ich.«

»Wir haben sie also schon?« Höchst amüsiert sah sie ihn an.

»Ja.«

»Und wenn ich nun nein gesagt hätte?«

»Dann hätte ich für die nächsten sechs Monate eine sehr schicke Wohnung gehabt.« Sie lachten beide, doch dann wurde Bettinas Gesicht wieder ernst.

»Ich möchte aber trotzdem, daß du eines verstehst, Ollie.«

»Ja, Bettina?«

»Wir teilen uns die Miete. Und ich habe Alexander, also zahle ich zwei Drittel.«

»Ach herrje. Die Emanzipation der Frau. Meinst du nicht, du könntest das mir überlassen?«

»Nein. Wenn du das willst, dann mache ich nicht mit. Entweder wir teilen uns die Kosten, oder ich ziehe nicht ein.«

»Wundervoll. Aber wie wär's, wenn du einfach die Hälfte zahlen würdest?«

»Zwei Drittel.«

»Die Hälfte.«

»Zwei Drittel.«

»Die Hälfte. Und wenn du noch ein Wort darüber verlierst, Bettina Daniels«, flüsterte er, als Alexander in sein eigenes Zimmer zurückkehrte, »dann vergewaltige ich dich hier, auf der Stelle.« Aber sie lachten beide und stritten sich noch immer, als sie in ihr Zimmer eilten und die Tür schlossen.

43

»Gefällt es dir?« Er sah sie hoffnungsvoll an.

»Es ist herrlich! Du machst wohl Witze?« Entzückt und ehrfürchtig schaute sie sich um. Es war eine dieser seltenen Wohnungen der West Side, die mehr als nur elegant waren. Es war absolut prachtvoll. Es war wirklich eine Maisonette-Wohnung, und die vier gemütlichen Zimmer waren alle oben, aber Wohn- und Eßzimmer waren unten, und die Decken waren so hoch wie beide Stockwerke. Beide Räume waren holzgetäfelt, und sogar Ollie konnte ohne Schwierigkeiten in die Kamine hinein- und wieder herausspazieren. Die Fenster waren breit und hübsch, mit einem Ausblick auf die Fifth Avenue, über den Park hinweg. Außerdem gab es ein kleines, anheimelndes Arbeitszimmer, das sie beide zum Schreiben benutzen konnten, und die Schlafzimmer oben waren alle sehr hübsch und sahen furchtbar französisch aus.

»Wem gehört die Wohnung?« Fasziniert sah sie sich wieder um und setzte sich dann auf einen herrlich geschnitzten, französischen Stuhl.

»Einem Produzenten, den ich vor Jahren mal kennengelernt habe.«

»Wie heißt er?«

»Bill Hale.«

»Ich glaube, ich habe schon von ihm gehört. Ist er berühmt?« Aber sie wußte, daß er es sein mußte, wenn er sich eine solche Wohnung leisten konnte. Ollie grinste, als sie ihn ansah, und fing dann an, die Titel seiner Filme und Stücke aufzuzählen. »Er ist dir nicht unähnlich.«

»Wie witzig.«

»Nein, ich meine es ernst. Er hat ein Stück geschrieben, und es wurde ein Erfolg. Dann hat er verschiedene Filme gemacht, danach noch ein paar Theaterstücke. Jetzt arbeitet er meistens in Hollywood. Aber alles fing mit einem Erfolg an, und dann lief es einfach.« Er streckte einen Arm nach Bettina aus und umarmte sie liebevoll. »Mit dir wird es genauso sein. Ich warte nur darauf, daß ich es sehen kann.«

»Na, dann halt mal besser nicht die Luft an dabei. Was macht er jetzt in Hollywood?«

Er grinste sie an. »Heiratet. Auch das hat er mit dir gemeinsam. Ich glaube, er ist etwa siebenunddreißig, und das ist seine vierte Frau.«

»Ich finde das gar nicht komisch, Ollie.« Sie sah plötzlich sehr zornig aus, und er zwickte sie in die Nase.

»Sei doch nicht so nervös, Bettina. Du darfst doch nicht deinen Humor darüber verlieren.« Er sagte es ganz sanft, und das Lächeln kehrte in ihre Augen zurück.

»Außerdem hatte ich erst drei.«

»Ich könnte dir helfen, ihn einzuholen.«

Verzweifelt sah sie ihn über die Schulter hinweg an. »O je, vielen Dank.« Sie war auf dem Weg in die Küche. Als sie dort ankam, stöhnte sie auf. Er hörte sie rufen, als er dabei war, Alexander zu helfen, eine Schachtel mit Spielzeug hereinzuziehen. »Ollie, komm mal her!«

»Komme schon ... Sekunde ...« Doch als er kam, pfiff er auch. Die ganze Küche sah aus wie ein Gewächshaus, und davor befand sich eine geschlossene Veranda, in der rote, gelbe und rosa Tulpen blühten.

»Ist das nicht herrlich?« Entzückt sah Bettina ihn an. »Ich wünschte, wir könnten diese Wohnung für immer behalten.«

Aber Ollie lächelte bloß. »Ich bin überzeugt, daß Bill das auch will.«

Sie nickte. »Wenigstens haben wir sie für sechs Monate.«

Doch die Monate vergingen viel zu schnell, und Ende Mai war sie mit ihrem neuen Stück fertig. Es handelte von einer Frau, die Bettina sehr ähnlich war, und sie hatte es *Paradiesvogel* genannt. Ollie mußte über den Titel lächeln.

»Gefällt es dir?« Sie sah ihn besorgt an, als er es ihr beim Frühstück zurückgab. Sie saßen in der Küche und genossen die Frühlingssonne und den leuchtendblauen Morgenhimmel.

»Es ist besser als das erste.«

»Meinst du das ernst?« Er nickte. »Ach, Ollie!« Sie warf die Arme um seinen Hals. »Ich lasse eine Kopie davon machen und schicke es noch heute an Norton.«

Doch zufällig rief er sie an, noch ehe das neue Stück bei ihm war.

»Wie wär's, wenn du vorbeikommst, Bettina?«

»Klar, Norton. Worum geht es?«

»Ach, ich möchte da etwas mit dir besprechen.«

»Ich auch mit dir. Ich wollte dir gerade mein neues Stück zuschicken.«

»Gut. Wie wär's dann mit einem gemeinsamen Essen?«

»Heute?« Sie war überrascht. Er war gewöhnlich nicht so in Eile, aber gegen Mittag wußte sie dann, warum er es an diesem Tag so eilig hatte. Sie saßen an einem ruhigen Tisch im *Club 21*, aßen Hacksteak und Spinatsalat, und Bettina sah ihn erstaunt an, als er ihr erzählte, was er im Sinn hatte.

»So, das wäre also das Angebot, Bettina. Was meinst du dazu?«

»Ich weiß nicht, was ich sagen soll.«

»Ich schon. Meinen Glückwunsch.« Er hielt ihr die Hand hin. »Ich nehme an, daß du hinfahren mußt. Aber du kannst noch ein paar Wochen warten. Vor Juli wollen sie nicht anfangen.« Es war perfekt. Gerade dann mußten sie und Ollie die Wohnung räumen, aber sie wußte immer noch nicht, was sie sagen sollte. Alles, was Norton ihr gerade erzählt hatte, ging ihr immer noch im Kopf herum.

Irgendwie gelang es ihr, das Essen mit Norton hinter sich zu bringen. Dann hastete sie zur Zeitung, um Ollie aufzusuchen, der seine neueste Kritik schrieb.

»Ich muß mit dir reden.« Sie sah gequält aus, und sofort machte er sich Sorgen.

»Ist etwas passiert? Alexander . . . Bettina, sag mir . . .«

Aber sie schüttelte bloß den Kopf. »Nein, nein, nichts dergleichen. Ich komme gerade vom Essen mit Norton.« Verlegen sah sie ihn an. »Sie möchten aus meinem Stück einen Film machen.«

»Aus welchem Stück? Aus dem neuen?« Er sah jetzt genauso verblüfft aus wie sie.

»Nein, aus dem alten.«

Doch plötzlich grinste er. »Keine Angst, das neue kommt auch noch dran.«

»Ollie, hör auf! Hör mir mal zu!... Was soll ich denn jetzt tun?«

»Den Film machen natürlich, du Dummkopf. Sollst du auch das Drehbuch schreiben?« Sie nickte, und er stieß einen Freudenschrei aus.

»Hallelujah! Du hast es geschafft! Der große Zeitpunkt ist gekommen, Baby!« Aber sie wollte ihn fragen, was dann aus ihm würde. Doch dann sah sie ihn traurig an.

»Aber ich muß nach Hollywood fahren für diese Arbeit, Ollie. Sie drehen den Film dort.«

»So?« Mehr bedeutete es ihm also nicht. Sechs Monate wilder Ehe. Jetzt verstand sie. Und sie hatte sich in den letzten sechs Monaten ernsthaft in ihn verliebt, sich an ihn gebunden gefühlt. »Sieh mich nicht so an. Das liegt doch nicht am Ende der Welt.«

»Ich weiß...« Sie senkte die Stimme. »Ich dachte bloß...«

»Was?« Er schien verwirrt.

»Schon gut.«

»Nein. Sag es mir.« Er packte ihren Arm, und sie sah zu ihm auf. – »Ollie, ich muß dort wohnen, um die Arbeit zu machen. Und ich – ich wollte dich eigentlich nicht verlassen.«

»Wer sagt denn, daß du das mußt?« Er flüsterte mit ihr in dem geschäftigen Raum.

»Was, zum Teufel, soll das heißen?« Auch sie flüsterte jetzt. »Was wird mit deiner Arbeit?«

»Die kann mich mal. Dann kündige ich eben. Na und? So 'ne große Sache ist das auch wieder nicht.«

»Bist du verrückt? Du bist der führende Theaterkritiker, du kannst das nicht einfach fallenlassen.«

»Ach, kann ich nicht? Paß nur mal auf. Ich hab' dir vor sechs Monaten erzählt, daß all mein jungenhafter Ehrgeiz mir nichts mehr bedeutet. Du bist diejenige mit der blühenden Karriere, und zufällig liebe ich dich nun einmal, also kündige ich und wir fahren.«

Traurig schüttelte sie den Kopf. »Das ist nicht richtig.«

Wieder packte er ihren Arm, hielt ihn ganz fest. »Erinnerst du dich noch an diese Zeilen, die dein Vater geschrieben hat? Darüber, daß man seine Träume festhalten soll?« Sie nickte, und er verstärkte den Druck auf ihren Arm.

Dankbar sah sie zu ihm auf. »Aber was wirst du arbeiten?«

»Keine Sorge, ich finde schon was. Wahrscheinlich kann ich sogar meinen alten Job wieder übernehmen.«

»Aber möchtest du das auch?«

Er lächelte achselzuckend und schaute sie an. »Warum nicht?«

Es überraschte sie, daß er so bereitwillig ihretwegen seine Arbeit aufgeben wollte, aber sie war ihm auch dankbar. In den wenigen Monaten, die sie jetzt zusammenlebten, war ihr klar geworden, daß sie viel ehrgeiziger war als er. Was er über sein Bestreben gesagt hatte, war wahr gewesen. Er wollte jetzt nichts weiter als eine anständige Arbeit und ein Leben mit einer guten Frau, vielleicht auch noch ein paar Kinder. Im Umgang mit Alexander war er wundervoll, und sie wußte, daß er sich eigene Kinder wünschte.

»Du glaubst also, ich sollte es tun?«

»Machst du Witze, Bettina? Ruf Norton sofort an und sag ihm zu.«

Aber sie ließ plötzlich den Kopf hängen und grinste ein bißchen verlegen und dumm. »Hab' ich schon. Nach dem Essen.«

»Na also, du kleines Biest. Wann fahren wir?« Er senkte seine Stimme und küßte sie.

»Mitte Juli.« Er nickte, und sie küßte ihn, und ein paar Minuten später ging sie.

Als er an diesem Abend heimkam, rief er seinen ehemaligen Chef in der Zeitung in Los Angeles an, und zwei Tage später riefen sie ihn zurück und boten ihm eine Stellung an. Sie war besser als die letzte, die er bei ihnen gehabt hatte, aber nicht so gut wie die in New York, längst nicht so gut. Einen kurzen Augenblick hatte Bettina ein schlechtes Gewissen, aber er entdeckte den Ausdruck in ihren Augen sofort. Er hielt sie eine Weile umarmt, während sie allein in der gemütlichen, holzgetäfelten Bibliothek saßen, und sanft streichelte er ihr goldgeflecktes Haar.

»Bettina, selbst wenn ich nichts anderes gefunden hätte, wäre ich mitgekommen.«

»Aber das ist nicht richtig, Ollie.« Mit besorgtem Ausdruck

sah sie zu ihm auf. »Deine Arbeit ist genauso wichtig wie meine.«

»Nein, das ist sie nicht, Liebes. Und das wissen wir beide. Du hast eine große Karriere vor dir, und ich habe bloß einen Job.«

»Aber du könntest auch Karriere machen. Du könntest so sein wie Ivo ...« Ihre Stimme erstarb, und leise lächelnd schüttelte Ollie den Kopf.

»Ich glaube nicht, Süße.«

»Warum nicht?«

»Weil ich das nicht will. Ich bin jetzt dreiundvierzig, Bettina, und ich habe keine Lust mehr, mich kaputt zu machen. Ich will mich nicht damit umbringen, daß ich jeden Abend bis halb neun in einem Büro hocke. Das ist es einfach nicht wert. Ich möchte ein gutes Leben.« Das wollte sie auch, aber sie wollte noch mehr. »Aber du machst daraus eine große Sache, Baby.« Sie lächelte, als sie ihm zuhörte.

»Meinst du?« Jetzt gefiel ihr die Idee. Sie war ausgesprochen reizvoll.

»Ja, das meine ich.«

44

Ende Juli verließen sie zögernd die Wohnung, und zwei Tage, ehe Hale zurückkam, um sie wieder in Besitz zu nehmen, flogen Oliver, Bettina und Alexander nach Los Angeles, wo ein Makler schon ein kleines, möbliertes Haus für sie gefunden hatte.

»Ach je ...« Bettina sah sich um und grinste, als sie dort ankamen.

Die Außenwände des Hauses waren purpurn angestrichen, das Innere größtenteils rosa. Hier und da sah man Gold oder falschen Leopard und überall Sammlungen von Kunstgegenständen und dazwischen Muscheln. Die einzigen Vorzüge, die es bot, es war in Malibu und am Strand. Alexander war entzückt und hüpfte sofort von der Terrasse, um im Sand zu spielen.

»Meinst du, du kannst das aushalten, Bettina?«

»Nach dem, was wir in New York hatten, könnte das hart werden. Aber ich nehme an, ich werde wohl müssen.« Verlegen sah sie ihn an. »Wie konnten die uns das antun?«

»Sei dankbar, daß es nur für sechs Wochen ist.« Sie nickte und ging wieder hinein, doch in den folgenden Wochen hatten sie kaum Zeit zu sehen, wo sie lebten. Oliver war damit beschäftigt, sich wieder in der Zeitung einzuleben, und Bettina arbeitete zwölf bis fünfzehn Stunden im Studio. In den ersten Wochen mußte sie festsetzen, was von der Bühnenfassung für die Filmfassung übernommen werden konnte und was gegensätzlich war. Doch gegen Ende August spielte sich alles ein, und Bettina wandte ihre Aufmerksamkeit dem Haus zu. Sie rief den Makler an und besprach sich mit ihm. Sie wußte, was sie wollte, fragte sich aber, ob es zu finden sein würde. Eines war sicher: sie hatte genug vom Leben am Strand, und sie hatte es eilig, etwas zu finden, damit sie sich verstecken und an die Arbeit machen konnte.

In den ersten paar Wochen hatte sie noch Hoffnung, doch später fiel sie in ihre alte Traurigkeit zurück.

»Erzähl mir nichts, Ollie, es gibt nichts.« Verzweifelt sah sie ihn an und hätte sich dann fast auf eine Muschel gesetzt. »Und ich halte es in diesem verfluchten Haus nicht länger aus. Ich muß an die Arbeit, und ich verliere den Verstand.« Traurig sah sie ihn an, und er streckte die Arme aus.

»Nimm's nicht so schwer, Liebling. Wir finden schon etwas. Ich verspreche es.« Sie hatte ihre alte Freundschaft mit Mary und Seth wieder aufgenommen und beklagte sich eines Tages am Telefon bei Mary, weil sie solche Probleme hatten, ein Haus zu finden.

»Ich verliere allmählich wirklich die Hoffnung. Und dieses Haus hier ist unerträglich.«

»Du findest schon etwas, Kleines.« Bettina hatte Häuser gesehen, die aussahen wie Paläste, mit Swimming Pools innen und außen, mit griechischen Statuen, und sogar ein Haus mit vierzehn rosa Marmorbädern. Doch schließlich fand sie das richtige, und als sie heimkam, strahlten ihre Augen siegessicher.

»Ich hab's gefunden, Ollie. Ich hab's gefunden! Warte nur, bis du es siehst!«

Es war wirklich perfekt. Ein schönes, elegantes Haus in der Nähe von Beverly Hills. Irgendwie sah es gleichzeitig hübsch und würdevoll aus, ohne dabei protzig zu wirken, eine Seltenheit in diesem Teil der Stadt. Es war ein bißchen größer, als sie es sich vorgestellt hatte, aber es war so hübsch, daß es ihr egal war. Es gab oben fünf Schlafzimmer und ein winziges Arbeitszimmer für sie; unten befand sich ein Solarium, ein Wohnzimmer, ein Eßzimmer, eine riesige Küche und noch ein gemütliches Arbeitszimmer. Im Grunde konnten sie alle Räume gebrauchen. Sie würde oben arbeiten und Ollie unten, und sie hatte beschlossen, jemanden einzustellen, der ihr bei Alexander helfen sollte. So konnte eines der Schlafzimmer für das Mädchen sein und es blieben nur noch zwei unbenutzt.

»Was machen wir mit all den Schlafzimmern, Kindchen?« fragte Ollie lächelnd, als er den Wagen anließ.

»Wir benutzen sie einfach als Gästezimmer, denke ich.« Sie schien plötzlich besorgt. »Glaubst du, es ist zu groß?«

»Nein. Ich finde es ist genau richtig, aber ich hatte etwas im Sinn, als ich gefragt habe.«

»Daran habe ich schon gedacht.« Stolz sah sie ihn an. »Das Arbeitszimmer unten ist für dich.«

Aber er lachte nur leise. »Das meinte ich nicht.«

»Nicht?« Sie schien überrascht und dann verwirrt, als sie nach Malibu zurückfuhren. »Was hast du denn dann gemeint?« Er schien zu zögern, und dann lenkte er den Wagen ruhig von der Straße herunter. Ernst sah er sie eine Weile an, und dann erzählte er ihr, was ihm schon so lange durch den Kopf gegangen war. »Bettina, ich möchte, daß wir ein Kind bekommen.«

»Ist das dein Ernst?« Aber es war leicht zu sehen, daß es so war. – »Ja.«

»Jetzt?« Aber sie mußte doch den Film machen ... und was, wenn sie ihr neues Stück herausbrachten?

»Ich weiß, du denkst an deine Arbeit. Aber du hast mir erzählt, daß du dich ganz wohl gefühlt hast, als du mit Alexander schwanger warst. Du könntest dieses Drehbuch prima schreiben, während du schwanger bist, und dann kümmere ich mich darum, und wenn es unbedingt sein muß, können wir auch ein Kindermädchen einstellen.«

»Ist das fair dem Kind gegenüber?«

»Ich weiß nicht. Aber ich will dir mal was sagen –« er sah sie todernst an – »ich würde dem Kind alles geben, was ich habe. Jeden Augenblick, jedes Lachen, jede Freude, jede Stunde, die ich zu teilen habe.«

»Soviel bedeutet es dir?« Er nickte, und sie spürte, wie ihr Bedauern ihr einen schmerzhaften Stich versetzte, und doch schüttelte sie langsam den Kopf.

»Warum nicht? Wegen deiner Arbeit?«

Sie seufzte leise und schüttelte den Kopf. »Nein. Das würde ich wahrscheinlich schon schaffen.«

»Weshalb dann?« Er bedrängte sie, sein Wunsch nach einem Kind trieb ihn dazu.

»Nein.« Wieder schüttelte sie den Kopf, und dann sah sie ihn offen an. »Niemand wird mich je dazu bringen, das noch einmal durchzumachen.« Ein langes Schweigen breitete sich zwischen ihnen aus, und dann nahm er liebevoll ihre Hand. Er erinnerte sich noch an die schreckliche Geschichte, die sie ihm nur einmal erzählt hatte.

»Du müßtest das nicht durchmachen, Bettina. Ich würde niemals zulassen, daß dir irgend jemand so etwas noch einmal antut.« Aber sie erinnerte sich nur zu gut daran, was John gesagt hatte. Er wollte auch für sie dasein.

»Tut mir leid, Ollie. Ich kann nicht. Ich dachte, ich hätte dir das gleich am Anfang klargemacht.« Sie seufzte, als er den Wagen wieder anließ.

»Hast du auch. Aber mir war einfach nicht bewußt, wie sehr es mich beschäftigen würde.« Mit einem halbherzigen Lächeln auf den Lippen sah er zu ihr hinüber. Ihre Antwort hatte ihn verletzt, und dieser Schmerz sollte lange anhalten. »Du bist eine Prachtfrau, Bettina, und es gibt nichts auf der Welt, was ich mir mehr wünsche als ein Kind von dir.« Sie kam sich schrecklich grausam und gemein vor, als sie heimfuhren, aber es gab nichts, was sie noch hätte sagen können. Schließlich wandte sich das Gespräch dem neuen Haus zu, und am nächsten Tag reichten sie ihr Angebot ein. Eine Woche später gehörte es ihnen.

»Ein bißchen teuer«, meinte sie am Telefon zu Mary, »aber warte nur, bis du es siehst. Es ist einfach prächtig, und ich liebe es. Wir haben beschlossen, hier zu bleiben.«

Mary freute sich mit ihr. Ganz gleich, was sie tat. »Wie kommt Ollie mit seiner neuen Arbeit zurecht?«

»Im Grunde ist es seine alte Arbeit, aber es gefällt ihm.« Ein Schweigen entstand, als ein Schatten über Bettinas Gesicht zog. Sie zögerte noch einen Moment, und dann setzte sie sich in die Küche. Sie war an diesem Morgen allein in ihrem Haus in Malibu, und traurig sah sie auf den Strand hinaus. »Mary, ich hab' ein Problem.«

»Was denn, Liebes?«

»Ollie.« Mary runzelte die Stirn, als sie zuhörte. »Er möchte ein Kind.«

»Und du nicht?«

»Nein!«

»Warum? Wegen deiner Karriere?« Mary hörte sich nicht so an, als würde sie sie deswegen verurteilen. Sie hätte es verstanden.

»Nein, das ist es nicht, es ist –«

»Kein Wort mehr, McCarney, ich weiß.« Mary sagte das und schnaubte fast dabei. Aber Bettina mußte lachen.

»Großer Gott, ich glaube, du haßt ihn noch mehr als ich.«

»Richtig.« Doch dann wurde ihre Stimme weicher. »Aber das ist kein Grund, kein Kind zu bekommen. Ich habe dir schon vor fünf Jahren gesagt, daß es nie wieder so sein wird. Ach Gott, Betty, selbst wenn es sich als eine Katastrophe herausstellt, ein anständiger Arzt gibt dir dann eine Spinalanästhesie und ein paar Spritzen. Du wüßtest überhaupt nicht, was los wäre, so betäubt wärst du, und das nächste, was du wieder mitbekommen würdest, wäre ein schreiendes Baby in deinen Armen.« Bettina mußte lächeln, als sie ihr zuhörte.

»So, wie du das sagst, klingt das nett.«

»Ist es auch.«

»Ich weiß. Ich liebe Alexander, und ich weiß, ich würde Ollies Kind lieben, aber ich ... ach Gott, Mary, ich könnte einfach nicht ...«

»Ich schließe einen Handel mit dir. Paß auf: Was du in dieser Angelegenheit machst, ist deine Sache. Aber wenn du schwanger wirst, dann komme ich und bin bei der Geburt bei dir.«

»Als Schwester?« Bettina klang entzückt.

»Mal sehen. Entweder als Schwester oder als Freundin. Was du willst und je nachdem, was der Arzt sagt. Wahrscheinlich wäre ich als Freundin nützlicher für dich, aber wie du willst. Und du könntest auch Ollie dabeihaben. Weißt du, in den letzten fünf Jahren hat sich schon wieder viel geändert. Und bei all dem Gerede über Babies: Habt ihr zwei vor, zu heiraten?«

»Zum Teufel, nein.« Bettina lachte.

»Dachte ich mir schon, aber ich wollte wenigstens fragen.«

»Darauf wenigstens besteht er nicht mehr.«

»Dann besteht er auf dem anderen vielleicht auch nicht.«

»Vielleicht.« Aber Bettina glaubte nicht, daß er in diesem Punkt aufgeben würde, und sie war sich auch gar nicht ganz sicher, ob sie wollte, daß er aufgab. Sie war gerade vierunddreißig geworden, und wenn sie überhaupt noch einmal ein Kind haben wollte, dann wurde es jetzt Zeit.

45

Einen Monat, nachdem die sechswöchige Mietzeit abgelaufen war, zogen sie aus dem purpurfarbenen Haus am Strand in ihr neues Steinhaus, und eine kurze Weile lebten sie in leeren Räumen. Aber Ivo hatte Bettina all seine Möbel aus der Wohnung in New York hinterlassen. So rief sie jetzt das Lager an und ließ sie sich an die Küste schicken. Anschließend gingen sie und Ollie einkaufen, besuchten auch ein paar Auktionen, kauften Vorhänge und verbrachten einen ganzen Tag mit der Auswahl von Teppichen. Drei Wochen später sah das Haus schon ganz anders aus. Ollies Sachen aus seiner kleinen Wohnung, die er in New York aufgegeben hatte, waren inzwischen auch eingetroffen.

Von dem Kind sprach er nie mehr, aber Bettina dachte daran, als sie das größere der beiden leerstehenden Zimmer abschloß. Sie hatte keine Zeit, um sie als Gästezimmer einzurichten, sie mußte sich hinsetzen und an die Arbeit gehen, um das Drehbuch für den Film nach ihrem Stück zu schreiben. Das schien ewig zu dauern, und noch vier Monate später war sie unter einem Berg von Notizen begraben. Zwischen groben Skizzen und Änderungen saß sie in ihrem kleinen, sonnigen Arbeitszimmer. Es ging direkt von ihrem Schlafzimmer ab, und Ollie konnte sie noch spät abends tippen hören, wenn er einschlief. Aber erst nach Weihnachten fiel ihm auf, wie müde sie aussah.

»Fühlst du dich auch wohl?«

»Ja. Warum?« Sie sah ihn überrascht an.

»Ich weiß nicht. Du siehst schrecklich müde aus.«

»Vielen Dank, mein Liebling.« Sie grinste ihn an. »Was erwartest du denn? Ich schufte mich mit diesem verdammten Ding noch zu Tode.«

»Wie läuft's denn?«

Sie seufzte von Herzen und ließ sich in einen gemütlichen Sessel fallen. »Ich weiß nicht. Ich glaube, ich bin fast fertig, aber ich will es vor mir selbst nicht zugeben. Ich spiele immer weiter daran herum, so lange, bis wirklich alles richtig ist.«

»Hast du es schon irgendwem gezeigt?« Sie schüttelte den Kopf. »Vielleicht solltest du das aber.«

»Ich fürchte, die verstehen nicht, was ich mache.«

»Das ist aber ihr Geschäft, Liebling. Warum versuchst du es nicht einfach?«

Sie nickte langsam. »Vielleicht tue ich das.«

Zwei Wochen später nahm sie seinen Rat an und gab es Norton und den Produzenten. Sie gratulierten ihr zu dem fertigen Drehbuch. Aber anstatt, daß sie jetzt besser aussah, sah sie noch schlechter aus.

»Wie wär's, wenn du mal zum Arzt gehen würdest?«

»Ich brauche keinen. Ich brauche bloß Schlaf.« Und ganz

offensichtlich hatte sie recht. In den nächsten fünf Tagen verließ sie das Bett kaum, nicht einmal, um zu essen.

»Bist du so erschöpft?« Er sah ehrlich besorgt aus, mußte aber zugeben, daß sie viereinhalb Monate lang wie eine Verrückte gearbeitet hatte.

Sie nickte. »Noch mehr sogar. Jedesmal, wenn ich aufwache, möchte ich nichts weiter als wieder einschlafen.«

Aber zwei Tage später wurde er nervös und bestand darauf, daß sie einen Arzt aufsuchte. Er machte den Termin für sie aus, und sie grollte mächtig, als er sie nach der Arbeit abholte und hinfuhr.

»Was ist denn so schlimm daran, zum Arzt zu gehen?«

»Ich brauche keinen.« Ihm war auch aufgefallen, daß sie schnippisch war, und in letzter Zeit aß sie kaum noch etwas. »Ich bin bloß müde.«

»Aber vielleicht kann er irgend etwas unternehmen, damit deine Laune wieder besser wird.« Aber sie lachte nicht mehr über seine Witze, und als sie in die Praxis traten, hatte Ollie einen Augenblick lang sogar das Gefühl, sie wäre den Tränen nahe. Als sie aus dem Sprechzimmer kam, war er sich dessen sicher, und sie sagte kein Wort. »Nun?«

»Mir geht es gut.«

»Na wundervoll. Wieso meint er das? Wegen deiner charmanten Art oder wegen dem gesunden Leuchten in deinen Augen?«

»Ich finde dich gar nicht witzig. Kannst du mich nicht einfach in Ruhe lassen?« Aber als sie ihr Haus betraten, packte er ihren Arm und zog sie in das Arbeitszimmer unten, wo sie allein sein konnten.

»Ich hab' genug von diesem Mist, Bettina. Ich will jetzt endlich wissen, was los ist, zum Teufel noch mal!«

»Nichts.« Aber ihre Lippen zitterten und ihre Augen füllten sich mit Tränen, als sie ihn ansah. »Nichts? Reicht das?«

»Nein, du lügst. Also, was hat er gesagt?« Sie wollte sich umdrehen, aber er hielt ihren Arm fest. »Bettina... Liebes... bitte...« Doch sie schloß nur die Augen und schüttelte den Kopf.

»Laß mich bloß in Ruhe.« Langsam drehte er sie zu sich

herum. Vielleicht war es etwas Schlimmes. Ein Zittern lief durch seinen Körper, als er versuchte, diesen Gedanken zu unterdrücken. Er könnte es nicht ertragen, sie zu verlieren. Ohne sie würde sein Leben nie mehr dasselbe sein.

»Bettina?« Auch seine Stimme zitterte jetzt, aber endlich blickte sie ihm ins Gesicht, und Tränen strömten aus ihren Augen.

»Ich bin schwanger, Ollie, im vierten Monat.« Sie schluckte krampfhaft. »Ich war so in dieses verdammte Drehbuch vertieft, daß ich es nicht gemerkt habe. Alles, was ich getan hab', war arbeiten, Tag und Nacht, und ich hätte nie gedacht...« Sie weinte immer mehr. »Ich kann nicht einmal mehr abtreiben lassen. Dafür ist es zwei Wochen zu spät.«

Er starrte sie an, momentan doch entsetzt. »Hättest du das denn tun wollen?«

Sie konnte ihn nur anschauen. »Das ist doch jetzt egal. Ich habe ja keine Wahl mehr.« Sie befreite sich aus seinem Griff und rannte aus dem Zimmer. Einen Augenblick später hörte er, wie die Tür von ihrem Schlafzimmer zugeworfen wurde, und dann kam Alexander die Treppe hinuntergelaufen.

»Was ist denn mit Mommy los?«

»Sie ist einfach müde.«

Alexander verdrehte wütend die Augen. »Immer noch?«

»Ja, mein Kleiner, immer noch.«

»Okay. Spielst du mit mir?« Aber Ollie war außer sich und schüttelte nur schwach den Kopf. Er wollte jetzt allein sein, weiter nichts.

»Wie wär's mit später?«

»Aber später muß ich doch ins Bett.« Der Junge war enttäuscht.

»Dann eben ein andermal.« Ollie bückte sich, um den Jungen herzlich zu umarmen. »Soll ich dir einen Gutschein dafür ausstellen?« Der Junge nickte glücklich. Das war etwas, was er besonders gern hatte. Schwungvoll zog Ollie Papier und Stift hervor und stellte den Gutschein aus. »Reicht das?«

»Und ob.«

Als Alexander das Zimmer verließ, um seinen Babysitter zu suchen, sank Ollie langsam in einen Sessel. Er war immer noch entsetzt über das, was Bettina über eine Abtreibung gesagt hatte. Hätte sie das wirklich getan? Hätte sie es ihm erzählt? Wie konnte sie? Aber er zwang sich selbst zu begreifen, daß es nicht das war, was jetzt hier vorging. Sie würde sein Kind bekommen ... ein Baby von ihm ... Er ertappte sich dabei, daß er zögernd lächelte, dann wieder die Stirn runzelte und sich Sorgen um sie machte. Wenn es nun genauso schlimm werden würde wie beim letzten Mal? Wenn sie ihm nie verzeihen würde? Wie konnte er ihr das antun? Er spürte, wie er von Panik erfaßt wurde, und fast ohne Nachzudenken suchte er dann ihr Telefonbüchlein und wählte die Nummer in Mill Valley. Sie kannten sich kaum, aber er wußte, daß sie helfen würde.

»Mary? Hier ist Oliver Paxton aus Los Angeles.«

»Ollie?« Einen Augenblick herrschte Schweigen. »Ist was passiert?«

»Ich ... nein ... das heißt ... ja.« Er seufzte, und dann erzählte er ihr die ganze Geschichte. »Ich weiß nicht einmal, warum ich anrufe, bloß das ... ach Gott, ich weiß nicht, Mary, Sie sind Krankenschwester, und ihre Freundin ... Sie waren doch beim ersten Mal dabei ... o Gott, glauben Sie, daß es sie umbringt? ... Ich weiß nicht, was ich sagen soll. Sie ist hysterisch. Ich habe sie noch nie so gesehen.«

Mary nickte, als sie ihm zuhörte. »Kein Wunder.«

»War es wirklich so schlimm, wie sie es in Erinnerung hat?«

»Nein. Es war wahrscheinlich noch um einiges schlimmer.«

»Oh, mein Gott.« Er haßte sich nun beinahe für das, was er da getan hatte, selbst, und doch klammerte er sich an den Funken Hoffnung. »Können sie denn keine Abtreibung mehr machen, wenn sie im vierten Monat schwanger ist?«

»Wenn es sein muß. Aber es ist ein bißchen gefährlich.« Sie zögerte einen Moment. »Möchten Sie das denn wirklich?«

»Wenn sie es möchte. Sie hat es gesagt.« Er hörte sich an, als wäre er den Tränen nahe.

»Sie hat bloß Angst.« Langsam erzählte sie ihm dann, wie es gewesen war. Er empfand selbst Schmerz, als er das hörte. »Sie hätte es vielleicht sowieso schwer gehabt, aber im Grunde war es alles wegen des Arztes. Er hat es so schwer und schlimm gemacht, wie es nur möglich war.«

»Weiß sie das?«

»Mit dem Verstand, ja. Mit dem Gefühl, nein. Sie hat panische Angst davor. Ich weiß das. Wir haben schon früher darüber gesprochen. Sie hat damals beschlossen, daß sie nie wieder ein Kind haben würde. Und wenn ich das durchgemacht hätte, hätte ich wohl genauso entschieden. Aber diesmal wird es ganz anders sein, Ollie.«

»Woher wissen Sie das?«

»Das kann Ihnen jeder Arzt sagen. Tatsache ist, daß ihr Arzt es ihr wahrscheinlich auch gesagt hat.«

»Sie hat noch keinen Gynäkologen.«

»Dann sorgen Sie um Himmels willen dafür, daß sie den richtigen bekommt. Lassen Sie sie mit anderen Frauen reden, mit anderen Ärzten, überprüfen Sie den Knaben, so gut Sie nur können, Ollie. Das ist so wichtig. Sie sollte das nicht noch einmal durchmachen müssen.«

»Wird sie auch nicht.« Er seufzte leise in den Hörer. »Danke, Mary. Tut mir leid, daß ich Sie mit unseren Problemen belästige.«

»Macht nichts.« Sie lächelte leicht. »Und noch was, Ollie... ich freue mich.«

Wieder seufzte er. »Ich auch. Aber ich hasse den Gedanken, daß ich daran schuld bin, daß sie das alles durchmachen muß.«

»Sie wird sich mit der Zeit beruhigen. Besorgen Sie ihr nur einen anständigen Arzt.«

Das nahm er in die Hand, kaum daß er den Hörer aufgelegt hatte. Er rief vier seiner engen Freunde bei der Zeitung an, die kürzlich Kinder bekommen hatten, oder zumindest in den letzten paar Jahren. Und wunderbarerweise hatten drei der Frauen denselben Arzt gehabt, und sie fanden ihn alle traumhaft. Hastig kritzelte er den Namen des Mannes auf ein Stück Papier, rief die Auskunft an und wählte dann nervös die Nummer. Drei Minuten später hatte er ihn am Apparat.

»Doktor Salbert, mein Name ist Oliver Paxton...« Ausführlich erzählte er ihm seine Geschichte.

»Bringen Sie sie einfach morgen früh hierher. Sagen wir, so gegen halb elf?«

»Fein. Aber was mache ich in der Zwischenzeit?«

Der Arzt kicherte. »Geben Sie ihr einen Drink.«

»Schadet das denn nicht dem Baby?«

»Nicht, wenn sie bloß ein, zwei Glas trinkt.«

»Wie wär's mit Champagner?« Nie war Oliver so nervös, so fassungslos gewesen, aber der Arzt lächelte bloß.

»Das wäre fein. Wir sehen uns morgen.«

»Ganz bestimmt ... und vielen Dank ...« Er legte auf und stürzte aus der Tür.

»Wohin willst du?« rief Alexander hinter ihm her.

»Ich komme gleich wieder.« Und das tat er, mit einer Riesenflasche eisgekühltem, französischem Champagner. Fünf Minuten später hatte er die Flasche, zwei Gläser und ein paar Erdnüsse auf ein großes Tablett gestellt und klopfte leise an die Tür zu ihrem Schlafzimmer.

»Ja?« hörte er Bettinas erstickte Stimme von der anderen Seite.

»Darf ich hereinkommen?«

»Nein.«

»Gut.« Vorsichtig öffnete er die Tür. »Ich hab' es gern, wenn ich willkommen bin.«

»Ach, herrje!« Sie rollte sich im Bett herum, als sie den Champagner sah. »Das ist kein Grund zum Feiern, Ollie.«

»Kümmere dich um deine eigenen Sachen, Liebste. Ich heiße mein Kind in dieser Welt willkommen, und zwar so, wie ich das gern möchte. Und außerdem –« er stellte das Tablett ab und sah liebevoll auf sie herab – »bin ich zufällig schrecklich verliebt in die Mutter dieses Kindes.« Er setzte sich neben sie und streichelte sanft über ihr Haar, aber sie zog sich zurück.

»Hör auf ... ich bin nicht in der Stimmung.«

Aber er lag einfach nur da und beobachtete sie, und in seinen Augen stand nichts als die große Liebe, die er für sie empfand. »Liebling, ich weiß, was du denkst. Ich habe mit Mary gesprochen, und ich verstehe jetzt, was für ein Alptraum das für dich gewesen sein muß. Aber so wird es nicht wieder werden. Niemals, das schwöre ich dir.«

»Du hast Mary angerufen?« Überrascht und mit plötzlichem Mißtrauen sah sie ihn an. »Warum hast du das getan?«

»Weil ich dich liebe und mir Sorgen gemacht habe, und ich

will nicht, daß du Angst hast.« Die Art, wie er das sagte, trieb ihr plötzlich neue Tränen in die Augen.

»Ach, Ollie ... ich liebe dich ... ach, Liebling ...« Sie schluchzte in seinen Armen.

»Es wird alles gutgehen.«

»Versprichst du das?« Sie sah aus wie ein kleines Mädchen, und er lächelte.

»Ich verspreche es. Und morgen werden wir einen Arzt aufsuchen, der sehr beliebt ist.«

»Du hast mir auch einen Arzt gesucht?« Sie schien verblüfft.

»Klar, ich bin doch umwerfend. Ist dir das noch nie aufgefallen?«

»Doch ... ehrlich gesagt, ist es ... Wie hast du diesen Arzt gefunden?« Sie lächelte ihm zu und beugte sich vor, um sein Ohr zu küssen.

»Ich habe ein paar Freunde gefragt, deren Frauen gerade Kinder bekommen hatten, und dann hab' ich ihn angerufen. Er hört sich nett an.«

»Was hat er gesagt?«

»Daß du ein bißchen Champagner trinken sollst.« Grinsend setzte er sich auf. »Ärztlicher Befehl.« Er öffnete die Flasche und reichte ihr ein Glas des sprudelnden Getränks.

»Schadet das nicht dem Baby?« Zweifelnd sah sie ihn an, als sie das Glas annahm, und er lächelte. John hatte ihr verboten, etwas zu trinken, als sie Alexander erwartete.

»Nein, Liebling, es wird dem Baby nicht schaden.« Er schaute sie an und freute sich, daß es ihr wichtig war. »Es wird ein reizendes Baby werden, Bettina.«

»Woher weißt du das?« Sie lächelte übers ganze Gesicht, und langsam breitete sich ein Ausdruck der Erleichterung darin aus.

»Weil es unsers ist.«

46

»He, Dickerchen, das ist für dich!« Ollie winkte ihr von der Tür aus zu, als sie im Hof mit Alexander spielte. Sie hatte ihm gerade eine neue Schaukel gekauft, und mit ihrem riesigen Bauch, den sie jetzt vor sich herschleppte, stieß sie ihn so hoch sie konnte.

»Ich komme gleich wieder, Liebling.« So gut es ging, eilte sie zur Küchentür, wobei sie Ollie einen mißbilligenden Blick zuwarf. »Nenn mich nicht so. Ich habe nämlich erst vierzehn Pfund zugenommen.«

»Bist du sicher, daß dieser Knabe weiß, wie man eine Waage abliest?« Aber der Arzt, den er für sie gefunden hatte, konnte weit mehr als das. In den vier Monaten, die Bettina jetzt bei ihm in Behandlung war, hatte er eine Beziehung aufgebaut, die auf Vertrauen und Zuversicht basierte, und tatsächlich nahm ihre panische Angst vor der Geburt allmählich etwas ab.

»Schon gut. Wer ist am Apparat?«

»Norton.«

»Was will er?«

»Weiß ich nicht. Frag ihn doch.«

Sie nahm ihm den Hörer aus der Hand, und sie küßten sich zärtlich. Ihre ganze Beziehung war erfüllt von Scherzen und Neckerei. Ollie freute sich wahnsinnig auf das Kind, und er war immer um sie besorgt, wollte sie nur beschützen. Sogar Alexander war zu der Ansicht gelangt, daß es vielleicht doch gar nicht so schlecht sein würde, so lange es kein Mädchen war.

»Was?« Ungläubig starrte Bettina das Telefon an.

Ollie warf ihr einen Blick zu, versuchte, ihr stumme Fragen zu stellen, aber sie schüttelte den Kopf und wandte ihm hastig den Rücken zu. Stunden schienen vergangen zu sein, als sie endlich den Hörer auflegte. »Nun? Was ist los? Spann mich nicht so sehr auf die Folter.«

Sie setzte sich, plötzlich sehr blaß. »Sie bringen mein zweites Stück heraus. Und nicht nur das. Er hat sogar schon einen Filmvertrag dafür.«

»Und das überrascht dich? Ich hab' dir das doch schon vor Monaten gesagt. Das einzige, was mich dabei wundert ist, daß es so lange gedauert hat.« Es hatte fast ein Jahr lang gedauert, ihr zweites Stück zu verkaufen. Doch dann sah er plötzlich besorgt aus. »Wann wollen sie anfangen?«

Amüsiert sah sie Oliver an. »Da mußten sie schon vernünftig sein. Norton hat ihnen gesagt, daß ich schwanger bin, also hat es noch eine Weile Zeit.«

»Was heißt das?«

»Im Oktober.« Das Baby sollte im Juli kommen. »Im Vertrag steht, daß ich nur drei Monate in New York bleiben muß.« Sie wirkte plötzlich beunruhigt. »Kannst du so lange Urlaub nehmen?«

»Wenn es sein muß.« Er schien sich keine Sorgen zu machen. »Können wir denn mit einem so kleinen Kind nach New York fahren?«

»Klar. Es ist dann doch schon zwei Monate alt.«

»Nicht ›es‹, ›sie‹«, verbesserte er. Er beharrte darauf, daß er ein Mädchen wollte. Immer wieder sah er Alexander stolz an und erklärte, daß er schon einen Sohn hatte. Das war einer der Gründe, weshalb er immer noch heiraten wollte. Dann könnte er Alexander adoptieren und ihm seinen Namen geben. Aber Bettina blieb fest, was ihre Weigerung anging.

»So ist es doch viel lustiger. Wir haben alle unsere eigenen Namen; Daniels, Paxton und Fields.«

»Hört sich an wie eine Anwaltskanzlei.« Aber das rührte sie nicht.

Jetzt saß sie einen Moment da, starrte vor sich hin und dachte an ihr Stück, und Oliver lächelte. »Wann wollen sie mit der Arbeit an dem Film anfangen?«

»Nach Weihnachten. Und stell dir nur vor, das dauert sechs Monate, das heißt, bis einschließlich Juni. Alles in allem bedeutet das neun Monate Arbeit.«

Aber er sah immer noch besorgt aus. »Wird das nicht zuviel für dich, so gleich nach dem Kind?«

»Es ist ja nicht ›gleich nach dem Kind‹. Ich habe zwei Monate lang Zeit, um mich auszuruhen. Glaub mir, die schlimme Zeit ist nicht anschließend.« Sie hatte immer noch Angst. Aber sie hatten gemeinsam Kurse besucht, und er begleitete sie auch zu jeder Untersuchung beim Arzt. Ollie hatte zu lange auf dieses Ereignis gewartet, um jetzt auch nur einen Augenblick davon zu versäumen. Mit seinen vierundvierzig Jahren war das für ihn das Ereignis seines Lebens.

Bettinas Aufregung verteilte sich gleichmäßig zwischen dem Kind und dem neuen Stück. Erst im letzten Monat ihrer Schwangerschaft wurde ihre Aufregung bezüglich des Stückes verdrängt. Es schien so, als wollte sie nur mit Ollie zusammen sein, friedlich im Schatten sitzen und Alexander beim Spielen zusehen. Sie ging früh ins Bett, aß gut, las ein wenig, aber es war, als wäre sie vollkommen entspannt. Sie wollte sich keinen neuen Herausforderungen stellen, wollte nicht mit Norton sprechen oder sich Gedanken um Verträge machen. Statt dessen bereitete sie sich auf etwas vor, das ihre ganze Konzentration erforderte. Es schien ihr ganzes Leben zu absorbieren.

Zwei Tage vor dem errechneten Geburtstermin kam Mary zu ihnen. Sie hatte ihre Kinder alle bei ihrer Mutter gelassen, und Seth war mit einem Freund zum Camping gefahren.

»Glaub mir, ich bin viel lieber hier bei dir, als irgendwo da draußen beim Camping.« Sie strahlte Bettina glücklich an.

»Also, was passiert bei dir?«

»Absolut nichts. Ich vegetiere nur noch dahin. Ich kann vielleicht nie wieder ein Stück schreiben.« Aber selbst das war ihr völlig egal. Sie konnte jetzt nur noch an das Kind und das Kinderzimmer denken. Sie kümmerte sich nicht einmal mehr so sehr um Oliver. Sie machte sich nur noch Gedanken über ihren Bauch und das Kind, das bald geboren werden sollte. Es war eine merkwürdige Existenz, die sich nur um sie selbst drehte, und Ollie verstand das, weil der Arzt ihn schon vorgewarnt hatte, daß es gegen Ende der Schwangerschaft so sein würde.

»Was meint der Arzt?«

»Nichts. Bloß, daß es jetzt jeden Tag so weit sein könnte. Aber ich glaube nicht, daß es pünktlich kommen wird.«

»Warum nicht?«

»Solche Sachen passieren nun mal nicht so.«

»Klar tun sie das.« Mary kicherte, als sie alle drei in den Wagen stiegen. »Du mußt nur irgend etwas Schönes planen, wie zum Beispiel einen hübschen Abend mit einem gemütlichen Essen in einem vornehmen Restaurant oder einen Theaterbesuch. Dann kannst du dich darauf verlassen, daß es in der Nacht passiert.« Alle drei lachten bei diesem Gedanken, doch dann erklärte Ollie, daß ihm dieser Gedanke gefiel.

»Wie wär's mit einem Abendessen im *Bistro*?«

»An dem Tag?« Bettina sah ihn entsetzt an. »Und wenn dann etwas passiert?«

»Wenn du den Teppich ruinierst, gehen wir eben einfach nie wieder hin.« Er kicherte, und Bettina verzog das Gesicht. Aber als sie wieder daheim waren, bestand er darauf, daß er für den kommenden Abend einen Tisch reservieren wollte.

»Ach je.« Nervös sah Bettina ihn an und brachte Mary nach oben, damit sie ihre Koffer auspacken konnte. Sie hatten mit dem Arzt ausgemacht, daß sie bei der Entbindung dabeisein würde, bloß als Freundin. Aber er war freundlich gestimmt, allen Besuchern gegenüber, die sie dabei haben wollte, so lange es sich in Grenzen hielt. »Und bitte, keine kleinen Kinder oder großen Hunde!«

So machten sich die drei am folgenden Abend auf den Weg ins *Bistro*, um dort zu essen. Es war so hübsch wie immer. Sanftes Licht, elegantes Dekor. Bettina strahlte. Sie trug ein fließendes, weißes Sommerkleid und hatte sich eine Gardenie hinters Ohr gesteckt.

»Sie sehen exotisch aus, Miss Daniels.« Leise flüsternd fügte er dann hinzu: »Und ich liebe Sie.«

Sie lächelte und griff unter dem Tisch nach seiner Hand und flüsterte dasselbe. Doch erst, als sie bestellt hatten, bemerkte Mary einen seltsamen Ausdruck auf ihrem Gesicht. Zuerst sagte sie nichts, aber als es fünf Minuten später wieder passierte, sah sie Bettina über den Tisch hinweg fest an.

»Hatte ich recht, Betty?«

»Möglicherweise.«

Oliver hörte sie nicht. Er bestellte gerade den Wein. »Nun, meine Damen? Alle zufrieden und glücklich?«

»Absolut«, antwortete Mary schnell, und Bettina machte ihr leise ein Zeichen. Sie wollte noch nichts sagen. Doch als das Essen kam, pickte sie nur auf ihrem Teller herum. Sie wollte es nicht übertreiben, denn wenn das wirklich die Wehen waren, wollte sie nur etwas Leichtes zu sich nehmen.

»Du hast ja überhaupt nichts gegessen, Liebling. Fühlst du dich auch wohl?« Er beugte sich zu ihr hinüber, als sie auf den Nachtisch warteten.

Sie lächelte ihm zu. »Nicht schlecht, wenn man bedenkt, daß ich ein Kind bekomme.«

»Wann?« Er starrte sie an. »Jetzt?« Er schien plötzlich von Panik erfaßt zu werden, und Bettina mußte lachen.

»Nicht auf der Stelle, hoffe ich, aber in einiger Zeit. Die Wehen fingen direkt vor dem Essen an, aber ich war mir nicht ganz sicher.«

»Und jetzt bist du es?« Er packte ihren Arm, und sie lachte.

»Hörst du wohl damit auf, Ollie? Mir geht es gut. Iß deinen Nachtisch und trink deinen Kaffee, und dann können wir heimfahren und den Arzt anrufen. Nun entspann dich erst mal.«

Doch das war unmöglich, und noch ehe der Kaffee gebracht wurde, hatte auch sie Schwierigkeiten dabei, sich zu entspannen. Wie schon beim ersten Mal überwältigten die Wehen sie ganz plötzlich, wurden innerhalb kürzester Zeit plötzlich intensiv.

Mary verfolgte die Abstände der Wehen, während sie auf dem Fußweg standen. Bettina stützte sich schwer auf Ollie und nickte mit dem Kopf. »Wir sollten dich besser ins Krankenhaus bringen, Betty. Du könntest keine Zeit mehr haben, erst heimzufahren.«

»Wie schön.« Sie lächelte sanft, aber der Ausdruck in ihren Augen verriet Ollie, daß sie Schmerzen hatte, und plötzlich spürte er, wie Panik von ihm Besitz ergriff. Wenn es nun diesmal genauso schlimm sein würde wie beim ersten Kind? Aber Mary sah, was in ihm vorging, und sie drückte ganz fest seinen Arm, ehe sie in den Wagen stieg. Bettina lag bereits auf dem Rücksitz.

»Sie wird es prima schaffen, Ollie. Nimm's leicht. Es wird alles gutgehen.«

»Ich mußte plötzlich denken –«

»Wahrscheinlich denkt sie genau dasselbe. Aber es wird

prima laufen.« Er nickte, und schnell glitt Mary ins Auto. »Wie geht's, Betty?«

»Unverändert.« Einen Augenblick später, als Ollie den Wagen gestartet hatte: »Ich habe die nächste.«

Entsetzt sah er Mary an. »Soll ich anhalten?«

»Um Himmels willen, nein!« Die beiden Frauen fingen an zu lachen. Doch plötzlich lachte Bettina nicht mehr, und als sie schließlich vor dem Krankenhaus anlangten, wollte sie auch nicht mehr sprechen.

Eine Schwester eilte davon, um ihren Arzt zu rufen, und zwei andere schoben sie sanft in einen kleinen, steril wirkenden Raum. Einen Moment sah Bettina Mary mit einem grimmigen Ausdruck in den Augen an.

»Ich dachte, du hättest gesagt, die Dinge hätten sich geändert.« Es war ein Raum, der genauso aussah wie der, in dem sie vierzehn lange, schmerzhafte Stunden verbracht hatte, festgebunden und schreiend.

»Nimm's leicht, Betty.« Langsam half sie ihr, sich auszuziehen, aber immer wieder mußten sie aufhören, weil sie eine neue Wehe bekam. Schließlich halfen sie ihr, sich hinzulegen, während sie sich verzweifelt an Ollie klammerte.

»Alles in Ordnung mit dir, Schatz?« Er kam sich plötzlich so hilflos vor, hatte Angst. Er wußte nur, daß er sie alle umbringen würde, wenn sie ihr oder seinem Kind weh taten. Das wußte er ganz sicher. Aber sie lächelte ihm zu und hielt seine Hand ganz fest.

»Mir geht es gut.«

»Bist du sicher?« Sie nickte, und dann schluckte sie heftig, als eine neue Wehe sich ankündigte. Aber diesmal dachte Ollie an das, was sie zusammen gelernt hatten, und er half ihr dabei, richtig zu atmen. Als es vorbei war, sah sie ihn erstaunt an, und ein Lächeln lag um ihre Lippen.

»Weißt du was? Das klappt!«

»Gut.« Er sah schrecklich stolz aus, und beim nächsten Mal machten sie es wieder so. Als der Arzt endlich zu ihnen kam, hatten sie alles unter Kontrolle.

Er bestätigte ihr, daß sie es prima machte, und nur die kurze Untersuchung erinnerte sie für einen Moment an die Vergangenheit, aber er konnte nichts anderes tun. Jedenfalls hatte man sie diesmal nicht festgebunden. Die Schwestern waren sanft und freundlich, der Arzt lächelte, und Mary saß irgendwo in einer Ecke des Zimmers. Bettina fühlte sich umgeben von Leuten, denen es wichtig war, was mit ihr geschah, und dann war da immer Ollie, der ihre Hand hielt und ihr atmen half, und der ihr auch dabei behilflich war, die Kontrolle zu bewahren.

Eine halbe Stunde später wurden die Schmerzen stärker, und ein paar Minuten lang wußte Bettina nicht, ob sie noch weitermachen könnte. Ihr Atem stockte, sie zitterte, ihr Magen schmerzte, und plötzlich war ihr ausgesprochen kalt. Ollie warf Mary, die einen wissenden Blick mit einer anderen Schwester austauschte, einen nervösen Blick zu. Bettina befand sich jetzt im letzten Stadium der Eröffnungsphase, und die Frauen wußten beide, daß das das Schlimmste war. Eine halbe Stunde später umklammerte sie verzweifelt Ollies Arm und fing an zu schreien.

»Ich kann nicht... Ollie... ich kann nicht... nein!« Sie schrie noch lauter, als eine neue Wehe kam und als der Arzt sie mit der Hand untersuchte.

»Sie ist bei neun.« Er sah vergnügt und erfreut aus und ermutigte sie plötzlich auch. »Nur noch ein paar Minuten, Bettina. Komm schon... du schaffst das... du machst das prima... komm schon...« Schweiß lief an Ollies Schläfen hinab, aber irgendwie gelang es ihnen, sie zu überreden, weiter zu machen, und fünfzehn Minuten später nickte der Doktor, und plötzlich fingen alle an zu rennen.

»Ollie... oh, Ollie...« Sie hielt sich verzweifelt an ihm fest, und Mary sah, daß sie anfing zu pressen. Es war Zeit. Sie brachten sie auf den Entbindungstisch, und bereitwillig packte sie die Griffe auf beiden Seiten.

»Muß ich die Füße hochlegen?« Sie sah den Arzt an, aber der lächelte.

»Nein, müssen Sie nicht.« Eine Schwester half auf jeder Seite mit ihren Beinen, und der Arzt wies Ollie an, sie unter den Schultern zu halten, und dann wollte sie plötzlich nichts anderes als pressen. Sie hatte das Gefühl, einen Berg hinaufsteigen zu müssen, und mit der Nase mußte sie Felsbrocken aus dem Weg räumen, und dann und wann wurde alles ein bißchen zuviel für sie, und sie rutschte ein Stück zurück. Aber all ihre Stimmen vermischten sich miteinander, ermutigten sie, trieben sie weiter, und dann plötzlich stöhnte sie ein letztes Mal, preßte heftig und Ollie fühlte, wie ihr ganzer Körper sich versteifte, als sie sich so anstrengte. Dann erschien zwischen ihren Beinen ein kleines, rotes Gesicht und stieß einen Schrei aus. Überrascht sah er es an, und hielt dabei noch immer ihre Schultern in seinen Händen.

»Mein Gott, das ist ein Baby!« Alle lachten erleichtert. Sie preßte noch zweimal, und dann war auch der Rest ihrer Tochter zum Vorschein gebracht.

»Ach, Ollie ... Ollie, sie ist so hübsch!« Sie lachte und weinte vor Freude und Ollie und Mary genauso. Nur die Augen des Arztes blieben trocken, aber er sah genauso glücklich aus wie sie.

Eine halbe Stunde später lag Bettina mit dem Baby in einem Zimmer, und Ollie war immer noch erschüttert von dem, was er gesehen hatte. Bettina wirkte ruhig und stolz auf das, was sie geleistet hatte. Die ganze Geburt hatte keine zwei Stunden gedauert, und sie sah glücklich aus, als sie ihr Baby so in den Armen hielt.

»Wißt ihr was? Ich bin am Verhungern.« Mary schaute sie an und lachte.

»Das ging mir immer genauso.«

Aber Oliver konnte bloß dasitzen und seine kleine Tochter fasziniert anstarren. »Ich finde euch beide abscheulich. Wie könnt ihr in einem solchen Augenblick essen?« Aber sie tat es, sie aß zwei Sandwiches mit Roastbeef, trank einen Milk-Shake und aß anschließend noch einen Krapfen. »Du bist ein Monstrum!« Er lachte sie an, als er beobachtete, wie sie ihr Essen verschlang. Aber seine Augen waren noch nie so zärtlich gewesen, und schließlich streckte sie mit einem kleinen, liebevollen Lächeln die Hand nach ihm aus.

»Ich liebe dich, Ollie. Ohne dich hätte ich das nicht geschafft. Ein paar Mal dachte ich, ich könnte nicht mehr weiter.«

»Ich wußte, daß du nie aufgegeben hättest.« Aber ein- oder zweimal hatte er auch Angst davor gehabt, nur, weil es so schmerzhaft ausgesehen hatte, und so, als wäre es härteste Arbeit. Aber da saß sie nun, kaum eine Stunde später, mit gewaschenem Gesicht. Ihre Augen leuchteten, ihr Haar war gekämmt. Es war alles ein bißchen schwer zu begreifen. Mary war nach unten gegangen, um eine Tasse Kaffee zu trinken, und um sie allein zu lassen. »Du warst wundervoll, Liebling. Ich war so stolz auf dich.« Sie sahen einander an, in endloser, gegenseitiger Bewunderung, und einen Augenblick lang dachte er daran, sie zu bitten, seine Frau zu werden. Aber er wußte es besser. Und nicht einmal jetzt wagte er es. Sie hatten den Namen für das Baby schon ausgesucht. Antonia Daniels Paxton. Und das war genug.

47

»Nun, Alexander, was meinst du zu deiner Schwester?« Seine Mutter sah ihn belustigt an, als er die Schultern zuckte. Sie und das Baby waren seit zwei Tagen wieder zu Hause.

»Nicht schlecht, für 'n Mädchen.« Er hatte seine ursprüngliche Enttäuschung überwunden, nachdem Bettina ihm erlaubt hatte, das kleine Bündel in die Arme zu schließen.

»Mensch, is die klein!« Aber irgendwie mochte er sie, und als er sie ihr zurückgab, lächelte er. Aber später, als er mit seiner Mutter allein war, schlüpfte ihm etwas über die Lippen. »Also, ich bin ganz schön froh, daß du mit meinem Dad verheiratet warst, als ich ein Kind war.«

»So? Warum denn?« Neugierig sah Bettina ihn an und fragte sich, warum er das Thema aufgebracht hatte.

»Weil – wenn die Leute das nun wissen? Vielleicht sagen die dann was Komisches.« Mit gerunzelter Stirn musterte er sie. »Das würde mir nicht gefallen.« Er war gerade sechs Jahre alt geworden.

»Das kann ich mir wohl denken. Aber wäre das wirklich so

wichtig, Liebling?«

»Für mich schon.« Bettina nickte schweigend, und als Ollie hereinkam, um nach Bettina und dem Baby zu sehen, saß sie in Gedanken verloren da. Der Arzt hatte sie schnell aus dem Krankenhaus entlassen, weil die Geburt so leicht gewesen war, aber er wollte, daß sie es daheim noch eine Woche lang ruhig angehen ließ.

»Warum siehst du denn so ernst drein, Liebste?«

»Wegen Alexander. Er hat gerade etwas Komisches gesagt.« Sie erzählte es ihm, und auch er runzelte die Stirn.

»Vielleicht ist er bloß im Augenblick so empfindlich.« Er versuchte, nicht sehr bewegt auszusehen, aber ein Hoffnungsschimmer zeigte sich in seinen Augen.

»Und wenn es mit ihr genauso ist, in sechs Jahren?«

»Dann erzählen wir den Leuten eben, daß wir verheiratet sind.«

Sie warf ihm einen merkwürdigen Blick zu. »Vielleicht sollten wir das wirklich.«

»Was? Den Leuten erzählen, daß wir verheiratet sind?« Er schien verwirrt, und sie schüttelte langsam den Kopf.

»Nein, heiraten, meine ich.«

»Meinst du, jetzt?« Sie nickte, und er sah sie verblüfft an. »Ist das dein Ernst?«

Sie nickte langsam. »Ja, ich glaube schon.«

»Möchtest du das auch wirklich?«

Sie lächelte ihn breit an. »Ja, ich möchte es.«

»Bist du auch ganz sicher?«

»*Ja!* Um Himmels willen, Ollie –«

»Ich glaube es einfach nicht. Ich hätte nie gedacht, daß ich diesen Tag noch erleben würde.«

»Ich auch nicht. Also halt den Mund, ehe ich meine Meinung ändere.« Oliver stürmte aus dem Zimmer, und einen Moment später kehrte er zurück, sie lachten und tranken Champagner. Drei Tage später, nachdem sie ihre Papiere geordnet hatten, marschierten Bettina und Oliver mit Mary und Seth im Schlepptau ins Rathaus und legten ihr Ehegelübde ab.

Anschließend starrte sie das Zertifikat mißtrauisch an. »Wenigstens steht da nicht, daß du mein vierter Ehemann bist.«

Er grinste, aber dann wurde er wieder ernst. »Bettina, du brauchst dich für nichts, das du je getan hast, zu schämen. Du hast das alles gut gemeint. Da ist nichts Schlechtes dabei.« So hatte er immer über ihr Leben gedacht, und das liebte sie an ihm. Er ließ sie sich stolz fühlen.

»Danke, Liebling.« Hand in Hand gingen sie die Treppe vor dem Rathaus hinunter. Aber als sie heimkamen, sah er nachdenklich aus und streckte ihr liebevoll die Hand entgegen.

»Da ist noch etwas, das ich gern erledigen möchte, Mrs. Paxton.« Aber sie wußte, daß er nur scherzte. Sie waren übereingekommen, daß sie ihren eigenen Namen behalten würde.

»Und das wäre, Mister Paxton?«

Er sah sie ernst an, als er antwortete. »Ich möchte Alexander adoptieren. Glaubst du, das kann ich?«

»Wenn du damit meinst, ob John es zulassen wird: Da bin ich ganz sicher.« Sie hatten nie von ihm gehört. Zärtlich sah sie ihren Ehemann an. »Alexander würde sich bestimmt freuen.«

Ollie lächelte zögernd. »Ich auch. Ich rufe morgen meinen Anwalt an.« Das tat er, und vier Wochen später war es erledigt. Jetzt lebten vier Paxtons unter einem Dach.

48

Am 1. Oktober flogen alle Paxtons nach New York. Ollie hatte sich drei Monate von seiner Arbeit beurlauben lassen, sie hatten eine Kinderschwester in New York gefunden, die Bettina mit dem Baby helfen würde, und Alexander sollte in New York zur Schule gehen. Er war inzwischen schon ein geübter Reisender. Ollie nahm bald wieder Kontakt mit seinen alten Freunden von der *Mail* auf. Das Stück bedeutete für Bettina harte Arbeit, aber es machte ihr auch Spaß, und sie hatte sich vollkommen von Antonias Geburt erholt. Als das Stück schießlich Premiere hatte, wurde es wieder ein enormer Erfolg. Sie verbrachten das Weihnachtsfest in New York, in ihrer Suite im *Carlyle*, und fünf Tage später kehrten sie heim.

»Ein schönes Gefühl, nicht wahr?« Glücklich lächelte Ollie sie an, als sie wieder in ihrem eigenen Bett lagen.

Bettina nickte zustimmend. »O ja.«

»Ich hoffe, du wartest ein bißchen, ehe du wieder ein neues Stück schreibst.«

»Warum?« Verwirrt sah sie ihn an. Sonst ermunterte er sie doch immer bei ihrer Arbeit. Aber er lachte nur.

»Weil ich es satt habe, mir mein Hinterteil in New York abzufrieren. Kannst du dich nicht eine Zeitlang nur mit Filmen befassen?«

»Das mache ich in den nächsten sechs Monaten sowieso.« Sie mochte ihm nicht erzählen, daß sie sich auf dem Rückflug in Gedanken schon wieder mit einem neuen Stück beschäftigt hatte. Ihre Karriere blühte, und sie hatte in letzter Zeit mehrere Angebote erhalten, nur Filme zu drehen. Am hartnäckigsten bedrängt wurde sie dabei von Bill Hale, dem Mann, dem die erste Wohnung in New York gehört hatte, die sie gemeinsam bewohnt hatten. Aber sie hatte kein Verlangen danach, mit ihm zu arbeiten, und deshalb hatte sie seine Anrufe nie beantwortet. »Wann fängst du mit der Arbeit für diesen Film an?«

»In drei Wochen, glaube ich.«

Er nickte, und kurze Zeit später schliefen sie beide. Am nächsten Morgen nahm er seine Arbeit wieder auf, während sie ihr Leben neu organisierte. Das Baby war fast sechs Monate alt und so reizend, wie man es sich nur vorstellen konnte. Alexander hatte noch Weihnachtsferien, und er erwies sich als eine große Hilfe, wenn es um seine Schwester ging. Er liebte es, sie zu halten, und er stellte sich sehr geschickt dabei an, sie zu füttern und sie Bäuerchen machen zu lassen. Bettina lächelte, als sie ihn beim Mittagessen dabei beobachtete. Da klingelte das Telefon. Die Kinderschwester hielt sich irgendwo im Hintergrund auf, aber Bettina nickte lächelnd.

»Ich nehme es schon entgegen.« Beim dritten Klingeln hob sie den Hörer ab, wobei sie Alexander und das Baby immer noch lächelnd beobachtete. »Ja? Hier ist Mrs. Paxton?« Dann entstand eine lange Pause, und schließlich: »Warum?« Plötzlich wurde ihr Gesicht aschfahl und sie drehte sich um, damit Alexander nicht sehen konnte, daß sie weinte. »Ich komme sofort.« Sie riefen sie von der Zeitung aus an, aber als sie hinkam, war es bereits zu spät. Der Krankenwagen der Feuerwehr stand in zweiter Reihe auf der Straße, und alle umstanden ihn, der leblos am Boden lag.

»Es war ein Herzanfall, Mrs. Paxton.« Der Verleger sah sie traurig an. »Er ist von uns gegangen.« Sie kniete sich vorsichtig neben ihn und berührte sein Gesicht. Es war noch warm.

»Ollie?« flüsterte sie leise. »Ollie?« Aber er gab keine Antwort, und Tränen liefen über ihr Gesicht. Sie hörte, wie jemand die Umstehenden bedrängte, wieder an ihre Arbeit zurückzukehren oder sie wenigstens in Ruhe zu lassen, und dann sagte jemand anderes: »Aber ist das nicht Bettina Daniels? ... Ja ... sie war seine Frau ...« Aber der Name Bettina Daniels tat ihr jetzt nicht gut. Kein Erfolg am Broadway, kein Film, kein Drehbuch, kein Geld und kein Haus in Beverly Hills konnten ihn zurückbringen. Mit fünfundvierzig Jahren war der Mann, der sich nichts weiter wünschte als ein gutes Leben, der nur bei der Geburt seines ersten Kindes hatte dabeisein wollen, er war in seinem Büro einem Herzanfall erlegen. Es gab keinen Oliver Paxton mehr. So verlor Bettina den dritten Mann, den sie geliebt hatte, auf diese Weise, und als sie zusah, wie sie ihn vorsichtig auf eine Bahre betteten, schluchzte sie sowohl vor Schmerz, als auch vor Zorn.

49

Mary und Seth Waterston kamen zur Beerdigung, und anschließend blieb Mary noch vier Tage lang bei Bettina, während Seth an seine Arbeit zurückkehrte. Aber es gab nur wenig, was sie einander zu sagen hatten. Sie half hauptsächlich bei der Betreuung der Kinder. Bettina schien hoffnungslos in sich gekehrt. Sie rührte sich nicht, sagte nichts, aß nicht. Sie saß einfach bloß da und starrte vor sich hin. Dann und wann versuchte Mary, ihr das Baby zu bringen, aber selbst das half nichts. Sie winkte sie einfach fort und blieb weiter dort sitzen, in ihre eigenen Gedanken versunken. Auch am Abend vor Marys Abreise hatte sich daran kaum etwas geändert.

»Das kannst du dir nicht antun, Betty.« Wie immer war sie ehrlich, aber Bettina starrte sie bloß an.

»Warum nicht?«

»Weil dein Leben noch nicht vorbei ist. Ganz egal, wie hart es auch sein mag.«

Doch dann sah sie ihre Freundin wütend an. »Warum nicht? Warum nicht ich an seiner Stelle?« Traurig starrte sie ins Leere, und ihre Augen füllten sich langsam mit Tränen. »Er war ein so guter Mensch.«

»Ich weiß.« Auch Marys Augen waren feucht. »Aber du bist das auch.«

»Als ich das Baby bekommen habe –« ihre Lippen zitterten heftig. »Ohne ihn hätte ich das nie geschafft.«

»Ich weiß, Betty, ich weiß.« Sie streckte ihr die Arme entgegen, und Bettina flüchtete sich hinein und schien sich die Seele aus dem Leib weinen zu wollen. Aber als Mary sie am nächsten Tag verließ, sah sie besser aus.

»Was hast du jetzt vor?« Mary warf ihr einen durchdringenden Blick zu, als sie an der Sperre standen.

Bettina zuckte die Achseln. »Ich muß meinen Vertrag erfüllen. Ich muß das Drehbuch zu meinem zweiten Stück schreiben.«

»Und danach?«

»Das steht in den Sternen. Die bedrängen mich, ich sollte weitere Verträge abschließen. Ich glaube aber nicht, daß ich das tun werde.«

»Willst du nach New York zurückkehren?«

Aber auf diese Frage schüttelte Bettina heftig verneinend den Kopf. »Nicht in der nächsten Zeit jedenfalls. Ich möchte hierbleiben.« Mary nickte und sie umarmten einander. Dann küßte Bettina sie auf die Wange, und Mary verschwand in der Menge.

Zwei Wochen später erschien Bettina, wie versprochen, im Studio, um mit den Besprechungen zur Umarbeitung ihres Bühnenstückes zu einem Filmstoff anzufangen. Die Zusammenkünfte waren hart und anstrengend. Aber Bettina schien sich niemals zu beugen. Sie sprach mit niemandem, wenn es nicht unbedingt sein mußte, und schließlich flüchtete sie sich in ihr Haus, um das Drehbuch zu schreiben. Sie brauchte dazu weniger Zeit als sie erwartet hatte, und als sie fertig war, war es sogar noch besser, als sie gehofft hatten. Sie machten ihr eine Menge Komplimente, wie talentiert sie wäre, und kurz darauf erhielt Norton eine Reihe von Anrufen. Es war eine ganze Lawine.

»Was meinst du damit, du arbeitest nicht?« Schockiert und entsetzt lauschte er, als er sie anrief.

»Genau, was ich gesagt habe. Ich mache sechs Monate Urlaub.«

»Aber ich dachte, du wolltest mit einem neuen Stück anfangen.«

»Nein. Kein neues Stück. Auch kein neuer Film. Absolut überhaupt nichts, Norton. Von mir aus können die alle zum Teufel gehen.«

»Aber Bill Hales Büro hat gerade –«

»Zum Teufel mit Bill Hale. Ich will nichts davon hören...«

»Aber, Bettina –« er hörte sich an, als hätte er panische Angst.

»Wenn ich wirklich so gut bin, dann warten die auch sechs Monate, und wenn nicht, dann ist es eben Pech.«

»Darum geht es hier nicht. Aber weshalb willst du warten, wenn du im Augenblick einfach alles bekommen kannst, was du willst? Nenne einen Preis, nenne einen Film, Baby, und es gehört alles dir.«

»Dann gib ihnen *alles* zurück. Ich will es nicht.«

Er verstand das nicht. »Warum nicht?«

Sie seufzte leise. »Norton, vor fünf Monaten habe ich Ollie verloren.« Wieder seufzte sie. »Ich hab' sozusagen keinen Wind mehr in den Segeln.«

»Ich weiß. Ich verstehe das ja auch. Aber du kannst doch nicht einfach da herumsitzen. Das ist nicht gut für dich.« Aber sie wußte, daß es auch nicht gut für ihn war.

»Vielleicht doch. Vielleicht ist all dieser Unsinn nicht so wichtig, wie ich dachte.«

»Ach, Gott, Bettina, tu doch so etwas nicht. Du bist kurz vor dem Höhepunkt deiner Karriere.« Aber sie hatte schon gründlich nachgedacht. Als das Baby geboren wurde ... als sie Ivo geheiratet hatte ... als sie einige der großen Augenblicke mit ihrem Vater geteilt hatte ... das alles war mehr als bloß Arbeit und Erfolg gewesen. Aber das wollte sie ihm jetzt nicht erklären. Der bloße Versuch machte sie schon müde.

»Ich will nicht darüber reden, Norton. Erzähl einfach allen, daß ich das Land für sechs Monate verlassen habe und daß du mich nicht erreichen kannst. Und wenn sie mich bedrängen, mache ich ein Jahr daraus.«

»Prächtig. Ich werde es ihnen sagen, ganz bestimmt. Aber, Bettina, wenn du deine Meinung änderst, rufst du mich dann an?«

»Klar, Norton. Das weißt du doch.«

Aber sie tat es nicht. Sie verbrachte die Zeit ganz friedlich mit ihren Kindern. Einmal fuhr sie Mary und Seth besuchen. Aber sie verließ das Haus und die Kinder nur selten, und seit Ollies Tod schien sie merkwürdig still geworden zu sein. Am Erntedankfest fiel das Seth und Mary auf, als sie mit ihrer ganzen Meute ankamen. Es war ein schönes Fest, aber Olivers Abwesenheit war überall stark zu spüren.

»Wie geht's, Betty?« Mary musterte sie genau, als sie im Garten saßen. Irgend etwas ganz tief in ihrem Innern schien sich verändert zu haben. Sie war ruhiger, kälter, zurückgezogener, aber gleichzeitig auch sehr viel selbstsicherer geworden. Sie schien viel älter als noch ein Jahr zuvor.

Bettina lächelte zögernd. »Es geht schon. Ich vermisse ihn eben immer noch. Und dann gibt es Dinge, über die ich immer noch nachdenke und von denen ich mir wünsche, ich könnte sie ändern.«

»Was denn?«

»Ich wünschte, ich hätte ihn früher geheiratet. Es hat ihn so glücklich gemacht. Ich weiß wirklich nicht, warum ich bis zum Schluß zögern mußte.«

»Du hast dich immer noch weiter entwickelt. Und er hat das verstanden.«

»Ich weiß, daß er es verstanden hat. Wenn ich jetzt daran zurückdenke, sage ich mir, er hat viel zuviel verstanden. Alles war immer nur zu meinem Besten, alles, was er getan hat, hat er für mich getan. Er hat seine Stelle bei der Zeitung in New York aufgegeben, hat hier einen Urlaub von drei Monaten genommen, damit er mich nach New York begleiten konnte, als ich dort das Stück bearbeitete. Im Nachhinein erscheint mir das alles so unfair.« Unglücklich sah sie Mary an, als sie daran dachte, aber Mary schüttelte den Kopf.

»Er hatte nichts dagegen. Das hat er mir einmal gesagt. Für ihn war seine Karriere nicht so wichtig, wie es deine für dich ist.« Sie wagte nicht, ihr zu sagen, daß das, was sie jetzt brauchte, ein Mann war, der ebenso mächtig und erfolgreich war wie sie selbst. Sogar ihr Gesicht hatte sich verändert. Es wies eine Art kantiger Schönheit auf, die Aufmerksamkeit erregte, und die Schlichtheit ihres schwarzen Wollkleids und ihres Schmuckes verrieten den Erfolg. Sie hatte schließlich all ihren alten Schmuck wieder ausgegraben, den von ihrem Vater und den von Ivo, und sie trug ihn fast jeden Tag. Sie starrte auf den großen Diamanten und lächelte jetzt, als Mary sie beobachtete.

»Ich weiß nicht. Vielleicht verbringe ich einfach zuviel Zeit damit, meine Vergangenheit nochmals zu durchleben.«

»Brütest du einfach nur darüber, oder verstehst du sie jetzt besser als damals?«

»Ich weiß nicht, Mary.« Ihre Augen hatten einen verträumten, fernen Ausdruck. »Ich glaube, ich akzeptiere jetzt einfach alles besser. Irgendwie ist es ein Teil von mir geworden.« Mary schaute sie mit einem kleinen, erfreuten Lächeln an und nickte mit dem Kopf. Das war es, was sie ihr immer gewünscht hatte. Daß Bettina akzeptierte, wer und was sie war. Das einzige, was sie traurig stimmte, war, daß sie zusehen mußte, wie Bettina ein Leben hinter verschlossenen Türen führte.

»Siehst du manchmal jemanden?«

»Nur euch und die Kinder.«

»Warum?«

»Ich will nicht. Warum sollte ich? Damit sie über mich klatschen können? Daß sie mich endlich kennengelernt hätten? Mich, die Schriftstellerin mit den vier Ehemännern ... Justin

Daniels' exzentrische Tochter? Wozu soll das gut sein? Im Augenblick bin ich viel glücklicher, so zu leben.«

»Ich würde das nicht unbedingt als ›leben‹ bezeichnen, Bettina. Du etwa?«

Achselzuckend erwiderte sie: »Ich habe, was ich brauche.«

»Nein, das hast du nicht. Du bist eine junge Frau, du verdienst mehr als Einsamkeit, Betty. Du brauchst Menschen und Parties und Gelächter. Du verdienst es, deinen Erfolg zu genießen.«

Als Antwort lächelte Bettina sie an. »Schau dir doch mal das alles hier an.« Sie deutete auf die Schönheit des Gartens und das Haus.

»Das meine ich nicht, Bettina, und das weißt du auch. Es ist hübsch, aber es ist doch kein Ersatz für Freunde...« Sie zögerte, und dann sprach sie es aus: »... oder für einen Mann.« Bettina erwiderte offen ihren Blick.

»Geht alles nur darum, Mary? Um einen Mann? Ist das die ganze Geschichte? Daß das Leben ohne einen Mann nicht ausgefüllt ist, nicht vollständig? Glaubst du nicht, daß ich vielleicht genug gehabt habe?«

»Mit sechsunddreißig? Ich hoffe nicht. Was hast du denn nun für dich selbst im Sinn? Willst du einfach hier herumsitzen und aufgeben?«

»Was schlägst du denn vor? Daß ich loslaufe und wieder von vorne anfange? Glaubst du nicht, daß vier Ehemänner genug sind? Oder schlägst du vor, daß ich es mit einem fünften versuche?« Sie sah jetzt sehr wütend aus.

»Vielleicht.« Und nach einem Moment: »Warum eigentlich nicht?«

»Vielleicht, weil ich keinen brauche. Vielleicht möchte ich nicht noch einmal heiraten.«

Aber so leicht ließ Mary sich nicht abspeisen. »Wenn ich der Meinung wäre, daß du dafür richtige Gründe hättest, Betty, dann würde ich dich ja in Ruhe lassen. Niemand muß schließlich heiraten. Das ist nicht die einzige Möglichkeit. Aber du kannst doch nicht für den Rest deines Lebens allein bleiben, bloß weil du Angst hast vor dem, was die Leute sagen könnten. Und darum geht es doch bei dir, oder nicht? Du glaubst, wenn du dein Hemd ausziehst, kommt sofort jemand herbeigestürzt und brandmarkt dich. Nun, du täuschst dich, um Himmels willen. Sehr sogar. Ich mag dich, Seth auch. Mir ist es vollkommen egal, und wenn du noch zwölfmal heiratest. Aber es kümmert mich auch nicht, wenn du überhaupt nicht heiratest. Aber da draußen gibt es jemanden, Bettina, jemanden, der stark ist, genauso stark, genauso erfolgreich, genauso etwas Besonderes und Prachtvolles wie du. Du hast es verdient, daß du ihn findest. Er muß dich kennenlernen, damit du nicht für den Rest deines Lebens ganz allein hier hockst. Du mußt ja nicht heiraten, wenn du nicht willst. Wen, zum Teufel, kümmert das? Aber sitz nicht hier herum, Bettina, hinter den versperrten Türen dieser verdammten Festung.« Traurig sah Bettina sie an, und Mary bemerkte, daß Tränen in ihren Augen standen. Sie dachte, daß sie sie vielleicht erreicht hatte, und als Bettina ins Haus ging, ohne ein Wort zu sagen, war sie sich dessen fast sicher.

Sie reisten am Sonntag ab, und beim Abschied umarmte Bettina Mary ganz fest.

»Danke.«

»Wofür?« Dann erst verstand sie. »Sei doch nicht albern.« Sie lächelte zögernd. »Eines Tages mußt du mir vielleicht auch einen anständigen Tritt geben.«

»Das bezweifle ich.« Jetzt lächelte auch sie übers ganze Gesicht. »Aber dein Leben war auch nicht ganz so aufregend wie meines.« Einen Augenblick, nur einen ganz kurzen Augenblick lang, hatte Mary den Eindruck, daß Bettina fast stolz aussah.

»Was wirst du jetzt tun, Betty?« Seth beugte sich vor, um ihr diese Frage zu stellen.

»Norton anrufen und ihm erzählen, daß ich mich wieder an die Arbeit mache. Ich bin überzeugt, daß er mich inzwischen aufgegeben hat.«

»Das bezweifle ich«, antwortete Mary schnell, und dann stiegen die beiden hastig ins Flugzeug.

50

»Na, hast du deinen Winterschlaf beendet?«

»Hör schon auf, Norton«, bat sie, leise kichernd. »Das waren doch bloß sechs Monate.«

»Hätten genausogut sechs Jahre sein können. Hast du eigentlich eine Ahnung, wie viele Leute ich abgewiesen habe, seit du beschlossen hast, dich ›zurückzuziehen‹? Glücklicherweise wenigstens nur vorübergehend.«

»Erzähl's mir lieber nicht.« Sie lächelte immer noch. Es war der 1. Dezember, und sie fühlte sich gut.

»Tu' ich auch nicht. Also, was sind deine nächsten Pläne?«

»Ich hab' keine.«

»Fängst du nicht mit der Arbeit an einem neuen Stück an?«

»Nein, um ehrlich zu sein, das möchte ich nicht. Ich möchte eine Weile hier draußen bleiben. Für die Kinder wird es zu schwierig, wenn ich sie jedes Jahr zwischen hier und New York hin- und herschleife.«

»Auch gut. Du hast genug Angebote, Filmstoffe zu schreiben. Da bist du für die nächsten zehn Jahre beschäftigt.«

»Von wem zum Beispiel?« Sie hörte sich sofort mißtrauisch an, und er zählte ihr die ganze Liste auf. Als er damit fertig war, nickte sie zustimmend. »Das sind wirklich eine ganze Menge. Was schlägst du vor? Mit wem soll ich zuerst sprechen?«

»Mit Bill Hale.« Seine Antwort kam ohne Zögern, und sie schloß die Augen.

»O Gott, nein, Norton, nicht gerade mit ihm.«

»Warum nicht? Er ist ein Genie. Und er produziert jetzt. Ehrlich gesagt, er ist fast genauso brillant wie du.«

»Schrecklich. Dann such mir jemanden, der nicht ganz so brillant ist, und mit dem ich sprechen kann.«

»Warum?«

»Weil jeder sagt, er sei ein Arschloch.«

»Im Geschäft?« Norton war wirklich überrascht.

»Nein, persönlich. Er sammelt Frauen, Ehefrauen und Geliebte, und wer braucht schon so was?«

»Himmel, kein Mensch hat von dir verlangt, ihn zu heiraten, Bettina. Du sollst bloß diese Filmidee mit ihm besprechen, die er im Kopf hat.«

»Muß ich das tun?«

»Tust du es, wenn ich ja sage?« Er klang hoffnungsvoll.

»Wahrscheinlich nicht.« Sie lachten beide. »Hör zu, ich will einfach nicht in eine peinliche Situation geraten. Der Knabe hat einen absolut scheußlichen Ruf.«

»Dann nimm eben irgend etwas zu deiner Verteidigung mit oder tu sonst etwas, Bettina, aber tu mir einen Gefallen; nachdem du sechs Monate da rumgesessen und das Telefon nicht abgenommen hast, geh wenigstens mit dem Knaben essen. Du und er, ihr seid die beiden besten Leute im Geschäft, im Augenblick. Es wäre verrückt, wenn du dir nicht wenigstens anhörtest, was er dir zu sagen hat.«

»Also gut, Norton. Du hast gewonnen.«

»Soll ich es von hier aus abmachen? Oder willst du das selbst tun?«

»Mach du's. Ich will mich mit so was nicht belasten.« Plötzlich dröhnte die Stimme ihres Vaters in ihrem Kopf. So hatte er sich also gefühlt . . . »Willst du dich an einem bestimmten Ort mit ihm treffen?«

»Nein. Wenn er ein so großer Schwindler ist, wie ich glaube, dann will er sich wahrscheinlich in der Polo-Lounge des Beverly Hills Hotels treffen, damit er Mister Hollywood spielen und sich alle fünf Minuten ans Telefon rufen lassen kann.«

»Dann rufe ich dich auch alle fünf Minuten an, okay?«

»Prima.«

Plötzlich fiel ihm etwas ein, aber er wollte sie nicht fragen. Er war sicher, daß sie und Ollie vor langer Zeit in New York eine Wohnung von ihm gemietet hatten. Aber dann sagte er sich, es wäre wohl besser, Ollie nicht zu erwähnen. Sie litt genug, und er wußte, daß es ein schwerer Schlag für sie gewesen war, als er starb. Sie hatte ein paar harte Schicksalsschläge einstecken müssen, aber andererseits, tröstete er sich dann achselzuckend und wählte Bill Hales Nummer, hatte es in ihrem Leben auch viel Schönes gegeben. In mancher Hinsicht war ihre Geschichte der von Bill Hale gar nicht so unähnlich.

Er kam ziemlich schnell zu Bill Hales Sekretärin durch, und einen Augenblick später sprach er mit ihm persönlich. Sie vereinbarten den folgenden Montag, aber im Gegensatz zu Bettinas Vermutung fragte er, ob er nach dem Essen bei ihr daheim vorbeikommen dürfte.

»Macht der Witze?« Sie war schockiert, als Norton sie anrief. »Warum will er das denn?«

»Er sagt, es wäre nicht so zermürbend, als wenn man versucht, in einem Restaurant zu sprechen, wo es Kellner und Telefonapparate gibt, und er dachte, daß du dich vielleicht ungemütlich fühlen könntest, wenn du ihn in seiner Wohnung aufsuchen solltest.«

»Also dann . . .« Achselzuckend legte sie auf, und am folgenden Montag fing sie eine Stunde, ehe er kommen sollte, damit an, sich sorgfältig anzuziehen. Sie trug ein dunkles, purpurfarbenes Kostüm, das sie sich aus London hatte schicken lassen, aus einem wunderbaren, dünnen Wollstoff. Dazu trug sie eine weiße Seidenbluse und die Amethystohrringe, die ihr Vater ihr geschenkt hatte. Ihr Haar fiel weich und glänzend über ihre Schultern. Es hatte die Farbe eines Herbsttages in Neuengland. Sie warf gerade einen letzten Blick in den Spiegel, als sie die Türklingel hörte. Es war eigentlich nicht wichtig, wie sie aussah, aber wenn sie schon wieder arbeiten wollte, dann konnte sie genauso gut so aussehen wie die, die sie war. Nicht Justin Daniels' Tochter oder Ivo Stewarts Frau, auch nicht Mrs. John Fields, ja, nicht einmal wie Mrs. Oliver Paxton. Sie war Bettina Daniels. Und was immer sie auch sonst war, eines wußte sie: Sie war eine verdammt gute Autorin, und nach verteufelt vielen Schmerzen und Fehlern wußte sie noch etwas anderes: Sie hatte endlich zu sich selbst gefunden.

»Mister Hale?« fragte sie und musterte ihn, als er eintrat. Genau wie sie hatte er sich für die Gelegenheit zurechtgemacht und trug einen dunkelblauen Nadelstreifenanzug, eine dunkelblaue Krawatte von Christian Dior und ein besonders gut gestärktes, weißes Hemd. Sie mußte sich eingestehen, daß er gut angezogen war und auch gut aussah, aber es war ihr eigentlich nicht wichtig. Er nickte höflich, als er sie sah, und hielt ihr die rechte Hand entgegen.

»Nennen Sie mich bitte Bill. Miss Daniels?«

»Bettina.« Nachdem sie auf diese Weise die Formalitäten hinter sich gebracht hatten, führte sie ihn in ihr Wohnzimmer und nahm in einem Sessel Platz. Einen Augenblick später erschien ihre Haushälterin mit einem großen, hübschen Lacktablett. Darauf befanden sich Kaffee und Tee, ein Teller mit kleinen Sandwiches und Kekse, die Alexander am Morgen, ehe er zur Schule ging, sehnsüchtig angestarrt hatte.

»Großer Gott, ich wollte Ihnen wirklich nicht so viel Mühe machen.« Sie murmelte irgend etwas darüber, daß es ihr überhaupt keine Umstände gemacht hätte, und versuchte dabei zu entscheiden, ob er aus Plastik oder echt war.

Nach einer Weile fingen sie an, über das Geschäft zu sprechen, und dabei trank er Kaffee, und sie nippte an ihrem Tee. Zwei Stunden waren vergangen, als sie endlich fertig waren. Sie mußte zugeben, daß seine Idee ihr sehr gut gefiel, und sie lächelte, als sie das Treffen langsam beendeten.

»Soll ich Ihren Agenten anrufen und die lästigen Formalitäten mit ihm besprechen?«

Sie lachte, als er das sagte, und nickte dann langsam, wobei sie die Augen zusammenkniff.

»Wissen Sie, Sie gefallen mir viel besser, als ich gedacht hätte«, meinte er.

Sie schaute ihn an, hin- und hergerissen zwischen Belustigung und Erstaunen, und dann lachte sie. »Warum?«

»Nun, wissen Sie, Justin Daniels' Tochter...« Er warf ihr einen um Entschuldigung heischenden Blick zu. »Sie hätten sich ja als ein oberflächlicher Snob entpuppen können.«

»Und? Hab' ich das?«

»Nein.« Sie kicherte plötzlich auch und wurde kühn, als sie ihn ansah.

»Ich mag Sie auch lieber, als ich dachte.«

»Und was spricht gegen mich? Ich hatte keinen berühmten Vater.«

»Nein, aber nach allem, was ich höre, haben Sie andere Fehler.« Offen sah sie ihn an, und er nickte und erwiderte aus blauen Augen ihren Blick.

»Der Ruf eines Casanovas?« Sie nickte. »Reizend, nicht

wahr?« Er sah nicht böse aus, nur einsam, und dann trafen sich ihre Blicke erneut. »Die Leute lieben den Klatsch. Es wird viel über Dinge getratscht, von denen sie nichts verstehen.« Ganz ehrlich erzählte er ihr dann: »Ich war viermal verheiratet. Meine erste Frau starb bei einem Flugzeugunfall, meine zweite verließ mich, nachdem –« er schien einen Augenblick zu zögern »– nachdem wir uns auseinandergelebt hatten. Meine dritte war eine Träumerin, und sechs Monate nach unserer Eheschließung erkannte sie, daß sie eigentlich dem Friedenskorps beitreten wollte, und meine vierte –« er brach mit einem breiten Grinsen ab »– nun, sie wollte mehr, als ich ihr bieten konnte.« Bettina lachte mit ihm, doch dann trat plötzlich ein sanfter, zärtlicher Ausdruck in ihre Augen.

»Ich habe nicht das Recht, darüber Witze zu machen.«

»Warum nicht? Das tun doch alle.« Sie war seltsam gerührt und verlegen durch seine Ehrlichkeit, und es war ihr peinlich, was sie über ihn gedacht hatte. Doch dann lachte sie plötzlich und verbarg das Gesicht hinter ihrer Serviette. Alles, was er sehen konnte, waren ihre tanzenden, grünen Augen.

»Ich war auch viermal verheiratet.«

Und plötzlich lachten sie beide. »Was, Sie ... und da sitze ich hier und habe ein schlechtes Gewissen!« Er sah aus wie ein Kind, das einen Freund gefunden hat, mit dem es etwas gemeinsam hat, aber als sie sich aufsetzte, hatte auch ihr Gesicht einen mädchenhaften Ausdruck.

»Haben Sie ein schlechtes Gewissen?«

»Klar hab' ich das. Vier Frauen! Das ist doch nicht normal!«

»Ach je ... aber ich auch.«

»Das sollten Sie auch! Und Sie sollten sogar noch ein viel schlechteres Gewissen haben, weil Sie es mir nicht schon früher erzählt haben.« Er knabberte an einem Keks, lehnte sich in seinem Sessel zurück und grinste. »Also, dann erzählen Sie mir von Ihren Ehen.«

»Da war ein reizender Mann, der viel älter war als ich.«

»Wieviel älter? Waren Sie sechzehn und er neunzehn?«

Sie blickte ein bißchen hochmütig auf ihn herab. »Ich war neunzehn, und er war zweiundsechzig.«

»Oh ...« Er stieß einen leisen Pfiff aus. »Das war allerdings viel älter.« Aber sein Lächeln war sanft, und es lag keinerlei Vorwurf darin. Nur Interesse.

»Er war ein wunderbarer Mann, ein Freund meines Vaters. Es könnte sogar sein, daß Sie ihn gekannt haben.« Aber er hielt abwehrend die Hand hoch, als sie ansetzte, seinen Namen zu nennen.

»Nein, nein, bitte, hier geht es um anonyme Ehen. Lassen Sie uns da nichts kaputt machen. Sonst stellen wir als nächstes noch fest, daß ich mit zwei Ihrer Cousinen verheiratet war, und dann haben Sie neue Vorurteile gegen mich.«

Sie lachte und sah ihn dann ernster an. »Macht man das in Hollywood immer so? Ich meine, daß man herumsitzt und über die letzten vier Ehemänner oder -frauen spricht?«

»Das tun nur die Gemeinen, Bettina. Wir anderen machen eben bloß menschliche Fehler. Ich meine, nicht daß das irgend jemand glauben würde ... vier sind ein bißchen zuviel.« Sie grinsten beide. »Auch egal ... erzählen Sie weiter ...«

»Mit meinem zweiten Mann hört es sich an wie mit Ihrer Frau, die dem Friedenskorps beigetreten ist. Er brauchte eine Aufenthaltsgenehmigung. Wir waren auch sechs Monate lang verheiratet.« Doch ein Schatten fiel über ihr Gesicht, als sie an das Baby dachte, das sie verloren hatte. »Mein dritter Mann war ein Arzt aus San Francisco, und fünf Jahre lang habe ich versucht, eine ›normale‹ Ehefrau zu sein.«

»Und was macht eine ›normale‹ Ehefrau?« Verblüfft sah er sie an und nahm sich dann einen weiteren Keks von der Platte.

»Um die Wahrheit zu sagen: Ich war mir da nie so ganz sicher. Ich weiß bloß, daß ich es jedenfalls nie geschafft habe, was immer es auch gewesen sein mochte. Eine meiner Freundinnen hat gemeint, man müßte ein kleiner, grau-brauner Vogel sein.«

Hin- und hergerissen zwischen Lachen und Mitleid sah er sie an, als sein Blick auf ihr flammendes Haar und das purpurfarbene Kleid fiel. »Das sind Sie ganz sicher nicht.«

»Danke. Nun, auf jeden Fall hab' ich es endgültig kaputt gemacht, als ich mein erstes Stück geschrieben habe.«

»Gefiel es ihm nicht?«

»Er hat die Scheidung eingereicht, im selben Augenblick, als ich nach New York gereist bin. Dann hat er unser Haus verkauft, und ich habe das alles erst erfahren, als ich wieder heimkam.«

»Er hat es Ihnen nicht gesagt?« Sie schüttelte den Kopf. »Charmant, wirklich. Und dann?«

»Dann bin ich nach New York gezogen und –« sie schien einen Augenblick zu zögern, fuhr dann aber fort – »und dort habe ich ... meinen vierten Mann kennengelernt. Er war ein ganz besonderer Mensch.« Ihre Stimme wurde weicher, während er sie beobachtete. »Wir bekamen ein Baby, und dann, vor fast einem Jahr, ist er gestorben.«

»Das tut mir leid.« Sie schwiegen eine Weile, und dann sah er sie vorsichtig an.

»Sehen Sie, Bettina, das war es, was ich meinte. Die anderen Leute, die da draußen, die denken, daß wir einfach nur hier sitzen, daß wir lachen, Scheidungen sammeln und Alimente bezahlen und daß wir unsere endlose Liste von Ex-Partnern lustig finden. Aber was sie nicht begreifen, ist die Tatsache, daß es wirklichen Menschen passieren kann, daß solche Tragödien und Fehler jeden treffen können, daß es Menschen gibt, an die man glaubt und die einen dann schrecklich enttäuschen ... es ist alles Wirklichkeit, schreckliche Wirklichkeit, aber niemand begreift das.« Einen endlosen Augenblick lang sahen sie sich an. »Meine zweite Frau und ich hatten zwei Kinder, aber sie hatte ein Problem mit dem Alkohol, von dem ich nichts wußte, als wir geheiratet haben. Sie verbrachte die meiste Zeit unserer Ehe in Anstalten, versuchte, damit fertigzuwerden, aber schließlich hat sie doch verloren.« Er seufzte, ehe er fortfuhr: »Eines Tages fuhr sie mit meinen beiden kleinen Töchtern im Auto und –« er stockte, und ohne zu überlegen, einfach, weil sie wußte, was er sagen würde, streckte Bettina die Hand nach ihm aus, und er ergriff sie. »Sie fuhr den Wagen zu Schrott, und die beiden Kinder waren tot, aber sie nicht! Aber danach war sie nie wieder die Alte. Seitdem lebt sie hauptsächlich in Irrenanstalten.« Er zuckte mit den Schultern, und seine Stimme erstarb. »Ich dachte irgendwie, wir würden es schaffen, aber ... es hat nie geklappt.« Dann sah er freundlich zu ihr auf und zog seine Hand fort. »Wie kommen Sie zurecht, nachdem

Sie Ihren Mann verloren haben? Waren Sie deshalb all die Monate nicht zu erreichen?« Plötzlich begriff er.

Sie nickte zögernd. »Ja, das ist der Grund gewesen. Und jetzt geht es mir besser. Bloß zuerst schien das so - so unfair.«

Er nickte. »Das ist es auch. Das ist ja das Furchtbare daran. Die guten Menschen, die, mit denen man es schaffen könnte -« er beendete den Satz nicht. »Meine erste Frau war so ... Ach Gott, sie war so gut, so lustig. Sie war Schauspielerin, und ich war Schriftsteller. Sie erhielt ihren ersten Auftrag für eine Tournee, und ... Ende der Geschichte. Ich war damals dreiundzwanzig, und ich dachte, es würde mich umbringen. Ich habe mich ein Jahr lang fast zu Tode getrunken.« Er sah Bettina scharf an. »Ist das nicht unglaublich? Das war vor sechzehn Jahren ... und seitdem hat es in meinem Leben noch drei andere Frauen gegeben, die mir wichtig genug waren, daß ich sie geheiratet habe. Wenn mir das jemand gesagt hätte, nachdem Anna gestorben war, dann hätte ich ihn umgebracht. Es ist schon seltsam, aber die Zeit verändert diese Dinge.« Er grübelte einen Augenblick, und dann lächelte er. »Interessante Geschichten, Ihre und meine.«

»Ich freue mich, daß Sie so denken. Manchmal habe ich schon gedacht, daß es nicht die Mühe wert wäre, noch einen Tag zu leben.«

»Aber das ist nicht richtig!« Er lächelte sanft. »Das Erstaunliche ist, daß das Leben immer wert ist, gelebt zu werden. Es gibt immer wieder etwas, ein Ereignis, einen Menschen, eine Frau, in die man sich verliebt, einen Freund, den man besuchen muß, ein Baby, das man zur Welt bringen möchte ... irgend etwas, das einen weitertreibt. Für mich war es jedenfalls so.«

Sie nickte, dankbar für das, was er ihr gab, denn seine Worte befreiten sie. Jetzt paßten all die kleinen Teilchen zusammen, und sie ließen es zu, daß sie das Bild sah, nicht nur als Ganzes, nein, sie erkannte auch, daß es da noch einen Teil gab, den sie noch nicht gesehen hatte. »Haben Sie noch mehr Kinder?« Langsam schüttelte er den Kopf.

»Nein. Meine dritte Frau ist nicht lange genug geblieben, um ein Kind zu bekommen. Und Nummer Vier und ich, wir waren zwar drei Jahre lang verheiratet, aber -« Er lachte leise. »Es waren die drei längsten Jahre meines Lebens.« Und da fiel es ihr plötzlich ein.

»Ich erinnere mich an die Zeit, als sie geheiratet haben.« Sie grinste übers ganze Gesicht. »Ich habe in Ihrer Wohnung in New York gelebt.«

»Was?« Er sah sie verblüfft an. »Wann?«

»Als Sie geheiratet haben. Sie waren an der Westküste. Es war eine herrliche Wohnung im West Side.«

»Mein Gott.« Überrascht starrte er sie an. »Die hatte ich an Ollie vermietet... Oliver Paxton... um Himmels willen... Das sind Sie also, Bettina! Sie sind Ollie Paxtons Frau!«

Doch als sie seinen Blick erwiderte, hoch aufgerichtet in ihrem Sessel sitzend, schüttelte sie langsam den Kopf. »Nein, das bin ich nicht...« Es war, als hörte sie ein Dutzend Echos und leugnete sie endlich alle. Nicht einmal für Ollie konnte sie einfach das sein. »Ich bin Bettina Daniels.«

Einen Augenblick war er überrascht, doch dann verstand er sie plötzlich und nickte, hielt ihr die Hand hin. Sie gehörte nicht länger ihrem Vater oder Ivo oder Ollie... Sie war jetzt sie selbst... und er verstand das, genauso, wie sie ihn verstand. Ihre Blicke trafen sich, als sie sich über den Tisch hinweg vorsichtig die Hände schüttelten. »Hallo, Bettina. Ich bin Bill.«

DANIELLE STEEL

Abschied von St. Petersburg
Roman 41351

Alle Liebe dieser Erde
Roman 6671

Doch die Liebe bleibt
Roman 6412

Es zählt nur die Liebe
Roman 8826

Familienbilder
Roman 9230

Das Geschenk
Roman 43741

Glück kennt keine Jahreszeit
Roman 6732

Das Haus hinter dem Wind
Roman 9412

Das Haus von San Gregorio
Roman 6802

Herzschlag für Herzschlag
Roman 42821

Jenseits des Horizonts
Roman 9905

Die Liebe eines Sommers
Roman 6700

Liebe zählt keine Stunden
Roman 6692

Nachricht aus der Ferne
Roman 43037

Nie mehr allein
Roman 6716

Nur einmal im Leben
Roman 6781

Palomino
Roman 6882

Der Preis des Glücks
Roman 9921

Der Ring aus Stein
Roman 6402

Sag niemals adieu
Roman 8917

Schiff über dunklem Grund
Roman 8449

Sternenfeuer
Roman 42391

Töchter der Sehnsucht
Roman 41049

Träume des Lebens
Roman 6860

Unter dem Regenbogen
Roman 8634

Väter
Roman 42199

Verborgene Wünsche
Roman 9828

Verlorene Spuren
Roman 43211

Vertrauter Fremder
Roman 6763

Ein zufälliges Ereignis
Roman 43970

GOLDMANN

Brigitte Jakobs
Danielle Steel-Fanclub
81664 München

Liebe Leserin, lieber Leser,

Sie haben soeben die letzte Seite dieses Romans beendet, und ich bin sicher,
Sie haben die Lektüre dieses Buches ebenso genossen wie ich. Ist es nicht
hinreißend, wie es Danielle Steel gelingt, Themen aufzugreifen,
die uns alle angehen und berühren, und wie uns ihre Personen jedesmal aufs neue
ans Herz wachsen? Immer wieder ist es mir so ergangen, daß ich gerne mehr über
die Autorin, ihre Arbeit und ihr Leben erfahren hätte.

Aus diesem Grunde möchte ich Sie einladen, sich dem Fanclub, den ich für alle
begeisterten Leserinnen und Leser ins Leben gerufen habe, anzuschließen.
Sie erfahren dann regelmäßig alle Neuigkeiten über die Autorin, über ihre neuesten
Romane, ihre schönsten Romanverfilmungen und vieles mehr.
Als Willkommensgruß im Danielle Steel-Fanclub darf ich Ihnen bereits heute
ein kleines Überraschungsgeschenk ankündigen.
Selbstverständlich gehen Sie hierbei keinerlei Abnahmeverpflichtung ein!

Ich freue mich sehr darauf, von Ihnen zu hören, und grüße Sie herzlich,

Ihre
Brigitte Jakobs

Ja, ich möchte Mitglied im Danielle Steel-Fanclub werden.
Bitte halten Sie mich auf dem laufenden über alle interessanten
Neuigkeiten rund um Danielle Steel und ihre Bücher.

Name_____
Vorname_____
Alter_____
Straße_____
PLZ_____ Ort_____

DANIELLE STEEL FAN-CLUB

Bitte senden Sie diesen Coupon an:
DANIELLE STEEL-FANCLUB, Frau Brigitte Jakobs, 81664 München

Ich bin damit einverstanden, daß meine Angaben auf Datenträger gespeichert und in die Adressenkartei des Fanclubs
aufgenommen werden, damit ich von allen Verlagen, in denen Danielle Steels Bücher erscheinen,
kostenlose Informationen erhalten kann. Der Weitergabe meiner Daten an diese Verlage stimme ich zu.

_____
Unterschrift

EVA IBBOTSON

London, Ende der dreißiger Jahre. Aus Deutschland und Österreich strömen Emigranten in die Stadt. Ein englischer Professor rettet das Leben der Wiener Studentin Ruth Berger – durch eine Paßehe, die so schnell wie möglich wieder gelöst werden soll. Aber die Liebe geht ihre eigenen Wege...

»Ein kluges und wunderbar leichtes Buch – mitreißend erzählt, so daß man es bis zur letzten Seite atemlos liest.«
Brigitte

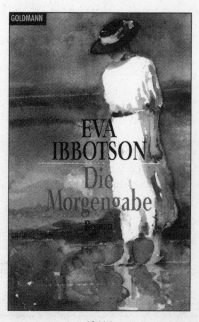

GOLDMANN

*Das Gesamtverzeichnis aller lieferbaren Titel erhalten Sie
im Buchhandel oder direkt beim Verlag.
Nähere Informationen über unser Programm erhalten Sie auch im Internet unter:*
www.goldmann-verlag.de

★

Taschenbuch-Bestseller zu Taschenbuchpreisen
– Monat für Monat interessante und fesselnde Titel –

★

Literatur deutschsprachiger und internationaler Autoren

★

Unterhaltung, Kriminalromane, Thriller
und Historische Romane

★

Aktuelle Sachbücher, Ratgeber, Handbücher und
Nachschlagewerke

★

Bücher zu Politik, Gesellschaft, Naturwissenschaft und Umwelt

★

Das Neueste aus den Bereichen
Esoterik, Persönliches Wachstum und Ganzheitliches Heilen

★

Klassiker mit Anmerkungen, Anthologien und Lesebücher

★

Kalender und Popbiographien

★

Die ganze Welt des Taschenbuchs

★

Goldmann Verlag • Neumarkter Str. 18 • 81673 München

Bitte senden Sie mir das neue kostenlose Gesamtverzeichnis

Name: _____

Straße: _____

PLZ / Ort: _____